# 罪连环

CRIME OF A SERIAL **4**

终结篇

## 生死赌局

天下无侯 著

南方出版传媒

花城出版社

中国·广州

图书在版编目（CIP）数据

罪连环. 4，生死赌局 / 天下无侯著. -- 广州：花
城出版社，2020.3
ISBN 978-7-5360-9085-9

Ⅰ．①罪… Ⅱ．①天… Ⅲ．①长篇小说－中国－当代
Ⅳ．①I247.5

中国版本图书馆CIP数据核字（2020）第009996号

出　版　人：肖延兵
特邀策划：天沐影视文化
责任编辑：陈宾杰　杨淳子
技术编辑：薛伟民　凌春梅
封面设计：荆棘设计

---

书　　名　罪连环. 4，生死赌局
　　　　　ZUI LIAN HUAN. 4, SHENG SI DU JU
出版发行　花城出版社
　　　　　（广州市环市东路水荫路 11 号）
经　　销　全国新华书店
印　　刷　佛山市浩文彩色印刷有限公司
　　　　　（广东省佛山市南海区狮山科技工业园 A 区）
开　　本　787 毫米×1092 毫米　16 开
印　　张　23　1 插页
字　　数　352,000 字
版　　次　2020 年 3 月第 1 版　2020 年 3 月第 1 次印刷
定　　价　49.00 元

---

如发现印装质量问题，请直接与印刷厂联系调换。
购书热线：020 - 37604658　37602954
花城出版社网站：http://www.fcph.com.cn

# 目 录
CONTENTS

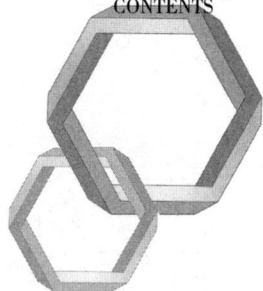

# 第一章　现场

2018年4月4日，清明节前一天。

侯三和林小宝打破头也想不到，他们在偷录设备里目睹了杀人现场。

杀手戴着头套、皮手套，用一把尖刀宰了两个人。

被杀者一男一女，裸身死在床上。

女的趴着，脸上戴着狐狸面罩，遮着脸的上半部。男的趴在女人身上，脸上戴着个猪头面具。

他妈的！一开始侯三说那两人真会玩，后来他傻眼了。通过偷录设备，他看得很清楚，杀手把刀捅进男人脖子那个瞬间，男人的动作加快了好几倍。

按他们手头的资料显示，女的叫樊琳，长相甜美，像某个非著名毯星。

问题出在那个男人身上。

那个男人，应该是他们这次的敲诈对象，实际上却不是。

他们的敲诈对象叫邓利群。床上的人，应该是邓利群和樊琳。

可是偷录设备显示，床上的却是樊琳和另一个男人。而且，这俩人竟然被杀了。

妈的，操！怎么回事？侯三头大了。

一开始他在喝酒，视频里空空如也。

他断定，那对偷情的狗男女肯定在洗澡。他边喝边乐，想着这次怎么也得弄上三五十万。直到男人抱着樊琳进了卧室，然后樊琳从床头柜里拿出那两个面具，他才大吃一惊，发现那男的不是本次业务的目标。

他的敲诈目标是邓利群，四十八岁，身材保养得很棒，但视频上的男人，身材显然更好。那男人戴上猪头面具前，侯三看到了他的样子，那是一张年轻的脸。

还有个意外让他们更头大。

视频显示，现场除了被害人和杀手，还有第四个人。

那人当时就躲在衣柜里，衣柜立在墙边，正对着床。

侯三觉得，要是那人够大胆，一定通过衣柜门缝，把现场看得一清二楚。

不对！他又想，那人肯定吓破胆了，说不定还尿了裤子。

他猜，衣柜里那小子多半是个闯空门的，没料到进屋后情报失误，家里有人，想溜，但没溜成。估计是要退回玄关的时候，浴室里的男女正要开门出来，那小子被逼无奈，干脆闯进卧室，躲进了衣柜。

这是侯三和林小宝的第一笔大买卖。

上次算练手，他们从一个建委副主任身上搞到个小工程，给一所中学的新操场提供沙石物料，从中赚了十来万的差价。

那位主任是个聪明人，认栽很爽快，不想把事搞复杂。他坚称自己真是个清官，只是没管住思想作风的弦，这才被抓住把柄，运作那个小工程，他已尽力。

林小宝可不信那一套。不过，他懂得适可而止，十来万的收益，也算旗开得胜，没必要把对方逼进死胡同。

适可而止是早定好的业务原则。总之就是，既能榨取钱财，又不至于把目标逼到报警的分上。不管怎样，他们决定在地下反腐战线上再接再厉，下次一定要抓个肥羊。

这次，他们瞄上了滨海市卧虎区卫生局副局长邓利群。

他们的业务流程不复杂，但也需要一定的胆量和技术：先搜索目标，再跟踪摸情况，然后安摄像头偷拍不雅视频，最后实质谈判，勒索钱财。

干这个是侯三的主意，他是从狱友那儿听来的。

他狱友有个奇怪的名字，叫谢饕餮。

谢饕餮擅长溜门撬锁，他是个壮小伙，小时候却又瘦又矮，跟同龄的孩子差距很大。他父亲爱子心切，除了叫他多吃，还给他起了这么个名字。父亲本是希望孩子身体健康，能吃能喝，一辈子不愁，没想到，谢饕餮初中就辍学了。他厌倦了考试，觉得名字写起来实在太麻烦。

在狱中，想女人时，谢饕餮时常念叨自己的"双飞"经历：那俩女孩，一个叫大燕，一个叫小燕，双飞燕。为这，谢饕餮得了个外号"鼠标"。

鼠标传给侯三的招不新鲜，但真能挣钱。

侯三总结他狱友，就败在一个"贪"字上：没原则，勒索起来根本没数，他他认为无官不贪，个个人傻钱多——这显然不符合国情。他认为要是自己干这块业务，肯定比鼠标出色。

出狱半年后，他再三考虑，才把这个想法告诉了发小林小宝。

侯三知道，林小宝缺钱，很缺钱。

林小宝丈母娘得了癌症，林小宝的父亲多年前又因病过世，他早就不能拿老爷子的退休金贴补家用了。

更主要的是，林小宝是搞电脑维修的，而侯三不懂，他和鼠标一样，只会溜门撬锁。

一顿酒后，这俩人一拍即合：干。

他俩分工很明确。

林小宝负责搜索目标，装偷录设备。

侯三负责跟踪、筛选目标，以及实质性谈判业务。

搜索目标主要通过网络完成。在业务初级阶段，他们的目标是各行政单位的中层以上干部，区、市两级政府机关的头头，他们不敢碰。

从网上初选几个目标后，后续"考察"工作就是侯三的活儿了。虽然没相关经验借鉴，但他很机灵。他通过候选目标子女的学校、家庭成员汽车品牌，以及目标家门口垃圾桶里的快递包装信息等，多方面综合分析，进一步筛选目标，然后进入实质性跟踪阶段，以确定目标是否存在男女作风问题。

侯三发现，在反腐大环境下，这个业务比想象中难干。拿那个建委副主任来说，他有交往频繁的女人，但就是不开房。

侯三很快明白了。当下环境，酒店的数据库就像个定时炸弹，对有作风问题的官员来说，开房太不安全了，说不定哪天就被好事者举报。有的官员有多套房，偷个情，谈个理想，那就方便得多，那也是侯三喜欢的局面，毕竟，摸进那种房子装摄像头不难。

他们的第一单生意颇费了一番功夫。林小宝把摄像头装进那位建委副主任车里，才搞到想要的视频。林小宝当时有点害怕。虽说开车锁难不倒侯三，但是，在车里偷装摄像头很麻烦，也容易被发现，事后还要再开车锁，拆掉设备。

好在他们的第二个目标邓利群，很有魄力，动不动就深入群众，到小三家里，这令侯三颇感欣慰。

邓利群的出轨对象叫樊琳，二十六岁，住在滨海市栖凤区大魏豪庭五号楼五单元1102室。

侯三只知道樊琳老公叫卢平安，二十九岁，名下有个药店，跟樊琳没有孩子。

有时候，他会为那些被戴了绿帽子的男人感到悲哀：妈的，操！堂堂男子汉，连枕边人的忠诚都得不到。但更多的时候，他感谢他们，因为他需要钱。

卢平安会不定期出差采购药品，尤其是中草药。

侯三不明白，一个开药店的干吗要出差。他发现卢平安一出远门，邓利群就前往樊琳家约会。

侯三和林小宝很敬业。他们提前两个月，在大魏豪庭租了房子。

五号楼五单元1302室，跟1102室差两层。

这样一来，潜入1102室装偷录设备就很便利。否则，他们就得频繁出入小区，保不齐引起保安怀疑，万一出事，也容易被监控排查到。

进去租房住，业务就省事多了。

这年头，有的兔子反其道行之，专吃窝边草。

他们观察得知，卢平安每天除了不定时去药店，几乎所有时间都宅在家。樊琳呢，上班也不定时，但回家还算按点，这方面她倒自律，或者，那是出自卢平安的要求。他们不清楚樊琳做什么工作，估计多半跟邓利群有交集。

卢平安的"宅"几乎耗尽了他俩的耐心。不过他们也清楚，邓利群和樊琳的耐心，也在被消耗。

两周前，3月22日那天，他们终于找到个机会，潜入卢平安家，在卧室床头上方的固定插座里，装了摄像头。

那天傍晚，侯三跟平时一样，在十一层跟十二层之间的安全楼梯上抽烟，观察楼下动静，发现卢平安和樊琳一块出了门。

他照例打扫好烟头，匆匆下楼尾随，注意到那小两口进了小区附近一家饭店。他躲在暗处，隔着饭店玻璃观察了一阵，见卢平安点了红酒，才悄然离开。这可不多见，卢平安很少外出吃饭，或许那天日子特殊吧。总之机会来了。

当时，出现了一个意外。不知为什么，侯三的万能钥匙打不开1102室的门。作为溜门撬锁的前职业选手，因为坐了四年牢，他的活儿生疏了。

那令侯三很丢面子。

情急之下，他叫林小宝留守，一旦主人回来，就电话通知他。

卢平安家门口的墙上，贴着开锁广告"手到开锁"。

侯三去附近买了个床垫，直接搬到1102室，然后打电话给手到开锁公司，告诉对方自己忘了拿家里钥匙。随后开锁师傅赶过去，打开了1102室的门。

冒这个风险，侯三极不情愿。因为开锁前，要向开锁师傅提供身份证明，可他并未提前准备假证件。事后他宽慰自己，只要业务不败露，风险再大也无所谓。

进了屋，装完偷录设备，调试好清晰度，他俩总算踏实了，侯三再也不用溜达到楼下抽烟了。

接下来就是等。

等卢平安出差。

等邓利群上门。

可是谁也没料到，他们等来的，是个犯罪现场。

妈的，操！

杀手完事后，背对着衣柜，把头套撸到眼睛上方，深深地吸了几口气，就好像因为紧张而缺氧似的。

那个瞬间，杀手的脸清晰地传到了偷录设备上。

盯着显示器的侯三，本能地抖了一下。

他赶紧闭上眼，同时大叫："别看！"

林小宝被吓了一跳，跟着闭上眼。

"你看到了？"侯三扭头问。

"没……没看清！"林小宝小声嘟囔。

"这是个狠人！万一哪天咱俩暴露了，不被他灭口才怪！"侯三颤声道。

"暴露？不能吧！"林小宝咽了口唾沫。

"不行！得把他露脸这段删了！"

"咋删？闭眼删？不还得看到他的样子？"

"妈的，操！全删……"

视频里，杀手弯腰掀起猪头面具，看了看被杀男人的脸。

随后他匆忙戴好面罩，叹了口气，找来拖把，很从容地把卧室脚印擦净，然后提着拖把出了卧室，留给侯三一个静止不动的血腥画面。

不，有东西在动。死者的血，浸透了床单，随后流到地面，蜿蜒着像细细的赤练蛇。

侯三坐在显示器跟前。

林小宝站在他身后，嘴里叼着烟，烟灰烧了很长一截，掉落到侯三头发上。

侯三的大脑停转，几分钟后才缓过来。

他猜，杀手一定在用拖把清理卧室外面的脚印。

过了一会儿，他站起来往外冲，跑到门口急刹车停住。

他挠了挠头，转过身。

"妈的，操！你、你去把摄像头拆回来！老子不会弄！"

林小宝吐掉烟头，抹了把脸，一瞪眼："啥？杀手走了？那个闯空门的走了？"

侯三摇摇头，晃到显示器前，他刚才过于激动。

画面静悄悄的，没有任何动静。

这两人大眼瞪小眼，大气不敢喘，就好像他们正置身命案现场。

大约过了半小时，画面里那个衣柜的门，一点一点地开了，这再次吸引了两位偷拍者的注意力。

现场的第四个人，也就是那位闯空门的草包，战战兢兢地从柜子里挪了出来。他早就想跑了，谁不想谁是孙子。

可是，太他妈吓人了。

万一杀手还没走呢？

那段时间，他差点憋死。不是柜子里的空气不够喘，是他一直狠狠咬着自己的胳膊，生怕杀手听到动静。他浑身发抖，差点拉到裤子里，还好，他挺住了。

他肠子都悔青了，早知如此，就不该躲起来。

他打开1102室的门进来时，就感觉到不对劲。当时他站在客厅里，听到洗手间传出声音，有女人，也有男人的声音。房子隔音效果不错，但他听到了。

妈的！这家有人！他反应过来，转身要走。

他踮着脚往外挪，眼看就到玄关了。

这时洗手间里动静大起来，门把手开始转动。他知道，一秒后，他会跟洗手间里的人脸对脸。

当时，他身侧主卧的门开着。他想也没想，就闪了进去，像泥鳅一样，钻进衣柜……

接下来，他从柜子缝里看到了整个过程。

他不知道，另外还有两位偷拍者，不但看到了现场直播，也看到了他。

要是这事能用来比较，他敢打赌，保证自己比偷拍者看得更清楚。当然，那换来的是深入骨髓的恐惧。

他看到杀手背对他，撸起面罩透气来着。这就是祖宗保佑，没让他看到杀手正面。如果杀手面对着柜子，面对着他……那个场面，他不敢想。

杀手拖地时，拖到了衣柜前，还在那儿停了一会儿。

停了三秒。他数了。跟他妈三年似的。

他一度认为自己被发现了，差一点就举起手，跪到外面去。

那个瞬间，他无暇回想自己短暂的一生。他恨透了某个人。

谁？

那个在1102室门框上方，画上记号的龟儿子。

那个记号，闯空门的都明白，表示计划行动，或者可以动手。

这个楼层，他昨天踩点时路过了。他记得很清楚，当时1102室门口的墙上，什么记号也没有。可是今天下午再次路过，却多出了那个新鲜的记号。

记号做在门框上方。那个高度，肯定不是调皮孩子画的。

当时他很纳闷。他清楚，闯空门的提前做记号，多是网络传言，不过，早些年确实有。现在摄像头普及，人们的防盗意识增强，同行好不容易找到目标，做记号？那等于把到手的肉留给别人。

他摇着头走到十楼，又停了。他反复考虑，还是觉得记号没问题，只能是同行刚做的，尽管他想不出同行为啥好心留标记。管他呢！要是就这么走了，那不是吃了大亏？他想起，已经两周没开张了。

他咬了咬牙，决定动手。

做了决定，他给同伙打了个电话……然后戴上绒线帽开工。

他哪知道，那是今天中午，侯三发现卢平安终于出差了，欣喜之下随手在那儿做了个标记，以示庆祝……

一个贼放下本职工作，干起了偷拍勒索，还画记号庆祝？他要是知道这个内情，一定找侯三拼命。

他不知道自己在那个该死的空间里待了多久。一万年？或者更长。

杀手拖完卧室，好像又在外面忙活了几千年。

那会儿，他听到很多杂音。

外面又发生了什么？

管他呢！不被发现就好。

衣柜里一片漆黑，除了自己的呼吸，他再也听不到一点声音。他再次翻开绒线帽的折叠部分，盖住脸，一点一点挪了出去。

黑红的血蜿蜒到衣柜下方，他差点踩到。

他站在卧室里，竖起耳朵听，心跳突突的像机关枪。

外面很安静，杀人者一定走了。

他冲出卧室，跑到玄关。

门把手就在前方。

他不是没看到玄关处横着个东西，只是太紧张，大脑停机了，无暇分析数据。

"咣当！"他被绊倒了。

他触电一样，爬起来，这才看清，把他绊倒的，是个黑色行李箱。

行李箱？哪儿来的？

他进来时，这里屁都没有。他不可能记错。

他正纳闷，眼角余光突然看到客厅沙发上好像有个人。

娘哎！真是个人！完了！杀人者没走，就坐在沙发上！他感觉全身汗毛瞬间奓起，脑子里轰了一炮，两腿接着软了，差点直接跪下。

不对！怎么没声？他很疑惑。

片刻之后，他奓着胆儿，再次朝沙发看去。

这次他看清了。

沙发上躺着个男人，脸朝外，额头流着血，昏迷不醒。

我擦！这货又是谁？杀手？完事自裁了？不能吧！

他的眼珠很快活泛起来，滴溜溜转个不停。

他看了看脚下的行李箱，又看了看沙发上那人，脑补系统开始启动——那不会是这家男主人吧？要么他出差才回来，要么走到半道又回来，总之是回来了。然后一进门，就碰上了杀手，正要逃离的杀手。不用说，他直接被杀手打晕了，或者被干掉了……

管他呢！自己没事就好！他停止脑补，扭头瞅见拖把靠在门口墙上。

哦！那一定是杀手一边往外倒退，一边清理痕迹，一直清到门口，然后把拖把放在那里。

真他妈专业！他顺手拿起拖把，开始清理自己的脚印。他很快整理到门口，也将拖把靠在墙上。

放好拖把，他长舒一口气，紧接着又想起什么，然后拢起袖子，擦去了拖把上的指纹。

临走，他看了看地上的行李箱。

要不要拿？贼不走空。

不行！都什么时候了，逃命要紧！

他挣扎了一会儿，垫着袖子打开门，离开。

他一边疾走，一边数：现场一共几个人？

妈的，五个。

狗日的！

# 第二章 第五个人

闯空门的一走，侯三就戴上手套，冲下楼，打开了1102室的门。这次开锁没有意外。

这时天色已黑，1102室对门的邻居可能已经回来了，要么就在下班途中。考虑到这一点，这两位偷拍者越发谨慎了。

林小宝实在不敢单独进屋，侯三只好跟进去。

屋里很暗，林小宝同样被那个行李箱绊了一跤。

侯三犹豫着，打开了玄关壁灯。

哪儿来的行李箱？他俩顾不上琢磨，同时看到沙发上躺着个男人，吓得转身就跑。

男人满脸是血，仍在昏迷。

"等等！卢平安？"侯三认出来了，那人是户主。

"他……死了？"林小宝这才看清那人一脸是血。

卢平安不是出差了吗？怎么又回来了，而且生死不知！他俩浑身是汗，一肚子问号。

"干活！"侯三知道不能再耽误，把林小宝推进主卧。

林小宝来不及多想，戴上手套，打开卧室的灯，然后取出工具，小心避开地上的血，慢慢挪到床头。两名死者就在他身旁，他就像站在跳舞机上，浑身抖个不停。他感觉，床上的人随时可能伸出冰冷的手，死死抓住他的胳膊。

"妈的，操！慌毛啊！"侯三给他打气。

林小宝咬着牙忙完，撒腿就跑。

侯三顺手关灯，走到门口，看到了墙边的拖把。他挠挠头，抄起了它。

打扫完，侯三蹿上楼梯，1102室的门在他身后关闭。

门框上方那个特殊符号隐在黑暗里，显得孤单、突兀——侯三把它给忘了。

20：35，栖凤区刑警大队的人控制了现场。

报警的是1102室户主卢平安。

他没死，但是失血过多，醒来后差点再次晕倒。他强忍着找到止血纱布，把伤口包起来，然后打了110。

秦向阳队长站在1102室门口，一言不发。最近他想戒烟，来到案发现场，他又忍不住了。

他留着短发，胡茬稀疏，脸色平静，腰板挺直，像一把标枪。他从未掩饰过自己的小动作，还是时不时摸一摸鼻头。

痕检中心主任苏曼宁曾说，他那个小动作，是强迫思考的肢体反应，很可能源于小时候的多动症、思维不集中。此外，还能看出他性格倔强。倔强，很多时候往往表现为固执，而固执似乎又是大男子主义者的通病。对此，他不以为然。

苏曼宁向来高傲，可是在他跟前就连一点脾气也没有。

她曾想给他找个专有名词。

暴君？他性格并不坏。石头？他性格很硬气，可又绝不冰冷。他还年轻，但不是稚嫩的小鲜肉。她知道，他是天生的猎犬，但很难成为牧羊人，他欠缺领导者必要的手腕。

苏曼宁找不到合适的词形容他，也许是那家伙把自己隐藏得太深。她明白，体制内的人面具更厚，要想真实，就得脱掉那身制服。

处理完"东亚丛林"的案子后，秦向阳很想休息。他知道那不可能。但是，他很希望能有那么一段日子，每天醒来所见是传说中的岁月静好，没有谋杀，没有连环凶手，没有野草一样的仇恨。

他做不到电视上那样——跟一群手下安心坐在办公室里，然后有队员闯进镜头，或紧张或兴奋地来一句：头儿！有案子了！警员们随之出动。那样的生活，像一群僵尸，每天时时待命，只为等待案发、等待死亡的来临。

他越来越觉得，那样的工作模式缺乏意义，哪怕之前的所有案子都难不倒他。如果可以，他愿意用自己的失业，换取这个城市减少一桩命案。他知道自己的想法很幼稚，刑警的工作，就是惩戒罪恶链条的一环。预防犯罪，那不是某个人的责任。可是，人性为什么就不能恒定向善呢？

他抽着烟，一眼就看到了门框上方那个新鲜的记号。

他看过现场了，入室杀人，两条命，家中财物正在清点。

卢平安被抬走前，他简单问了几句。

卢平安年纪跟秦向阳相仿，脸形硬朗，只是肤色格外苍白。尽管受了伤，他的眼神看起来却依然很亮。

他说他今天出差，中途返回，一进门就撞见了凶手，接下来被打晕了。

"中途回家？为什么？"

"在高铁站广场，正打算进检票口，发现口袋里多出个信封。"

"信封？"

"里面有个字条，写着一句话：'卢平安，你老婆在家偷情。'"

那是个普通信封，崭新，右上角印着面值一元两角的邮票，邮票中间有个"廉"字，邮票右边竖着印了一行小字："预防职务犯罪邮路。"

信封里面的字条，是普通A4纸对折的一半，上面的字是打印的。

秦向阳戴上手套，把信封和字条仔细看过，然后交给鉴定人员。

"凶手什么样子？"

"戴着头套，很瘦，但很有力。"

"多高？"

"不知道。和我差不多？也许矮一点。我进门，刚放下行李箱，他就冲过来，扣住我脖子。我挣扎……我平时健身的，可是根本甩不开，直到被撞晕。"说到这儿，他已浑身无力，被人架入电梯。

卢平安的确健身。他家三个卧室，其中一个被改造成简单的健身室，里面摆着好几样器材。看器材磨损程度，就知道经常使用。

现场痕检工作仍在进行。

法医吴鹏和痕检人员对现场做了全面、细致的搜索，只差拿放大镜一寸一寸过滤了。他们戴着多波段光源眼镜，从卧室，到洗手间，到客厅，逐一搜索，不放过任何边边角角。所有家具都须挪动检查，然后再恢复原位。

吴鹏熟练地做完本职工作，将尸体运下楼，又返回现场帮忙。他检查了客厅里所有的瓷砖，然后小心地挪开了电视柜。他期望看到有那么一块瓷砖，明显虚浮、上凸，高出周围的平面。

他再次失望。电视柜下面的瓷砖，平整无损。

他的搜索目的性太强。

他还不明白一个道理：真正的猎犬，在搜索时从不预设目标，它们不知道自己要找什么，它们只是寻找，直到某样东西突然出现，本能就会告诉它们，那东西就是目标。

他擦了擦圆脸上的汗，皱着眉，巡视客厅，然后走到阳台，注意到一盆发财树，哦，也许是榕树，他分不清。

那个花盆直径，少说四十厘米，结结实实压在一块正方形白色瓷砖上。花盆表面，铺着一层细小的五彩石子，里面的植物枝叶茂盛，估计两米多高，快接近屋顶了。

他蹲下，试图挪动花盆，没想到那玩意儿太沉。他刚要叫人帮忙，无意中看到花盆内侧的地面上，散落着少许石子，再细看时，那里面还掺有泥土。

他把土捏起来，感觉很潮湿，看来，这些土被剥离出花盆的时间不会太久。

他丢落泥土，将指尖插进花盆的石子中间。

他快速清理了大部分石子，捏了捏下面的泥土，里面更潮湿。

怔了片刻，他拿出钥匙在盆里插来插去，突然，钥匙被什么东西卡了一下。

片刻之后，有金属的亮光从土里露出来。

他匆匆跑出去，跟秦向阳撞了个满怀。

"找到了凶器！"吴鹏语气兴奋。

那是一把不锈钢剔骨刀，向下直直地插在花盆的土里，刀柄和刀身都是钢质，刀身细长，开了刃，上面还留有半干的血迹。

同事们常说吴鹏工作很踏实，但他自己认为是受了秦队长的直接影响。在当年程功的借刀杀人案中，秦向阳对华晨公寓502房间的痕检工作，他记忆犹新。要不是秦队长从墙壁粉刷油漆上找到破绽，确认房间的一切都被替换过，那个案子说不定还搁浅在迷雾里。

"另外，还发现一组脚印，它们好像不该出现在那个地方。

"哪里？"

"主卧衣柜。"吴鹏接过队长的烟，狠狠抽了一口。

四个多小时后，凌晨一点，栖凤区刑警大队会议室坐满了人。与会者，包括法医吴鹏、中队长李天峰等十几名警员。

现场提取信息和场外调查信息，看起来很丰富，队员们士气很高。中队长李天峰介绍了既有情况，他看起来成熟了很多。

基本情况：

1. 死者樊琳，女，二十六岁，老家在滨海下辖的清河县，滨海医学院毕业，某医疗器械公司销售代表。死者曾纬，男，二十七岁，滨海扶生集团老板曾扶生的小儿子，他留学国外，刚回国三个月。

2. 樊琳老公叫卢平安，二十九岁，经营药店，中西药兼营，上过本市中医药大学，读了两年，休学三年，后来不知怎么弄到了毕业证，还考取了行医资格证。他还有个哥哥，叫卢永麟，是个卖健身器材的小老板，比他大五岁。他父亲叫卢占山，是个小有名气的中医，早些年开过中医馆，后来在别人的药店坐诊，前几年不知何故，洗手不干了。

3. 樊琳和曾纬，都是被一刀贯穿颈部大动脉。凶手出刀狠辣，下刀部位精准，没有多余动作，应该是个老手，至少对人体结构非常熟悉。

4. 卢平安身上发现的信封，叫《预防职务犯罪邮路》普通邮资信封，发行于2017年9月15日，发行量一百零九万枚，销售点遍布各地邮局、新华书店，以及网络。通过对打印字迹的形貌特征及其微结构和所含成分的比对分析，能确定那句"卢平安，你老婆在家偷情"来自爱普生黑白喷墨一体机，但无法确定具体型号。信封和字条上，除了卢平安的指纹，再无其他痕迹。

5. 对现场所有财物拍照取证，跟卢平安核对后确认无财物丢失。两名死者的手机完好，衣物和钱包内都留有现金。

6. 现场卧室、客厅、玄关的地面非常干净，无异常脚印和指纹，门边立着拖把。1102室的门锁没有被破坏痕迹。

7. 拿到了大魏豪庭门卫（南北两个大门）监控的备份。小区每栋楼外都有一个监控。这个监控装在每栋楼的一单元外侧，能照顾到五个单元出入口。相应地，五号楼的监控也拿到了。地下停车场出入口及小区主干道还有几个监控，录像也拿到了。遗憾的是，小区电梯内未设监控。

8. 调查了1102室的对门。很可惜，案发日恰逢清明放假，1101室的小两口下班后直接开车去老家上坟，根本没回家。案发时，楼上也没人在家，倒是楼下1002的冯婆婆反映了一个情况。她说下午出门倒垃圾顺便接孙子放学，等电梯时，听到头顶的步行楼梯上有人走动，但是直到她进了电梯，也没见有人从楼梯上下来。当时不到16：00。

重要情况：

1. 案发当日中午，樊琳打出三个电话，接到一个电话。接到的电话，来自某医疗器械公司销售总监陈某。陈某告诉警方，樊琳的确是其公司销售代表，她不拿底薪，没有考勤，只有提成。陈某给她打电话，核对了2018年第一季度的销售额。他说，听起来，樊琳的心情很不错。樊琳打出的三个电话，两个打给邓利群（四十八岁，卧虎区卫生局副局长），另一个打给曾纬，也就是被害人。

2. 现场找到的剔骨刀，确认为作案工具。经检验，刀上的血迹来自被害人。另外，刀把上还提取到了若干指纹。

3. 衣柜里提取的脚印很清晰。它告诉我们两个很有意思的可能，要么是凶手提前藏在衣柜中，要么是凶手之外的另一人所留。但是，现场内外的地面又特别干净，说明凶手进行了很彻底的打扫，门口的拖把就是最好的证明。凶手如此从容、缜密，又怎会忽略掉柜子里的脚印呢？所以，柜子里的脚印大概率不是凶手所留，它应该来自第四个人。这是个很意外的发现。那个人是谁？闯空门的？昨天16：00前，1002室的冯婆婆听到的可疑走动声，会不会就是他制造的？他先于凶手进入1102室，意外发现家里有人，无奈躲到了衣柜里？他目睹了案发过程？

李天峰留下的那几个疑问，让气氛热烈起来。

秦向阳把他的手机连上投影仪，找出一幅图片，吸引了所有人的注意力。那是1102室门框上方的特殊记号，他一早就拍了下来。

"各位，这是现场门外找到的。"他知道在命案现场时，他的手下谁也没注意到那个记号，对此，他没表现出任何不快。

"经反扒队确认，这记号意思很明显，提示1102室为盗窃目标。"他接着说，"那么，衣柜的脚印会不会是案发前早就存在？如果是，它为何一直没被女主人发现？同样，卢平安家应该有财物被盗才对。正常来说，一个贼，不管因为什么原因躲进衣柜，临走都不走空，除非极其特殊的情况，比如他目睹了杀人现场。我询问过派出所，案发前，卢家没有报失记录。因此，李天峰的分析有道理，就在案发前不久，一个闯空门的误入了卢平安家，无奈之下躲进了衣柜。那小子一定目睹了案发过程。理由很简单，现场内外很干净，临走时，他也打扫了脚印，那不是一个贼应有的素质，他只是重复了杀手的打扫过程，但他太紧张，所以忘了衣柜里的脚印。这样一来，就有了疑问，贼为什么非要在门框上方做记号呢？反扒队的兄弟说，那种记号，早些年还多，现在也不是没有，但不常见。"

吴鹏说："那小子神经很抗压，他要是尿在柜子里，咱就省事了！"

李天峰说："有监控，他也飞不了吧。"

秦向阳没说话，他散了一圈烟，从李天峰手里接过调查报告。

他把报告又看了一遍，注意力停在樊琳打出的电话上。

卢平安大概是12：30离开家的，这个从门卫监控上一眼便知。樊琳第一次打给邓利群的时间，是12：40。14：15，她又打给邓利群。14：30，樊琳才打给曾纬。

监控显示，曾纬的车，15：40由北门进入小区。

另外，他们早就发现，邓利群的车也去过案发小区，时间是下午两点整，大约半小时后，邓利群的车又驶出地下车库，从北门离开小区。

这里有个细节，大魏豪庭大门出入，是一车一杆，自动扫描。案发当天，是清明节前一天下午，学生及一些单位放假，小区出入车辆非常频繁，门卫干脆升杆，但本小区以外的车辆，还是一一做过登记。

这些是初步提取的监控信息。五号楼的监控，因时间关系，甄别工作还没进行。

案发后，秦向阳还没给案子定性。表面看，樊琳和曾纬属于偷情。但是这个偷情，跟他们被杀有无关系，现在根本没法确定。

看完报告，秦向阳叫李天峰连夜办手续，然后去邓利群家门口守着，天一亮就把人请来协助调查。

李天峰刚走，有个人快步走进会议室。

那人提着一大堆方便面，跑到秦向阳面前，语气兴奋："师父！重大发现，卢平安袖口上有少量可疑血迹！"

来人叫韩枫，分配到分局不久。

这是个时时微笑的年轻人，他体形瘦弱，眼睛小小的，门牙很大，嘴巴很甜。来报到的第一天，就对秦向阳一口一个"师父"。

他说在警校时，就久仰秦向阳的大名，一心想到栖凤分局跟着秦队长干，今年实习结束后终于梦想成真。

秦向阳很反感"师父"二字，却又不能堵上人家的嘴。处了一段时间后，他发现韩枫虽然长得丑了点，记性却尤其好，对很多中外案例如数家珍，头脑也灵活，是块好料，索性就由着他叫了。

李天峰起初也很厌烦韩枫，在他看来，那么做，有溜须拍马之嫌。可是韩枫也对他很尊敬，天天"李队李队"的，为人又大方，不管是发烟还是请客吃饭，都很积极。慢慢地，李天峰也对他改变了态度。

"袖口可疑血迹？卢平安头部受伤，身上肯定有血，当然，他的嫌疑还没排除。"吴鹏在一旁说。

"是的！他外套前襟和领口上都有血。但袖口不一样，某些情况下，那是最容易喷溅血迹的地方。"韩枫眨着小眼说。

"某些情况？喷溅血迹？你怀疑卢平安是凶手？"吴鹏皱眉道，"他懂医术，他头上的纱布是自己包的，袖口难免沾血吧？"

秦向阳抱臂而立，仔细听着他们的对话。

"可是，他就在案发现场，哦，也是偷情现场。师父让我送他上医院，难道我不该对他留点心？"

秦向阳点点头，问："血液样本呢？"

"他身上有血的地方，袖口、领口、前襟、裤子等多处，我分别做了提取，分组标号，给苏主任送去了。当然了，我是背着卢平安干的。"韩枫说完嘿嘿一笑。

秦向阳拍了拍韩枫的肩膀，以示鼓励。

韩枫深受鼓舞，把方便面分给众人。

大家正吃喝时，苏曼宁疾步走进会议室。她留着一头齐肩短发，身姿挺拔，行走间甚是爽利。

韩枫见苏曼宁进来，急忙迎上去："苏姐，怎么样？"

苏曼宁直走到秦向阳跟前："卢平安袖口有少量血迹来自被害人，确切地说，来自曾纬。那部分血迹，跟他自己的血混合了。我不得不怀疑，卢平安就是……"

"哦？"秦向阳放下方便面，接过血检报告。

"还有，那把剔骨尖刀上的指纹，都是卢平安的，是右手！"苏曼宁补充道。

"我就说……"韩枫挺了挺腰板。

听到苏曼宁的结论，大家都安静下来。

证据似乎来得太快。

"真是他？"

吴鹏挠了挠头："这么说，卢平安撒谎了？他头上的伤是自己撞的，根本就不存在他闯入现场被人打晕。那所谓信封和字条，也是他早备好的！"

"对！加上那个闯空门的，现场也只有四个人。那个所谓的凶手，也就是所谓的第五个人，只是他想脱罪的说辞而已！"韩枫说。

"要是这样，那他早就知道樊琳给他戴绿帽子……"吴鹏说。

"逻辑上没错！只不过无法确定，他杀人是蓄谋已久，还是激情为之。"苏曼宁说。

"不可能激情杀人，那个信封和字条，显然是故意为之！"韩枫说。

秦向阳没下结论。凶器被精心藏在现场花盆里，非常隐蔽，卢平安袖口的少量血迹，也混合了他自己的血液——这两份证据，来得并不突然。他知道一切以证据说话，只是，他没忘记当年的多米诺骨牌案，张启发被嫁祸时，那些证据同样客观。

他一贯谨慎，当然，他也巴不得当晚就结案。

他想了想，问韩枫："卢平安状态如何？"

"缝了二十多针，在那儿躺着呢，小刘盯着他。"韩枫说的小刘，是同他一起分配来的年轻人。

"去办好手续，立刻回医院，天亮后，把人带到局里。"

韩枫刚要走，秦向阳又补充道："是拘捕手续。"

说完他看了看表，凌晨三点多了，正是一天中最黑暗的时候。

他估计，李天峰应该到邓利群家门口了。

邓利群？

他念叨了几遍，随后打开了大魏豪庭五号楼的监控视频。

## |第三章 争功|

第二天下午一点，滨海市公安局召开了一个会议。

主持会议的是市公安局负责刑侦的副局长丁诚。与会人员来自三个单位：市局直属刑侦支队、栖凤分局和卧虎分局。

作为丁诚的老婆，苏曼宁提前获知了会议主题——这是4月4日大魏豪庭凶杀案的专题会议。

专题会议？苏曼宁从中嗅到了不寻常的味道。

按常理来说，一桩凶杀案发生后，都是由案发辖区公安分局直接负责的。再说大魏豪庭的案子，出在秦向阳的辖区，他完全有能力处理，这一点，至少在滨海警界来说，谁也不会质疑。就算市公安局召开专题会议，那也是因案情重大，或辖区分局旷日持久拿不下案子。这时候，压力会迫使市公安局领导出面督促，或接管案子，甚至成立市公安局专案组。

可是这次，案子才出了一天，性质上又不是连环大案，栖凤分局通宵作战，已经查实了一些眉目，这种情况下，怎么突然出来个市公安局专题会议呢？

苏曼宁对驾驶位上的秦向阳说了自己的疑虑。

秦向阳无所谓地笑了笑，说："估计跟被害人家属有关。谁？曾纬的父亲，曾扶生。"

"曾扶生？"苏曼宁从车后座找到资料，一看，有数了。

刚刚过去的那个晚上，对滨海扶生集团老板曾扶生来说，是生平最痛苦、最难熬的一夜。

4月4日傍晚他接到消息，他小儿子曾纬被杀了。更让他难以接受的是，儿子竟然赤身裸体，死在一个女人身上。

曾扶生五十多岁，精神矍铄，喜欢穿绸料盘扣对襟衫。他的头发茂密，很自然地向后梳着，银发没有刻意染黑，深沉中有一丝出尘的气质。只是此刻，他眼中惯有的锋芒和智慧，被彻底的哀伤替代了。

在滨海商界，曾扶生是个传奇，也是个异类。

他的扶生集团，十年前还只是个名不见经传的保健品公司，现在却已成长为涵盖医疗、教育、地产的综合性商业集团。

对于曾扶生，有心之人不难发现，他从事的行业发展轨迹紧跟改革脉搏。跟大多数成功者一样，他同样热衷于发展和扩张，但他只专注于医疗、教育、地产，其他行业多一个也不搞。他深深懂得，这三大块，几乎等同于大多数人的人生意义。

他有独资的生殖医院，看准了不孕不育正上升为社会问题；他开设疑难杂症医院，以中医治疗为主，不跟正规的西医综合医院竞争；他有一所私人学校，走的是平民教育路线，成功避开了贵族化教育资本的竞争对手；他开发的楼盘价格不高也不低，卖得还不错。

他涉及的每个行业，都远不是这个城市最好的，但加起来，实力绝不容小觑。他是滨海市纳税大户，可是财务干净，从不刻意结交当地官员。

在滨海市，明面上他唯一交好的官员是政法委书记孙登，而且并非刻意。孙登有个儿子，叫孙敬轩，干进出口贸易，曾经给扶生集团进口过药物。在业务来往中，孙敬轩偶然认识了曾扶生的女儿，两人慢慢发展成情侣关系。

在外人看来，曾扶生简直是个异类。有人说他太低调，也有人说他太小心。毕竟，不管跟哪些官员走得太近，都等同于站队，难免有利益绑定，一旦利益方涉及官员出事，那与之捆绑的商人也一定没好。还有人说，曾扶生很有野心，他根本看不起当地官员，他是市人大代表，有很多跟京官的私人合影，他不是不经营政商关系，他是把触角伸到比滨海大的地方了。

不管怎样，在滨海，曾扶生都是个举足轻重的人。人大代表的头衔之下，他和政府的头头脑脑还算熟络，却不热衷于抛头露面，这为他赢得了尊重。

他有一个儿子，一个女儿。

他女儿叫曾帆，比曾纬大两岁。

现在，他儿子没了。

他知道曾纬常泡夜店，那是从国外带回的习惯，他不干涉，孩子愿意回来就好，有的是时间培养。可是，曾纬怎么就突然死在女人床上？

他整夜把自己关在书房，天亮后，他前往滨海市局，找局长徐战海。

徐战海的前任是丁奉武。因为四年前的多米诺骨牌案，滨海警界人事发生大变动，秦向阳从盘龙区一线刑警，直升分局刑侦大队长，同时，丁奉武进了省厅，徐战海被调来当了局长，而当时的副局长兼刑侦支队长郑毅入狱，上级又空降丁诚，顶了郑毅的缺。

后来，丁诚以建立更完善的干部梯队为由，主动让出了刑侦支队长的位置，不再兼任。很快，上级安排了一个学院派，叫江海潮，来滨海市局做刑侦支队长。副支队长叫陆涛，曾是郑毅的老部下，那人虽说机械、刻板，唯命是从，但没出过什么差错，因而并未受到郑毅的牵连，还留在原来的位置上。

丁诚让出支队长的位置，干得很漂亮，可实际上他也有私心。理由很简单，他担心自己的能力在那个位置上干不出成绩来。

刑侦支队长这个位置，再上一步，就是副局级管理层，退一步，得跟一线人员同吃同住。丁诚空出它，不是说他受不了那份苦，而是因为他担心自己负不起那份责任。

他有过深刻的教训。

那是两年前程功的借刀杀人案，当时他还兼任支队长。在那个案子中，他坚决否定了秦向阳的建议，铁了心地以犯罪嫌疑人郝红为诱饵，去钓杀手，结果间接导致郝红被害。虽然法理上他不必为郝红的死承担责任，可是那严重打击了他的自信。在那之后，他很快让出了支队长的位置。

他需要更合适的人才顶上那个位置，好让他更充分地发挥自己的协调和管理能力，这样于公于私都有益。总之，他需要一员好将。他第一个想到的人是秦向阳。可是秦向阳太年轻了，屁股在分局大队长的位置还没坐热。想来想去，他放弃了推荐，等来了江海潮。

江海潮三十来岁，在外地分局有多年的一线经验，只是长得非常秀气，跟某个当红小鲜肉相像。

也许他早注意到自己的形象跟职业不太匹配，也许他自尊心太强，他非常勤于锻炼，有空就泡在体能训练室，经常练到半夜。

丁诚后来得知，江海潮的父亲是省委一位领导，位高权重。还好在丁诚看来，江海潮很拼，肯于吃苦，这几年也破了不少案子，只不过一直没碰到最考验人的大案。他知道一定有人在背地里评价，江海潮年纪轻轻就当上了支队长，得益于其官二代身份。他还知道，江海潮心里一直憋着一股劲，想凭能力证明自己。对丁诚来说，这就够了。

这天早上，江海潮安静地坐在办公室里。阳光扫进来，把他略显粉嫩的脸晒得通红。

他点上了烟。那不是他的习惯。

昨晚他就收到消息，栖凤分局那边发生了命案，死了两个人。

两条人命，对所有刑侦人员来说，都不是小事。命案必破的原则下，那意味着很大责任，还有风险。

当然，更意味着机会。破案，立功，是证明个人能力的机会。

他渴望那样的机会。

他干支队长两年了，仅仅处理过两件命案。一件是他直属区域内一个女学生网贷了六千块钱，后来以贷还贷，最后发展成欠多家网贷公司二十多万元，无奈之下，伙同其男友设局仙人跳搞钱，其男友失手打死了被骗的客人；另一件是顺风车司机被乘客捅死。

他一想起来就忍不住气，那两个案子，随便一个派出所的资源就能搞定。可是那也不怪他，和谐社会，哪来那么多大案？就算有，大多数也都在各个分局手里破了，很少轮到支队直接出马。

两年了，他顶着刑侦支队长的光环，却没有拿得出手的成绩。

他感觉，那个光环快灭了，然后，光环会变成黑色的绳子，绞死他的自尊，勒紧他的脖子，让他不能呼吸。

他极度郁闷。

大魏豪庭，秦向阳的地盘。怎么又是他？

他深吸一口烟，摇摇头，不承认自己心生嫉妒。

他无法不关注秦向阳，那颗滨海警界的希望之星。

他研究过秦向阳的档案，先是赵楚的多米诺骨牌案，后来是程功的借刀杀人案，然后是常虹的暗网复仇大事件。且不提秦向阳经手的乱七八糟的案子，这些大案中任意一个所能带来的荣耀，对刑侦人员来说都梦寐以求。

想到这儿，他用力掐灭烟又续上一根，同时长叹了一口气，像是在自嘲。

"或许不必用'刑侦人员'这四个字来掩饰。坦白讲，荣耀是我江海潮梦寐以求的，这不丢人。"

他研究过那些重案的卷宗，还分析过秦向阳的侦破思路。他始终觉得，除了必要的能力，秦向阳的运气实在太好了。

而运气，正是他欠缺的东西。

破案需要运气吗？也许。

但他觉得自己根本不需要运气，他只是缺少机会。

眼前的大魏豪庭404案（4月4日案发），就是机会。

要是这个案子再给秦向阳破了，会怎样？那小子的履历，将更加辉煌。

江海潮烦躁地扔掉烟头，摈弃脑海中的"辉煌"二字。不管怎样，他很清楚，再这么下去，不久的将来，秦向阳还会升职。要么从分局刑侦大队长晋升为主管刑侦的分局副局长，要么升到市局接手支队，这两个可能显而易见。

要是秦向阳将来接管支队，那他江海潮干吗去？灰溜溜卷铺盖走人，再找个支队继续锻炼吗？那还不如一头撞死！

"不！我江海潮在乎的，不是一个支队长的位子，而是荣誉！"

这天一早，曾扶生没用司机，他自己开车前往市局。

他来早了，局长徐战海还没到。

他转了转，见刑侦副局长丁诚的办公室开着门，就走了过去，然后像个受了委屈的上访户一样，站在门外。

他可不是上访户。

不久，市局局长徐战海，市政法委书记孙登先后赶到，这令丁诚很意外。

曾扶生穿着黑色盘扣对襟衫，表情阴郁，情绪克制。

看起来，孙登跟曾扶生很熟。来时的路上，他就跟徐战海通了电话。

另外，徐战海还接到了市委副书记的电话。

这两通电话，谈的都是曾纬被害案，给徐局长带来了巨大压力。

昨晚，丁诚就接到了栖凤分局的案情简报。关于被害人家属，简报上只具体到了名字。他怎么也没想到，这个曾扶生有这么大的能量。

做介绍时，孙登说："我来是组织上的要求，市里几位领导对曾纬被害案都极为关心。我们的政商关系，跟警民关系一样，和谐有序。我们对犯罪行为坚决打击，我们对待刑事案件一视同仁。只不过，在案件处理的优先级上，会有必要的区分。"

曾扶生全程没说话，他谨慎地坐在沙发外沿，表情肃然。

临走，他跟每个人握手，语气满含歉意："唉，家门不幸！给领导添麻烦了！"

出门前，孙登给丁诚提了一个要求："你务必放下手头工作，亲自抓一抓。要不惜一切代价，尽快厘清案情，抓住凶手，给受害人家属和关注案情的领导一个满意的交代！"

送客后，丁诚这才调出曾扶生和扶生集团的详细资料。看完后他才明白，孙登及市委领导为何对这个案子如此重视。

接着，他去了徐战海办公室。

两人商量后，丁诚立即准备了404案的专题会议。一来，可以全面了解案情；二来，被害人曾纬身份特殊，政法委书记和市委有关领导，把压力甩给了他和徐局，他得把压力传给秦向阳。这么做，也就向相关领导表明了他和徐局对案件的态度。

市局会议室。

支队长江海潮微皱眉头，嘴上叼着一支烟，但没点燃，那令他那张略显粉嫩的脸更加帅气。

副队长陆涛板着脸，面无表情，人们早习惯了他那个样子。

卧虎区的刑侦大队长也在座。这令苏曼宁有些意外。那人叫霍大彪，身材魁梧，是个老刑警。在苏曼宁看来，霍大彪跟404案没什么关系。

秦向阳斜靠在椅子上，半闭着眼，双腿直直地伸出，样子有些懒散。

他一边休息，一边想案子。

凌晨天快亮时，他研究了大魏豪庭五号楼的监控。

他们推断，被害人死亡时间，是4月4日16∶00至16∶30。再加上凶手又整理了现场，那么，假定凶手不是卢平安的话，凶手下楼后（不管是乘电梯还是走安全通道），一定会被监控拍到。遗憾的是，五号楼的监控设在一单元的侧面，五单元门口的画面不够清楚。再就是案发当天，清明节提前放假，小区内人来人往，给监控甄别增加了难度，当然，也有好处，相关目击者的概率会增加。

结合小区南北两个大门的监控，排除大量无关人员后，他们很快发现，案发当天15∶52，有个穿黑色连帽衫的人，戴着蓝色口罩，从北门步行进入小区，三分钟后，那人进入五号楼。

16∶10，卢平安提着行李箱回到小区，步履匆匆，表情凝重。

16∶45，连帽衫男子从五号楼出来，再从北门离开小区，失去踪迹。

那人身材消瘦，高约一米七五，走路低着头，脸被帽子遮住，步伐很快。

神秘的连帽衫男子，由此出现在404案的案情记录中。他的形体影像，基本符合卢平安的描述。

还有个闯空门的，也应该在监控里才对。

五号楼一共二十四层，每层两户。就算每户五个人，那五单元总共二百四十人，即使有一些外来人员出入，那监控甄别起来也不会太麻烦。

能进入五号楼1102室的方式，只有两种。

一种是走单元门。

一种是坐地下车库电梯。

对图像高清处理后发现，案发时段内（此时段扩大为15：40—17：00），包括神秘连帽衫男子在内，出入五号楼的外来人员（不包括地下车库电梯），一共二十九人。

其中，九人为五号楼住户的亲戚、朋友或同事，都能提供案发时段不在场证明。此外，快递员七个，外卖员八个，修马桶的两个，查电表的一个，开锁公司的一个，最后一个是神秘连帽衫男子。

这里头竟然没有邓利群——这跟现场调查反馈的情况一样。

监控显示，邓利群的车，是14：00进入小区，14：30离开。再查车库入口的监控，发现邓利群进入车库后，根本没出来。那么，他就有可能从车库里直接坐电梯去十一楼。可是，案发现场表明，邓利群根本没去过1102室。

那段时间，他干吗去了？

天亮后，经过核实，修马桶的，查电表的，开锁公司的，都被排除了。

如此一来，那个闯空门的，就一定在剩下的十五人名单之内。

临来开会前，秦向阳叫李天峰一定从余下的十五人名单中，找出那个家伙，那个命案现场目击者。

地下车库的情况，是这天一早实地调查的。

车库共两层，小区内所有楼层的电梯，均直达地下车库。

秦向阳通过门卫监控和非小区内车辆出入登记表，查实了案发时段前后，出入车库的所有车辆。

理论上，地下车库内的所有车主，都有机会坐五号楼的电梯去1102室。

通过对车主逐一调查，这份理论名单上，仅余五人拿不出不在场证明。这五个人，包括三男两女，都是五号楼的住户。案发时段内，两个女的声称在家睡觉，一个男的自己在家玩游戏，还有个男人自己在家大扫除，最后一位，警方再三逼问，才支支吾吾说当时在裸聊。

对这几位业主的进一步调查仍在继续。

秦向阳的重点是邓利群，他没想到对方有不在场证明。

这天一早，他亲自"接待"了邓局长。

得知樊琳被杀，现场还死了个男的，邓利群极为惊讶。他说昨晚他打过樊琳的电话，没人接听，他很纳闷，但想不到她被害了。

按规矩，秦向阳没必要把案情告诉邓利群。他那么做，想让对方明白事情的严重性。

询问一开始，秦向阳先追问他和樊琳的关系，这位副局长有些不安。

"情人？"秦向阳给了对方一个容易接受的关系。

邓利群没言语。

"樊琳是医疗器材公司的销售，她跟你之间，私底下有无猫腻，有什么猫腻，那是经侦的事，我不想管。不过，查查她的业绩，再捋捋她销售的器材流向，那里头有没有你的影子，这些不难查，对吧，邓副局长？"

"呃……情人！我们是情人！我和案子绝对没关系，你可千万别、别借题发挥……"

邓利群立马慌了。

对他而言，他和樊琳之间就是一场游戏，他们各取所需。他觉得，这不算什么大事，无非就是利用职务之便，帮一个女人卖了那么几台医疗器械而已。就算没有他，医院也总是要采购器械的；就算没有樊琳，也总是有别人把器械卖给医院的。

"借题发挥？邓局长这是提前埋怨我，把你以权谋私的勾当通知经侦咯？"

"不！不！没那回事！秦队长，您赶紧问吧，我有一说一。"

"昨天中午12：40，樊琳找你干什么？"

秦向阳单刀直入，他无心挖掘邓利群私下的勾当。

"你也说了，我们是情人。"邓利群点上烟。

"卢平安刚走，她就找你？是她太急，还是你太有魅力？"秦向阳也点上烟。

这时，邓利群似笑非笑地说："哎，你别说，还真是她太急。"

秦向阳往椅背上一靠，紧盯着对方。

"您别这么瞅我啊，怪不舒服的！"邓利群深吸一口烟，说，"你不知道，樊琳她老公卢平安，那方面不行。"

"哦？"这倒是个新情况，秦向阳赶紧记下来。

"他们结婚三年了，还没孩子。樊琳说，不是他们避孕，是卢平安根本不行。"

秦向阳摇头。他不信樊琳和卢平安没有婚前性行为，要是卢平安真不行，那樊琳该早知道才对。

邓利群说："也不是直接不行。樊琳说过，卢平安有先天性心脏病，无法承受频繁的性行为，过于激动容易心梗。她是婚后才知道的。至于对卢平安来说，怎么样算频繁，那我不清楚。按樊琳的说法，婚后是越来越少，平均一两个月一次。对了，她老公这次出差跟上次间隔了两个月，所以昨天樊琳约我去玩，我不意外。她憋坏了，你信吗？"

"两个月？你倒记得很清楚。"

"不是专门记。上次我和她在一块时，刚好是我生日的第二天。那一段，我们接触频繁。嗯，那次卢平安出门了一周。"

陈述这个事实时，邓利群哪能想到，也正是那段时间他跟樊琳频繁接触，才被侯三盯上的。两个月前，侯三干脆去大魏豪庭租了房子。只是当时侯三也没想到，自那次卢平安出完差后，一直要等将近两个月，才找到足够合适的机会，潜入1102室装摄像头。

"你认为卢平安知道你的存在吗？"秦向阳问。

"不能吧！再说樊琳也没那么傻！"

"樊琳有没有别的情人？"

"那我不知道。你看，我和她真的就只是情人关系，谁让她男人不行呢。"

秦向阳没理他的话茬，问："昨天你见到樊琳了吗？"

对方摇头。

"你是14：00到的大魏豪庭，半小时后离开的吧？那段时间你去哪儿了？"

"能去哪儿！就在车库里！"说到这儿，邓利群突然挺直了身子，惊道，"妈的！亏了发生那件事，要不然，死在现场的不就是我了？"

邓利群惊出一身冷汗。他从怀里掏出个精致的小酒壶，猛喝了一口，算是压惊。

"实话说，今早来你们这儿之前，我还自认倒霉。昨天，无缘无故损失好几千，那其实不怪我。"邓利群收起酒壶，慢慢说道。

"详细说说。"

"就是个小事故嘛。你们知道的，那里的地下车库有两层，它绝大部分车位都卖出去了，还剩下一些。那里所有车位都装着地锁，没卖出去的那些，地锁早都被拆了，反正到现在物业也没管，就被当成了公共车位。我先开去了地下一层，转了一圈。一层总共才五个公共车位，都被占了，就又去了二层。二层的公共车位本就比一层多，好，有位置……"

邓利群停好他的奥迪Q7，对着后视镜整理头发，心里想着两个月不知肉味的樊琳，越想越乐。

整理好头发，他从副驾驶位上拿起给樊琳的礼物，推门下车。

相比地下二层不算好的光线，他当时心情特好，完全没想到意外的发生。

他刚停好车，有一辆蓝色本田略显笨拙地停在了他左边的公共车位。

本田熄火后，一个女人匆匆走出驾驶位，手里拎着一大堆东西。女人提着东西绕到副驾驶位，从车上抱下个四五岁的小男孩。

女人把小男孩放到地上时，手提袋不小心滑落。那个袋里有一盒新买的跳棋，被那么一摔，跳棋的盖子打开了，好几颗彩色弹珠跳出来，朝着邓利群的车前门方向滚去。

小男孩挣开女人的手，去追弹珠。

他追到Q7门前，蹲下身子。

一颗、两颗、三颗……

"咣当"，邓利群哼着小曲推开车门，把孩子撞倒了。

"秦队长，你说我冤吗？我哪儿想到，有个孩子在那儿捡弹珠！"邓利群很委屈。

秦向阳点点头，没言语，他在想象邓利群所说的场景。

"后来呢？"过了一会儿，他点上烟，追问。

"后来？后来就是孩子哭，女人叫，抓挠，争执，责骂……孩子额头肿了，手腕也有伤。唉，没啥说的。"

"说说私了过程。"

"我着急，樊琳在那儿等着呢。我当场给她转了三千，她答应放我走。谁知转完钱，她又改主意了，非让我带孩子上医院检查……"

"那会儿，樊琳又给你打电话了吧？"

"是的。"邓利群拿出手机看了看通话记录，"喏，14:15打的，当时小男孩母亲正在挠我……"

"她在电话里怎么说？"

"就是问我在哪儿，怎么还没到。"

"她很不耐烦？"

"应该是吧。我说我就在车库，有个小意外，正在处理。当时我没空跟她共享位置。她不信，甩脸子了，说她又不是只有我一个男人。我还想解释，那孩子母亲一巴掌过来，我电话就飞了……"

听到这儿，秦向阳有数了。昨天中午卢平安走后不久，樊琳就打电话约邓利群，久等之后又打了第二遍，以为对方找借口没来，随后才打电话约曾纬上门。

显然，曾纬也是樊琳的出轨对象之一。

只是在秦向阳看来，曾纬资料显示他才回国三个月，怎么这么快就勾搭上了樊琳呢？其实细想也不难理解，曾纬是扶生集团未来接班人，扶生集团旗下有医院，也属于樊琳的业务对象。

做好记录，秦向阳沉吟了一会儿，问："事后看，你觉得昨天的事巧合吗？"

邓利群眨了眨眼，提高音量说："巧合？当然巧了！刚不是说了，要不是我把那孩子撞了，我不就见到樊琳了？那我不就……"

"你为什么不认为，杀手想杀的人其实是你呢？"秦向阳意味深长地说。

这话把邓利群吓了一大跳。

"不可能！我又没仇人！你可别胡说！不对！你们是不是发现了什么？案子真和我相关？"

"别紧张。我们什么也没发现，我就随口一说。"秦向阳轻松道。

邓利群长舒一口气，但眼中的狐疑却未就此退去。

"对了，那孩子的母亲叫什么名字？"

"魏芸丽。"

邓利群一边说，一边把上医院检查的单子，以及转账记录都找了出来。

邓利群走后，卢平安被正式审讯。

这突如其来的厄运，令这个年轻人的脸色更加苍白。

一上来，秦向阳就展示了那两项直接证据，一个是凶器上的指纹，一个是卢平安袖口的血迹。

卢平安呆若木鸡。

很快，他生气了，不断挣扎，试图从审讯椅上站起来，那使他本就刚硬的脸部轮廓更加分明。

秦向阳轻轻叹了口气，说："我很困，你很冤。你觉得这么形容咱俩当下的局面，是否准确？"

"嗯？"卢平安很快平静下来，说了句秦向阳想不到的话，"困了你就去睡，我不急。是冤就能洗，我信！"

"呵呵！你倒很认可我俩当下的局面。"秦向阳一笑，说，"问题是，我不认为你冤枉。"

"分明有人害我！"

"你有仇人？"

卢平安陷入沉思。

"你的车几点发车？"

"17：00。"卢平安抬头道。

"17：00发车？可你12：30就离家前往车站！为什么？"秦向阳的问题很尖锐。

卢平安平静地说："没什么，那天中午和樊琳吵架了，在家待不住，索性提前走。"

"吵架？"秦向阳紧盯着对方，继续说，"站在你的立场，现场应该是这样的——你从车站返回，进了家门，被打晕。凶手把你的指纹按在刀上，再把刀埋进花盆，又在你的右手袖口抹上曾纬的血。"

"被打晕后，我也不知道发生了什么。我想，你的分析很接近事实。"

"是吗？"秦向阳离开审讯桌，逼近卢平安跟前，说，"可惜，你袖口上曾纬的血，是喷溅状血迹！"

"喷溅？"卢平安愣了片刻，马上明白过来，大声道，"那可以人为制造的！"

"你告诉我怎么制造？"

"我哪知道！你去问凶手！"

"你认识曾纬吗？"

"不认识！"卢平安紧皱眉头，说，"我要是凶手，为何给你们留下证据？我会换衣服的！"

"也许你根本没注意自己的袖口！"

"我至少不会把凶器留在家里！就算藏，也会擦掉指纹！"

"行凶后，你要么留在现场，要么离开。离开后，你的嫌疑更大，你别无选择！"

"我为什么杀自己老婆？"

"问你自己。"

"我？"

"你那方面不行吧？你有先天性心脏病，知道樊琳出轨在先。"

听到这儿，卢平安突然笑了，他试图抱臂在胸，手铐阻止了他。

他不屑地说："我的确有心脏病，我也早知道樊琳背叛我，但我没必要杀她，事实上，我们已在商量离婚。"

"哦？"

"家里有一份离婚协议，你们可以去搜。樊琳在上面列了条件，只不过很苛刻，事情就暂时放下了。"

秦向阳站起来，搓着鼻头走了一圈，驻足道："你的说辞的确弱化了动机，但它还在。比如背叛，比如樊琳的苛刻条件，它们带给你的愤怒！记住，不管在这儿还是将来在法庭，都是以证据说话！"

"没错，是她要离开我，你认为我就那么舍不得？"

秦向阳盯着对方，沉默。

"我现在的身体状况，的确不太适合婚姻生活，我想得通。她离开，对我俩都好！"

秦向阳摇摇头，他不信卢平安的话。他很清楚，得失之间最能窥见人性的复杂。

市局会议室。

秦向阳斜靠在椅子上，闭着眼，脑子里回放案情。

丁诚发言打断了他。

"……不是说，404案被害人身份特殊，曾纬父亲是成功商人，是人大代表，市局及上级相关领导才格外重视。我们的责任，是惩治犯罪、维护全社会稳定。这份责任，从来不因被害人身份不同而有所区别。同样，任何人只要他犯了法，这份责任更不会因犯罪者身份不同而有所区别。但是，既然上级领导注意到了本案，并对此表达了足够的重视，我们就必须全力以赴，勠力同心，把它拿下！"

丁诚一开始的发言，秦向阳没上心。后面谈到了责任，谈到了对本案的重视，丁诚慷慨激昂。他跟着坐正，配合丁局长打鞭子。他知道，这么一来，在全局来说，404案的优先级，已经排到很高了。

"今天不谈案情，我想听听各位的想法。"说着，丁诚先把目光投向秦向阳。

各位的想法？

秦向阳突然感到气氛不太对，他略一迟疑，说："从昨天20：35控制现场到现在，我的人都没闲着，我们有信心拿下。不过就目前调查来看，这个案子好像没那么简单。"

他的想法和说法显然不够高调，也没任何技巧。

丁诚微微点头："限期破案，怎么样？"

"如果领导非要这个姿态，那行。"

"你小子！"丁诚站起来，背着手说，"限期，怎么会是姿态呢？它是必要的工作方式！是实打实的工作要求！"

秦向阳嘴唇翕动，刚要再说，苏曼宁拉了他一下。

屋里陷入短暂的安静。

过了一会儿，卧虎区刑警大队长霍大彪咳嗽一声，打破了安静。

"丁局长，我说两句吧。事实来看，404案确实发在秦队长的辖区，但是，被害人曾纬，哦，应该说曾扶生的扶生集团，却在我们卧虎区。再有，照共享的基本案情信息看，案子似乎跟一位叫邓利群的卫生局副局长颇有关联。昨日，邓利群先于曾纬前往大魏豪庭，后来不知什么缘故，他又离开了小区，并未见到樊琳。那之后，曾纬才去到樊琳家。我掌握的资料有限，但是，我大胆假设，如果跟樊琳约会的是邓利群，那么，他会不会被害呢？换句话说，杀手的主要目标会不会是邓利群？而曾纬的死会不会是个意外？毕竟，现场留存了两副性爱面具，曾纬的面具被掀开了，而樊琳的面具还完整地戴在脸上！"

听到这儿，秦向阳"啧"了一声，皱起眉头。

"你想说什么？"丁诚问。

"我觉得杀手行凶后，曾经核对过死者身份，否则，为什么曾纬的面具被掀开了？"霍大彪说。

"为什么不能是曾纬自己掀开的？"丁诚反问。

"有可能。但我认为，当时他和樊琳正在兴头上，掀开面具，岂不是降低了兴致？"霍大彪说。

丁诚慢慢点头。

"曾纬是卧虎区的，那个邓利群是卧虎区卫生局的。如果可能，我想，我们分局是否可以参与本案，协同秦队？我没别的意思，响应丁局的'勠力同心'，只为破案。"霍大彪说完，看了看秦向阳。

听到这话，江海潮脸上露出一丝不易察觉的微笑。

苏曼宁听明白了。404案是块肉，上级领导高度重视，因为这个少见的专题会，"肉价"上涨了。霍大彪说了那么多，无非就是想吃肉。当然，她承认霍大彪对面具的分析很独到。

江海潮突然清了清嗓子，说："霍队分析很精彩！积极性更是令人钦佩。可是，卧虎分局要是参与案件难免存在协调方面的问题。虽说办案资源多了，但效果上，不一定就比栖凤分局一个单位更机动灵活！当然，多单位办案，有其巨大优势，通常来说，它需要支队从中协调。只是，本案似乎还没有成立专案组的必要！"说完，他看了看丁诚。

苏曼宁心里哼了一声：呦！热闹了，绕来绕去，支队也要分肉吃了！

"有必要！怎么没有？"丁诚对这个局面很满意，这就是他想要的效果。显然，几个下属都吃透了他的意思：上级领导直接上门，领导要的不只是破案，更重要的是态度，这里面的区别很明显。破案只是个结果，早晚要达成，而反馈给领导的态度，却影响深远。他早想好了摆明姿态，成立专案组，他要亲自负责。霍大彪和江海潮的发言，使议题完美过渡到了他的想法，他很高兴。本来，要是直接提市局要接手案子，他还有点担心秦向阳想不通。现在就很好，江海潮和霍大彪成了他的摆渡人。

他知道秦向阳单干，早晚能拿下案子，但那不足以显示他对案情的重视。有支队牵头办案，栖凤分局、卧虎分局的精兵强将都参与进来，破案？不愁。

"局领导、上级领导的意思就是成立专案组，全局资源优先配置。刚才大家发言，卧虎分局也想参与，海潮他们支队更不能旁观。在此，我代表徐局把事定下来，即日起，成立404专案组，我任监督组长，执行组长由江海潮担任，秦向阳和霍大彪，你俩任副组长。我代表徐局，希望诸位精诚协作，早日破案，给被害人家属一个交代！给关心本案的领导，一个满意的答复！各位有意见吗？尽管说一说！秦向阳？"

"我没意见！"秦向阳叼着烟笑道，"我巴不得大家一起入坑，人多好办事！我这就移交案情报告。"

"我也没意见。"江海潮站起来，走到秦向阳跟前，伸出手，诚恳地说，"秦队，请多指教！"

# 第四章　临终服务

市人民医院病房。

李文璧放下营养品，俯下身，对病床上的人说了一番热心话。

躺着的是秦向阳的母亲，她被诊断出胰腺癌，即将面临手术。

病床旁站着个年轻人，叫秦向华，是秦向阳的弟弟。秦向华高高瘦瘦，留着长发，从美术学院毕业后在一家服装公司干设计师。早些年，父亲秦家喜因公去世后，向阳和向华两兄弟由母亲一手养大。

秦家喜去世前是一名交警。多年前，滨海市局前刑侦支队长郑毅（当时是分局副大队长），驾车追捕逃犯，秦家喜设障配合，被逃犯撞倒。郑毅只顾追捕，并未第一时间送秦家喜就医，间接导致秦家喜重伤不治，那给年幼的秦向华带来很大的刺激。同样，多年后从警的秦向阳，也因那件事对郑毅心存芥蒂。后来因为多米诺骨牌案，郑毅被撤职审查、入狱，秦向阳才渐渐释然。

当年父亲的死，给秦向华留下了阴影。

他不喜欢警察这个职业，他固执地认为，如果父亲不干交警，就不会出事，就会安安稳稳地陪在母亲身边。可是，他哥秦向阳后来也干了警察，还是刑警。

对普通家庭来说，刑警意味着什么？不着家，无规律工作时间，危险？仅仅如此吗？这都是表面。

表面之下，秦向华有最直观的感受——母亲需要二十四小时照顾；他需要跟人商量治疗方案，还需要钱。可是那个该死的刑警干吗去了？熬夜开会，烟一根接一根？蹲在阴暗角落研究尸骨？去求！他火大。他觉得，大部分警察的生活都很正常，就秦向阳忙？

有时，他会突然生出个念头，很想跟前来探病的李文璧说，你和我哥散伙吧，不值。

李文璧怎么想，他不知道。

其实，李文璧很认真地审视过她和秦向阳的交往。结论是，警察和记者，这俩职业都不靠谱。他俩人，一个扑在案子里，一个扑在社会新闻里，而且都是兴趣所在，出差频繁，没白没黑，很难有闲情逸致坐到一块。但是，那有什么关系？她每次到市局去，不管看到他在发呆，在抽烟，还是伏案沉睡，还是风风火火执行任务，她都能感受到一股劲头，踏实劲儿。她说，那叫认真发呆，认真抽烟，认真睡觉，认真开工。她就喜欢认真、踏实的男人，有这两条就够。

看完病人，李文璧离开医院，来到附近一家咖啡馆。

她在那儿订了桌，有个青年等在那儿。

那青年穿着运动服，衣着干净，身形消瘦，紧皱眉头若有所思。

"来晚了，不好意思。"

李文璧找到位置，热情地跟青年打招呼。

"没事。"

青年掏出烟，点上，透过玻璃窗，怔怔地盯着外面，若有所思。

"您好！这里不能吸烟！"侍者走过来提示青年。

青年把烟头狠狠踩灭，继续盯着外面。

李文璧顺着青年的目光看去。

那是个小区门口。门旁空地上，密密麻麻，围着一群人。那些人大部分是老年人，或站或坐，有的手里拿着崭新的塑料盆，有的提着塑料袋，袋里装着鸡蛋。

人群中，有几个穿蓝色工作服的年轻女孩来回穿梭，给老人们发放单页。人群正前方，摆着两张桌子。桌子旁立着一块牌子：国家公益机构，免费体检。桌子后方站着个矮胖男人。他戴着金边眼镜，头发梳得一丝不苟，拿着个喇叭正在喊话。

"各位叔叔阿姨，不要挤！每天的礼品，数量有限！请您按手中序号，上前登记个人信息，完成抽血及血压免费检测后，即可领取精美礼品……"

"推销保健品的？"李文璧说。

"全是套路！"青年点点头，狠狠吐了口唾沫。

"见怪不怪了！"

"为什么？"青年突然反问。

李文璧一怔。

"为什么见怪不怪？"青年哼道，"明知他们在骗人，你们为什么不曝光？这种保健品是骗人的！"

"好吧！"李文璧说，"它是行业性难题，有相应的行政部门管理，但是相关法律条文并不完善。慢慢来，总会好的！"

"慢慢来？"青年冷笑，"你不知道？就因为这些骗子，每天都有悲剧。可怜的老人，他们被专家定义为'六个钱包'，临老好不容易攒点钱，又被骗子榨干……"

青年越说越激动。

"你知道吗，我奶奶！六年前我读高一，有一次她丢了二十块钱，居然在小区贴'寻钱启事'！那么节俭的人，后来被骗，谁都劝不住，买了一屋子保健品！她的卧室里，只有两张照片，一张是她和我的，另一张就是她和那个保健品推销员的合影！操！她这算好的，上当受骗卖房的，离家出走的，自杀的，都有！"

"唉！看来你奶奶很疼你！"李文璧说。

"可是她被骗了！我的地位，都和骗她的推销员一样了！"

"我知道！"李文璧忍不住说，"骗术套路，千变万化，不离其宗。其实，骗子能成功，跟一个社会问题正相关：老人缺少关爱。喏——"

她指着窗外的人群，继续道："一开始，这叫免费送物，套取信息。接下来，就该是亲情牌了。他们通过免费体检和廉价礼物，拿到身份资料，再进一步筛选，把独居的老人作为重点。他们到老人家中，奉献所谓'爱心'，'爷爷、奶奶'地叫着，帮着买菜，做饭，做家务，谈心……更重要的是，通过日常交往，他们能获知更多信息，知道老人吃过什么药，生过什么病。接下来，集中开会，'托儿'跟'专家'一起上场。'专家'装模作样，给你摸脉，给你寻根，一开口就能说出，你患过什么病，吃过什么药，从而获取信任。可怜的老人们，哪里还记得，那些信息都是自己透露出去的！最后，被老人视为'神医'的'专家'，便给老人制造健康危机，精神恐吓，让人心甘情愿掏钱买药……除了老年人缺少关爱，他们的健康焦虑，也是被骗原因之一。再有，就是固有的消费陋习了，有些人认为东西越贵，效果越好！"

"你都知道，怎么不报道？"

李文璧想了想，笑着说："我需要新闻，那些，都是旧闻了。"

"你……"

"其实，我报道过，别人也报道过。还是那句话，社会性问题，不会那么快改变。好了，可以谈你要提供的'新闻'了吗？"

这个青年叫沈傲，二十一岁，是本市某大学新闻系大四学生。如他所说，前些年，他奶奶买了一屋子保健品，但还是没能保住健康，在一年前得了癌症，花光了家中积蓄。沈傲因欠交学费，休学打工。

两周前，他突然找到李文璧所在报社，说要向媒体反映一件事。

沈傲去报社两次，第一次在门口碰上了副社长。他吞吞吐吐，只说要反映的事很重要，但需要记者进一步调查，才可能有明确结论。副社长一听就没了兴趣，哪有空应付他，就把他交给了李文璧。

李文璧见沈傲一副学生模样，以为他是来提供新闻线索，挣一点零花钱。可是对方又说不出什么，她也没了耐心。

沈傲第二次上门，见了李文璧，很干脆直接："你到底想不想做大新闻？"

李文璧笑着点头。

沈傲说："我就是学新闻的，只不过暂时休学了。我知道新闻的客观原则，所以我的事才没法下结论，它真的需要调查。你若不感兴趣，那算了。"

听他这么说，李文璧认真了。

不等她追问，沈傲小声说："我怀疑有人在赌博。"

"赌博？"李文璧一撇嘴，眼神又暗了。

"死亡赌局！"沈傲说。

"什么？"李文璧以为自己听错了。

"死亡赌局，拿人命赌博！"沈傲重复完，补充道，"这只是我的初步结论，真相如何，尚须调查，我不开玩笑。"

李文璧一听，当时就坐不住了。

但沈傲说他要忙一段时间，下次再约。

李文璧只好同意，并请沈傲吃了顿饭，想让对方详谈。

沈傲只道："多说无益。"

饭后，李文璧心血来潮，用沈傲的手机给秦向阳发了条短信：秦警官你好，我想跟你玩一场游戏。我是螳螂，在捕蝉，你是黄雀吗？

那短信让秦向阳很意外。他回拨了电话，才明白是李文璧捉弄他。

这次，是李文璧和沈傲第三次见面。

沈傲从窗外收回目光，喝了口饮料，缓缓道："我奶奶病了，花光了家里的钱，前阵子我休学了，打工。"

李文璧点头，表示同情。

"可是前些天，也就是我去报社找你之前，我爸突然给我一笔钱，叫我回去上学。"

"哦？借的？"

"不是，这就是问题所在。"

"你回校了？"

沈傲点头，道："本来，我没收那笔钱，我爸就把钱交去学校，我只好回去。"

"为什么没收？"

"那笔钱有问题。"

"为什么？"

沈傲没回答，而是转换了话题："上次见面，我说最近忙。其实我是去送我奶奶了，她去世了。"

"节哀顺变！"

"好吧！"沈傲拿出手机，找出一幅照片，交给李文璧。

照片里是一张名片——忘川健康服务公司，曹节，后面附着电话。

沈傲拿回手机，说："这是偷拍的。"

"偷拍？"

"从我父亲口袋里找到的，出殡时，他把它烧了。"

"烧了？"李文璧连忙拿过沈傲的手机，把那张照片传到自己手机上，然后问，"为什么觉得你父亲的钱有问题？"

"家里的钱早花光了，该借的也借了，只差卖房，但这不是重点！"沈傲忍不住拿出烟，在手里绕了一圈，又放回去，接着道，"我奶奶早就出院了，在家里躺了将近两个月……"

"早出院了？因为没钱？还是因为所谓病床周转率？"李文璧打断了对方。

"病床周转率？"

"很多医院，你住到半个月就会要求你出院，再重新办住院手续，否则多交钱。"

"不是因为那个，你打断我了。重点是，那个曹节，我一共见过三次。第一次是我奶奶出院前一天，他在医院走廊，跟我爸聊天。第二次是我奶奶去世前，我见她太痛苦，就去医院打印病例，然后开杜冷丁。开那个药需要主治医生和医院领导签一堆字，我去肿瘤科病房找医生时，又看到了曹节。"

"还有呢？"

"第三次是我奶奶去世后，在我家客厅他交给我爸一包东西，被我撞见了。

"什么东西？"

"不知道。那之后第二天，我爸就给我学费，我没要，他就把钱交到了学校。我当时就怀疑，那包东西是钱。"

"你和那人说过话吗？"

沈傲摇头。

"没说过话，你怎知道他就是名片上这个曹节？"

"是不是傻？"沈傲翻了个白眼，道，"奶奶病重期间，突然冒出那么个陌生人，同时我爸身上又多出来一张名片……我用同学手机打过名片上的号码，一听接电话的声音，就是他。"

李文璧点点头，抵着下颌，说："忘川健康服务公司，曹节，频繁出入医院，背后有猫腻，你是这个意思吧？"

"不是频繁出入医院，是频繁出入肿瘤科病房。"

"那跟赌博有什么关系？"

"他和我爸在医院谈过之后，我奶奶就出院了，在家放弃治疗等死，之后他们再见面，我爸就有了一笔钱——是这个逻辑，明白？"

李文璧皱着眉，捋了半天，低声说："没钱治病，放弃治疗，我倒是能理解。可是这个逻辑——你为什么直接得出拿人命赌博的结论来？"

"你这智商，愁人！"沈傲起身结了账，扭头就走。

"我请客好吧？"李文璧紧紧跟上。

两人出了咖啡馆，沈傲立刻点上烟深吸了一口，喃喃道："其实，我奶奶也不是完全放弃治疗，她喝中药了。"

李文璧叹了口气。

沈傲丢掉烟头，走到他的摩托车前，取出头盔递给李文璧。

"去哪儿？"李文璧坐上车。

"你完全没调查思路吗？"沈傲说着，发动了摩托车。

半小时后，摩托车钻进一条巷子。

那条巷子很热闹，到处是便民摊位，路两边全是陈旧的门面房，网咖、宾馆、洗头房、小公司等，错落分布。

沈傲停了车，示意李文璧看左前方。

李文璧寻摸了一会儿，看到一块蓝色招牌：忘川健康服务公司。

公司不大，上下两层，门窗玻璃灰蒙蒙的，里边有人影晃动。它左边是一家美发沙龙，里边的音乐震天响，右边是家台球厅，它夹在中间，毫不起眼。

"名片上的地址就是这里，只可惜没由头进去采访。"沈傲说。

"你来过几次了？"李文璧问。

"两次。"

"见到曹节出入没？"

"在这儿见到他有啥用？得去医院。"

跟这年轻人说话，李文璧一时觉得自己脑子不够用了。沈傲所说的人命赌局，目前并无凭据，但凭经验，她觉得十有八九能挖出点东西。她拿出电话打给同事，报出"忘川健康服务公司"的名字，叫对方查查这家公司的性质。

两人观察了一会儿，没见有人出入。

片刻，李文璧同事回电："那是一家公益组织，主要提供殡葬服务，注册时间有五年了，负责人叫章猛。"

"殡葬服务？"李文璧很纳闷，这公司门口连个花圈也没见。

"工商注册信息上那么说的。"同事说。

李文璧挂掉电话。

沈傲两眼发亮："殡葬，临终病人，这不就和我奶奶挂上钩了？"

"你觉得那钱有问题，为何不直接问你爸妈？"李文璧问。

"是不是傻？他们明显有事瞒着我，那能说？我和我奶奶感情好，她走就走吧，我不想那里头有什么事，要整明白！"

"整明白之后呢？万一真有事，把你爸妈牵扯进去呢？现在停下还来得及！"

"不至于吧？"沈傲沉默了。

过了一会儿，他说："还记得我说小时候，我奶奶因为丢了二十块钱，贴'寻钱启事'吗？我是她带大的。她不是真想找到钱，她说，做人难得糊涂，但要清楚自己该怎么做、做什么。她只是觉得，应该那么做，应该贴'寻钱启事'，跟人丢了，贴'寻人启事'一样。"

李文璧点点头。

"其实，我想当警察的，可惜没考上警校。"

"为什么？"

"长跑不合格，再就是……"说着，他拉起袖子。他小臂上有好几个暗红色烟疤，随之露了出来。

"极端……"李文璧惊道，"小小年纪，别抽烟了！"

"我他妈初中就抽烟了，我是留守儿童。"说着，沈傲发动了摩托车。

半小时后，摩托车在人民医院门口停下。

李文璧一看，巧了，今早她就是从这家医院出来，跟沈傲碰头的。

"我奶奶在这儿住院。"沈傲说。

"我也有家属在这儿。"李文璧说。

"那太好了！哦，对不起，生病不好，我不是那意思。"沈傲歉意地挠挠头，"我们上去等，看曹节还来不来。他频繁出入肿瘤科病房，为的一定是那所谓'殡葬服务'！它到底是什么呢？"

上楼后，李文璧先去秦母的病房。沈傲戴上口罩，等在门外，他担心万一曹节出现，会被对方认出来。

秦向华还在，他问李文璧怎么又回来了。

李文璧直言，有个调查需要留在医院。

她知道秦向华请了长假没日没夜地陪床，便问："对了，这些天有没有注意到陌生人出入病房？不限这一间。"

"陌生人？"秦向华茫然道，"除了母亲、你、医生、护士，别的不都是陌生人吗？"

李文璧知道他没上眼，开门回到走廊。

她想了想，问沈傲："有曹节照片吗？"

沈傲又翻了个白眼。

"样子呢？描述一下，今天我守在这儿，你去上课吧。"

"样子？三四十岁吧，矮胖，圆脸，戴眼镜，还有……"

"明显的特征？"

"一个很普通的人，真不好形容。"沈傲摇摇头，忽道，"但你可以观察表情啊！他肯定会一个人来，十有八九，会拎着礼物，他的表情一定跟进出的病人家属有区别，你懂吗？"

"对哦！"

"我下午要查资料写论文。"沈傲说，"你先盯着，看到拿不准的人，拍照微信我，晚饭后我过来。"

说着，他俩互加了微信。

沈傲转身就走，忽然又想起来什么，回头小声说："忘了告诉你，我奶奶房间里有摄像头！"

"嗯？"

"她临终前几天，我已经办了休学，整天守在她身边。她呢，二十四小时呻吟，平躺着，连姿势也不能换，一动就疼得要命。有一天凌晨，她突然清醒了，当时就我自己在，她使劲冲我眨眼。我凑过头去。她说不了话，一个劲看着我，一会儿又看向床尾，来来去去，我才知道她在暗示我，让我从床尾找东西。我扒拉半天，啥也没找着，她就很着急，脸都憋红了，又用下颌不停地指着床尾。半天之后我才知道，她指的不是床尾，而是床尾的墙面。那面墙上，钉着个衣架，木头的。我站在衣架旁，再看她的表情，就知道找对地方了。可是她想让我找什么呢？后来我才发现，在衣架的某个挂钩下面，藏着个摄像头！那小玩意儿很隐蔽，它旁边另一个挂钩上挂着奶奶的衣服，不细看，根本发现不了。我瞬间明白过来，奶奶天天那个姿势，平躺着，只能看床尾墙面的衣服架，那该有多无聊！也正因为如此，她才发现了那个摄像头！"

# 第五章　交代（一）

卢平安被移送到了市局，先期调查报告一并交由支队长江海潮。

404专案组的成立，并未影响秦向阳对案件的调查。他马不停蹄地找到了魏芸丽——邓利群车门所撞孩子的母亲。

魏芸丽在市人民医院工作，秦向阳母亲刚好在那里就医。

魏芸丽是一位CT医生，三十来岁，皮肤白皙，戴着黑框眼镜，眼神沉静中带有穿透力。秦向阳感受到了她看人时的专注，他想，那可能跟她看多了CT片子有关。

询问地点是魏芸丽的办公室，办公室是公共的。秦向阳很客气地把无关人员"请"了出去。

"秦警官是吧，你这样做，让我在同事面前很被动。"魏芸丽不客气地说。

"那我们出去谈？"

"算了，我真的很忙，要问什么，抓紧吧。"

"有个人用车门撞了你孩子，是吧？"

"是邓利群！我便宜他了！"

"那天，邓利群的车，停在所谓的'公共车位'，你的车停在哪儿？"

"在他的左边。"

"你那个位置，也是公共车位？"

"是吧。"

"据我了解，你是大魏豪庭的业主，有自己的车位，而且你们的车位都装有地锁，外来车辆没法占用，那天你却把车停在公共车位，为什么？"

魏芸丽皱起眉头，面露不快："你调查我？我孩子被撞了！你到底什么意思？"

魏芸丽不回答问题，反而质问起秦向阳来。

秦向阳一点也不急，两嘴一闭，跟魏芸丽对视。

片刻，魏芸丽坐不住了，眼前这位警察的眼神，像刀尖。

她眨了眨眼，抱怨道："真是的，浪费时间。那天我车位太窄……"

"车位太窄？"

"是这样！你们去实地看吧，我车位那一块，连带周边几个车位，受地形限制，都只能倒车入库，正着开，很难开进去。要想省事，正着开进去也行，除非你旁边车位空着，那样能斜着开进去，但车身难免侵占邻居车位的边线！能明白吗？"

秦向阳点头。

"我的车位是25号，旁边是24号，再旁边是23号。当时，24号车位有辆车，是正着开进去的，也就是斜着开进去的！车头伸向23号车位边线，车屁股斜向我的车位边线！那样一来，我车位的入口，就变得过于狭窄！我倒车技术不好，一看24号的车屁股斜成那个样，把我的入口搞得那么窄，就知道自己倒不进去了，索性就把车开到了公共车位。"

"这么算起来，你比邓利群早到了车库？"

"啥意思？"

"你开到公共车位时，有没有看到旁边的Q7？"

"我根本没注意好吧！你意思是我应该注意到Q7里有人，孩子被撞全怪我咯？"

秦向阳没解释，稍一琢磨，继续追问："你孩子叫什么名字？"

"晨晨。"

"邓利群说，你是去副驾驶位抱孩子下车，才不小心掉落了东西？"

魏芸丽越听越纳闷，她感觉眼前这个警察，问的问题实在太怪。

"没错！有什么问题吗？"她没好气地说。

"为什么不把孩子放在后座？没儿童安全座椅吗？"

"你……"魏芸丽站了起来。

"上楼时，我顺便看了你的车，后座上明明有儿童座椅的。单就那个儿童座椅，我想，你应该是一位细心的母亲！"

"你到底想说什么？"

"别激动！"秦向阳也站起来，笑道，"只是善意提醒，当时孩子要是在后座，也许就会避免那场麻烦了！"

"唉！"魏芸丽叹了口气，那是一位母亲累极了的真实表情。

她说："晨晨本来就在后座的。回家路上，他喝饮料时，不小心把饮料全洒了，座位湿了一片，我这才把他抱到了副驾驶位。我哪能想到会出那事。他才四岁，到现在还在家养伤，幼儿园都不能去！你若不信，就去调查我孩子！"

果然有缘由！去询问一个四岁的孩子？秦向阳苦笑。要不是孩子洒了饮料，意外应该能够避免。那样一来，上楼约会的就是邓利群了。要真是那样，邓利群会不会照样被杀？想到这儿，秦向阳摇摇头，思路被迫中断。

"你好像很累。老人不帮忙带孩子吗？"他问。

"哦，没什么。我公公早没了，婆婆身体差，顶多在家里帮着照看一下。"

"你老公呢？"

"他长年出差在外。"

秦向阳点点头，忽然道："你所说的车位情况，也就是24号的车屁股，把你的车位入口挤窄了，除了你本人，还有人能证明吗？"

"证明？"魏芸丽真想骂人了，"我找谁证明去？我他妈……别人把车停成那样，给我造成了麻烦，还要我证明？"

"依法询问，我们必须搞清楚每个细节！"

"啥意思？邓利群撞了我孩子，还找警察上门，问这问那！他到底想干吗？"

秦向阳不想告诉对方，事情关乎那天的谋杀案，他也不能明说，这是对邓利群调查的必要延伸。他来找魏芸丽，就是想搞清楚那天的细节，只不过连他自己也想不到，一问起来就思维发散，提的问题越来越刁钻。

"你再想想。"秦向阳诚恳地说。

"你们去找24号车主啊！"魏芸丽哼道，"你提醒了我，我也该去找那个车主！"

秦向阳认可对方的说法。他只是犯愁，事情过去了好几天，就那么一个车屁股的事儿，24号车主能否想起来，还真是个问题。

没啥可问的了，他收起笔录，离开。

刚走到门口，魏芸丽突然叫住了他。

"对了！你们去查查我的行车记录仪吧！麻烦你转告邓利群，他没算完，我还没算完呢！"

魏芸丽气呼呼地下楼，从车里取下行车记录仪交给秦向阳。

魏芸丽的汽车坐垫是编织材料。秦向阳打眼瞅了瞅车内。果然，车后座偏右位置有一片污迹，一看就是沾染了饮料所致。

秦向阳回到车前，苏曼宁等在那儿。

"去看看你母亲吧！"苏曼宁提醒他。

他怔了片刻，随即摇头。

上次看望母亲，是三天前，当时他手头只有一宗人口失踪案。

那天秦向华告诉他，过几天就要手术了，住院押金怕是不够。这几天他正凑钱。他知道，凑不够钱，秦向华不会给他好脸色看。他很理解弟弟，辞了职二十四小时照顾母亲，那不是一般人能做到的，至少他就做不到。

唉！他算了算手头的钱，轻轻叹了口气，上车。

回到局里，他打开行车记录仪，还真找到了那天的影像。

情况跟魏芸丽说的一样，24号车位上斜停着一辆车，是正行入库，把25号车位入口挤得过于狭窄，魏芸丽忙活了半天，倒车失败。

至此，事发前邓利群的遭遇都查清楚了。

他点了根烟，想把这一篇翻过去，却忽然又对24号车位的车主有了兴趣。

他想，要不是那个意外，邓利群就见到樊琳了，那样一来，樊琳就不会再打电话约曾纬，那么死的人很可能就是邓利群。而那个意外，是建立在晨晨洒了饮料坐到了副驾驶位、魏芸丽提着一堆东西去副驾驶位抱孩子，以及玻璃弹珠滚落这么几件事情上，但最根本是24号车位的车主把车停歪了。他越想越觉得有必要再查查那位车主。

但是理智告诉他，他这个逻辑，其实是有问题的……

那个车主叫侯三，是个租住户，住在五号楼1302室。

租住户？拿到这份资料时，秦向阳心里怔了一下。

李天峰一直忙着查那位闯空门的，那是本案最重要的目击证人。

他手里有一份十五人的名单，包括七个快递员、八个外卖员。按说，这个调查应该很简单。

调查了一圈，快递员们先被排除，很快，他把注意力集中到了外卖员身上。尤其引起他注意的是，那八个外卖员之中有三个人在出入五号楼时都戴着摩托车头盔。

那三个外卖员，一个叫金生水，一个叫范小明，一个叫谢斌斌，名字是通过外卖信息查到的。这三人的外卖也都送到了买主手里。

从监控上看，三名外卖员出入五号楼的时间都不长，而且各自衣服也都能对上号。

这就怪了，怎么就找不出那小子呢？

难道名单有问题？不能。监控排查时，对案发时段的设定为15：40—17：00，这个时段是放大了的，为的就是把尽可能多的人圈进去。这个时段内，出入五号楼门口的外来人员，本是二十九名（包括神秘连帽衫男子），经第一轮排除，就剩这十五人。可是这查了一圈，怎么就找不到那个闯空门的呢？

难道那小子不是小区外来人员，而是住户或租住户？李天峰不甘心，他申请了手续，带上韩枫等人，前往大魏豪庭。他要把五号楼从头到尾搜一遍。

他想，要是那小子就住在五号楼，那案发时段内一定没出入过楼门口。但是天下哪有那么傻的贼？就住在那儿，等着被瓮中捉鳖？警方只要排查完监控，查不到人，就势必把目标锁定到楼内住户。或许，那小子心存侥幸，玩灯下黑？

李天峰赶到大魏豪庭时，突然接到秦向阳的电话。

秦向阳叫他搜查时，注意一个叫侯三的人，找到人，带回去协助调查。秦向阳特地嘱咐他，侯三是租住户。

挂掉电话，李天峰刚要带人上楼，碰见一伙人从楼内冲出来。

他一看，原来是市局副支队长陆涛。

陆涛带人刚刚扫荡了五号楼。

"什么情况？"李天峰很意外。

"看来我们江队想到了你们秦队前面！"陆涛板着脸，拍了拍李天峰的肩膀，随后转身招呼手下警员。

"啥玩意儿？"李天峰无语了。他确实没想到，江海潮的思路也转到了这儿，还派了陆涛早一步来到。可话说回来，这一个专案组，为这事出来两拨人，这明显是协调上有问题。但是经陆涛这一说，倒像是俩单位竞争似的。

陆涛的人先后拥出来，走在最后的两个警察夹着一个人。

"这是谁？有收获？"李天峰忙问。

"谢斌斌！"陆涛说完，带着人离开了。

"谢斌斌？那些外卖员中的一个？"李天峰吃了一惊。

他叼起一根烟，心想：监控排查后，谢斌斌明明没问题嘛。哦！原来谢斌斌就住在这儿！可是，住在这儿又怎么了？陆涛怎么就把人给带走了？

李天峰一时没能想通。

"咱还上去吗？人家都查完了！"韩枫说。

"上！怎么不上？傻站着干吗？给你师父丢人？"李天峰瞪了韩枫一眼。

照例，他们又从下到上查了一遍。有的人家没人，他们就从物业拿到住户资料，把人叫回来调查。

谢斌斌住在十五楼西户，那个房东刚下楼，又被警察叫了上去。

"怎么还查？刚不是把人带走了？"房东略显不快。他哪知道，这一前一后两拨警察，为了一个案子，却来自不同单位。

李天峰没搭理房东，他仔细在屋里转了一圈。

房子是两室一厅，没多少家具。客厅沙发上扔着两套外卖服，墙上挂着两个摩托车头盔，样式、颜色都一模一样。

他推开卧室门看了一眼，发现两间卧室的床上，都有被褥。

"这里住了两个人？"他疑惑地问房东。

"不知道。租房的叫谢斌斌，就刚才被带走那个。"房东说。

离开谢斌斌住处，李天峰带人去了十三楼。

他查清了，侯三就租住在1302室。

他不知道侯三是谁，只是按秦队长要求，带人回去协助调查。

1302室锁着门，房东很快赶到。

警察加房东，这伙人等了有一小时，也不见侯三回来。

房东不耐烦了，问："要不我去拿备用钥匙？你们进去等？或者，我给侯三打电话？"

李天峰摇头。

又过了一会儿，房东实在不想等了，走到一旁给侯三打电话。

这时，电梯门打开，侯三回来了。

他哼着小曲走出电梯，猛然间看见一群人站在1302室门口，心里咯噔一下。

那天案发后，侯三和林小宝真被吓傻了。他俩的第一反应就是退房，离开这是非之地。虽说他俩只是在卢平安家偷安装了个摄像头，只为赚点钱，跟案子没一点关系，可是他俩也怕警察找上门来。不做亏心事，不怕鬼敲门。万一警察查到他们的勾当，那就亏大了。

冷静下来后，他俩又想，装摄像头的事绝没有第三个人知道，这一点他们有十足的把握。至于出入案发现场的痕迹，侯三确定当时都擦干净了。既然这样，何必退房呢？早不搬，晚不搬，案发后搬家，那不引起警方怀疑才怪！

"不搬！业务就暂停吧！咱是良民！"他们翻来覆去商量了一晚，定了调子。

可是，他俩还是面临两个选择：一个是送上门去，告诉警察杀手的样子；另一个是装作啥也不知道，忍受良心的折磨。

这事，他俩商量了半分钟，决定忍受良心的折磨。

电梯外。

"你们找谁？"侯三稳住心神，看了看房东，又看了看那群警察。

房东扭头走了。

"你是侯三？"李天峰拿出证件，心想：这位长得尖嘴猴腮，真是名副其实。

侯三递还了证件，做出一副诧异的模样，腿肚子不争气地转开了筋。

"别紧张，只是请你协助调查。"李天峰说明来意。

"哦。"侯三轻叹一口气，说，"我先放下东西，成吧？"说着，他亮了亮一大包食物。

李天峰点头，让开门口，侯三开门进去。

李天峰跟进门内，递给侯三一支烟，随意问："你做什么的？"

"我给朋友看网店。"说着，侯三指了指客厅里的一堆货物，里面有显示器、移动硬盘、U盘、鼠标等电脑耗材。

早在租房前，他和林小宝就商量好了。他们这活儿，足不出户，时间长了别人问起来难免起疑。为此，他们早就准备了一些物件，都是从林小宝店里搬来的。

万一警察上门询问，他们也备好了说辞：房子是侯三租的。屋里的电脑设备是林小宝的，网店也是林小宝的，这是事实。

侯三没工作，求得发小林小宝帮助，看网店糊口。林小宝有自己的营生，偶尔来帮忙，但不常来——这个说辞，要确保林小宝的活动轨迹跟监控一致。

"开网店？"李天峰点点头，在房里走了一圈，"你自己住？"

李天峰一边说，一边四处巡视。

这房子也是两室一厅，一间卧室开着门，另一间关着。

开着的卧室是侯三的，里面的床铺被褥，看起来半新不旧。床对面的墙上，立着一张崭新的床垫。

李天峰在卧室窗口站立片刻，转回身，随手摸了摸那张新床垫。

有工作人员举着执法记录仪，跟着李天峰，把入室执法经过都录下来，回头交给专案组保存。

"我朋友偶尔过来。他是修电脑的，网店也是他的，我就是帮个忙。"

侯三跟在李天峰身后，看起来很镇定。

片刻后，他俩出门离开。

栖凤分局。

魏芸丽的行车记录仪，秦向阳已经还了回去。内容的确如她所述，24号车位的车屁股，侵占了她的车位边线。那片区域，倒车入库好过正行，不过魏芸丽要是技术好，慢慢倒的话，也不是进不去。

秦向阳坐在办公室，盯着桌上一份文件。

那是侯三，也就是24号库车主的资料。

这个侯三！

对侯三的询问，只是例行公事，也是对他那个逻辑的安慰。等人时，他坐不住，随手查询了档案。

"侯三竟有前科？入室盗窃，判了四年，刚出来半年？"他揉着鼻头，脑子里泛起问号。

他正琢磨时，李天峰敲门进来。

"人带来了。"说完，李天峰又把碰到陆涛的事详细讲了。

"没事，随他们吧。"秦向阳只是有点意外，但没放在心上。

"这么干，很别扭！真想不明白，支队为什么要插手？"李天峰说。

"上头重视！"秦向阳解释道，"按理说，咱们应该带侯三去市局。不过也无所谓，江海潮没专门要求，信息上咱们共享给支队就行。反倒是那个谢斌斌，他是怎么回事？"

"我跟谢斌斌就见了一面，啥也没问，他就被陆涛带走了。不过，那小伙脸色发青，估计陆涛真有什么发现……"

询问室。

侯三抽着烟，面色沉稳，双腿却不停哆嗦。

门一响，秦向阳进来了。

侯三抬眼一看，见来人神色平和，心中略觉宽慰。再细看时，才注意到那平和外表之下的眼神，带着令人心悸的穿透力。

瞬间，侯三的腿抖得更厉害了。

"麻烦你了！请你来是有点事要了解一下。"秦向阳跟侯三握了个手。

"行，行！"侯三敬上一支烟。

秦向阳默默地抽了半支烟，才问："你在大魏豪庭租房吧，多久了？"

"有两个月了吧。"

"有车吗？"

"有辆二手捷达，嘿嘿。"

"平时放哪儿？"

"放车位呗，房东在别处住，车位他也用不到。"

"清明节前一天，也就是4月4日那天，你那车咋停的？"

咦？侯三一脸纳闷，道："该咋停咋停，没毛病啊！"

"你那天用过车吗？"

侯三想了想，说："中午买饭用过。"

秦向阳点点头，严肃地说："你正行入库，车身严重倾斜，车屁股挤压25号车位边线，给别人造成了麻烦，知道吧？"

"车屁股？"侯三仔细想了想，茫然摇头，他早忘了。

"你一向那么停车？不管不顾？"

"也不是！真有那事？那就是使懒！"侯三吐了吐舌头。

"你住五号楼1302室？"秦向阳转变了话题，"那天十一层的命案，知道吗？"

"知道的！"侯三心里一惊，不加掩饰地说，"听说死了俩，太吓人了！"

"那天下午你在干吗？4月4日。"

"我？上网呗。"

"上网？"

"哦，我朋友有个网店，我给他干。先学学，有搞头就自己开个店。"

"那天你有没有听到什么动静？"

侯三摇头。

"你进去过吧，四年？因为什么事？"秦向阳扩展了话题。

侯三脸一红，强行文绉绉："唉！前程往事如云烟，不提了吧。我改好了，领导！"

"结婚了吗？"

"唉，离了。不走正道谁跟啊！"

"开网店就是正道嘛，加油干！"秦向阳站起来，拍了拍侯三肩膀，忽道，"生意不好干吧？都没见几个快递员上门取货，你不发货的吗？"

这是监控里了解到的情况。侯三来之前，他取了十几天的监控，大体拉了一遍，看到的大都是快递员上门送货，也有人下楼发快递，但从没看到侯三发过。

侯三尴尬笑道："我入行还不到俩月，又不是自己干，现在就是看店，货都是从我朋友那里发。"他这话倒是实情。

"你朋友，女的？"

"男的，是发小。"

"他叫？"

"林小宝。他是良民，不，守法公民，和我不一样。"

"好好跟人家学！"

侯三走后，秦向阳一直摇头。

他很困惑，他本以为自己的调查思路，会往希望的方向延伸，可是折腾了一圈，还是卡在原地。尽管如此，他还是认真整理了对侯三和魏芸丽的问讯情况。

他翻开记事本下一页，写了几行字：卢平安？神秘连帽衫男子？动机？本案涉及的意外情况？

他把"意外"二字圈起来，重重地画了个大问号。

前往支队做情况汇总的路上，他想到了那个外卖员，谢斌斌。

在这事上，江海潮的反应不慢。找到那个闯空门的目击者，这是本案目前最重要的突破口，希望支队那边有收获吧！

李天峰和韩枫随行。

韩枫精神头很足，不停地问这问那。

"没有进展。"秦向阳简单地透露了对侯三和魏芸丽的询问情况。

到了市局，他得知江海潮在审讯室。

他爬上楼梯，见江海潮和陆涛都在审讯室门外抽烟。

"江队，谢斌斌什么情况？咱们什么时候汇总讨论一下？"秦向阳一边说，一边走向审讯室。

陆涛见秦向阳来了，赶紧迎上去挡住了对方脚步，然后搂着秦向阳脖子往远离审讯室的方向，边走边说："秦队，你先上会议室等会儿吧，卧虎那边霍大彪他们也快到了，待会儿咱归拢一下情况。"

秦向阳明显觉察到情况不对，一使劲甩开陆涛，疾步来到审讯室门前，透过玻璃往里看了一眼。

屋里的情况让他吃了一惊。

有个人正站在桌子上求饶。

那人双手高高举起，满头大汗，身体挺得笔直，手腕上的铐子，挂在墙壁的一个铁扣上，脚跟则高高抬起，脚尖刚好触碰到桌面。

"搞毛？这怎么行！"秦向阳急了。

"在地上他不老实啊！没事，就只是让他站一会儿，一会儿就放下来。"站在一旁的江海潮笑着，取出烟递给秦向阳，说，"他叫谢斌斌，他有个哥哥，叫谢饕餮，外号鼠标，才放出来不久，是个惯偷！"

# 第六章 交代（二）

谢斌斌被放了下来，一屁股瘫到地上。

江海潮叫人把他扶到椅子上，亲自审问。

秦向阳靠边旁听。

"谢斌斌，4月4日你都干了什么？我帮你回忆一下。你最好配合，否则就不是刚才的待遇了！"

江海潮一边说，一边翻阅手边的资料。那是一沓作废的会议文件，跟本案毫无关系。可是，谢斌斌以为那是警方对他的调查资料，那么厚一摞，估计连学生时代逃了几次学都记在里面了。江海潮算准了对方的心理。

谢斌斌喝了瓶水，满脸委屈："我没犯法，你们弄错了！"

江海潮笑了笑，说："4月4日你上班了吗？"

谢斌斌低下头，不吭声。

江海潮陈述很有条理。

"事实一：从客户签单记录看，你上班了。事实二：那天下午，你戴着头盔，出入大魏豪庭五号楼送餐，用的时间也算快。因此，我们秦队长才第一时间把'谢斌斌'写进了出入五号楼的外来者名单。"

说完，他暂停了一下，给谢斌斌消化的时间。

"事实三：那天一早，你给外卖公司打电话，说歇班。事实四：那天中午，你又给公司打电话，说下午可以上班。但你没去公司，直接从APP接单。那天下午，在去大魏豪庭之前，外卖公司已经有了三笔署名'谢斌斌'的签单记录，也就是说，已经送了三次外卖。这几个事实，有问题吗？"

秦向阳"啧"了一声，心想：那份先期调查报告里，最重点的显然是那份十五人名单。看人家，快刀斩乱麻，重点突破，查得真够细。相比之下，李天峰的工作就慢了一些。

"嗯。"谢斌斌应了一声。

江海潮点点头，话锋急转："问题是，我们仔细核对大魏豪庭五号楼的监控，从早晨到中午，根本找不到你出门上班的画面。你既然没出门，下午怎么送的餐？跳楼下去的？"

"我、我没走单元门，坐电梯走的车库。摩托车放车库外面了，从那儿走更近。"谢斌斌不停地眨眼。

"对不起！我们也查了车库出入口的监控，里头也没你。"

江海潮说的时候，身子奋力前倾，就像一个生气的老师，在训斥学生。

"没我？你们看错了吧，难免看错的……"谢斌斌小声嘟囔。

江海潮猛地拍了下桌子，大声道："说！那个用你名字送餐的，是谁？"

听到这儿，秦向阳心里咯噔了一下。他暗暗自责。是母亲的病让自己分心了吗？是自己太累了？还是真的走错了方向，不该分神，亲自去细究魏芸丽和侯三的种种细节？

江海潮给了他熟悉的感觉，那感觉就是以前的自己：从既有资料里深挖，挖到极致。也许极致之后，仍找不到疑点，但必须要那样做。案发前后，出入五号楼的可疑者名单就在那里，那个闯空门的案件目击者，也一定在名单里。可是，怎么就没进一步，对名单人员逐一深究呢？这事，他是交给了李天峰。现在，他很遗憾，没向李天峰交代仔细。

谢斌斌蔫儿了。

人家的问题再明确不过——那个用你名字送餐的是谁？

他咬了咬牙，知道撑不下去了，一阵悔意涌进心头。

"那是我哥。"他举起双臂挠了挠头，小声说。

"谢饕饕？"

"是的。"

"为什么那么做？"

江海潮紧紧逼问，同时，故意甩出不耐烦的表情，翻看文件。

"你们都掌握了吧？其实我啥也没干！"谢斌斌看向江海潮手中的文件。

"我们掌握多少，是我们的事。你能交代多少，才跟你有关。"江海潮把文件扔到一边，懒得看了。

谢斌斌二十来岁，稚气未脱，第一次经历这个阵势，好在他忍着没哭。

江海潮适时地站起来，给谢斌斌卸了手铐，然后取出烟递给他。

谢斌斌抽了两口，深深地叹了口气。

"我哥进去过，你们肯定知道。"

江海潮点头。

"他才出来不久，没和我住一块，偶尔会去我那儿住。他找过活儿，不好找！"谢斌斌苦笑一声，继续道，"我就知道，他会手痒。他替我送外卖，其实是踩点。"

"踩点？"

"嗯！每家每户的情况，送外卖方便观察，不易让人起疑。"

"他为什么不实打实地送外卖？"

"懒，干不住。有时候，我累了，他就替我干一天，就好比你说的4月4日那个情况。我有两套外卖服，他身材和我差不多，就拿去一套。他还买了辆摩托车，型号和我的不一样，颜色一样，头盔和我的同款。"

"用你的名义送外卖，踩点，他这是害你！"

"不至于。"

"还不至于？说说4月4日的具体情况。"

谢斌斌喝了口水，说："那天中午，我在家睡觉，我哥来电话，说他又想出去跑跑，叫我电话通知公司，下午接单。我睡到三点多吧，他突然来电话，说他这次真要下手了！我劝他别干。他不听，说：'别废话，出来帮忙！'可我能帮什么忙？我哥说他就在大魏豪庭五号楼十一层，叫我穿好外卖服，立刻到十一层去，不用戴头盔。我住在十五层嘛，当时就很吃惊，想不到他要在我这儿下手！"

说到这儿，他又要了根烟。

他深深吸了两口，继续说："我穿上外卖服，跑到十一层。他把他的头盔给了我，外卖箱也交给我，叫我赶紧下楼……我当时就明白了，他是叫我糊弄监控呢！"

"谢饕餮当时在十一层？"

谢斌斌迟疑了一下，说："应该是十楼跟十一楼之间的楼梯上。"

"他跟你说过要偷哪一户吗？"

谢斌斌摇头。

江海潮取了谢斌斌手机，找到4月4日下午的通话记录。

记录显示，谢饕餮打给谢斌斌的时间是15：45。

这个时间点，跟案发时间极为接近。换句话说，谢饕餮一定进了1102室，稀里糊涂目睹了案发现场。

"这就对了！"江海潮语气兴奋，"也就是说，那天下午进五号楼送外卖的是谢饕餮，但是出来的是你。"

"是的。"

"怪不得你房间里，有两套外卖服，两个一模一样的头盔。"江海潮说着，展示了几张照片。那是陆涛带人去谢斌斌家时，随手拍的照。

"嗯。那天下班后，我照常回家。那晚我哥就住在我那儿。他是第二天一早走的，穿的便服。第二天我也正常上班。"

操！秦向阳连连自责。案发后第二天的监控，他们谁也没查，都把注意力放在案发时段以及案发时段以前了。

"那晚，你哥状态怎样？有没有焦虑、不安？或者跟你说过什么？"秦向阳忍不住问。

谢斌斌挠挠头，说："我问他了，战况如何？他啥也没说，我以为他啥也没搞到。我又劝了他，叫他收手。"

"再想想！"秦向阳追问。

"没别的了。那晚点的外卖，他吃完就回房了。哦，这算不正常状态吧？正常来说，他话不少的！"

"第二天临走时，他说过什么吗？"

"临走？哦！他说可能要出去一段时间，不替我送外卖了。我当时还很高兴，他不替我了，就等于他不踩点了呗。"谢斌斌说完，看了看秦向阳，又看了看江海潮，他在判断哪位说了算。

他略作权衡，选择对正对面的江海潮说："该说的全说了，我能回家了吗？"

这个情况，江海潮的确没必要拘留谢斌斌。再者，把人放了也有好处，万一谢饕饕联系谢斌斌，还可以顺藤摸瓜。

但他还是故意板起脸，说："早知如此，刚进来那会儿还嘴硬？"

"我不是故意的！"

"你哥入室盗窃，你知情不报，是要负连带责任的！"江海潮吓唬他。

谢斌斌的脸刷地白了，急道："可我都说了！也算立功！再说，我哥那天啥也没搞到，这点我还是清楚的！"

江海潮心里一乐。放到本案的逻辑上，他还真得感谢谢斌斌的知情不报。要是谢斌斌当时报了警，或者阻止谢饕饕不进1102室，本案可就少了最直接的目击证人了！

秦向阳早想到了这一层，给江海潮递了个眼色。

江海潮知道火候差不多了，才缓和了脸色，说："写下你哥的住址，暂时放你回去。记住，知情不报不是小事，谢饕饕要是联系你，立刻通知我们！"

说完，他叫谢斌斌存了他的手机号。

审问完，江海潮立刻监控了谢斌斌的手机。谢饕饕关机了，无法取得实时位置。

谢斌斌走出警局，惊魂未定，蹲在墙角一根接一根地抽烟。两辆警车从他身边驶过，前往谢饕餮住处。

赶到目的地后，陆涛联系上房东开门。

那是个远离市中心的一居室，在二楼。房子透光性很差，楼前一排大杨树，硬是把阳面遮成了阴面。屋里拉着窗帘，大白天的犹如黄昏。

房东拉开灯，自觉地溜走了。

屋里没人，在陆涛意料之中。

房内陈设简单，都是房东遗留的旧家具，好在地面铺了瓷砖，这令陆涛稍感欣慰，比之于水泥地面，瓷砖上更易提取足印。

他去了洗手间。不出所料，洗手池下方很潮湿，地上有脚印，印痕由重到轻往外延伸，直到马桶旁边。他叫人提取脚印，用来跟卢平安家衣柜里的脚印做对比，随后去了客厅。

客厅里有个木头茶几，上面乱七八糟，放着餐盒、烟盒、塑料袋、酒瓶、烟头等杂物。陆涛皱起眉头，把茶几上的东西仔细翻看了一遍。

秦向阳带着李天峰、韩枫进了卧室。

卧室里有一床、一橱、一桌、一椅。

床上被褥凌乱，床头堆着衣服；桌上有台新笔记本，是最新款的飞行堡垒，没开机，但插着电源线；电脑旁的插座亮着灯，上面插着手机充电器；插座旁有个车钥匙；衣柜里挂着套西装，很干净，下面横躺着个行李箱，行李箱上放着个背包；衣柜下面摆着一双运动鞋，一双皮鞋。

秦向阳从桌上拿起车钥匙，叫韩枫到楼下找摩托车，看能不能打开。

过了一会儿，韩枫回来了，说："他的车就在楼下。"

随后，技术人员进卧室拍照，取走了谢饕餮的鞋。

就卧室的情况看，谢饕餮不像逃离。他摩托车还在，财物也不多，要是出去躲，怎么也得带上那台新笔记本。更重要的是，他没必要逃离。他潜入过404案发现场，但没偷到东西（谢斌斌能证明）。他旁观了案发过程，但他会认为警方不知道他的存在，除非他意识到自己在衣橱里留了脚印。

他能意识到吗？

秦向阳不会小瞧任何人，但依照这间卧室的情形看，起码谢饕餮离开房子之前，还没意识到。

可是，他去哪儿了呢？而且关了手机。

回到市局后，江海潮汇总了相关情况，立刻决定，全城搜捕。谢饕餮就是个刚出狱不久的入室窃贼，又没偷什么东西，发通缉令是不可能的，这次搜捕只能秘密进行。很快，辖区各分局各派出所，都收到了搜捕信息，附带谢饕餮的照片。

秦向阳发现，江海潮有很强的行动力。可是，从接手专案组到现在，江海潮连一个案情分析会也没开。秦向阳不得不怀疑，在江海潮的位置上，他是否通盘考虑过本案存在的多种可能性以及凶手动机。他了解江海潮这种模式，找到线索便抛开其他，立刻紧紧抓住，深挖下去。要么挖出想吃的萝卜，要么碰到铁板挖不动为止，然后再回过头来，寻找其他可能。

等江海潮安排完，秦向阳上前道："江队，我有些想法。咱们是不是讨论一下？"

江海潮取出烟，一人一根。

他点上烟，亲热地搂着秦向阳的脖子，说："好啊！我们需要的就是秦队的想法！你是不是想说，那个神秘的连帽衫男子？"

秦向阳点点头，说："不止。"

"先不管他！"江海潮使劲扩了扩胸，凝神道，"先抓重点！卢平安！谢饕餮的搜捕令也才发出去。在得到需要的结论之前，我只能当他是个不相干的人。"

说完，他示意，一块去审讯室。

秦向阳摇摇头。看来，江海潮也是精力旺盛之人，而且很拼。

审讯室。

秦向阳刚要推门，抬头隔着玻璃一看，见卢平安也上了桌子。那是跟谢斌斌一样的待遇，双手上举，手铐挂在墙壁的铁钩上，脚尖点着桌面，整个人不时地晃来晃去。

"又来这套！"秦向阳刚要开口，被江海潮打断。

"是陆涛的主意，不过，我同意了。"江海潮小声说。

"陆涛？不能吧！他天天板着个脸，行事作风，也是一板一眼，颇守规矩。"

"你的意思是，我把他带坏了呗？"

江海潮叹了口气，转身叫人，把卢平安放了下来，随后道："算了！就算是疲劳审讯吧，没意思！"

"别用了！"

"听你的！可别跟丁局打小报告！不过，我也是有选择的。谢斌斌一来就犯倔，我就不跟他客气！事实怎样？没用错吧？卢平安也倔着呢！"

秦向阳沉默。

江海潮走到窗边，望着远处，说："你知道吗？有些人，不管他们是有意还是无意挑战法律，在我眼里，他们都是障碍物，社会秩序的障碍物。我总觉得干这一行，像开碰碰车，我就想把他们撞开，都撞开！拼命向前！我不想浪费时间。我们坐在这里，无所事事，我把它叫负罪感……唉！"

"有些激烈！"秦向阳会心一笑，拍着江海潮的肩膀，说，"开车平稳一些，误不了远方。"

江海潮笑了笑，不置可否。

"放我下来！我说！我交代！"卢平安面色惨白，放声大叫，他实在撑不住了。

江海潮听到叫声，精神为之一振。冲着秦向阳耸了耸肩，那意思很明显——看，交代了吧？比你们分局强吧？有时还真得上点手段！

卢平安被放了下来。

他坐在椅子上，脸色苍白，呼吸急促，宛如被救起的溺水者。

江海潮开门时，他的呼吸总算缓和了一些。

听到动静，他抬眼瞅了瞅，眼神里带着愤怒。

"没事吧？"秦向阳给卢平安端了杯水。

卢平安一口气喝干。

"我要吃药！"卢平安急切地说。

"药在哪儿？"秦向阳赶紧走上前去，他知道卢平安有先天性心脏病。

"外套口袋！"

秦向阳找到药，拿来水，喂给卢平安。那些药是中药制剂，放在一个小瓶里，瓶上没标签，估计是卢平安自己配制的。

过了一会儿，卢平安深深吸了口气，脸色终于好看了一些。

江海潮咳嗽了一声，说："行了！水喝了，药也吃了！该交代了吧？"

卢平安眨了眨眼睛，突然问："交代什么？"

"少来这套！"江海潮拍着桌子说，"刚才挂在上面，是你自己喊着要交代！"

"我不那么喊，你能放我下来？"

卢平安铁青着脸，使劲盯着前方。他和江海潮隔着三米多距离，他在看江海潮的警号，他想记住这位对他疲劳审讯的警察。

秦向阳朝着江海潮一摊手，那意思也很明显：你这招有用？违纪不说，还起反效果！以后还是别用了。

江海潮使劲搓了搓嘴，掩饰此刻的尴尬。

片刻后，他说："今天的事，我给你道歉，将来你可以反映给你的律师。不过，一码归一码！现在，我们进入审讯程序！"

"无所谓，我还扛得住！"卢平安哼道，"有什么可审的？别废话了，我是冤枉的！你们总不至于刑讯逼供吧？"

"刑讯逼供？想多了。至于冤枉嘛……呵呵！"江海潮忍不住冷笑，"卢平安，以我们现在掌握的证据，完全可以把你交给检方，发起公诉！你在市局待不了几天了。你以为我们审你，是为拿口供？这只是必要程序，明白吗？"

"程序就是上手段？去你妈的程序！不管怎样，我没杀人！"

"嘴硬！"江海潮拿出谢饕饕的照片，给卢平安看了一眼，说，"认识这个人吗？"

卢平安摇头。

"不怕告诉你！"江海潮说，"案发时，照片上这小子，就躲在你家主卧衣柜里，他目睹了案发过程！"

"什么？"卢平安大惊。

"你没听错！换句话说，我们很快就能找到本案的目击证人！"江海潮紧盯着卢平安。

"怎么可能！"卢平安眉头紧皱。

"告诉你的够多了！"江海潮抱起双臂，往椅子上一靠，神情越发放松，"卢平安，现在交代还不算晚。否则，等我们找到目击者，你就彻底被动了！这是为你好，明白吗？"

"我没杀人！我只是想不到，我家当时那么热闹，竟然还有个目击者。看来，我家该换个高级点的门锁了！我现在很高兴，求你们早点找到目击者，为我证明清白！"说完，卢平安笑了。

这小子还能笑得出来？按理说，该慌张才对！江海潮有些诧异。

他摇摇头，很快调整好情绪，肃然道："我不想分析你的动机，它只是真相的一小部分，让刑侦过程更完美，对法庭审判过程来说，也是一样。我更看重证据，法庭更是如此。下次，我们看守所见吧！"说完，江海潮站了起来。

卢平安沉默片刻，突然急道："我说过，指纹和血迹可以嫁祸！当时我被凶手打晕了！我从没想过杀樊琳，更何况还有个曾纬！没错！我承认自己很窝囊，被戴了绿帽子，我很恼火！但是，我早就想离婚了，早写了离婚协议！我身体不好，我理亏。相应地，樊琳的离婚条件过高，事情暂时搁置。你想，我当场抓到樊琳的出轨现场，除了片刻的怒气，更该高兴才是！那样以来，就成了樊琳理亏，离婚条件就不得不降低。这个逻辑下，我何必杀人呢？你会吗，警官？"

江海潮皱起眉头，慢慢地坐了回去。

他早看过秦向阳的案情报告，里面有对卢平安的审问记录。在上次审问里，卢平安也有类似的说辞。秦向阳承认，那些说辞弱化了动机。而这次，卢平安的反问更有力度，连江海潮也渐渐动摇了。

卢平安不依不饶，紧接着说："动机，的确只是真相的一小部分。但是没有动机，哪来的真相呢？"

"不一定！"一旁的秦向阳突然说，"你的逻辑之下，的确没动机可言。但是，倘若事实所遵循的，是另一套逻辑呢？"

"另一套逻辑？什么意思？"卢平安不解。

"我们所不了解的逻辑——这么说，仅仅是反驳你的说辞。"秦向阳道。

# 第七章 窃听（一）

这天晚上回到家，沈傲很想当面质问父亲，曹节所在的忘川健康服务公司，给奶奶提供了什么服务；曹节给父亲的那笔钱，到底是什么钱；奶奶床尾那个摄像头，又是怎么回事。

他再三琢磨，还是忍住了。

他知道，既然父母有意隐瞒，就有他们的理由。质问，很难得到结果。他知道，在父母眼里，他是个冲动的孩子，有些事不告诉他，是不想他惹事。依循父母这个逻辑，他探求真相的欲望更强烈了。冲动？他从不这样认为自己。

他进了奶奶的卧室。

除了一些旧家具，那里再也找不到老人的生活痕迹了，那些属于亡者的被褥、衣物，早已烧掉。

他环顾四周。哦，那个木质衣架还牢牢地钉在床尾的墙面上。

他走过去，呆呆地望着那片墙。

他早就发现，藏在衣架后面的摄像头不见了。只是他不知道，那玩意儿究竟是什么时候、被谁拆除的。

很可能是父亲。

他想，摄像头拍下的，只能是奶奶的影像。可是，谁会对一位濒临死亡的老人感兴趣呢？曹节所在的公司？可是，那些影像能有什么用？

他正苦苦琢磨时，手机发出了提示音。

他打开一看，微信收到两张照片，是李文璧发来的。照片上的人，矮胖，圆脸，戴着眼镜，提着礼物，在医院走廊上，跟另一个男人说话。

"没错，是曹节！"他回复了微信，立刻赶往医院。

李文璧在肿瘤病区等了大半天，也没见到可疑人物。晚上，她正要下楼买饭，在电梯口碰到个矮胖男人。

那男人提着礼物，神情轻松，步态从容，一看就不是病患家属。

这时她电话响了，是同事打来的。她接起电话，应付着同事，注意力却一直在那个矮胖男人身上。

矮胖男人进入走廊，经过护士站，在右侧第三间病房前停步。另一个男人从病房出来，迎上了他。随后，那两个人往走廊深处走去，在一扇窗户前停下来。

李文璧见矮胖男人刚好面朝外，赶紧偷拍了照片，发给沈傲，经确认来人正是曹节。

只是有一点她很意外。右侧第三间，正是秦向阳母亲的病房。里面出来的那个男人姓刘，李文璧听过，护士叫他刘zhu。她当时不确定，是哪个zhu。

那人叫刘驻，是滨海下辖清河市西关国有化工厂的普通职工。

刘驻父亲，跟秦向阳母亲是邻床。陪床时，李文璧注意过病患名牌，刘驻父亲叫刘保杰，患的也是胰腺癌，正进行一期化疗。

这时她才想起，这个曹节，她之前见过。她确定，曹节不止一次来找过刘驻。她惯性地把来人当成了探病者，并未过多留意。她估计，秦向华对曹节会更有印象，因为他日夜都在病房。

曹节跟刘驻仍在交谈。

李文璧回到病房，找了个理由，叫秦向华去买饭。

秦向华走到门口时，李文璧小声问："走廊那头，跟刘驻说话那人，你见过吗？"

"见过。"秦向华瞥了一眼。

"他常来？"

"见过几次。怎么了？"

"没事，好奇。"

秦向华走后，她回到走廊偷看曹节。可是病房走廊上没有休息椅，她意识到自己站在门口太突兀，只好拐进了电梯间。那里刚好有椅子，她若无其事地坐下，心里急得不行。

过了一会儿，刘驻送曹节出来了。

两人走到电梯前，握了握手。曹节示意不用送，自己进了电梯。电梯门关上的刹那，曹节盯着李文璧看了一眼，恰逢李文璧也在看他。两人视线对视之际，电梯门关闭。

刘驻跟李文璧打了个招呼，回房。

这时，另一部电梯开门，沈傲来了。

"他刚走！"李文璧对沈傲说。

"哦？有什么发现？"沈傲摘下口罩，在李文璧边上坐下。

"他来见了一个病患家属，那家属姓刘，刚好跟我家人一个病房。他们聊了一会儿，可惜无法近前探听。"李文璧说。

沈傲沉默片刻，拍着大腿说："这就对了！起码能证实我的结论，肿瘤患者就是曹节的业务对象！"

"废话！忘川公司注册业务就是殡葬服务！下一步怎么办？"李文璧眨着大眼问。

"这不明摆着吗？大姐！"沈傲说，"跟那个姓刘的套话啊！你们不正好一个病房嘛！"

"嘿嘿！我也这么想！"

"就一条，千万拐弯抹角，别让对方察觉。对了，你病房里一共几个病人？"

"三个。"

"他们知道你是记者吗？"

"我应该没提过自己身份，不过，不保证秦向华没提过！"

"秦向华？"

"哦，我对象的弟弟，他天天在。"

"你对象呢？"

"他是警察，忙得很。"李文璧叹道。

"警察？"沈傲迟疑片刻，说，"这事，先别跟你对象提。"

"为什么？"

"这是暗访啊，大姐！我们总该先摸清事情的来龙去脉！"

李文璧点头。她本是机灵、果敢之人，可是沈傲太有主意，她发现在这个年轻人面前，自己真要成傻大姐了。

这天晚上，李文璧本打算回家的，由于曹节的到来，她改变了主意。

沈傲走后，她回到病房。

癌症病房，也许是世界上最压抑的地方。每到深夜，阳降阴升，正气遂弱，患者会发出比白天更令人心痛的哀号。家属们身心俱疲，仍要以最温暖的言语，去抚慰患者。只有身处那个环境的人，才能真切地体会到，人间最美好的祝福，是祝你健康。

屋里开着电视。人们之间早已熟悉，却没什么交流。时间一点一滴过去，很快，灯关了，只剩床头的几盏小灯亮着。

"你该回去了。"秦向华小声对李文璧说，"顺便提醒我哥，两天后手术。"

"今晚我在这儿，你回去歇着！"李文璧说。

她早打定了主意，要留下来。

"那哪行！"秦向华摇头。

"听我的！"李文璧果断地说，"日子还长呢，不休息，怎么应付得来？"

秦向华沉默了一会儿，同意了。他知道李文璧说得没错。可是，这时候，应该是秦向阳和他倒班才对！怎能让李文璧煎熬呢？

"秦向阳，你他妈在干吗？"他心中极为不满。

这是李文璧第一次值夜。

床边有个躺椅，她坐在上面，两眼放光，时不时向刘驻看两眼。

刘驻在外面不停地抽烟，抽到半夜才回房。他经过李文璧时，身上的烟味把李文璧呛得不行。

后来，刘驻在父亲床边打了个地铺，翻来覆去，似乎难以入睡。

秦母很和善。清醒时，她喜欢拉着李文璧的手，问长问短。晚上这个点，老人并未睡去。半夜还要打针，打完针还要方便，她在等。但她不忍打扰李文璧，一直闭眼假寐。

今晚，好像找不到同刘驻攀谈的机会。李文璧硬熬到后半夜，伺候老人方便后，才堪堪睡去。她做了个梦，梦到曹节来找秦向华谈话，说要拿老人的器官卖钱……

早上五点多，她突然惊醒，用了很长时间，去舒缓梦中的情境。她闭着眼，浑身酸痛，正要再睡，房门口传来一连串动静，彻底惊扰了她的睡意。

房间里来了两个三十多岁的女人。

李文璧眯着眼看。她认识那俩人。一个是刘驻的媳妇，一个是刘驻的姐姐，先前都来探望过刘保杰。

听到动静，刘驻翻身坐起，轻声说："来了？"

两个女人点头，放下手里的东西。

刘驻媳妇小声问："谈好了？"

"嘘！出去说吧！"随后，三人走出病房。

"什么情况？"李文璧马上坐起，脑子里打了个大大的问号。

她悄声走到门口偷听。

外面没动静。

她轻轻打开门，挪到走廊上。

走廊上没人。

护士站离她不远，隔着三个门口。她往那儿看了一眼，那里也没人，估计护士去查房了。

护士站设在走廊中央，正对电梯间，中间有道玻璃门，把电梯间和走廊隔开。李文璧屏息凝神，听到电梯间里有说话声。

她精神一振，悄悄走过去，靠在门边的墙上，打开了手机录音。

"昨晚跟曹经理谈好了，合同回家签，这里不方便。"这是刘驻的声音。

"只能提百分之十？"刘驻媳妇问。

"那是人家的规定，不少了。"刘驻说。

"奖池一共多少钱？"刘驻姐姐问。

"我哪知道！曹经理说，几百万算少的！"刘驻说。

"那不错啊！"刘驻姐姐说，"咱们能参与吗？"

"能。咱不参与，那太不像话！咱赚点提成得了。"刘驻说。

"也是。咱提前先说好，不管提多少，咱两家五五分！"刘驻姐姐说。

"行！先说清楚最好！"刘驻媳妇说。

"这是天上掉下来的机会，对咱家所有人都好！"刘驻说，"曹经理讲了，他会帮忙联系中药，但不保证治疗效果。相关费用，从咱提成里扣。"

"中药？还扣钱？那咱要吗？"刘驻媳妇问。

"废话！那是我爹！再说，曹经理强调了，那是合同的一部分，我们必须使用人家联系的中药，以保证他们公司的人道主义精神。人家是公益公司，不想害人！"刘驻说。

接下来沉默了一会儿，刘驻媳妇说："今天就出院？"

"对！越快越好！"刘驻说。

"咱爸那儿，谁去说？"刘驻媳妇问。

"当然我姐。对吧，姐？爸和你最亲！"刘驻说。

听到这儿，李文璧一头雾水。

这时，护士从走廊尽头走了过来。李文璧赶紧回屋，闭目装睡。

几分钟后，刘驻等人回到病房。

这时，刘保杰早已醒来。

刘驻环视房内。秦向阳母亲背朝他侧卧，是不是醒着他不知道。陪床的李文璧似乎没醒。另一张床上是个中年人，此刻仍在酣睡，中年人的家属回家了，天亮才来。

刘驻媳妇带来了热鸡汤。刘驻亲自喂给刘保杰。

老人努力喝了一小半，很是欣慰。

接下来，几个人围坐床边，陪老人说了一会儿话。刘保杰体内癌细胞转移，小脑被压迫，几乎不能讲话。面对问候，只能报以热切而含糊的回应。

天渐渐亮了。

刘驻看了看表，给姐姐递了个眼色。

刘驻姐姐会意，凑到老人眼前，柔声道："爸！您身子骨太弱，不适合继续化疗。我们商量了，接您回家静养，您看行吗？"

老人努力张了张嘴，举起手比画了一下。

刘驻姐姐大概明白老人的意思，她说："爸！这事咱不能全听医生的，人家是量体裁衣，看咱有多少钱，都给咱掏光。"

刘驻小声插言："爸，我姐说偏了，她是好意。咱回家，不是不治了，咱还治，咱抓中药，保守治疗。"

刘保杰轻轻叹了口气，他心里似乎明白儿女的意思。

李文璧竖着耳朵，闭着眼，强行制造呼吸的节奏感。她有点想多了。刘驻等人并不太在乎她的存在。他们正在处理家事，在他们看来，那跟外人没任何关系。

刘驻媳妇是个急性子。

她见公公不能说话，来回踱了几步，弯下腰说："爸！我们真的商量过了，都为你好！咱这样，你要是还想住院化疗，就别眨眼；要是想回家保守治疗，就眨眼！"

一听这话，刘保杰嘴唇哆嗦了几下。

刘驻轻声咳嗽，他想提醒媳妇，那话有点过分，劝人哪有那么劝的？

刘驻姐姐冲刘驻摇头，刘驻把话咽了下去。

刘驻媳妇见没人反对，便重复道："爸！你要是还想住院化疗，就别眨眼；要是想回家保守治疗，就眨眼！一、二、三……"

李文璧悄悄睁开眼。微光下，她看到刘保杰的脸涨得通红。

老人听明白了。他努力睁着眼，一会儿看向儿子，一会儿看向女儿，一会儿看向儿媳。他的目光在亲人之间来回穿梭数遍，最后投向白色的天花板。

一分多钟后，老人眼角滑出一滴泪，随后，他眨了眼，同时伴随着一声长长的叹息。

李文璧静静地把一切看在眼里。

"爸眨眼了！爸同意回家！"刘驻媳妇解脱似的说。

刘驻也轻轻叹了口气，攥着刘保杰的手，小声说："爸，这也是没法子的事。放心吧，这样做真的对大家都好！"

天终于亮了。

李文璧起身去打热水。在水房，她拨通了沈傲的电话。

"他们今天要出院！"

"出院？"

"今早，我偷听到他们说话。刘保杰的家属来了，在电梯间讲悄悄话。"

"有收获？"

"绝对有！"

"太好了，我这就赶过去！"

沈傲赶到医院时，刘驻正忙着为老人办出院手续。

李文璧把沈傲拉到步梯，拿出手机，叫他听录音。

沈傲仔细听了几遍，总结了几个关键词：奖池、百分之十、合同、中药、合同的一部分。

"听懂了？"李文璧问。

沈傲回味着说："屁话！具体怎么玩，还是不清楚。但能肯定，我奶奶跟那个刘保杰一样，都是曹节的业务，我爸拿到的那笔钱也是奖池的百分之十。还有中药，我奶奶也喝过中药。"

"里头一定有大新闻！必须搞清细节！"李文璧急道，"可是人家要出院，我们怎么办？"

"怎么办？"沈傲似乎早有准备，他摇着烟盒问，"那个刘驻，抽烟吗？"

"抽得可凶！昨晚抽到半夜，回屋时把我好一通呛！"

"哦？"

沈傲掏出一样东西。那是个名牌打火机，半新不旧。

"你找机会，把这个打火机放到刘保杰病床上。"

"放哪儿？"

"枕头下面。哦，不，放床尾吧，那样更像是有人遗落的，你只要保证刘驻他们收拾床时，一定会看到它。"

"放这玩意儿干吗？"

"它里面有个窃听器，能用手机监听！"

李文璧露出怀疑的神色。打火机里哪有空间放窃听器？她不信。

沈傲把打火机拆开，给她看。

李文璧这才明白过来。那个打火机的钢制外壳跟内胆，并非原装。本来，内胆跟外壳应是严丝合缝的。沈傲舍弃原装外壳，找来个尺寸合适的大外壳，放入内胆后，大外壳底部就多出来一部分空间。他在那个空间里放了个微型窃听器。

李文璧连声说想不到。

"可惜了我的打火机！"沈傲摇摇头，说，"这么弄也是有风险的。你看，这个外壳大，内胆小，两者契合就不严密，我在它们的缝隙中抹了胶，省得内胆滑出来。另外，打火机的盖子也扣不严实，调铰链也没用，希望刘驻注意不到这些细节！"

"你确定刘驻会带走它？"

沈傲点点头："他是老烟民，这么漂亮的打火机，能不要？"

"妙哉！多亏你早有准备！"李文璧开心地笑起来。

"嗯！到时候，手机接通窃听器就能监听。只不过，我把它相关联的手机号设置成了你的！"

"为什么设置我的？"

"我就是个穷学生。你呢，好歹是个记者，你对象又是警察！事后万一暴露，起码没我啥事！"沈傲笑道。

"你怎么这样！"李文璧急眼了。

"我开玩笑的！"沈傲认真说道，"万一暴露，以你的身份，他们不会把你怎样的！"

李文璧认同了沈傲的说法。这件事，沈傲主动找她暗访，已是难能可贵，怎能再让他冒险呢？

商量完，她拿着打火机回房，沈傲去学校图书馆，继续突击毕业论文。

每天早晨，是病房里最有生机的时候。又熬过了一夜的病人们，随着太阳的升起，点燃了新一天的希望。

刘保杰的眼神中没有希望。他茫然地注视着家人出出进进，办出院手续。

李文璧紧握着打火机，走到秦母和刘保杰的病床中间，若无其事地站了一会儿，趁人不注意，把打火机丢到了刘保杰的床尾。

放完之后，她后悔了。刘保杰盖着被子，打火机在被子外面，离刘保杰的脚很近，任何人一眼就能看到。

她觉得有点假，伸手取回了打火机。

放哪儿更自然呢？她正凝神琢磨，刘驻等人回来了。

这可咋办？李文璧的手猛地一抖，打火机滑落到床尾，掉进了床缝里……

刘驻办完了手续，借来个轮椅。他给老人穿好衣服，把老人抱到轮椅上。女人们收拾东西，准备离开。

"出院了？"秦向华回来了，笑着跟刘驻打招呼。

刘驻点头，脸上带着释然的表情。他推着老人往外走，女人们抱着杂物跟着。

那个打火机，还静静地待在床缝里。

"猪！"李文璧骂自己。

眼看人家就要走了，她赶紧站起来，指着床尾叫道："刘哥，这儿有个打火机，是你落下的吗？"

刘驻走回来，从床缝里抠出打火机，打开翻盖，噌地按下滚轮。

一簇有力的火苗随之燃起。

"是我丢的，谢谢！"他把打火机放进口袋。

# 第八章 窃听（二）

这天一早，秦向阳手机收到两个转账信息。

一个是苏曼宁发的，市局丁诚带头的捐款。

一个是李天峰发的，栖凤分局的捐款。

"收下，别矫情。这总比网上筹款靠谱。"苏曼宁在微信上打字。

"好！"秦向阳回复。

"不够，哥们再帮你想办法。多了，甭退还，没有明细记录。"李天峰打字。

"太感谢了！够了！"

这个男人很要面子。母亲生病以来，他找到以前的战友借了些钱，但从未跟同事开口。这时突然收到两笔捐款，而且这两笔捐款进行得悄无声息，没有设置惹眼的捐款箱之类，这令他非常感动。

他拨通电话，跟江海潮打了个招呼，随后赶往医院。

跟往常一样，还是韩枫给他开车。这一阵，他走到哪儿，韩枫就跟到哪儿。他对这个黏人的徒弟，一点办法没有。

他赶到时，李文璧已经离开。刘保杰的床空出来不到半小时，就有了新的主人。

"李文璧熬了一夜，才走！你成天忙什么？"当着母亲的面，秦向华强忍怨气。

秦向阳无话可说。

他默默走到床边。

母亲的手抬了起来，他赶紧握住。

"去忙吧，别担心，有小华照看着呢。"母亲说。

"妈！你这不是惯他吗？连李文璧都来值夜了，就他个别？"秦向华不满道。

"别这么说！"秦母对小儿子说，"人活着啊，各有各的处境，各有各的难处。记着啊，孝字论心不论事。"

秦向阳轻叹一声，拿出手机，把钱都转给秦向华。

他才操作完，江海潮来电，叫他回去开会。

"明晚手术，我过来！"他拍了拍秦向华的肩膀，转身离开。

谢饕餮的搜捕令早发下去了，人还没抓到。卢平安杀人证据确凿，动机却软弱无力，卢平安本人也矢口否认，警方根本拿不到口供。案子突然停滞不前，江海潮不得不开会，重新梳理案情。这不是他想要的。

作为专案组执行组长，他本想给别人形成那样的印象——他很从容，他有能力掌控一切，顺利破案。刚拿到案情报告时，相关信息不少，他觉得没太多难度。他想大刀阔斧，让案子结在自己名下。然而事与愿违，他很快发现这活儿没那么简单。


市局会议室。

江海潮上来先公布了一条信息，那使他看起来仍牢牢占据主动。

信息来自三方面。

一个是汽车站、火车站、机场方面的信息。查询证实，没有谢饕餮的外出记录。但仍不能排除谢饕餮乘坐出租车、顺风车等其他交通工具，离开本市的可能。可是，他根本没理由出远门，他的全部家当都在出租房。电信方面显示，案发后第二天，他从谢斌斌那儿离开后，给乡下的母亲打过一个问候电话，但并未回家。而那个电话也是近几天谢饕餮的唯一通话记录。由此分析，谢饕餮大概率仍在本市。

另外，江海潮还查询了谢饕餮名下的银行卡及电子支付账户，那上面的钱在近几天内没有支取记录。这有些异常。当今社会，大部分人每天都难免有电子支付记录，为什么谢饕餮没有？除非他身上有现金。不管怎样，这条信息远不能证明谢饕餮发生了意外。再就是住宿登记系统，也没查到谢饕餮入住记录。这能说明什么？要么他持有假证，住在暗巷的小旅馆，那些地方入住登记管理松懈；要么他在朋友家。

第三条信息来自谢饕餮出租房附近的路面监控。捕捉到的影像里，谢饕餮抽着烟，很悠闲的样子，拐进了路旁一家网咖，深夜后才出来，随后不知去向。

分享完信息，江海潮直接给出结论："谢饕餮太重要了！搜捕动员已经发动到最大限度，不管他是死是活，四十八小时内总该有消息才是！"

"死？谢饕餮没理由出事吧？"卧虎分局队长霍大彪说，"目前最大的嫌疑人是卢平安。退一万步，就算凶手另有其人，也谈不上杀人灭口！案发时谢饕餮躲在现场，这个信息外人不可能知道的！"

江海潮点点头，说："审讯时，我倒是对卢平安说过。"

"那没事！"霍大彪说。

"秦队，你的看法呢？"江海潮问。

"谢饕餮的确很重要，搜捕正在最大化进行，咱们先把他放一边。"秦向阳道，"霍队的'退一万步，就算凶手另有其人'，这个提法很现实！"

他点上烟，缓缓地说起来。

"如果凶手是卢平安，他的杀人动机到底是什么？这点不解决，将来庭审，指不定会怎样。基于卢平安是凶手的前提，我想提个假设——如果案发前，跟樊琳上床的是邓利群，那会怎样？"

"这种假设没意义吧！"霍大彪说。

"不。霍队你也提过一个细节，曾纬的面具被凶手掀开了。"

"如果凶手是卢平安，那个细节就很好理解。他也会好奇，跟他老婆上床的男人到底什么样。"

"上次你可不是这么说的。"

"针对这一点，上次我的确说过，曾纬的死会不会是个意外。"霍大彪点上烟，说，"此一时，彼一时。现在纵观案子全过程，我觉得当时的提法有点神经过敏了。"

"不至于！"秦向阳说，"我总觉得案发当天，邓利群的行动轨迹有点怪。怎么说？明明他应邀去了大魏豪庭，结果却在车库发生意外，用车门撞倒个孩子。那个孩子的母亲叫魏芸丽，她之所以把车停到邓利群的车旁，是因为有个人的车屁股停歪了，挤压了她的入口空间，导致她没信心倒车入位。她孩子之所以被邓利群的车前门撞倒，也跟她把孩子放到前座有关。巧的是，那天孩子喝饮料，把后座弄湿了。更巧的是，那个魏芸丽当时提着一堆东西，里面有一盒跳棋摔到地上，弹珠滚落到邓利群的车门前，小孩子便跟上去捡。至于那个把车屁股停歪的家伙，叫侯三，就租住在五号楼1302室，跟谢饕饕一样，也有前科，出来半年了，没工作，给一个叫林小宝的看网店维持生计。这一连串的事，里面有几个巧合？"

"你是说，凶手的目标是邓利群？"江海潮忙问。

"不！我更在意那些巧合！"

"这……"江海潮皱起眉头。

"我觉得你想多了！"霍大彪说，"某种程度上，所有的必然都可以视为巧合；所有的巧合，也可以视为必然！"

"你说的是哲学层面。"秦向阳说，"好吧，我个人暂且称之为巧合吧！不管这个假设是否有意义，都不能否认一连串巧合的发生，促成了樊琳的约会对象，由邓利群变为曾纬。现在无法断言，那一连串巧合跟樊琳、曾纬被害，两者是否有因果关系。但是，侯三把车停歪；魏芸丽放弃倒车；魏芸丽孩子弄湿车后座，从前座下车；魏芸丽摔了跳棋；弹珠滚落到邓利群车门前；孩子捡弹珠；再加上案发现场衣柜里还有个谢饕饕……这七个点，真的就是巧合？还是说，不仅仅是巧合？如果是后者，那又意味着什么？"

会议室里出奇地安静。

江海潮第一次当面领教秦向阳的分析能力，他不得不承认，那些巧合的存在，此前他从未留意。那些问题，谁也无法回答。不管怎样，秦向阳的分析为本案提供了更多的侦破思路，同时，凸显了案件的复杂性。好在他并非轻易服输之人。相反，秦向阳的设问更激起了他非破案不可的决心。

秦向阳见没人发言，继续说："我们再假设，凶手不是卢平安，那又将得出什么推论？"

"这点我考虑过，尤其在审过卢平安之后！"江海潮说，"他的自辩，几乎导致我对那几项指向性证据的怀疑。我没忽略案发前后，出入五号楼的神秘连帽衫男子！这个人极度可疑，这不单指他包裹严密的装扮。从时间上说，他15：52进入小区，15：55进入五号楼，16：45离开小区，那个时间段，跟案发时段高度契合！可惜除了身材，我们没有那家伙的任何体貌特征。行踪上，他离开小区后，右拐。可是，离小区最近的路面监控，小区附近的店面监控，都没拍到他的影像。为什么？只有两个可能：一、那家伙离开小区后，换了装；二、在小区与最近的路面监控之间，他有个落脚点！"

"是的！我同意江队的分析！可是就算大海捞针，我们至少知道针的样子，而我们对那家伙一无所知，怎么捞？这种情形下，我赞同江队把注意力放到卢平安和谢饕饕身上。"霍大彪无奈道。

"该捞还是要捞的！"

江海潮替霍大彪补充。实际上，那项搜索工作早就有人做了。连日来，警方对小区附近的走访和搜索并未放松，只是未见成效。

"我的意思是，假设凶手不是卢平安，而是神秘连帽衫男子，那他为什么要嫁祸卢平安？"秦向阳说。

"是！这个假设之下，嫁祸就显而易见了。要找此人，只能从卢平安的社会关系入手，可是卢平安的社会关系似乎非常简单。"霍大彪说。

秦向阳点点头，说："我只是陈述本案的多种可能性，供大家参考，暂时给不出具体的侦查意见，一切看江队。"

江海潮沉吟片刻，说："多管齐下。陆涛全力督促对谢饕饕的搜捕；卢平安的社会关系交给霍队；我安排人继续走访街区群众，查找神秘连帽衫男子踪迹；邓利群身上仍有疑点，就交给秦队吧！希望大家齐心协力，早日破案！多少双眼睛在背后盯着咱们，滋味不好受！"

直觉上，秦向阳不想在邓利群身上过多纠缠，他宁愿把功夫下到卢平安身上。

他对一连串巧合的提法，不是为了让人关注邓利群，而是为了让人关注那些"巧合"。邓利群能有什么疑点？他知道，当前形势下，像邓利群这种官员，其实最谨慎，顶多有男女作风问题，再加上利用手中的权力，给樊琳之流谋取点利益，几乎不可能牵扯进刑事犯罪当中，那太傻。可是，江海潮却安排他查邓利群。他感觉，江海潮那样做似乎是不想让他接近卢平安。

沈傲的窃听计划成功了。

只要刘驻把那个打火机带在身上，就能通过手机，听到刘驻跟所有人的日常对话。有一点他很放心，刘驻是老烟民。老烟民的打火机不是在身上，就是在触手可及之处。

李文璧第一时间找到他。

他扔掉论文，选了一间无人的阶梯教室，戴上线形耳机，打开李文璧的手机，开始了全新的监听生活。

第一天上午的监听内容，极为琐碎、无趣。回到家后，刘驻把刘保杰安顿好，跟老人说了一堆暖心话，才回房补觉。之后，耳机里除了刘驻打呼噜的声音，就是女人细碎的说话声。女人们说话远离卧室，沈傲听不清谈话内容。可是，他生怕错过有可能的重要信息，就只好一直戴着耳机。最后，他彻底烦了，把耳机交给李文璧。

李文璧又坚持了一下午，也没听到异常信息。他们这才意识到，监听不是个好活儿。

好在那天晚上，情况出现了。

晚饭后，耳机里突然安静下来，只能听到刘驻一根接一根点烟的声音。

过了一阵，刘驻说话了："曹经理，快请进！等你一天了！"

听到这儿，李文璧惊呼："曹节去刘驻家了！"

沈傲赶紧从李文璧头上扯下一个耳塞，戴上。

刘驻家客厅。

"哎呀！老刘你辛苦了！今天休息得如何？"曹节的声音非常热情。

"睡不踏实！"

"放宽心。把合同签了，保你睡个踏实觉！"

"合同带了吗？"

"必须的！"曹节把文件包放到茶几上，伸手拍了拍。

刘驻沏茶，点烟，随后把打火机放到桌边。

"呦！打火机不错嘛。"曹节拿起打火机看了看，点上烟，随手丢落。

"唉！"刘驻叹道，"曹经理，你说真心话，我这么做，到底对不对？"

"真心话？"曹节说，"跟你讲，要是我爸也得了癌症，我也会这么做！"

"虚话！你可比我有钱得多！我就一普通工人！"

曹节笑了笑，说："钱不钱的，两说。单说这病，能治好不？我早跟你交过底了，你家老爷子在医院待下去，你只能人财两空！"

"我知道！"

"你知道个屁！你这才一期化疗。再来几期，你家老爷子根本扛不住！怎么办？化疗期间，无非给你配上些垃圾中药，增强所谓免疫力，叫人死撑！"

"别说了，我想明白了。"

"明白什么？当初我第一次找上你时，你还对我爱搭不理！我问你，化疗前医生给你推荐靶向药没？"

"推荐了，就算医保报销，我们那点钱，也吃不了多久。"

"这就是你的命，你父亲的命！你认不认？"

"认了！"

"何止是你！我客户多了去了。认命，才能改命！在医院，你父亲的结局是什么？疼死！或者饿死！你呢？人财两空，另欠一屁股债！跟我们合作，一切就不同了。在赌局范围内，你能拿到奖池的百分之十，同时，我们还给患者提供最恰当的中药！"

"最恰当的？"

"别多问。到时拿药来，你熬给病人吃就是。"

"能治好病吗？"

"不知道。你记住一点就行，不管能否治好，你都能拿到那笔钱。对你来说，这算不算改命？"

"不说了！合同呢？老子签！"刘驻拍着桌子大声说。

刘驻签完字，曹节从包里拿出个盒子。

"这是一套监控设备。"曹节说。

"监控？干什么？"刘驻纳闷极了。

"当然是安在你爸卧室里。一来，实时监控病人的身体状况；二来，用以保证除了我们提供的药物，家属不能给病人提供其他任何治疗措施！"

"这……"刘驻挠着头，说，"你也没事先告诉我啊。"

"这是合同细节，不会给你带来任何麻烦。"曹节又点上烟，逼近了刘驻，说，"我们的运作程序相当成熟，不然哪有人出钱玩游戏？凡是游戏，就有规矩。这个赌局要求实时监控病人的动态。赌局的每个客人通过手机就能随时查看监控。还有问题吗？"

"原来这样。"刘驻叹了口气，小声问，"能透露不，这次的奖池一共多少？"

曹节笑着说："目前五百多万。你现在签完合同，过了今晚十二点，奖池停止蓄水，不再接受投注。"

"停止？早知道我晚两天签！"刘驻狠狠地掐灭烟屁股。

"由不得你！另有一个合同早签了，就等你签完，游戏才能开始！别人等不了！"

"什么意思？"

"这次是新玩法，赌的是两个病人，看谁先死。"曹节说。

"还有个病人？我以为就我爸自己……"

"一个人那是基本玩法，赌的是病人的死亡时限。"

"死亡时限？"

"也可以理解成赌病人的意志力！通常二选一：一个月以内死亡，一个月以上、三个月以内死亡。"

"要是病人活三个月以上呢？"

"那就没有赢家！"

"没有赢家？那谁还玩？"

"每个病人都经过了精挑细选，没人比我们更清楚他们的大概率生存期。没有任何治疗措施，你以为有几人能创造奇迹？"

"你们提供的中药，不算治疗措施？"刘驻不解。

"我们的药，对你爸无害。别多问。"

刘驻沉默了。

"要不要投注玩一局？"曹节笑问。

刘驻摇头，说："说实话，你们这赌期有点长，一局最少个把月见输赢，很耗耐心！我很好奇，都是什么人在玩。"

曹节轻蔑地笑了笑，说："赌局多着呢，流水盘。假如上个月开十个盘，那么这个月，你每隔几天就得查验胜负，就怕你不玩。耐心？什么玩意儿？"

"流水盘？"刘驻咬牙道，"投注真能发财？"

"胜负概率对半，公平合理，童叟无欺。"曹节伸了个懒腰，站起身，"今天说多了！回了！"

"咱是老乡，我记你的情。往后，说不定还得靠你照顾！"刘驻也跟着站起，一手捏着烟盒，一手拿着打火机。

"行了！明天我请你吃个饭，放松一下。"曹节收起合同。

"别！我请你！"

"我请吧！这次新玩法，我看好对方，买了你爸先死！哦，这么说你别不高兴。"说完，曹节夹着包离开了，剩下刘驻一个人，傻站了半天。

这一通监听，刷新了李文璧的三观。

"太可怕了！"她想不到，沈傲最初的判断是对的，真的有人有组织地拿癌症患者设置死亡赌局，牟取暴利。

这是大新闻。

李文璧兴奋得不能自已，拉着沈傲去吃饭。

沈傲远没有李文璧激动。

他把监听内容转录到手机上，然后在笔记上丰富此前那几个关键词：奖池、百分之十、合同、中药、合同的一部分。

到了餐厅，两人边吃边聊。

沈傲说："你有没有觉得奇怪？"

李文璧说："曹节所说的中药，我想不通。"

"是的！"沈傲说，"他们的赌局，全靠两个基本点支撑：一是不许对病人施加任何治疗，二是对病人实时监控，便于赌客随时收看。那么，为什么又提供中药呢？那不是打破了赌局的基本点吗？"

"曹节说了，那是最恰当的药。"

"那他妈等于没说！"沈傲道，"看来，我奶奶临终前吃的药，就是曹节提供的！什么用都没有！"

"难道是加速病人死亡的药物？"

"不可能！"沈傲说，"他们不可能破坏赌局规则。"

"那会是什么？"李文璧皱起鼻头，"要弄清真相，只能靠警察。可是目前还不能报警，很多疑问没搞清楚，会打草惊蛇的！"

"总算聪明一回！"沈傲说，"监听内容不能作为法庭证据。当前来说，刘驻这样的病患家属是最好的人证，得想法多找几个！"

"还找？还得我去医院守株待兔，对吧？"

沈傲点点头。

"你爸妈不就是现成的人证？"

沈傲闻言一怔。

"赌局牵连到你父母，你是不是后悔了？"李文璧定定地看着对方。

"有一点！"沈傲捏着手关节，噼里啪啦响了一阵，说，"可我更想弄清真相，做该做的事。"

"事实上，你父母属于非法获利，但不会涉及刑事责任。"李文璧出言安慰。

"那样最好！"沈傲狠狠嚼着食物，哼道，"可惜窃听器在刘驻身上。要是也给曹节安一个，就省事了！"

"有办法吗？"

"明天曹节请刘驻吃饭，我们监听完再说。"

第二天中午，刘驻按时赶到跟曹节约定的饭店。

包间里除了曹节，还坐着一个中年人。

曹节从中介绍。

那个中年人叫王红星，他父亲就是曹节所说的另一位患者。就是说，王红星的父亲跟刘驻的父亲，要在这次赌局中一决高下，看谁先死。他们各自的亲人，以及买对了赌注的赌客，将从中受益。

这是卑微的命运，还是命运的卑微？

刘驻和王红星都很尴尬。

但是，他们很快就生出了同病相怜之感。他们有着共同的命运，他们的人生在走入低谷后，又因为曹节的出现，发生了转折。

"合作愉快！"曹节举杯。

从沉默到痛饮。

对监听者沈傲来说，这场饭局枯燥而漫长。可他又不得不继续听下去，生怕漏掉有用的信息。

"啪！"王红星第N次点上烟，随后把刘驻的打火机丢到了桌面。这次，他忘了扣盖。

也许是他过于用力，也许是沈傲抹在打火机外壳和内胆之间的胶不牢靠，在王红星一摔之下，内胆从外壳中脱落，滑到了桌面上。

"不好意思！"王红星把内胆装回了外壳。

刘驻完全不在意，猛喝了一大杯。

"我看看！"曹节没来由地抓过了ZIPPO。

他眼力不错，就在内胆滑出来时，他扫了一眼，注意到一个细节：内胆的上下长度，比外壳短很多。

他点了根烟，随后抠出内胆，翻来覆去看了看，然后把外壳的口朝下，用力一甩。

紧接着，一个小物件被甩到了桌面上。

曹节皱起眉头，捏起它一看，顿时大惊失色。

"他妈的！"

他浑身一颤，把那玩意儿丢进酒杯。

与此同时，沈傲耳机中爆出一阵耳鸣，监听中断了。

# 第九章　茶宴

卢占山很痛苦。

这位昔日的老中医，保养有方。他食不过饱，饮不过量，作息有定时，置物有定位，起居服饰，务求整洁。他洒脱自在，气度从容。现在，因为儿子卢平安的事，他全身上下像镀了一层灰。

这几天，他叫大儿子卢永麟多方打探，得到的消息是，审讯期间，警方禁止家属同嫌疑人见面。非见不可，也只能等卢平安被转送到看守所。

卢永麟比卢平安大五岁。看起来，他跟卢平安一样身材瘦削，实则一身腱子肉。他是个性情温和的人，担心卢占山独自在家忧虑伤神，干脆把父亲接到自己的健身器材店里，同吃同住。

这天上午，卢占山收到一条短信：师哥，来谈谈你儿子以及我儿子的事。我在"老地方"等你。

给卢占山发短信的是扶生集团董事长曾扶生。

老地方是一间茶社，一年四季，专营黑白茶。它是曾扶生那三大主产业之外，唯一投资的私人休闲场所。它的工商注册户上登记的名字叫李长霞。李长霞只是他长期聘任的经理，茶社实际的出资人还是曾扶生。

看完短信，卢占山放下手机，慢慢地叹了口气。

曾扶生叫他师哥，这没错。

五十多年前，年幼的卢占山父母早亡，被一名老中医收养。

老中医叫李正途，当时年近六十，隐于民间，钻研了一辈子经方，手段颇高。他本有妻女，不幸在战乱年代离散。后来，他又娶了妻子。不久后，其妻因资产阶级生活情调被抓，受到批判，愤而跳井自杀，也没给他留下一儿半女。之后，李正途一直单身。卢占山的突然到来，给他的晚年生活平添诸多乐趣。

收养卢占山的第二年，李正途亡妻最小的妹妹一家遭逢变故，一家三口先后死于癌症，只剩下个小男孩，被辗转交到李正途手中，这个孩子就是曾扶生。

其后十年，卢占山和曾扶生两人跟李正途相依为命，学习医术。及至"文革"晚期，李正途遭人举报，说他年轻时，曾给多名国民党高官治病，间接给人民解放事业造成损失。

年迈的李正途挂上牌子，扫了半年街，最后郁郁而终。

李正途这一生，除了治病救人的本职工作，最大的爱好便是收集、钻研古代经方。说起古代经方，他曾对卢占山和曾扶生讲过自己年轻时的一段经历。

解放战争时期，李正途曾受邀给一个姓华的大地主看病。为了不贻误病情，那段时间他就住在地主家的书房内，闲暇时，他会就地找些书翻看。

有一天，他从华家书房内翻到一本破烂不堪的线装古籍，名曰《不言方》。"不言方"三字为隶书，其内容皆为蝇头繁体小楷，整本书昏黄古旧，不知其年代，更不知何人所著。

《不言方》记载的，全是古代经方，其中有些方子，李正途简直闻所未闻。具体到每个方子，书中对涉及的药物及药理，都做了精确的论述，其言凿凿，其理昭昭。此外，书中还记载了很多中药的妙用，其中涉及的药引子，更是千奇百怪，从珍贵无比的太岁、珍珠、穿山甲，甚至天外陨铁，到日常所见的草木金石、花鸟鱼虫、油盐酱醋，范围极广。李正途一时如获至宝，兴奋难眠，便日日研习翻阅。

后来地主病愈，李正途谢绝了丰厚的诊金，就要那本《不言方》。

老华家富贵多年，家中出过做官的、经商的，甚至扛枪的，但就是没出过医生，留着那本破烂毫无用处，便把书送给了李正途，此外又强行支付了诊金。

李正途自是千恩万谢。不料其返家途中，前一刻还是艳阳高照，下一刻便来了暴雨。天变得太过突然，他全无准备，只好把《不言方》塞到胸前，拼命护着，寻找躲避之处。

这就叫人各有命。等他好不容易找到落脚地，那本古籍早已在他胸前化成了纸浆。李正途悲从中来，捧着纸浆碎片，在暴雨中长跪不起。

返家后，李正途好像丢了魂。等到好不容易恢复了心神，便尝试依靠记忆，把那《不言方》复原。可是，当日在地主家，他只是急于研习，尝试通读全篇，凭借记忆又怎能复原得来？

此后多年，李正途多次梦到《不言方》。他梦里所见，正是当年在地主家一页一页翻看古籍的情景，而且每页的内容均是历历在目。每次醒来后，他都又惊又喜，赶紧把梦到的字句逐一记下。其实，这只不过是心力幻化的潜能，根本说不上神奇。至于他所记下的那些字句，跟真正的内容是否相符，那就无从判别了。

不管怎样，对李正途来说，还原《不言方》，真的成了他的梦想。但终其一生，他也没把自己还原的内容给任何人看过。

也许，他早就醒了，早就知道自己记下的内容，归纳起来只不过是四个字：心理安慰。

李正途临终那天晚上，把两个徒弟叫到一起，说了些今后要救死扶伤、医德中正之类的嘱托。交代完，老人单独把卢占山留在房内，又谈了许久，最后，郑重地交给他一个陈旧的黄布包。

曾扶生在屋外徘徊许久，不见卢占山出来，便从窗户往里瞥了一眼，刚好看到那个黄布包。

包里是什么？他顿时好奇心大起，想等卢占山主动告诉他。

可是事后，卢占山非但只字不提，还把东西藏了起来。

难道黄布包里，是师父终其一生所还原的《不言方》？

卢占山的行为，引起了曾扶生的疑心。

李正途死后，卢占山和曾扶生上山下乡，就此分别，都成了赤脚医生。

曾扶生去了四川，后来又拜了一个姓鄢的师父，学习医术。

两人自分别以后，二十多年没有交集，直到2001年春，曾扶生回到滨海。

那时候，卢占山在滨海老城区租了一栋二层小楼，经营一家中医馆，早已是远近闻名的中医。

回到滨海后，曾扶生干起了保健品生意，并以此发家，最终成立了扶生集团，成了人生赢家。

在卢占山心里，曾扶生表面的光鲜难以掩盖其内心的阴暗。

2012年春节后的一天，卢占山的中医馆遭人举报，说他非法经营来源不明的药材。被查封当晚，又起了一场无名大火，烧掉了他全部家当。

事故原因无从查证，据说是线路老化所致。卢占山可谓损失惨重，别的不说，光医馆里储存的各类名贵中药，价值就近百万。

除了财物，那场火灾还闹出了人命。

怎么回事呢？当时，有个人叫陶定国，五十来岁，是一名对越自卫还击战的退伍老兵。那人在战争中失去了一条腿，没结过婚，靠给人补鞋、配钥匙维持生计。多年来，陶定国的鞋摊一直在卢占山的医馆旁边，两人天天见面，慢慢就成了朋友。没事时，卢占山会叫陶定国到店里喝茶、下棋，逢年过节，还请陶定国到家里做客。陶定国不善言辞，心里却感激得紧。

2011年春节后，卢占山有一阵子没见到陶定国出摊，心里觉得奇怪，就打发卢平安，去陶定国居住的筒子楼看个究竟。卢平安去了才知道，陶定国卧床不起，整个春节都在病痛中度过，只是随便开了些消炎药。

得知消息，卢占山上门给陶定国把脉，完事又送到人民医院做详细检查。

这一查不要紧，结果把卢占山吓了一跳——肺癌晚期。

怎么办？陶定国身边连个亲人都没有，卢占山也拿不定主意。住院？那需要大笔费用，陶定国根本负担不起。思来想去，卢占山把检查结果告诉了陶定国。

陶定国的乐观出乎卢占山的想象。

得知结果后，他从病床上爬起来就办了出院手续。他告诉卢占山，他不怕死。他说他有个哥哥，战死了，他觉得自己早该死了，死在战场上，如今又多活了几十年，赚了。

卢占山心软，好说歹说，把陶定国接到了自己的医馆，说用中药给他调理，不保证能治好病，但肯定能多活几年。

遇到卢占山这样的好人，陶定国真不知如何是好。在对方坚持下，他听从了卢占山的安排，并拿出多年来积累的全部家当，一并交给卢占山。卢占山没有推辞，他知道若是不拿，陶定国肯定不接受治疗。

治疗持续了一年。

2012年春，陶定国病情恶化。

为掌握病情、及时救治，卢占山干脆把医馆的休息间腾出来，让陶定国住在那里。对陶定国来说，这是好事。可是谁也没料到，医馆突然遭遇了一场无名大火，陶定国被活活烧死。

遭逢巨大打击，卢占山差点寻短见。

好不容易缓过来之后，他找卫生局的朋友打听举报人，却一无所获。虽然没有证据，但卢占山心知肚明，举报者和纵火者十有八九跟曾扶生有关。

这不是无端猜测。实际上，卢占山和曾扶生的罅隙由来已久。

早在两人上山下乡之前，曾扶生在言谈之中，就含有怨气。卢占山医术比他高，他承认这个事实，但他不认为那是天分使然，而是师父李正途偏心。

多年来，他从未忘记李正途临终前，交给卢占山的黄布包。他一直怀疑，黄布包里，就是李正途还原的《不言方》，师父把它传给了卢占山，而没有传给他。凭什么？比起来，李正途终归是他的大姨夫，而卢占山只是个外人。

他这么认为，其实还有个依据。

他和卢占山都知道，李正途没收养他们之前，的确曾执着于还原《不言方》，只是后来有了他们，生活多了乐趣，才渐渐放弃。但是，不管还原程度如何，李正途手里一定有那份东西。可是李正途去世后的遗物中，却并未发现一字一句。由此，更坚定了他对卢占山的怀疑。

2012年以前，曾扶生的保健品事业已经有了根基，但苦于销售瓶颈，一直打不开局面。当时的曾扶生心急如焚，急需以治大病的秘传经方为噱头，突破事业瓶颈。他深谙社会大众心理，精于炒作理论，一直四处苦寻所谓的秘密经方，试图给自己的产品赋予有迹可循的历史意义。

为此，他多次找到卢占山，正式坦白了自己的想法。他叫卢占山交出《不言方》，他愿意高价收购。

那令卢占山极其为难。他告诉曾扶生，师父还原的《不言方》，从未给任何人看过，更没留给他。

曾扶生当然不信。

卢占山的医馆人流如织，其中不乏重症患者、疑难杂症，可是十有八九都能被卢占山治好。要是师父没留下还原的《不言方》，就凭卢占山的本事，怎么可能治好那么多疑难杂症？曾扶生可不傻，自此对卢占山怀恨在心。

正因为如此，卢占山将医馆被举报、被烧，以及陶定国的死，都记在了曾扶生账上。

此后，曾扶生的事业轨迹，在卢占山意料之中。

几年后，曾扶生通过网络媒体给产品造势，宣传以千万重金，远赴蒙古国，购得失传已久的治癌秘方，并完美地将秘方，与自己的主打产品"火神膏"融为一体。曾扶生疯狂做广告，强调产品操作简单，疗效显著；沐浴后，将白色透明的"火神膏"均匀涂抹于全身表面，药力很快浸入皮肤，带来可以承受的灼热感；此法安全、无痛，长期坚持可防癌、治癌。

曾扶生手下的大批保健业务员，深入大街小巷，招揽人群，以会议营销为主要手段，大肆传播"火神膏"疗法是从体表入手，基于高温能杀灭癌细胞的科学原理，有深厚的传统医学依据。

卢占山对此嗤之以鼻，但曾扶生的事业瓶颈就此突破。

中医馆被烧后，卢占山选择去大药店坐诊。

起初，患者闻讯前来，源源不断，不久却又出了幺蛾子。

每当卢占山坐诊，药店门前总会出现一群混混模样的人，或直接阻拦，或出言恐吓，阻止患者进门找卢占山治病。店主多次报警，混混适时散去，不几日又来。三番五次后，店主看出了门道，不得不辞退了卢占山。

卢占山深知曾扶生气量狭窄，功利心极强，想做的事极难回头。他怀疑，这事还是曾扶生搞的鬼，为此他大动肝火。

再后来，卢占山赋闲在家。没承想，又出了一件大事。

2012年冬天的一个傍晚，卢占山的妻子外出买菜，过了饭点也没回来。她跟卢平安一样，心脏很不好。卢占山甚为担心，叫上两个儿子出门找人。三人寻到半夜，一无所获，只得报警。

第二天中午，辖区派出所收到消息，一个拾荒者在一栋烂尾楼里发现了一具尸体。经确认，死者正是卢占山老伴儿。

这真是个天大的噩耗。

虽说老伴儿身体不好，脑子却没问题，怎会无缘无故跑到烂尾楼里？还命丧当场？卢占山一百个想不通。

死者身上没有外伤。

警方勘查现场，做了尸检后，给出了结论。

卢占山妻子的死因是心脏病发作，但致使心脏病发作的却是外在因素。死亡现场没有暴力痕迹，也没发现作案工具，但警方在死者手腕上找到了绳索的勒痕。也就是说，她是被人绑到了烂尾楼中，继而意外引发了心脏病。

警方询问卢占山，是否接到过勒索信息？

卢占山苦苦摇头。

这就进一步证明了警方的推断——绑架者并不知道目标心脏不好，人是绑成了，但还没来得及提出勒索诉求，被绑者却因惊吓心脏病发作而亡。

警方立了案，调查卢占山父子的社会关系，并询问卢占山是否有仇人。

卢占山再次摇头。

可是在心里，他还是把这笔账记到了曾扶生头上。

这是个很清楚的逻辑——老伴儿被绑架，只能是冲着他卢占山来的。他行医大半辈子，广结善缘，从不曾招惹仇怨。他身上唯一让人觊觎的，除了所谓的《不言方》，还能有什么？

而觊觎《不言方》的人，除了曾扶生还能有谁？

最初是曾扶生明着强买，不成后放火烧医馆泄愤，继而雇小混混捣乱，阻止卢占山坐诊，一步步给卢占山带来强大的精神压力，进而实施绑架——这是个连贯的过程。

事实上，卢占山很想告诉警方，他怀疑是曾扶生所为。可是理智告诉他，那不会有任何结果。

道理很简单。这是一宗失败的绑架。被绑者本身心脏不好，因惊吓病发死亡，绑架者未能提出诉求。抛开曾扶生有钱有势不说，犯罪现场很干净，警方找不到曾扶生犯罪的任何证据，甚至根本无法对曾扶生展开任何调查。

卢占山当真是哑巴吃黄连，有苦说不出。

他长久地活在怀疑里，活在愤怒中，不得解脱。

再后来有一次体检后，他查出了肝癌，这才不得不放下跟曾扶生的恩怨，少动肝火，潜心治病。

俗话说，医者不自医。但卢占山没动手术，选择在家自己调养治疗，竟治好了肝癌。此后，卢占山不再出诊。但据说，陆陆续续有七名癌症患者找上门来，苦苦哀求。卢占山医者仁心，拒绝不过，只好出手相救，竟又奇迹般治好了那数例癌症，从此闭门谢客，金盆洗手。

卢占山自医、医人，治好数例绝症，本以为还会引来曾扶生的搅扰，没想到却一直平安无事。那几年，扶生集团已如日中天，估计曾扶生已对传说中的《不言方》失去兴趣了。

想起这些往事，卢占山感慨万千，情难自抑。

当下，曾扶生的儿子曾纬被害，自己的儿子被疑为凶手，他不得不再次面对曾扶生。

老地方茶社，最大的雅间。

曾扶生早早地等在那里。

曾纬的死，扰乱了他的心，但没扰乱他的形。他穿着一身白色绸料衣服，静静地坐着，头发精心梳理过，气度分外出尘。

卢占山被服务员引进雅间。他上下一身黑，踩着千层底布鞋，轻叹一声，坐到曾扶生对面。

两人中间有个大茶几。

茶几上端端正正摆着两个茶壶，壶嘴朝向卢占山。

许是一起长大的缘故，他们很久没这样坐在一起，彼此却不觉陌生。

卢占山揣着疑问，强忍着积怨，先开了腔："悲剧已经发生了。孩子们的事，有公检法做主。叫我来做什么？"

曾扶生没有回答卢占山的话，他轻轻敲着茶几说："这里有两个壶。一壶白茶，一壶黑茶，你选哪一壶？"

卢占山怔住。他想不出曾扶生葫芦里卖的什么药。

曾扶生平静地说："今天巧了。我穿白，你穿黑。而这茶也是一黑一白。你不选，接下来怎么喝？"

"有区别吗？"

曾扶生不语。

卢占山抬手，拿起一个茶壶盖子看了一眼，选了白茶。

"就知道，你把黑的给我。"曾扶生一笑。

"有区别吗？"卢占山重复道。

"很好。"

说罢，两人各执起茶壶，自斟自饮。

茶是好茶，清香怡人，但屋里的气氛着实有些怪异。

"这些年，你一点也没变。"卢占山饮罢一杯，轻声道。

"怎么讲？"

"明摆着。"卢占山说，"你这一黑一白两壶茶，让我选。你分明知道，我会将黑的留给你，好显出我心里对你的怨恨。"

"难道不是？"

"那是你自己心黑。"卢占山毫不客气地说，"当年你为了一己之私，三番五次逼我承认，师父将还原的《不言方》留给我。我反复解释，你拒不相信，暗中逼我关了医馆，又纵火烧我家当，还闹出人命，烧死了陶定国，进而派来小混混，阻止病人找我看诊，甚至绑架我老伴儿，致其旧症发作命丧烂尾楼，真是魔障入心！"

"一派胡言！你有证据？"

"我今天来，不是逼你承认。你我都不年轻了，白驹过隙，恩怨难消，终究也是一堆黄土。有什么好争的！"

"争？你手里有师父的东西，自然不争！你可想过这些年我的感受？"曾扶生重重地蹾了一下茶杯。

"没有！从来没什么《不言方》！"

"你一辈子就一个优点，嘴硬！"曾扶生哼道，"你的医馆，医好过诸多疑难杂症，其中不乏绝症。你本人更是患过肝癌。俗话说医者不自医，而你却重获健康。此后，又有七个外地患者，专程上门求助，医治癌症，同样被你治好！要说你或许能治某个单一部位的癌变，我信！但是，那些人的原发病灶各不相同，要是没有《不言方》，你凭什么治好他们？"

"那是道听途说！根本没有上门求助的癌症患者！"卢占山极力辩解。

"呸！你这品行，也配做师兄？不怕告诉你，那七个患者的姓名、住址，我都一清二楚！"

"你查过他们？"卢占山面部肌肉抖动。

"没错！我甚至看过他们检查的片子！"

"想不到，你如此煞费苦心！好！很好！"卢占山苦笑。

"嘿嘿！不费事！他们最初都是在本市人民医院做的检查吧？"

曾扶生私查别人的隐私，自己却越说越气："所谓《不言方》，都是历代前辈高人，临床实战的经验精华。名为不言，实则必言！得授者，当抛却小我，以天下苍生为念，将其公之于世，治病救人。长久以来，你却私自裹挟，不肯与我联手，任我百般哀求，高价收购，也不给我机会开发经方。卢占山，你自诩清高，实则是彻头彻尾的伪君子！你也配喝我那壶白茶？"

卢占山连连跺脚，怒道："一切都是你功利心太重，利欲熏心所致！亏你也算个医者！天下哪有专治绝症的秘传经方？你不思进取，专事钻营，一心求利，为了打开保健品销路，想到了将经方跟保健品结合的歪门邪道上！你利用消费者对传统医学的盲目信任，包装保健品，这叫欺人；你一心高价求购专治绝症的秘传经方，这叫自欺！"

"闭嘴！"曾扶生大怒，"没有你，我的扶生集团照样如日中天！你当我稀罕你的狗屁《不言方》？"

争执过后，屋里又静下来。

过了一会儿，卢占山说："陈年旧事，不再提了！你约我来，到底所为何事？"

"算账！"曾扶生哼道，"我儿子死在你儿子手里，这笔账不该好好算算吗？"

"免了！"卢占山一摆手，说，"丧子之痛，我能体会。但是，你以为我比你好受？我苦苦打听得知，警方手里有卢平安杀人的证据！可是，那怎么可能？"

"怎么可能？那是事实！"曾扶生说，"我倒有十足的理由，相信你儿子能干出来。多少年了，你一直骂我心黑。真是惭愧啊！我再怎么有手段，都抵不上你儿子的报复。一刀断我心头之肉！"

"平安做不出那种事！法律一定还他清白！"

"幼稚！法律以证据说话。"

"今天来，我不想为此事争辩！"

"我也不想听你争辩！"曾扶生说，"我们进入正题。"

"正题？"

曾扶生点上烟，淡淡地吸了一口，说："不管我怎么难受，曾纬没了，这是事实。我是个生意人，对我来说，什么事都有其必然价值。你明白吗？"

卢占山茫然摇头。

"我想拿曾纬的死，跟你做一笔交易。"

"什么？"卢占山瞪大双眼。

"换句话说吧，我想拿卢平安的命，跟你做一笔买卖！"

"平安是死是活，法律说了算，你说了不算！恕我直言，你怕是疯了！告辞！"说着，卢占山起身要走。

"站住！"

曾扶生站起来，打开身边的电视，阴恻恻道："我为你准备了一段视频。相信你看完后，会改主意的！"

卢占山疑惑地盯着电视画面，慢慢坐了回去。

画面里是一间地下室，亮着灯，中间坐着一个人。

那人弓着背，双手绞在一起，两眼左看右看，像受惊的老鼠。

很快，画面里响起曾扶生的声音。他隐在摄像头后方，没有被拍进画面。

"你叫什么名字？"曾扶生问。

"谢饕餮。"那人回答。

"这是哪儿？"曾扶生问。

"好像是医院的什么地方，我不确定。"

"这是医院地下室，扶生疑难杂症医院。你是怎么来医院的？"

"拦了辆私家车，给了车主五十块。"

"我是说原因。"曾扶生补充。

"哦。我最近网聊，交了个对象，她是这个医院的护士。那晚我在网咖玩到半夜，之后就来找她，那天她上夜班。"

"然后呢？"

"然后你就把我带到了地下室。"

"不是'带'，是'请'！"

"好吧！"

"我是谁？"

"你刚才说了，你是这家医院的院长。"

"我叫曾扶生，我儿子前几天被害了，我整夜失眠。几天前的晚上，我来医院处理医闹事件，在医院门口认出了你，随后把你请到地下室。这样说准确吗？"

"嗯。"

"我有没有打过你？"

"那倒没有，你说请我来帮个忙。"

"还有呢？"

"还有好吃好喝，对我挺客气。可我能帮你什么忙？"

"你应该先问问，我为何请你来？我本来根本不认识你。"

"对啊！为啥？"

"我儿子被害了，我想确定凶手是谁！政法委的朋友通知我案情进展，说案发现场有个目击者，当时就躲在衣柜里，大魏豪庭五号楼1102室主卧的衣柜。他们正全城搜捕这个目击者，而我拿到了目击者的照片。"

"我操！你、你……我、我……"谢饕餮突临意外，语无伦次。

"你就是那个目击者！"

谢饕餮脸色突变。

"我儿子就死在你面前！"

"不，不是的。我没去过……"

"你入室盗窃，发现屋里有人，躲进了衣柜，留下了脚印！"

"怎么可能？你是说，警察都在抓我？"

"你弟弟叫谢斌斌吧？他把你供出来了。入室盗窃未遂，不是大事。"

"我操！我……我那天什么也没看到！"

"嗯？到了这个份儿上，我劝你说实话。"

"我……"谢饕餮埋头沉默。

"凶手就在你面前杀人，你只需说出他的样子。"

"我哪记得他什么样子？"谢饕餮点上烟，很焦躁地吸了两大口。

"我保你平安无事！"曾扶生走到摄像头画面当中，交给谢饕餮一张照片。照片上的人，是卢平安。

"你仔细辨认，凶手是不是照片上的人，这人叫卢平安！回答'是'，或者

'不是'。"

"唉！我是鱼没逮到，还沾了一身腥！"谢饕餮仔细看了看照片，翻起白眼想了一会儿，随后叹道，"你真能保我没事？"

曾扶生郑重地点点头，说："警方的目的跟我一样，只想要个答案。"

"好吧！我说。"

录像播到这里，曾扶生突然按下了暂停键。

卢占山全都看在眼里，一头大汗。

他做梦也料不到，案发现场还藏着个盗窃未遂的小偷。当曾扶生说，这个叫谢饕餮的家伙，目睹了案发过程时，他再也坐不住了。虽然他一心认为卢平安绝不可能杀人，但在答案即将揭晓时，他还是紧张到了极点。

曾扶生盯着卢占山，眼神带着一丝笑意。

卢占山紧了紧拳头，忽道："我怎么知道你们不是在演戏？"

曾扶生早料到对方有此疑问，冷哼一声，打开手机微信。

"这是我和本市政法委书记孙登的聊天记录，你自己看吧！"

曾扶生点开孙登的微信，上面的头像，正是孙登他本人。

卢占山无心求证，也不必求证。聊天记录里有简单的案情进展，还谈到了物证的情况。再有，就是市局对谢饕餮的搜捕令，上面附着照片，盖着市局的钢印。

卢占山浏览完毕，第一次了解到案情。

看完后，他一身冷汗，慢慢地把手机放到茶几上。

他知道，那位孙书记向曾扶生透露案情，已经违规了。可是，违规而已，又能怎样？

"答案是什么？"他怯怯地望着曾扶生，声音毫无底气。

"别急，再好好想想！"

卢站山一愣。

"答案是什么，或许不重要！其实你儿子的命，在你手里！"

"什么？"卢占山不解。

"如果谢饕饕回答'是'，你儿子是不是死定了？"

卢占山沉默，面色悲戚。

"可是，如果谢饕饕忽然失踪呢？"曾扶生眼里闪着亮光。

"什么？"卢占山没听懂。

"如果答案是'是'，可是谢饕饕却失踪了，警方也就失去卢平安杀人的人证了，那么他就很有希望活下来！"

"谢饕饕失踪？怎么失踪？"卢占山忙问。

曾扶生微微一笑，继续道："如果答案是'不是'，可是谢饕饕却失踪了，卢平安也就失去他没杀人的人证了，那么他即使活下来，也得坐一阵子冤狱！"

卢占山总算听明白了。

问题的关键不在于谢饕饕的答案，而在于谢饕饕会不会失踪。

他不得不承认，曾扶生的话很有道理。

就算卢平安没杀人又能怎样？人证要是失踪，法庭仅靠物证，尽管不足以判卢平安死刑，但也绝不会轻易判他无罪。

就算卢平安杀了人又能怎样？人证要是失踪，法庭仅靠物证，同样不足以判卢平安死刑，但也绝不会轻易判他无罪。

当然，这两个逻辑的前提，是基于警方查不到人证以外的其他有力证据。可是，谁敢断言警方一定能查到其他有力证据？

卢占山左思右想，吃透了曾扶生的逻辑。

他知道曾扶生所说的失踪，是什么意思。

他沉默良久，长叹一声，说："你想让谢饕饕失踪？"

"我可没那么说，只是给你提个醒而已。我是守法公民！"曾扶生狡黠一笑。

"提个醒？"卢占山闷哼一声，彼此心照不宣。

"我说过，我是生意人，这只是一笔交易。"曾扶生提醒对方。

卢占山突然一笑，站起身来，说："你有没有想过，你的这两个假设，若是被警方得知，他们会怎么对付你？"

"哦？凭你空口白牙去告知警方？幼稚！"

"窃听器！"卢占山拍了拍口袋，起身就走。

"窃听器？"曾扶生愣在当场，他比谁都明白，这场谈话被偷录的后果。

看着曾扶生的窘态，卢占山得意地笑着，手心里却握出阵阵冷汗。

"对不起！"曾扶生突然大笑道，"老卢啊老卢，凭你也想诈我？我这间茶室里别的没有，就是装了些反窃听的小玩意儿。你身上什么也没有！"

"唉！"卢占山痛苦地闭上眼，深深吸了口气，慢慢坐回了椅子上。

刚才他抖了个机灵，故意说自己身上有窃听器，录下了刚才的一切，想蒙混过关，瓦解曾扶生对他的威胁。没承想，人家早防着他了。

"说来说去，你为的不就是所谓的《不言方》复原件？你儿子的死，在你这儿就只是生意？"卢占山强稳心神，端起一杯热茶。热量浸入体内，那让他心里踏实了少许。

"错！那是两回事！"曾扶生说，"曾纬是我全部的希望。我必须这么做，不然他的死，就没有任何意义！"

"唉！生意人！"卢占山摇头长叹，"可惜，师父真的没传给我《不言方》！"

"卢占山啊卢占山，你儿子死到临头，你还嘴硬！真是佩服！"

"废话！我该怎样你才相信？我要是有，会不拿出来救平安？好让你发发善心，保佑谢饕饕别失踪！"

曾扶生笑了。

他捏了少许茶叶，放入分茶器中，接着又捏了少许，又放入。

他一边重复那个动作，一边说："这一捏，是你的肝癌；这一捏，是你的病人的肺癌；这一捏，是胃癌；这一捏，是咽喉癌……除了你自己，你总共治好过七个病人！那些不同部位的肿瘤，伴随着不同位置的癌细胞转移，加起来就像我这些黑乎乎的茶叶，被你那开水一浸，统统泡开了！卢占山，你手里不但有师父传下的古方，而且，我相信那些古方非常神奇，近似于中医对肿瘤的广谱疗法！"

"肿瘤广谱疗法？"卢占山也大笑起来，"曾扶生，你莫非真疯了！"

"闭嘴！你应该知道'青蒿截疟'！"

"'青蒿截疟'？"卢占山略有迟疑，道，"它出自晋代葛洪的《肘后备急方》，书中明确记载有临床用法，先在冷水中浸泡，然后捣汁，令患者直接服下青蒿汁。"

"没错！"曾扶生神情兴奋，"那个记载，关键词是一个'冷'字！'青蒿截疟'的使用记载，也就是那'冷水'二字，证明了青蒿素的截疟效果，在低温下更优！屠呦呦在失败了无数次之后，方才注意到这个'冷'字，进而从中得到启发，改用可降温的乙醚，去提取青蒿素中的截疟成分，这才实现了对疟原虫百分之百的抑制率，最终斩获诺贝尔奖和拉斯克奖！"

"你想说什么？"

"我想说，中医古方博大精深，只是缺乏对它们的开发、研究！一段关于'冷水'和青蒿汁的使用记载，领悟精准，应用得当，就能根本改变当今世界对疟疾的控制能力！目前对癌症的治疗，是世界性难题。你看不到的是，发达国家都有专门机构在潜心研究，致力于消灭癌细胞的广谱疗法。早在1971年，美国总统尼克松就签署了一项特殊法案：《国家癌症法案》。那是从立法的角度，宣布针对癌症的全面战争正式打响。不管中医还是西医，对某种单一肿瘤的治疗方法，只是水中捞月，广谱疗法才是王道！"

"广谱疗法，不可能的！"卢占山面露疲惫之色。

"井底之蛙！"曾扶生说，"最新的PD-1抗体的免疫类药物，堪称西医针对肿瘤的广谱疗法，至少它是冲着那个目标去的！美国前总统卡特的晚期黑色素瘤，就是用PD-1抗体药物治好的！"

"PD-1抗体免疫类药物？"卢占山对此也有了解，他打了个比方，"人体免疫系统就好比最完美的电脑系统，但它也有漏洞！癌细胞之所以破坏免疫系统，是因为它导致大量T细胞死亡。吞噬细胞死了，癌细胞自然为所欲为！"

"没错！"曾扶生说，"癌细胞之所以导致T细胞死亡，是因为癌细胞激活了一个基因，也就是PD-1。这个基因是日本科学家本庶佑发现的！有了PD-1抗体，癌细胞激活PD-1基因的概率，自然会大大降低！"

"不！"卢占山摇头，"你也提到了概率！本质上，它跟害虫首次遇到一种新农药，是类似的！它被大量应用之后，同样将面对癌细胞的抗药性！这项研究同样停留在表面，只知道癌细胞能激活PD-1基因，导致吞噬细胞死亡，从而去研发PD-1抗体，却不知道癌细胞为什么能激活PD-1基因！解决掉为什么，才是根本！"

"哈哈！"曾扶生大笑，"你终于说到点子上了！舍本逐末，西医不正是向来如此吗？相反，究天人之根本，探病理之渊源，这是我们中医的大道！中国的肿瘤广谱疗法，就藏在中医古方里！这条道不好走！倘若走通了，必将惠及众生！卢占山，这是你我中医之辈的责任！"

"中医向来是一症一方，千症千方，重在领悟，以经验传承，哪来的广谱疗法？正因为这个特性，中医才无法普及，更无从实现程序化治疗，才干不过西医院的流水线！换句话说，它跟不上当今快节奏社会的步伐了！这不是抱怨，这是社会适应性所致，无可避免！"卢占山苦笑。

"西医？"曾扶生冷笑，"如果真有《黄帝外经》，天下哪儿还有西医的份？西医切切割割的本质，对应的本是外伤！它只是随着科技进步，强行把《内经》的病理性疾病包圆了而已！没有金刚钻，硬揽瓷器活，所为何也？利也！"

"这一点，我不与你争辩！这是天下大势，非人力可改！"卢占山长叹。

曾扶生不以为然，越来越亢奋："我国对癌症广谱疗法的研究同样积极。早在数十年前，就有研究者通过大数据发现，疟原虫对癌细胞有抑制作用。《肘后备急方》珠玉在前，青蒿素的发现让所有疟疾变得可控。他们尝试让癌症患者感染可控疟疾，从而让疟原虫吞噬癌细胞，或释放针对癌细胞的有毒物质。同时，患者感染疟原虫后，其身体免疫系统会被深度激发，极大提高生存率。"

"这只是尝试！癌症的广谱疗法，不可能的！"

"虚伪至极！能不能，你心里最清楚！你对自己肝癌的治疗，你对那七名癌症患者的治疗，更能说明一切！"

"那些纯属巧合！"

"卢占山，你最令人憎恨的一点，就是虚伪！"曾扶生咬牙道，"你胸无大志，极端自私，手握师父的秘传经方，却无济世救人之心！"

"我没有！"

"呵呵！你以为，我最初做保健品，是为了打你的主意吗？"

"难道不是吗？"

"笑话！我2001年回到滨海做保健品时，离你患肝癌还早呢！"

曾扶生这一说，卢占山才意识到自己冲动了。

"当年我父母兄弟，都先后死于癌症，之后我才被送到师父家，你可记得？"曾扶生面露悲戚之色。

曾扶生的经历，卢占山当然再清楚不过。

曾扶生深深吸了口气，继续道："那是我毕生的志向。我们有几千年的中医体系，博大精深，一定能从中找出答案！癌症广谱疗法，这项殊荣，应该为中国人所有，而不是外国人！我四处游医数十载，见惯了人们面对绝症时的无奈和绝望！我发誓，要找到癌症的广谱疗法，运用到保健药品当中。我不仅仅是为了弥补我家人无药可医的遗憾，我的理想是天下无癌！"

"唉！天下无癌？还不是为了钱？"卢占山忍不住笑了，"曾扶生，你最令人憎恨的一点，就是虚伪。不管多么龌龊的想法，你都能给它穿上漂亮衣服，包装成一朵花！"

"啪！"

曾扶生再也顾不上涵养，终于拍了桌子，指着卢占山大骂起来："王八蛋！姓卢的！你真以为我不知道，师父临终交给你的黄布包？"

"黄布包？"卢占山凝神质问，"你怎么知道？"

"若要人不知，除非己莫为！你至少治好过八例癌症，没有师父的秘传，你治个屁！"

"跟师父无关！我说了，那是巧合！"

"嘿嘿！私藏古方，卑鄙小人！"

"滚！"卢占山怒道，"既然你提了，不妨告诉你，当年那个黄布包涉及师父的隐私！师父他老人家对我有养育之恩，更有授艺之德。他把东西交给我，托我完成遗愿。他没有让你做，是不想拖累于你！"

"隐私？接着编！"

"我为什么要骗你？"

"懒得跟你绕圈子了！"曾扶生站起来，手握电视遥控器，说，"今天的交易很简单。既然你坚信卢平安没杀人，那成全你，我把谢饕餮给警方，你把师父的秘传经方给我！"

"可我真的没有！"卢占山艰难地说。

"看来，你真是铁了心，置儿子生死于不顾？"

卢占山咬着嘴唇，低头说道："曾扶生，干脆点，告诉我结果！谢饕餮的答案！"

曾扶生晃着遥控器，冷笑。

房间里再次安静下来。

卢占山呆坐了半天，破了戒，从茶几上拿起烟点上。

曾扶生站在电视前方，饶有兴致地盯着卢占山。他很有把握，这一次，卢占山非就范不可！

电视上还是那个画面，谢饕餮欲言又止，被定在了原地。

卢占山默默地抽着烟，眼神掠过曾扶生，怔怔地看着画面上的谢饕餮。

他连着抽了两支烟，突然起身，把烟屁股丢到曾扶生脚下，转身就走。

"你真的不管卢平安的死活？"曾扶生紧皱眉头。

"老子当然管儿子！"卢占山止步，背对曾扶生道，"不过，我不想看你越陷越深！劝你还是尽早把谢饕餮交给警方！"

"哦？兴许一会儿我就放他走。只是他会去哪儿，谁知道呢？"

"别做傻事！谢饕餮说过，那晚他在网咖玩到半夜，之后拦了辆私家车，给了车主五十块。赶到医院后，被你认了出来。"

"怎样？"

"不怎样。你私自控制谢饕餮，不担心我告发你？你依仗的就是我空口白牙，无凭无据。"

"嘿嘿！"

"我想，警方一定查过谢饕餮的行踪，知道他那晚去过网咖，只是难以追查其后续行踪。如果我把他坐私家车的信息透露给警方，他们很容易就能从网咖附近的摄像头，查找到特定时段的所有车辆，再逐一排查，找到那名私家车车主，随后查到你这里。这样，就不是我空口白牙了！"

"你……"曾扶生脸色煞白，又惊又气。

"毕竟是同门师兄弟，我给你个机会，把谢饕餮交出去！"卢占山努力站直，生怕对方看出自己在虚张声势，"还是那句话，卢平安不可能杀人！这种信任，比跟你这老鸡贼谈交易，更让人安心！"

曾扶生合上眼，缓了缓神，慢慢走到卢占山面前，突然笑道："去吧！想说什么，就跟警察说！"

"你不担心？"卢占山很惊讶。

"警方查到谢饕餮来过这里，又能怎样？如视频中所言，他是来找女网友的！之后他又去了哪儿，我可不知道！我从来都没见过他！"

"无耻！"卢占山听明白了，曾扶生这是铁了心地要跟他作对，接下来，谢饕餮非失踪不可。他知道，如果对方拒不承认拿谢饕餮对他所做的威胁，警察也拿对方没办法。

证据。

说一千道一万，他拿不出证据。

"比你差远了！连儿子生死都不顾！"曾扶生讥笑道。

卢占山没法子了。他全身无力，一屁股跌坐在椅子上，手中再无牌可打。

曾扶生自始至终只有一张牌，他捏着卢平安的命。

卢占山紧握双拳，胸间强烈起伏，深深地叹了口气，凄然道："好吧！我答应你！但是你得给我两天时间！"

"呵呵！承认有古方了？"

卢占山垂下头去，沉默。

"就给你两天！"曾扶生咬牙切齿地说。

卢占山点点头，摇摇晃晃地离开茶馆。

"跟我斗？"

曾扶生重重地哼了一声，把遥控器摔在地上。

那一下无意中碰触了播放按钮，电视画面随之播放。

谢饕饕面对镜头说："凶手不是卢平安！"

# 第十章 追捕

忘川健康服务公司。

老板章猛气急败坏。曹节在他对面垂首站直，浑身发抖。

章猛身形粗壮，身高足有一米八五，戴着个黑边眼镜，那让他看起来斯文了少许。他平时说话慢条斯理，尽量控制音量，此刻，他的声音像放炮。

曹节在他面前瑟缩着，像只草鸡。

章猛的巴掌像蒲扇，一下把曹节扇了个趔趄。曹节鼻血直流，眼镜早不知去向。

"说清楚！窃听器怎么回事？"章猛大吼。

曹节捂着鼻子，闷声道："刘驻，一个客户，我在他的打火机里发现的！"

"打火机里能放窃听器？"

"不是成套的，外壳大，内胆小……"

"打火机哪儿来的？"

"他说在病床上捡的。"

"捡的？"

"那天一早，他接他父亲回家。同病房一个女的提醒他，床上有个打火机。"

"贪小便宜！蠢货！"

曹节低声说："要不是喝酒时我发现了蹊跷，他还带在身上。"

"有个屁用！"章猛怒道，"你他妈都跟刘驻交代完了，全被窃听了！"

"谁能想到……"

"白痴！问题一定出在那个女人身上！老子的财路，全被你败了！"章猛抬手又是一巴掌。

屋里除了章猛和曹节，还有一个男人。

他叫章烈，是章猛的堂弟。他比章猛瘦弱，看起来精气神十足。他静静地看着眼前的一切，左手有节奏地拍打着大腿，默不作声。

面上，曹节被章猛揍得颇为狼狈，心里却暗自庆幸，幸好打人的不是章烈。

面对章猛的巴掌，他有好几次倒退到章烈身边。他不得不去注意章烈的左手。

章烈的左手少了一根小指。

但他很清楚，章烈的巴掌可比章猛厉害多了！

有一次，他亲眼见到章烈用拳头打裂了一个沙包。

章猛累了，坐回沙发上掏出烟。

曹节顾不得疼痛，赶紧上前，给他点了火。

这时，章烈站了起来，说："我去查查那个女人。"

章猛说："另外，通知所有业务经理，业务暂停。"

章烈点点头，离开。

一小时后，章烈回来了。

此时，曹节找到了眼镜，脸上青一块紫一块，坐在章猛对面默默地抽烟。

"那个女人叫李文璧，是记者！"章烈说。

"记者？麻烦大了！"曹节的烟掉到了地上。

"你他妈现在知道麻烦大了！"章猛上去又踢了曹节一脚。

"我本以为她只是患者家属，没留心。"曹节瑟缩着说。

"那个患者什么背景？"章猛问。

"麻烦就在这儿！"章烈说，"患者是普通人，可她有两个儿子，其中一个是刑警队长叫秦向阳，是李文璧的男朋友。"

"我去！"章猛随手抓起烟灰缸砸向曹节。曹节一闭眼，本能地躲开了。

"冷静！"章烈说，"至于那个窃听器，我也查了，它的关联手机号就是那个记者的！"

"别说了！"章猛大手一挥，道，"收拾家当吧！"

医院外，咖啡馆。

沈傲跟李文璧正窃窃私语。

"窃听器被发现了，接下来怎么办？"李文璧问。

"这样你就暴露了！也许，我不该关联你的手机号。"

"没关系！就算没我的手机号，他们也一定能想到我有问题，是我提醒刘驻拿打火机的。"

"嗯！他们不难查清你的底，知道你是记者，你还有个对象干刑警。"

"这样一来，他们会不会跑路？"

"不知道。换成我，一定跑。"

"报警！"

来到街上，李文璧拨通了秦向阳的电话。

今晚秦母手术。秦向阳正打算去医院。看到电话，他立马接起。

就在这时，一辆疾行的面包车，悄然朝着李文璧的方向驶来。她举着手机，全然没注意到不远处的异常。

那辆车接近了李文璧，并未刹车，直直向她撞去。

沈傲正蹲在马路牙子上抽烟，发现不对劲，站起来冲向李文璧。

"小心！"

他用力把李文璧推了出去，然后奋力撤身，想避开汽车，可是已经来不及了。

车轮硬生生压过他的左脚面，加速驶离。

沈傲骂了句脏话，痛苦地蹲在地上。

李文璧回过神来时，才意识到刚经历了一场生死劫难。恰好她有位朋友是人民医院的骨科医生，便求朋友帮忙，在医院给沈傲搞了个单间。

秦向阳赶到医院时，沈傲已经躺到病床上了。他左脚粉碎性骨折，一时半会儿下不了地了。

秦向阳不认识沈傲。李文璧给他做了介绍。

"是曹节！"沈傲咬着牙说。

"你看清了？"李文璧问。

"是的！他是冲着你来的！这事怪我！"

沈傲说得没错，刚才开车的司机，的确是曹节。他不知道，曹节被章猛打成了猪头，一怒之下，想来医院干点什么。

接近医院时，车速放慢，曹节注意到前方有个女的在路边打电话。他感觉那女人有点熟悉，又多看了几眼。操！巧了！就是病房里那个该死的记者！他脑子一热，加速撞向李文璧。他不认识沈傲，只看到有个人影冲出来，把他的目标推开了。

病房里，李文璧拿出手机录音，然后一五一十，对秦向阳述说了事情的来龙去脉。

听完，秦向阳半天没言语。

"你不信？"李文璧急道。

"我在考虑这件事情的性质，这是个披着慈善外衣的赌博集团，很少见。"

"是的。太可恶了！他们拿人命挣钱！"

"可是，证据还不够充分！"

"怎么就不充分了？我们搞清楚了他们的运作模式，我们至少能找到三个家庭的人证，沈傲家、刘驻家，还有个叫王红星的。我们还有录音！"

"录音的证据力有限，最多作为旁证。至于那三个家庭，他们都参与了赌局，愿不愿出来做证，难说！"

"哼！那又怎样！忘川公司可在你的辖区，我看你是不想管吧？"

"管！怎么不管？"秦向阳拿出电话打给李天峰，叫他立即联系交管部门查监控，把曹节抓回分局。

沈傲躺在床上，静静地听着。

秦向阳打完电话，他突然开口道："秦警官，我能提个建议吗？"

秦向阳点头。

"曹节的目标是李文璧，他们一定查过资料，不难知道她有你这么个警察男朋友，哦，是刑警队长。"

"接着说。"

"曹节刚才的报复行为太低级，不像是有人授意，反倒像受了委屈，临时起意。"

"嗯，分析得很有道理。"

"忘川公司注册人叫章猛，我和李文璧没接触过他。我想，只要他不傻，此刻他最担心的就是你是否会介入此事。刑警一旦介入，就算证据再少，慢慢地剥洋葱，也能把他剥光！"

"我明白，你担心他们会跑路。"

"是的！这是突发事件，斡旋余地不多。除了跑路，他们没有更好的选择！"

"可是，除了曹节，我似乎没什么理由申请抓人。"

"怎么没有？"沈傲奋力坐起来，激动地说，"我奶奶被参与了赌局，我就是病人家属。我现在就向你报案，章猛的忘川公司涉嫌开盘赌命……"

秦向阳眼前一亮，随即又暗了下去。

沈傲给了他充足的理由。可是有句话他没法说，眼看就要天黑了，他母亲马上手术，这时候，他不想走开。更何况，他正全力以赴处理404案，不太想节外生枝。

李文璧一眼看穿了他。

她说："你该留在这儿。抓人，你们局还有其他人嘛！"

秦向阳摇摇头，说："刑警不是内勤。对方要是铁了心地跑路，抓捕就存在变数，万一出事……我不放心！"

"没那么严重吧！不就是个章猛吗？"沈傲不以为然。

李文璧明白他的意思。她知道，直到现在，他心里都放不下孙劲之死。

她想出言安慰，秦向阳摆摆手，随即出门，走向母亲的病房。

母亲一直在等他。见到儿子，她愉快地笑了。

"妈，加油！一定会好起来的！"他弯下腰，抚摸母亲的头发。

母亲用力点头。

他略一犹豫，小声说："我有点事，去去就回。"

"去忙吧！"母亲毫不犹豫地说。

他笑了笑，转身就走。

秦向华看着他出门，急道："秦向阳，就你忙？又走？走了就别回来！"

秦向阳没回头。

他边走边打给苏曼宁："忘川健康服务公司，章猛，帮我定位。"

他还没到楼下，苏曼宁回电："关机了。查他干吗？"

秦向阳没解释，又道："查他的车，找GPS信号。"

他下了楼，走到车前。

像往常一样，韩枫老老实实待在车里。

"去哪儿？"他发动了车。

这时，苏曼宁再次回电："章猛的车没动。查到他有个堂弟，叫章烈，跟他联系频繁。章烈的车正高速移动，快出城了，不知道章猛在不在那辆车上。"

"我先追。你安排一组人跟我会合，叫他们带上对章猛的拘留证。"

说完，他跟苏曼宁共享了章烈的GPS信号，然后把韩枫撵到副驾驶位，一脚油门蹿出医院。

目标是一辆白色大众，此时已快到城边。

秦向阳拉响警报器，全速追赶。四十多分钟后，终于发现了目标。

开车的是章烈，他一眼就瞅见了身后的警车。

"来得好快！"章烈说。

"他妈的！还是跑晚了！"章猛骂道。

"没事，就一辆警车！"说完，他把速度拉到了一百二。

前方是座高架桥。

秦向阳记得，在"东亚丛林"案中，他和钱进追黄赫时，也从这里走过。当时常虹的手机，就被黄赫从车窗丢到了这座桥下。

桥上车流汹涌。司机们发现了异常状况，纷纷避让。偏偏此时又下了雨，导致道路湿滑，险象环生。

秦向阳紧紧咬着前车，同时掏出电话。

打电话来的是李天峰："曹节抓住了。我正带人支援，快追上你们了！"

"桥上不好走，你们绕到桥前边堵截！"

这么追不是办法。秦向阳扔掉电话，想加速超过，强行别车。可是一来前车太快，二来路况太糟，他根本超不过去。

这时，前车的章烈突然对章猛说："身子俯低，往后靠！"

说完，他看了看后视镜，猛地踩下刹车。

此时，警车正直直地在他身后。

秦向阳正凝神加速，他打破头也想不到，章烈来了个急刹车。

前车滑行了一段，猛地停住。刹那之间，秦向阳却根本反应不过来，他本能地踩下制动，车身早已猛烈地撞向前车。

紧跟着一声巨响，警车的安全气囊弹了出来。

秦向阳和韩枫头晕目眩，满脸是血。

前车的人早有准备，虽然也被撞得不轻，状况却比后车的人好太多。

猛烈的撞击下，章猛吐得一片狼藉。章烈晃了晃头，见章猛并无大碍，赶紧发动车子，扬长而去。

"鸡贼！"秦向阳把气囊弄到一边，狠狠地吐了一口血，把韩枫摇醒。

"操！"韩枫努力笑了笑，示意撑得住。

秦向阳见前车跑了，赶紧掉头再追。

还好，车头虽撞得稀烂，却顺利地打着了火。

他心里一团火，车速提得飞快，完全超出章烈的预料。转眼间，两车已是并驾齐驱之势。

"你妈的！"章烈猛踩油门。

可是他的车在内侧，紧邻着高架桥的护栏，警车在外侧。他越开越快，却怎么也甩不开对方。恼怒之下，他警觉过来，发现警车正在一点一点地挤他，他的车离护栏越来越近，眼看再无腾挪辗转的余地。

章烈往左猛打方向，想把车挤回去，可是对方却死硬不让。这两辆车身摇摇晃晃，不断撞击。

大约一百米之后，就是高架桥出口。章烈目视前方，紧握方向盘。

这时，他心里生出两个念头：一个是咬牙坚持，在车体被完全卡住之前驶离大桥；另一个是故技重施，再来个急刹车，让对方扑空。

两个念头都冒出来，他一时无法决断。

警车没给他太多时间。

眼见离桥头很近了，秦向阳咬牙继续右打方向。

这时从后方看，那两辆车的车身已完全贴到了一块，车体之间剧烈摩擦，火星四射。同时，章烈的车身另一侧，已被紧紧地挤到了大桥护栏上。

眼看就要驶出大桥，章烈的车突然发出一声闷响，熄火了。

"下车！"章烈捶着方向盘叫道。

另一边，秦向阳也熄了火。

章猛很狼狈，副驾驶位车门被挤在桥体上，他不得不挪到驾驶位下车。

车外，四个人站在雨中，两两怒目相向。

秦队长日常带枪，韩枫没带。

章烈紧盯着秦向阳，见对方要拔枪，转身从车内摸出个保温杯，扬手砸向对方。

此时天色已黑。秦向阳看到有东西砸来，难以分辨是什么玩意儿，侧身躲开。

章烈瞅准机会，跑上去踢中秦向阳手腕。

秦向阳的枪脱手，赤手空拳跟对方干了起来。

另一边，章猛像头黑熊，扑向韩枫。

秦向阳想快点制伏章烈，好去帮韩枫。他的肢体跟对方碰撞，心里随之生出不祥之感：对方的身体硬得像铁。

章烈的拳脚带着风声，他在搏命。

秦向阳忘不了，"东亚丛林"一案中，制造了香港拍卖会大劫案的缅甸匪首波刚，就是这种打法。

搏斗的空隙，他注意到章烈的左手，少了一根小指，但是那没给对方带来任何妨碍。

他和章烈你来我往，纠缠了半天，谁也弄不倒谁。

他一边打，心里一边后怕，幸亏自己亲自赶来。

谁能料到呢？一次看似普通的外勤拘捕执法，闹得天翻地覆，险象环生。

另一边，章猛壮硕，横冲直撞，韩枫灵活，左闪右躲。这二位各有章法，同样持久不下。

秦向阳一看，这么下去不是办法。

他闪过一轮攻击，突然扔下章烈，掉头冲向章猛。

章猛哪能料到身后的偷袭。

"咣当！"秦向阳借助起跑的惯性，一脚把他踹飞了。

"铐住他！"秦向阳大声招呼完韩枫，重新回头面对章烈。

章烈眼见大哥被偷袭、制伏，恨得直咬牙。他握紧拳头，风一般冲向秦向阳。秦向阳尽力躲开，奋力还击。

章烈却不躲闪，硬吃了对方一拳，抬腿绊倒了秦向阳。随后，他毫不迟疑地扑向韩枫，去救章猛。

这时，桥头传来密集的警笛声，李天峰带人从对面绕了过来。

听到警笛声，章烈硬生生刹住步伐，在原地愣了两秒，随后健步跑到桥边，纵身跳下。

# 第十一章 审讯

桥面离水面足有十几米，水面上一片漆黑。

此时李天峰已下了车，看到有人跳下桥去，赶紧带人绕去河边寻找。

韩枫伤得不轻。

秦向阳找到配枪，带章猛上车，跟韩枫先行返回。

分局审讯室。

对章猛的审讯是在后半夜进行的。前半夜，秦向阳审了曹节。

曹节对开车撞人的事实供认不讳。

他跷着二郎腿，一脸鄙夷地说："你就是秦警官？那个女记者的男朋友？这算公报私仇吗？效率真他妈高！"

这种人就是浑不吝，叫人想把他打一顿。

可是打又打不得，吓唬更不见得有效。秦向阳知道，对这种人不能来常规操作。

他一乐，说："曹节！你一时半会儿出不去了！要不要通知你母亲，叫她来看你？"

他查了档案。曹节没结婚，父亲去世，母亲寡居乡下。这两年，曹节挣了钱，把母亲接了过来。他买了两套房，一套出租，一套跟母亲同住。

曹节很孝顺。这成了打击他的弱点。

果不其然，曹节一听，顿时蔫了一半。

他红着脸说："你们有没有职业道德？"

秦向阳不言语。

曹节放下二郎腿，说："我就是干业务的，跟公司的事没关系。"

"公司有什么事？"秦向阳反问。

曹节一愣。

"告诉你，章猛被抓了！这是你立功的唯一机会！"

曹节眨了眨眼，道："我也没说不配合啊！话说回来，公司业务经理几十个呢，你们干吗光抓我？我说了，撞人我不对，那其实是个意外！"

"意外？要不你再好好想想，我把立功机会给别人？"

"唉！算了吧！我错了！那记者没事吧？我道歉！"

"道歉？"秦向阳点上烟，进入正题，"就我们掌握的证据看，你们公司不仅是非法聚赌，更涉嫌有组织的黑社会犯罪！你有没有考虑过，将来法庭可能把你视为黑社会成员？"

"黑社会成员？不！不！"曹节连连摇头，"我就是个一线业务员，别的啥也不知道！"

"先聊聊你的业务流程。"

"流程？哦！就是分片区，以医院为单位，找病人入局。"

"找什么样的病人？"

"癌症病人，经济条件不好的呗。"

"入什么局？"

"我们叫它公益福利局。哎，领导，你们不都查清楚了吗？我这又渴又饿，说不下去。"

"曹节！别给脸不要脸！"秦向阳拍了桌子。

"别恼啊！"曹节说，"就是动员家属，放弃治疗，以病人的死亡期限为赌注，设个奖池。完了拿奖池的百分之十，以丧葬费的名义，给病人家属。对他们来说，这真就是福利！要不然，他们只能人财两空。"

"摄像头是怎么回事？"

"就是直播，方便所有参赌者实时查看病人状况。病人的死亡时间，关乎输赢，谁也作不得假！"

"你们这么干，有多久了？"

"公司五年了，我干了三年。"

"赌客呢？现在有多少？"

"少说几百人吧！具体我不清楚，得问章总，哦，章猛。除了日常手机，他有个专门的工作手机，上头有会员群。想参赌，先交五百元成为公司会员。"

"几百人？赌客都什么来路？"这个赌局规模，秦向阳有点吃惊。

"我哪儿知道什么来路。不就是个赌吗？那不是天性？领导，你说本市诈金花、玩麻将的，都是啥来路？"

赌。赌人生死。曹节说得太轻松，秦向阳尽力克制住了心中的波澜。

"你们找病人，具体指标是什么？"

"说过了，就是经济困难的危重病人。"

"信息获取呢？"

"观察，聊天。"

"总共发展了多少病人参与赌局？"

"上千人总是有的，具体不知道，你该去查公司会计！"

"上千人？"秦向阳心头一震，那就是上千条人命！那这个案子的性质，可比404案恶劣得多！

他忍住怒气，继续问："还有呢？"

"还有？"

秦向阳大声道："曹节！你当警察都吃干饭的？你常去医院病房转悠，若是没有内线，医生难道不觉得你来路不正？"

"这个……"曹节浑身一抖，知道隐瞒下去没好果子吃，便道，"有，确实有医生，或者护士，会给我们提供合适的病患信息以及患者的身体状况。"

"提供患者的身体状况？做什么？"

"就是判断某患者，在不做任何治疗情形下，大概能活多久。设赌盘时，那个期限是重要的参考标准。"

"你说的医生或者护士，为什么帮你们做那些事？"

"收买。"

"他们会参加赌局吗？"

"有些人会。"

"你有他们的名单吗？"

"咋可能？我只知道自己片区医院的联络人，是个护士。"

秦向阳深深地呼出一口气。他没想到，在404案侦办期间，李文璧跟那个沈傲，竟然通过暗访，给自己弄来这么个案子。这种赌局，他从警以来闻所未闻。

该怎么形容本案的性质呢？恶劣？突破人性底线？他不知道，五年来共有多少病人，在这种毫无人性的赌局中痛苦地死去。他们的死换来丰厚的"丧葬费"，落入家属的腰包，更给赌徒们带来巨大利益。

人在恶念驱使下，究竟能做出多少超出人们正常认知的事情来？

这人间，究竟有多少真相被隐瞒？

不！

真相藏在时间背后，不会沉睡太久。

"最后一个问题——"秦向阳说，"给患者提供的中药，是怎么回事？"

"那个……我认为是用来体现公司的人道主义精神……"

"人道主义？"

"就是对患者来说，心理上他们认为自己仍在接受中药治疗。对患者家属来说也是心理安慰。"

"这仅仅是你认为的？"

"是的，我们跟赌客也这么说。"

"对公司来说，目的又是什么？"

"那不知道。我一直把那些中药当成业务流程的一部分，如此而已。"

"中药来源呢？"

"中药都是由章烈负责分发的，就是章总的堂弟。别的我不清楚。"

"那些药物配方，因人而异吗？"

"配方？"曹节挠着头，说，"天晓得！我又不认识药材！"

"你手里有没有现成的药？"

"没！哦，有的，给刘驻他爹准备了一份，放车里了。"

秦向阳把曹节的手机交还，连同纸笔，叫他把自己的客户写到纸上，备注好客户的身份职业、年纪等信息，越详细越好。

曹节一咧嘴，很不情愿地接过纸笔。

审完曹节，接着审章猛。

这时候，秦向阳心里泛起不安，他记挂母亲的手术。

章猛的外伤被简单包扎过，虽然坐在审讯椅上，但他已恢复了老板的做派。

他迎着秦向阳的目光，大声质问："我是合法商人，凭什么抓我！"

"有人举报，你们公司非法聚赌。"

"哦？笑话！我们公司是公益性质，利国利民！"

"是吗？"秦向阳有点不耐烦地说，"章猛，你要是个爷们，就少弯弯绕绕！单凭你和章烈拒捕袭警这一条，就够抓你十回了！"

"是你们先撞我们的车！"

"少废话！"秦向阳扬了扬手中的审讯记录，沉声道，"曹节都交代了！审你，只是程序！等着坐牢吧，章总！"

"吓唬我呢！警官？"章猛哼道，"我哪一条够坐牢？"

秦向阳哼了一声，说："你收买医生和护士，利诱癌症患者家属，放弃对患者的治疗，以病人的死亡期限做赌注，非法吸纳大量资金，通过微信群投注，罔顾患者生命，事实清楚，证据链完整。"

"证据链完整？"章猛笑道，"老子强烈反对！"

他清了清嗓子，沉稳说道："一、我的客户，也就是那些癌症患者，都是自愿跟本公司合作，由家属出面签订合同，未遭受任何胁迫。二、这种合作，完全是福利性质。三、我的微信群也就是会员群，成员都是善心人士。里面的每一笔资金，都是捐款，用来支付病人死亡后的丧葬费用。多余的部分，除了公司必要开支，其余统统划入公司慈善基金账户，待公司业务扩大，会更好地回馈社会。四、你说我通过微信群投注，证据呢？"

章猛最后的反问很有力度。秦向阳从章猛身上搜到了手机，但手机上都是些日常信息，也找不到涉赌的微信群。显然，如曹节所述，他另有一个工作手机，实名制搜索也证实，章猛名下有两个手机号，可是警方并未搜到另一台手机。

"冠冕堂皇！"秦向阳知道这些说辞，章猛早演练无数遍了。他不紧不慢地点上烟，放松了心态，才说，"你动员家属，放弃对患者的治疗，仅仅在形式上，给病人灌一些中药汤剂；还安装摄像头，直播病人的死亡进程！你的会员，每个人的手机上，都有收看死亡进程的软件，那就是证据！不只是你，他们一个也跑不了！"

章猛没回应秦向阳的话，他叹道："警官，你对慈善有误解！请问，那些癌症患者花光积蓄，最后死在医院，还拖累家里欠一屁股债，就是好事？就是你期望的结局？那是人间悲剧！你熟视无睹，以为它天经地义！那个过程里，没有你视为洪水猛兽的犯罪……只有他娘的悲剧。我的所作所为，问心无愧！说我犯罪？你不就仗着那身皮？"

秦向阳没吱声，他想到了自己，想到了重病在床的母亲。

设身处地来说，他也是病人家属，前阵子同样为钱发愁，要不是同事们好心捐款……他能体会其他癌症患者家属的处境和心情。章猛的所作所为，既契合赌徒的心理，又能给患者家属不一样的人生选择。但是不能因为这，就改变了章猛的犯罪性质。准确地说，章猛无非是利用了赌徒和患者家属的心理，游走于法律的边缘地带。这很巧妙，赌徒愿赌服输，家属获利不菲，以至于五年来，竟无一人对外声张。要不是沈傲找到李文璧暗访，这些罪恶，恐怕还要持续很久。

此刻，章猛看起来并不惊慌。

秦向阳了解他的心理。他赚到钱了，请得起最好的律师。就算最终被判入狱，他犯的也不是杀人越货的罪行，过些年出来，风光依旧。

想到这儿，他心里泛起一阵恶心。

他忍住想打人的冲动，问："你的工作手机呢？"

"丢了！"

"丢了？丢哪儿了？"

"你们在高架桥追我的时候，不小心'丢'河里了！"章猛斜着脸，朝天说。

秦向阳知道他是有心毁灭证据。从技术上来说，即便手机丢了，即便章猛不配合，警方也一样可以通过技术手段，在电脑上登录其微信群，只不过那样一来，过往的群聊记录却难以重现。手机是实打实的物证，所以必须要下河打捞。

秦向阳忍住怒气，问："你们的中药哪儿来的？"

章猛微微一笑，说："不知道。问章烈吧，他负责那块。"

章烈跳下河，章猛是知道的。显然，他对章烈很有信心。实际上，李天峰带人搜索了那片水域，的确没找到人。

"为什么给病人喝中药？"秦向阳还是放不下这个问题。

"您刚才不是有过结论吗？那就是些安慰剂，形式上的。"章猛说。

"那是曹节的个人看法。"

"他说得很对！"章猛轻松地说。

这个审讯毫无进展，在秦向阳意料之中。他同样取来纸笔，叫章猛凭借记忆，写一份客户名单。

章猛径直把纸张揉成团，丢落到他脚下……

医院，沈傲病房。

秦母的手术要很久。李文璧在手术室外陪秦向华等了一会儿，又去看沈傲。

沈傲的床头立着一根单拐，那是李文璧送的，算是回报对方。

此刻，他们也在讨论那个疑点。

"不可能是安慰剂！"沈傲说，"逻辑上讲不通！忘川公司会那么好心，替病人考虑？他们连病人的生死都不在乎！"

"也许是为病人家属考虑呢？"

"家属？钱花了，人治不好，家属心理上早就接受了这个事实！忘川公司给他们钱就行了，考虑他们的心理干什么？"

李文璧摇着头说："也许就是安慰剂！我不想纠缠这个细节了，已知事实，够写一篇震撼人心的报道了！唉！世上怎会有这种事呢？"

"哼！不求上进！"沈傲轻蔑地说，"真相，往往在你忽略的细节之下。"

"真相不都挖出来了，还能有什么真相？"

"我不这么认为！"沈傲的语气带着愤怒，"他们害死我奶奶！害我废了一只脚！不把疑点全搞清楚，老子就不姓沈！"

李文璧望着沈傲，突然觉得全身发冷。

手术结束了。

章猛极不配合，秦向阳终止审讯，安排李天峰继续追捕章烈，同时打捞河里的手机。布置好工作，他连夜赶到医院，听取医生的意见。

医生说，手术还算顺利，但只切除了主病灶的肿块，癌细胞在病人体内多处转移，接下来，必须全身性化疗。

"化疗之后呢？能不能治好？"秦向华问医生。

"难说，我们会尽力的。"这是医生的日常用语。

这个回答让人茫然。

秦向华显得不知所措，问了个很傻的问题："那中医呢？有办法吗？"

医生笑着说："这里是西医院。"

秦向华还想说什么，被秦向阳叫住了。

这时，那位医生又说："像这样的问题，我听过几百上千遍了！你所说的中医，只是个概念。这个概念里，或许有治疗某些癌症的方子，但你得先找到个靠谱的中医医生。或许，你和我一样，都听过中医治癌的传说。你可以为那么个传说，去搏一搏！也可以选择在这里继续治疗，当然，也可以转别的医院！怎样选择，你们自己定！"

"化疗吧！"秦向阳拍着秦向华的肩膀说，"我们没有更好的法子。"

秦向华沉默。

"这个决定必须我来做！"秦向阳说，"万一治不好，希望你以后不要怪我！"

怨？不怨？现在，秦向华没有答案。

# 第十二章 中药、门锁

第二天，秦向阳从曹节车里拿到了那些中药。

他要尽快找到药品的来源，完善证据链，他不想在这个案子上浪费太多时间。

那些药，总共十四份，分别装在十四个黑色袋子里。每一份的药材种类，有几十种之多。十四份，应该就是十四天的用量。

秦向阳看到这么多药，那个想法又冒出来：它们仅仅是形式上的安慰剂吗？用得了这么多？如果是安慰剂，应该随便应付几味药才对！可是眼前的药量，实在太大，这根本说不过去。

他不懂药材，心里的疑问更重了。

相关检验很快出来。从那些方便袋上，一共查到四组指纹。其一是曹节的，其余三组未知。章猛和曹节都说过，药物由章烈负责，那么里面一定有章烈的指纹。

很快，王鹏从章烈的办公室返回带来了相应的指纹。一对比，果然有。

现在还剩两组指纹未知。怎么办呢？

他想来想去，很快有了主意。

他判断，药材的首要来源地，应是本市药房，尤其是中药房。那么理论上，所有药房的从业人员当中，一定包含那两组指纹。如果药材来自市外，那则另当别论。

要取得本市所有药房从业人员指纹，不是难事。

但是要办得无声无息，不引人怀疑，只能通过市卫生局操作。

想到这儿，他习惯性地带上韩枫，去找卧虎区卫生局副局长邓利群。

邓利群见警察找到单位，吃了一惊。他以为警方此来，为的还是大魏豪庭的案子。

秦向阳解释过之后，他才放心。

"邓局，我们需要你出面帮个忙。"秦向阳说。

"我能帮什么忙？"

"是这样。我们手里有两组指纹，它们很可能来自本市的中草药经营者。"

邓利群点头，飞快地琢磨对方意图。

"可是这个范围太大！我们既要采集到所有相关人员指纹，又不想动静太大，引人起疑。所以，来麻烦你，想请你出面，跟市卫生局……"

"啊哈！明白了！"邓利群拿出烟分了，斟酌道，"秦队的意思，是要我跟市卫生局协调一下，由市卫生局出面，给全市中医药经营者，做一个全面的身份采集工作喽？"

"对！"秦向阳拍着大腿说，"这件事程序上应该由我们市局跟你们卫生局对接。那么干，太费事！"

邓利群重重地点头，说："什么时候？"

"越快越好！"

这天午后，市卫生局组织的相关采集工作顺利展开。为提高效率，他们每采集到一百组指纹，就发到秦向阳手里。这样直到天黑，整个采集工作才进行了不到四分之一，栖凤分局就找到了指纹来源。

指纹来自卧虎区回春药房的老板罗回春和其助手孔秀云。

罗回春五十来岁，身材干瘦，下颔留着一缕半白的胡须。他有个外号，叫罗九指。据说，从前他跟人比切脉，输了，一怒之下切了自己左手一根小指。从那之后，他加倍钻研医术，在卧虎区还算小有名气。

孔秀云三十多岁，是个本地姑娘，跟着罗回春干了四年了。罗回春有一儿一女，女儿已婚，儿子搞IT，对中医都没兴趣，他就把孔秀云当成了半个徒弟。

秦向阳把罗孔二人带回了局里。

罗回春还算镇定，立刻承认，药材是他店里的。

"拿药的是章经理，他每年都从我这儿拿不少。"问讯室里有点暗，罗回春使劲眨了眨眼。

"章烈？"

"对。"

"你们这个业务，多久了？"

"差不多五年了吧！"罗回春敬上烟，自己也点上一支。

"五年？他为什么一直跟你合作？"

"这还真不好说！可能是我老罗名声在外吧！"罗回春毫不谦虚地说完，见对方一脸严肃，随后又改口道，"我就记得，五年前春天的一个晚上，章烈突然找上门来。对了，巧得很，他左手少了个小指，跟我一样也是九指！就这一点，把我俩关系拉近了很多！"

秦向阳听得出，罗回春的话还算实在，没再继续为难他，又问："药方是谁的？"

"章烈的。"

"他的？"秦向阳不经意地透过烟雾观察对方表情，同时道，"这药什么作用？"

"是补药。"罗回春垂下头，轻弹烟灰。

"补药？怎么讲？"

"跟保健品一个道理，就是滋补身体。无病之人，食之无害，重病久病之人，食之有益，但不治病，如此而已。"

"你确定？"秦向阳紧盯对方眼睛。

"在我看来，就是那样。"罗回春干笑道，"医道千变万化，我水平实在有限。保不齐，在别人手里，它另有妙用！"

秦向阳心头一紧。罗回春的话，实有推脱责任之嫌。可是章烈在逃，现在无从对质。

他又问："章烈每次拿这么多药，你难道不好奇？"

"起初也好奇，但不好意思多问。后来熟了，问过，人家不说。"

秦向阳点点头，说："每次的药都一样？"

"是，也不是！"

"什么意思？"

"每隔一段时间，会有些变化，改变那么几味药。不过，总体上没大的变化。"

"每隔一段时间，是多久？"

"半年左右吧！"

"在你的认知里，有没有见过这个方子？或者说，这些方子？"

"虽略有变化，但你可以当它们是一个方子！"罗回春摇着头，说，"从药的味数上看，这是个大方子，但我从未见过。以我的认知，它不成其为药方。"

"怎么讲？"

"就是补药嘛！我根本看不出来它所对应的病症。"

补药？秦向阳心中暗道，难道绕来绕去，真是所谓安慰剂不成？

接下来对孔秀云的问讯更简单。

在药房里，取药、分药的工作，多半由她完成。她认识章烈，但从未跟对方聊过闲话。她说章烈都是电话通知，等药物分包好之后，直接上门取药。每次上门，都是章烈单独前来，她说那个男人话极少，看起来很冷漠。

问讯结束后，韩枫说："我觉得姓罗的没说实话。"

"为什么？"秦向阳问。

"感觉！"韩枫说，"五年来，章烈为什么一直从罗回春店里拿药呢？很奇怪不是吗？"

"你想说，章烈完全可以从不同的药店拿货？"

"是的！"

"这说明不了什么！"秦向阳道，"从不同药店拿货，就要重新构建关系。也许，章烈只是为了省事！这件事，关键在药上。这一块我们完全不懂，得找个好中医帮忙分析。"

"好中医？"韩枫一愣神，说，"卢平安的父亲，卢占山不就名声在外吗？"

听到卢占山的名字，秦向阳眼前一亮。

"可是，为什么在这个案子上耗费精力？现在全局的优先级，不是404案吗？"韩枫问。

秦向阳没有回答。

这天下午，经过烦琐的申请，卢占山终于在看守所见到了卢平安。

卢平安瘦了，但精神状态不错。

会见室里有摄像头。

卢占山似乎很谨慎，他说："你很快就能出来了！"

"嗯！"卢平安笑了，没问为什么。

"樊琳的家属来过了，今天刚走。"卢占山想了想，又问，"在这儿有没有吃亏？"

"吃亏？"卢平安拿眼角看向自己的手腕。

卢占山眼尖，看到卢平安双手手腕上，各有一圈紫黑色的红肿。

"他们刑讯逼供？"卢占山压低了音量。

卢平安犹豫了一下，小声说："差不多，至少算疲劳审讯。"

卢占山握紧拳头，眼神里满是心疼。

这时卢平安说："对了！我带的药被没收了，好在每天他们给我按时吃。估计没剩几颗了，赶紧送点来。配好的药，都在我的行李箱里。"

离开看守所，卢占山径直前往卢平安家。

大魏豪庭五号楼1102室，门上贴着封条。

上了楼，卢占山面对封条呆视片刻，抬手狠狠将封条扯下，随手装进口袋。

扯下封条，他才突然想起，自己没有卢平安家的钥匙。这不奇怪，卢平安没小孩，他很少过来。平时家庭聚会，两个儿子都是去他家。

他想找物业，很快意识到不妥。物业知道这个房子被封了，肯定不同意开门。这可怎么办？

他寻思了一会儿，一抬头看到了墙上的开锁广告：手到开锁。

手到开锁公司的人很快来了。

来人二十多岁，短发，眼神明亮，浑身上下透着一股子精明劲儿。他照例拍下卢占山的身份证，随后麻利地打开了门锁。

"我叫毕盛，有事您说话！"小伙点上烟，递上名片。

卢占山收下名片，随口问："工作挺认真的，小伙子！还拍证照！"

"那是！不怕一万，就怕万一……"拍证照是公安局要求，用来防小偷的，他没把话说全。

"万一我是小偷？"卢占山爽朗一笑，说，"这是我孩子家！我是他爸！"

毕盛笑着点点头，收了钱就走。

他走到电梯前，突然停了脚步，转身仔细端详起卢占山来。

卢占山跟卢平安一样，脸庞端正，轮廓硬朗，鼻翼挺直，平时保养得又好，虽然上了年纪，看起来却颇有气派。

"怎么了？"卢占山见对方紧盯着他看，以为自己哪里不对。

毕盛皱起眉头，说："这是你孩子家？"

"是啊！"

"不大对！"毕盛挠着头，想了想说，"大概半个多月前，我好像来这家开过锁！"

卢占山神色一怔，并未打断对方。

毕盛一边说，一边翻找手机存照："我为什么记得这么清楚呢？我女朋友就住这小区，半个多月前的一天下午，她忘了拿钥匙，叫我来帮她开过门。我记得，当时这个小区还有一单生意……"

"没错！就是五号楼1102室。"他找到了记录，翻出半个多月前的身份证存照。

存照上的人叫侯三，尖嘴猴腮，气质相当猥琐。

毕盛指着那张身份证存照，疑惑地问卢占山："这人是你儿子吗？"

"侯三？不认识！我姓卢！"卢占山看到身份证信息，大惑不解。

"操！"毕盛甩掉烟头，豁然道，"我感觉就不对！要不是你的长相，跟那个人的长相，你俩……主要是那人长相太猥琐，看一眼就很难忘……"

"你是说，这个叫侯三的，半个多月前，叫你开过这个门锁？"

"是啊！"

"可我根本不认识他！"

"当时他买了个床垫，说是这家户主！"毕盛急道，"妈的！你儿子家招贼了吧？"

卢占山茫然地摇了摇头。

卢平安家丢没丢东西，他还真不清楚。

毕盛见卢占山摇头，颇感困惑："要是没招贼，那就奇怪了！侯三的床垫，分明就是打掩护，他进了屋，我是亲眼见的！"

卢占山想不明白。

"有必要就报警，我可以给你做证！"毕盛说，"听我女朋友讲，前几天，这个小区发生过命案！你可别大意！"

卢占山连声称谢，把毕盛打发走了。他怕再聊下去，万一对方发现这里就是命案现场，而受到惊吓。

卢占山进入房间。

房里光线有点暗，空气里似乎还弥漫着血腥味。他没进卧室，只是静静地站在客厅，闭着眼，神色哀伤地站了很久。

卢平安的行李箱放在客厅角落。他打开来，找到药，转身离开。

毕盛的事是个意外。此刻，他并不知道它意味着什么。他走得很慢，心里不断地盘算着。很快，他做了决定，就近前往栖凤分局。

这是秦向阳第一次见卢占山。

韩枫不久前才提起这位老中医，考虑到卢平安重大嫌疑人的身份，他正琢磨，要不要前去拜访。卢占山的到来令他又惊又喜。

他知道卢占山主动找上门，一定有事。

果然，卢占山说："你就是秦队长？我知道你，我儿子就是被你抓走的。"

秦向阳点头，很礼貌地请对方落座。

卢占山站着没动，直接说："有点小事麻烦你。"

说着，他把那瓶药拿出来："平安有病，带的药快吃完了。麻烦秦队长，把这药送到看守所吧！"

"好说！"秦向阳接过药。

这是个不错的机会，正好可以向卢占山讨教关于那批中药的疑问。但他很犹豫，他抓了卢平安，生怕对方心存怨恨而不配合。

"对了，还有个事。"卢占山又道，"我再申请进看守所太麻烦。你帮我问问卢平安，半个多月前，家里有没有丢过东西？"

"丢东西？"秦向阳从犹豫中回过神来。

"咋说呢？"卢占山也犹豫，毕竟他撕了封条，"这药吧，从平安的行李箱里拿的。可我没他家的钥匙，就叫了开锁公司。"

"你撕了封条？"人家主动承认，秦向阳不好发作，"你该提前跟我打个招呼。"

卢占山抱歉地笑了笑，继续说："开锁公司那人叫毕盛。他说，半个多月前，有个叫侯三的，抱着个床垫，叫他打开过1102室的门！"

侯三？半个多月前进过1102室？

这真是个天大的意外。秦向阳马上警觉起来：侯三可是有前科的，他出狱后，不是学做电商了吗？怎么偷摸溜进卢平安家中？

"具体的，你可以去问毕盛，手到开锁公司。"

秦向阳赶紧把名字记下，又要了卢占山的电话号码。

"就这两件小事，有劳了！"卢占山很客气，他哪知道自己提供的信息，价值到底有多大。

说完了正事，卢占山紧接着探问关于卢平安的情况。

秦向阳告诉他，警方已经掌握了一个案发现场的目击者，那人暂时没抓到。如果卢平安没杀人，相信很快就能回家。

卢占山沉重地点点头。秦向阳所说的这些，他早知道了。但是，他无法把曾扶生对他所做的威胁说出来，他哪儿有证据呢？

他跟秦向阳握了握手，转身离开。

"等等！"秦向阳追上卢占山，道，"我送你吧！再给我讲讲细节！"此时，他满脑子侯三，已经顾不上那批中药了。

他和卢占山出了门，正好碰见韩枫。

"师父！"韩枫叫了一声，就要跟上来。

秦向阳想也不想，就说："半个多月前，侯三进过卢平安家！我去看守所了解情况，你在家吧！"

"侯三进过卢平安家？"韩枫呆在原地。

送走卢占山，秦向阳驱车赶往手到开锁公司，找到了毕盛。详细了解事情经过后，带走了毕盛的工作记录及客户身份证存照的备份。

离开开锁公司，他立刻前往看守所，很快见到了卢平安。

他把药交给对方后，随即说出了心中的疑问。

"半个多月前？具体哪一天？"

秦向阳看了看毕盛的工作记录，说："案发两周前，3月22日。"

"3月22日？那天我生日。"卢平安想起来了。

"怎样？"

"那晚，我和樊琳出去吃的晚饭，我好像还点了红酒！"卢平安摇着头笑了笑，叹道，"唉！我太宅！说起来，那是近半年来，我和她正经吃的唯一一顿饭。没想到……"

"那天回家后，你家有丢东西吗？"

卢平安想了半天，摇头。

"确定？"

"是的！"卢平安说，"我和樊琳都是仔细人，家里少了东西，不可能不知道！"

秦向阳神色微变，站起来就走。

卢平安纳闷道："为什么问这个……"

出了看守所，秦向阳全速赶往市局，向江海潮汇报这个意外情况。

侯三，租住在大魏豪庭1302室，离案发现场仅两层之隔。他潜入卢平安家，却没偷东西，这意味着什么？

他是去找东西，没找到？还是在那儿留下了东西？

如果是后者，他在那儿留下了什么？

这件事，会不会跟404案有看不见的关联？

他带着重重疑问，刚到市局门口，抬头看到一辆警车闪着警灯，从远处急速驶来。

警车很快开到秦向阳眼前，刹车。

紧接着，陆涛从车上下来，跟他打了个招呼。

"有急事？"秦向阳纳闷道。

"我们刚抓了侯三！"陆涛板着脸说，"江队查到，侯三很可能跟404案有莫大关联！"

"你们抓了侯三？你们怎么可能查到侯三有问题？"秦向阳机械地叼起一支烟。

他惊讶极了。

# 第十三章　证人重叠

秦向阳在观察室，隔着玻璃看江海潮审侯三。

侯三情绪激动，一脸无辜。

"妈的，操！凭什么抓人！"

江海潮紧盯着手边的笔记本电脑，一言不发，任凭侯三叫嚣。

几分钟后，侯三安静下来。

"叫够了？"江海潮慢慢抬起头。

"领导，我懂法！"侯三还是不服气，"现在我是守法公民，老老实实干电商。今天，你们要是不给我个说法，我他妈就、就给你们个说法！"

江海潮笑了："你打算给我们个什么说法？学杨佳？"

"我……"侯三气滞。

江海潮点上烟，悠哉地吸了一口，冲着侯三招手："过来！"

"什么？"

"过来这边坐。"说着，江海潮拍了拍身边的空座位。

"别闹了，领导！"

"我说正经的！"江海潮站起来，上前拉着侯三来到审讯桌前。

"搞什么！"侯三蒙了，坐也不是，站也不是。

"看个视频！"江海潮把他按到座位上，然后点下了笔记本的播放键。

画面开始播放。

侯三只看了一眼，嘴巴跟着张开，再也合不拢了。

画面里，家居用品店的皮卡停在一旁，侯三跟送货师傅，吃力地搬着一张床垫，正要进入大魏豪庭五号楼。

这时，江海潮坐到了侯三原来的座位上，笑着说："未来的电商大老板？侯总，视频上的人是不是您？"

侯三浑身一抖。

"注意时间，上个月，3月22日！"江海潮说，"您新买的床垫，这是要往哪儿搬？"

"我……"

画面仍在播放。

过了一会儿，开锁师傅毕盛出现在画面里。

看到毕盛，侯三身子一软，差点滑到地上。

"站起来！"江海潮突然大声说，"侯三！你还要不要给我们个说法？"

侯三费了半天劲，慢慢挪回自己的座位上。

江海潮坐回原座，慢悠悠地说："现在我给你个说法！手到开锁公司，还有印象吗？"

侯三摇摇头，卢平安家门口开锁广告的名称，他是真没记住。

江海潮早准备好了侯三的通话记录。

他比对着记录，翻查侯三的手机，自言自语道："不赖！还把打给开锁公司的通话删了。侯三啊侯三，你手上的活儿退步了？什么时候学会了进别人家，要麻烦开锁公司了？"

侯三脸红了，小声嘟囔道："那证明我改造得好……"

江海潮拍着桌子道："改造得好？那你还私闯卢平安家？说！你那天到底干了什么？"

"我……啥也没干！"侯三挣扎道。

"还嘴硬！"

"我承认进了1102室，可我啥也没偷！不信？你们去问卢平安，看他家少没少东西？"

"我问你进卢平安家干吗？"

侯三奋拉着脑袋，不言语。

"死猪不怕开水烫！"江海潮说，"那天，你朋友林小宝跟你一块儿吧？我想，林小宝一定不是死猪，他没你有经验！"

听到这话，侯三心想：坏了。

这时江海潮打了个电话："找到林小宝了吗？"

对方回答："找到了，正往回赶！"

江海潮挂掉电话，对侯三说："听到了吧？你要是个聪明人，就该把握机会！"

侯三当然明白。

他很清楚林小宝的承受力。林小宝没进过局子，到时一准竹筒倒豆子。相比之下，眼前他再硬扛，都将毫无意义。

算了！他叹了口气，道："我说了，算不算自首？"

到了这个份儿上，他还没忘讨价还价。

"自首？你说呢？"

"立功！这个总算吧！"

江海潮沉吟道："那要看你交代的内容！"

"好吧！我们给卢平安家装了摄像头，我和林小宝。"

"装哪儿了？"

"主卧。"

"目的？"

"偷拍不雅视频，勒索邓利群。"

"勒索邓利群？"江海潮觉得不可思议。

观察室里，秦向阳也站了起来。

"很简单。通过多种条件的筛选，我们盯上了邓利群，发现他时常出入樊琳家。卢平安一出差，他就去。我们去那儿租了房子，找机会去1102室装摄像头，搞偷拍。一个小业务，就是这样！"

"继续！"

"没了！哦，那是我们第一次干！"

"卢平安4月4日出差！继续！"江海潮的嘴像一把枪，射出的全是压迫感。

"妈的！失败了！我们没拍到想要的，却目睹了杀人现场！"

"好！"江海潮猛地靠向椅背，如释重负。

得知除了谢饕饕，侯三和林小宝竟也是现场目击者之后，秦向阳感觉说不出的怪异！

他顾不上惊讶，直接闯进审讯室。

江海潮举着卢平安的照片，说："凶手是不是他？"

侯三走进照片，细看，随后摇了摇头。

"不是他？"江海潮大惊，"看仔细！"

"真不是！"

"现场视频呢？"秦向阳插了话。

"删了！"侯三说，"根本就没存，直接删了。"

"为什么？"江海潮不死心地问。

侯三翻了个白眼，说："那么恐怖，留着干吗？压根就没想来当证人……"

江海潮气得直咬牙。

"说说当时的情况！"秦向阳问。

侯三说："一个猪头，一个狐狸头正在那儿'忙活'，闯进去个黑衣人，把那俩人给抹了脖子。"

侯三说完，见两位警官都死盯着他，只好继续说："那人戴着头套，摘下来过，又戴上了。"

"什么样子？"江海潮急问。

"这咋形容嘛。"

江海潮实在忍不住了，作势要打。

侯三叫了两声，赶紧补充："瘦，黑，短发，中等身材……哎呀！对了，现场衣柜里还有个家伙！"

江海潮跟秦向阳对视一眼。

秦向阳想起来一处细节："侯三，卢平安家门口上方有个记号，你……"

秦向阳出言试探，话还没说完，侯三主动认了："那他妈是我弄的……"

"哦？为什么？"

"没啥。就是他妈习惯了！"侯三苦着脸说，"我们3月22日傍晚装的探头，卢平安4月4日才出差，等得太久了。他一走，我随手就在那儿画了个记号。就算是心理暗示吧，终于该动手了……"

原来如此。

秦向阳这下理顺了，是侯三的随手而为，才把谢饕餮"送"进了卢平安家。

很快，林小宝被带到。

江海潮又命陆涛再走一趟，去把侯三的电脑取来。

果然如侯三所料，不到五分钟，林小宝就全撂了。

林小宝的证词，跟侯三的差不多。江海潮担心他俩提前串供，又叫人分别再审。

秦向阳很想问，江海潮是怎么发现侯三有问题的。

没等他开口，江海潮自己说了："秦队，没想到吧？线索就在五号楼监控里！这还是跟你学的。当年程功的案子，你对华晨公寓的视频回溯，在警界广为流传！"

"流传个屁！"

秦向阳笑了笑，心里还是觉得不对劲：真的这么巧？自己这边刚刚得到侯三的线索，江海潮这边就从监控里查出了问题？把五号楼的监控交给江海潮之前，怎么就没在监控上多下点功夫呢？

不。专案组成立太快，没给他那个时间。

"可是，监控设在五号楼一单元外侧，仅就画面而言，搬床垫的侯三跟毕盛，两者并无直接关联。你怎么判断，毕盛是侯三叫去开锁的？"他忍不住问江海潮。

江海潮点上烟。他最近烟瘾大了，他发现抽烟有个好处，能让自己的微表情隐在烟雾里。

"是床垫！"江海潮微微一笑，"你忘了？你叫李天峰去查过侯三，还在他家拍了执法视频——侯三卧室的床铺半新不旧，整齐完好，旁边墙上却立着一张崭新的床垫！为什么多出来一张床垫？为什么侯三不把新床垫换到床上去？"

"为什么？"

"我也不知道，得问侯三！"江海潮说，"我只是注意到了它，然后又从监控回溯里找到了它，还找到了家居用品店送货的皮卡。这很简单，我查到了用品店的送货清单，地址是大魏豪庭五号楼1102室！"

"从执法视频里浏览到一张新床垫，就能想到这么多？"如此心细如发，秦向阳觉得不可思议。

"运气而已！"江海潮微微一笑。

他看起来很得意。秦向阳到现在仍毫无建树，而他抓到了侯三和林小宝。这两位关键目击证人，使案子往前走了一大步，他终于扬眉吐气了一次。如此一来，他就能解除对谢饕餮的搜捕，那大大减轻了他的压力。

一个杀人现场能有个目击者，对警方来说已是万幸。可是现如今，谢饕餮已经不重要了。他现在一下子又有了两位目击者。一个现场三个目击者，案子刚开始时，他绝不会想到会有如此戏剧化的局面。

秦向阳默默地走到走廊尽头，给卢占山打了个电话。

"你提供的信息非常有价值，我们找到了两位新的目击者！你儿子应该很快就能回家了！"秦向阳真心感谢卢占山，虽然江海潮在他之前抓到了侯三。

"什么？又……又找到了新的目击者？"卢占山又惊又喜，激动得浑身哆嗦。

秦向阳再次给了他肯定的回答。

卢占山挂断电话，瞬间老泪纵横。

他缓了老半天，这才拨通了曾扶生的电话。

"呵呵！准备好了？"曾扶生的声音很愉快，"我要你亲自把古方送过来！"

"准备个屁！"卢占山大声说，"你机关算尽，又有什么用？"

曾扶生一听对方语气不对，恼了："什么意思？吃错药了？"

卢占山本想直接挂电话，又突然改了主意，决定把事情说出来。唯一遗憾的是，他不能亲眼见到曾扶生希望破灭后的失落。

"实话告诉你吧！警方刚刚抓到另外两名404案目击者！那个谢饕餮没用了！"

"什么？不可能！"曾扶生断然不信卢占山所言。

卢占山无心再说，哼了一声挂断。

曾扶生在电话那边呆了良久，颤抖着手，拨通了政法委书记孙登的电话……

一小时后，市局。

丁诚来到审讯室门口。

丁诚身后，跟着个人，是曾扶生。

"正好！你们都在！"丁诚说，"一个好消息，曾老板把谢饕餮带来了！"

"什么！谢饕餮在你手里？"江海潮和秦向阳不约而同道。

"我错了！"曾扶生微微弯腰，真诚地说，"事情是这样。我太着急，多次向孙书记打听案情，让孙书记很无奈。出于安抚，孙书记简单向我述说了案情进展，其中包括对谢饕餮的搜捕情况。前几天一个晚上，谢饕餮跑去我的医院，找一个护士谈朋友，正好被我撞见。我扣下他，只为急于知道，杀我儿子的凶手到底是谁！我应该立刻通知你们，可那样一来，你们的审讯结果，我又得去麻烦孙书记……我可能违法了，上门请罪来了！"

曾扶生这通话说的是：有情，急于得知杀子仇人；有理，不想再难为孙书记；有义，上门请罪。

可是，丁诚却没从江海潮脸上看到惊喜。

丁诚还不知道，江海潮刚刚抓到两位新证人。

"平时你在哪儿工作？"秦向阳突然问曾扶生。

"集团总部。"曾扶生慎重地回答，不明白对方什么意思。

"大半夜的，你还在医院溜达？而且那么巧就碰到了谢饕餮？"秦向阳紧盯着曾扶生。

曾扶生似乎早有准备，径直说："您有所不知，前两天有人来医闹。怎么回事呢？有个孩子食物中毒，死在了我的疑难杂症医院。孩子的家属就住医院附近，认为我们没尽到责任，那晚带一帮人去闹。得知消息，我连夜赶到医院，付给他们一笔钱，把事情就地解决了。那帮人走后，我在医院门口恰巧碰上那个谢饕餮。这事千真万确，你们可以去调查嘛！"

"谢饕餮呢？"秦向阳问。

"在车里！"丁诚替曾扶生说道，"曾老板把他和谢饕餮的私人谈话，全程录像，一同带了过来。"

江海潮悄悄对丁诚说："谢饕餮已经没那么重要了。刚查到另两位目击者，他们事先在卢平安家装了摄像头，本想偷拍邓利群的不雅视频。他们能证明，凶手不是卢平安！"

"竟有此事！"丁诚喜忧参半。

喜的是，他正为难该怎么处理曾扶生。忧的是，凶手不是卢平安，案子又得往后退。

江海潮笑着点头，又道："你没来之前，孙书记又打电话来询问案情，我已经向他汇报了此事！"

"哦？"丁诚略一寻思，立马把锅甩给了政法委孙书记。

"曾老板！"丁诚转身对曾扶生说，"你私扣谢饕餮，严重影响了案件进程，实有违法之嫌，可是又情有可原。好在你主动把人送回来了。这样吧，我向徐局和孙书记汇报一下。怎么处理，看领导的意见吧！"

曾扶生点头，道："秉公处理就是。只是不知这案子，何时才能结案？"

"你的心情我理解……"丁诚和曾扶生离开众人的视线。

侯三的偷录设备取回来后，送到技术处检查。

江海潮和秦向阳看完了曾扶生给谢饕餮录的视频，也就是卢占山所看的内容。视频内容和谐，曾扶生没打人，而且情理并用，做了谢饕餮的工作，给警方省了事。

谢饕餮坐在审讯室里，手里拿着卢平安的资料，神色坦然。

江海潮刚坐定，他就说："领导，我错了！第一，我不该又犯老毛病。第二，我看到了杀人凶手，但法律意识淡薄，没主动报警做证。"

"凶手是不是他？"

"不是！曾老板已经问过了！"

江海潮眉头一皱，说："你当时在衣柜里，只能看到凶手背面。"

"对！可是杀人后他取下了头套，我看到了侧脸，上面有刀疤。再就是身高体形，跟资料上的明显不同。"

"脸上有刀疤？"

"是的，左脸。"

"他取下头套之后呢？"

"他拿掉了男性死者的面具。"

"你是说，凶手做了查验死者的动作？"

"我不知道。"

谢饕餮、侯三、林小宝，三人的证词一致。江海潮不得不重新探寻本案背后的动机。

难道曾纬真是被误杀？如果是，那么凶手的目标又是谁？邓利群？

接下来，三名证人被集中起来，配合警方做模拟画像。

侯三和谢饕餮，这两位前狱友，又在警局重聚，彼此大眼瞪小眼，甚为惊讶。他们被分开关押，配合画像时仅能简单交流。

谢饕餮很快知道，卢平安家门口那个狗日的符号，是侯三画上去的。

侯三也知道了躲在衣柜中的二货，是谢饕餮。

第二天，卢平安终于走出了看守所，重见天日。

大哥卢永麟接到卢平安，带他去自己家洗了澡，随后一家人出去吃饭。

饭间，卢占山收到了曾扶生发来的信息：恭喜。

恭喜？卢占山知道，曾扶生此刻一定气愤异常，怎会向他道喜？这两个字，不知包含了多少恨意。

对卢占山来说，侯三和林小宝不亚于天降正义，使他摆脱了曾扶生的胁迫，这当然值得庆幸。可是这顿饭仍然算不上愉快。曾扶生是儿子没了，他是儿媳没了，儿子还差点被当成凶手。

他心中感慨万千，但面儿上并未表露出来。

饭间，卢永麟注意到了卢平安手腕上的红肿。

"他们刑讯逼供？"

"算不上。"卢平安淡淡地说，"把双手挂到了墙上，脚尖点着桌面。"

"过分！"卢永麟一气之下摔了杯子，怒道，"你心脏有病，他们能不知道？万一出事，他们负得了责？"

"确实过分！"卢占山也很气恼。

"这不是安然无恙嘛！"卢平安笑道。

"不行！必须告他们！"卢永麟不依不饶，"我有律师朋友，也有搞自媒体的朋友，把事情爆出去！一群蠢货，破不了案，净折腾好人！"

"有必要？"卢平安说。

卢占山考虑片刻，慎重地说："依我看，媒体就别找了，不要把事情闹大，影响警方后续侦破。但是，必须把事情反映给他们领导！"

卢永麟同意了。

第二天，卢占山父子三人带着律师，找到丁诚，述说了相关情况。

丁诚压根不知道这事儿，大惊。

有律师在，他方寸大乱。

在卢占山和卢永麟强烈要求下，他只好硬着头皮，把情况上报给了局长徐战海。

"冤假错案怎么来的？当年的多米诺骨牌案，教训还不够吗？"徐战海大怒，"案子拖拖拉拉，没进展，搞什么幺蛾子！给老子查！"

# 第十四章　黑锅

丁诚好话说尽，打发走了卢占山父子，把江海潮叫到办公室。

嫌疑人图像还没出来，江海潮很焦躁，早忘了疲劳逼供那档子事。

面对丁诚的严厉质问，他硬着头皮承认："我默许陆涛干的！"

其实，他对卢平安那么做，不是不顾及后路，而是他认定卢平安就是凶手，根本没想过卢平安还能出去。

"你……"这个意外突如其来，丁诚无语。

"我只想提高效率，但没太过分。"江海潮红着脸解释。

"糊涂！人家带着律师来较真了，怎么办？现在什么时候？全民自媒体时代，人人猎奇！谁敢明目张胆这么干？"丁诚背着手，不安地走来走去。

"我错了，我写检讨。"江海潮说。

"检讨？人家要正式处理意见，按规定来！否则就给爆出去。"

"爆出去？"江海潮完全没想到。

"我提醒你，我们有错在先，万一爆出去，怎么找网警和谐？"

"按规定处理的话……"江海潮皱起眉头。

"也没多大事，无非是局内检讨，当面给当事人道歉，再调离404专案组——这是徐局的要求！"丁诚轻描淡写地说。

"别的都好说！调离专案组？不行！"江海潮马上急了。

"你负责404案，紧要关头，叫我怎么处理你？"丁诚长叹。

"要不，找个人顶上？"江海潮眼珠一转，试探道。

"顶上？陆涛？"

"陆涛不行，我用着顺手！"江海潮急切道，"丁局，我请求你帮我，不是看在我父亲的面儿上，而是看在案子的份儿上！"

"案子？"丁诚眉头紧锁。

"我凭本事，查到了侯三和林小宝，我保证尽快拿下案子，给领导一个满意的答复！我需要这个机会！我破案，你也长脸！"

"谁破案我都长脸，那不重要！重要的是，别给我丢脸！"

"明白！"

丁诚又转悠了半天，驻足叹道，"你说怎么顶？"

江海潮飞快地盘算着，小声道："要找这么个人——他得有一篮子功劳，深受领导器重，他顶上后，既能把事平了，还不至于惹得领导太生气。"

丁诚一边听，一边关上了房门……

一小时后，秦向阳被叫到市局。

来到副局长办公室，听了丁诚的话，他顿时气炸了。

丁诚说："江海潮默许陆涛给卢平安上了小手段。"

"我知道那事。"秦向阳说，"也给谢斌斌上了。"

还有谢斌斌？丁诚心中暗道，还好，谢斌斌没来举报。

他无奈地摇了摇头，说："现在，卢平安父子不肯罢休，带着律师上门举报。徐局知道了情况，要求我给当事人一个合理的说法！"

秦向阳没想到，案子还没破，却闹出来这么个插曲。

丁诚一鼓作气道："事是陆涛办的，江海潮授意的，叫我怎么办？把他俩调离专案组？还是找下面的人顶上？"

"找下面的人顶上？卢占山父子能答应？陆涛可是副支队长，下面的人能使唤陆涛？"

"事不大，难办就在这儿！"丁诚说，"处理一下江海潮，也不行！他父亲脸上的面子挂不住！"

"那咋办？"秦向阳闻出味了，"这事跟我可没关系！"

"只能让你顶上！"丁诚狠心道，"你是专案组副组长，能使唤陆涛。"

"我？"秦向阳怔住。

"这是我的意思！"丁诚拿出几条好烟塞给秦向阳，"要不你受点委屈？我会跟徐局言明。他不会生你的气！"

"要把我调离专案组？"秦向阳机械地问。

"表面应付而已！"丁诚把话挑明，长出一口气。

"他妈的！胡闹！"秦向阳把烟丢到沙发上，摔门而去。

丁诚料到秦向阳不愿意，但没想到对方反应如此强烈。他以为经过近几年的磨炼，秦向阳的性子没那么激烈了。

对丁诚来说，这些都是工作日常。

他很快找到徐战海，把事情的前前后后一并言明。

徐战海听了没恼，反倒笑了："叫秦向阳顶上这个锅？丁诚啊丁诚，我看你是糊涂了！你这逼鸭子上架，就不担心他去找老丁告状？"

丁诚当然知道，省厅厅长丁奉武，是秦向阳的老上司。

"我也是没法子。严查，把当事人调离专案组，这个处理意见可是你亲口说的——总不能叫我临阵换帅，把江海潮调离吧？"

"将我的军！"徐战海苦笑。

"应对而已！又不是真不让秦向阳查案了！"丁诚反问，"头疼！你说咋办……"

秦向阳很快想通了丁诚的做法。在丁诚的角度，让他背锅，比处理江海潮更合适。江海潮是丁诚的直属部下，又是个官二代，处理他，丁诚很为难。

可是，想通了不表示不恼火，他把车开出城，高速狂飙。

几十分钟后，他终于慢慢冷静下来，意识到这件事，对自己的影响并不大。

这也算委屈？狗屁。他点上烟，嘲笑自己。

他不打算把这件事告诉任何人，包括丁诚的老婆苏曼宁。他知道一旦苏曼宁知道，一定为他找场子，那除了令丁诚为难，毫无意义。

情绪稳定后，他开车返回市局，去了丁诚办公室。

办公室开着门，丁诚不在，丁诚那几条香烟，还躺在沙发上。

他带着烟回到车上，给丁诚发了个信息：烟我拿走了。

丁诚收到信息，笑了。

发完短信，他赶往医院。

"她好不容易才睡着！"秦向华说。

秦向阳点点头，没进病房，在门口呆望着母亲。病人术后有个短暂的调养期以迎接化疗。真正的痛苦，即将到来。

世上为什么有这种病呢？他跟无数人一样，想不通。

第二天一早，秦向阳接到了徐战海的电话。

"叫你背了个锅，是不是闹情绪？"徐战海的声音很放松。

"背着盖子不闹情绪，那是王八！"秦向阳没好气地说。

"你小子！委屈你了！"徐战海说，"处理意见马上出来，给卢占山父子一个交代，事就结了。"

"怎么处理？全局检讨？我不做！"

徐战海沉吟片刻，说："写一份给局领导的检讨，送我办公室。另外，名义上会把你调离404专案组，但是你给我听好了，那只是名义上！该干什么，你得自己有数！"

"名义？检讨我实在不会写，麻烦领导找个人代笔吧，也是名义。"说完，秦向阳挂了电话。

中午，卢占山接到了市局的处理结果。

江海潮很亢奋，秦向阳不但给他背了锅，还被调出专案组。他迫切需要一次胜利，让404案在自己手上了结。

侯三等人的证词给江海潮提供了一个明确的方向。

三人都提到，杀完人后，凶手摘下曾纬的面具确认死者身份这一细节。由此，江海潮不得不重新正视秦向阳的"假设"——如果跟樊琳约会的是邓利群呢？

可是，邓利群因诸多意外，没能赴约。

难道，凶手目标真是邓利群？曾纬是个替死鬼？

江海潮的注意力回到了邓利群身上。他决定重新挖掘邓利群的社会关系，他坚信，一定能从中找到疑点。这件事，他曾安排秦向阳调查过。当时秦向阳连调查报告都没交，说邓利群问题不大，他当时没放在心上。

下午，秦向阳叫韩枫把那批中药搬上车，去找卢占山。

途中，韩枫问："师父，怎么不查404案，反倒跟这些药耗上了？"

"我对这些药更感兴趣。"

他没提被调离专案组一事，哪怕只是名义上。

秦向阳上门，令卢占山很意外。

卢平安也在。他家没法住了，暂时住在父亲家。

"秦队登门，有何指示？"

卢占山把秦向阳和韩枫让进屋，样子很是恭敬。在他看来，侯三和林小宝就是秦向阳抓的。他很清楚，侯三身上的可疑，是他提供的，这不假，可是如果秦向阳不拿他的情报当回事，那卢平安照样出不了看守所。

"登门道歉！"秦向阳笑道。

"折杀老夫！"卢占山连连摆手。

"事情不是你做的，没想到连累了你，我该向你道歉！"卢平安语气温和，在局子里的冷硬气质，消失不见。

"你们这么快就收到处理意见了？"秦向阳问。

卢平安点头，道："本来只想出口气，没想到你们领导这么重视，更没想到，连累你背了锅！"

"领导有领导的难处，我无所谓。"秦向阳淡淡地说。

"我认识那两位，是你们支队的头头吧？刑警把我整到桌子上时，他俩就站在门外。"卢平安指的是江海潮和陆涛。

秦向阳点头。

"唉！"卢占山叹道，"人活着，什么行业都有难处！处理意见出来，这就是堵我们的嘴！此事到此为止。只是连累到你，卢某心甚不安！"

"不必！"秦向阳嘴上这么说，心里却分外高兴。本来，他第一次见卢占山时，就想向对方请教关于那批中药的疑问，却担心自己抓了人家孩子，换不来坦诚相待。这下好了，因为一个不经意的黑锅，赚到了卢占山的歉意。

"心宽之人！"卢占山笑道，"秦队此来，应该还有别的事吧？"

"老爷子是明白人。我来请教药理！"秦向阳叫韩枫下楼，把那批中药带上来。

韩枫听了半天，双方所言，又是道歉，又是黑锅，他大体听明白了。他心里很气，却不知道生谁的气。

很快，一大堆药被搬了上来，一共十四包。

见到这么多药，卢占山不明所以。

秦向阳简单解释："这些药是同一个药方，十四天的药量。"

"什么药方？"

"不知道。"

卢占山打开袋子抓出一把药，在掌心摊开来仔细瞧，又闻了闻，然后放回。

这时，卢平安取来一块透明塑料布。

卢占山取了一袋，把药全倒在塑料布上。随后蹲下去，一边查看药的成色和种类，一边探问怎么回事。

"事关一件案子！"秦向阳说，"详情不便多说。"

"给谁用？"

"癌症患者。"

"癌症患者？"卢占山深吸了一口气，问，"什么癌症？"

"不分种类，所有！"

"所有？"卢占山皱起眉头，又问，"你想了解什么？"

秦向阳挠了挠头，说："药的成色、方子、作用，等等。"

"一共二十七味药，包括二十五味中草药，两剂激素类药物。"

众人谈话间，卢平安已分拣完了塑料布上的药物，他又拿来一个巴掌大的电子秤，给分离出来的每一味药称重。这是个细活儿。药物混杂在一起，分离后称重，难免存在误差。即便如此，也要确定每一味要的重量、比例，再罗列出来，以判断是何药方。

卢占山点点头，将所有药物仔细闻了一遍，随后道："每一味药都是精品，不是普通的加工货色！"

"精品？"

卢平安插言道："这涉及药物的来源和加工。现如今，大部分草药都是规模化种植，会使用大量农药、肥料，增加产量，药物的品质和药性，就不可避免遭到破坏。其加工过程又涉及诸多门道，比如，有的药不可冷藏，有的不可接触生石灰，有的不可过度晾晒……凡此种种，不一而足。但是采购商通常大量采购，为了储存及长途运输方便，会要求药农对许多药物初加工，做防腐处理，这就又进一步破坏了药性。可以说，市面上的草药，其效力远不及几十年前的同类药物，更不可与深山大泽的同类药物比拟。"

秦向阳简单记下关键词，问："那这些药物的来源呢？"

"不好说！"卢平安道，"精品药物的来源通常是进口和定向采购。"

"进口？"

"对！"卢平安说，"现在，我们的中药普遍不合格，而日本的中药产业链完胜我国。比如麝香，使用得当，会对脑瘤有奇效！但普通消费者难断真假，从市场上买到的，除了假货，就是人工合成品。真品麝香贵过黄金，普通人就算学会分辨，也难以获取！至于定向采购，就是我找到药农，让其按我的要求，规范种植某种药物，我高价收购，从而最大限度地保证药性。"

"你这些药从哪儿来的？"卢占山问。

秦向阳犹豫了一下，觉得无妨，便道："罗回春的药房。"

"卧虎区的罗九指？"

"你认识？"

"我知道他。他那里应该有些好药。此人是个奇葩，切脉断症堪称一绝，但是开方治病不过尔尔。"

"哦？怪不得罗回春说，这些药只是补药，甚至连个方子都算不上。"秦向阳道。

"补药倒是没错。"卢占山沉吟良久，摇了摇头。

"你有不同意见？"秦向阳深恨自己是个门外汉，心里急得不行。

卢占山起身泡茶。

秦向阳明白，对方要等卢平安称重完，看过详单，才能下结论。

大半个小时之后，卢平安终于忙完了。他把每一味药的名称、重量写到纸上，交给卢占山。

卢占山一边喝茶，一边细细参详。秦向阳只好耐心等候。

又过了半晌，卢占山终于开口说道："总体上，这二十七味药，一定是个大方！通常来说，庸医爱开大方，既能故弄玄虚，让患者以为他有门道，又获利不菲，实则是乱枪打鸟！"

"这个不是乱枪打鸟？"秦向阳很疑惑。

卢占山摇头，道："依卢某浅见，这二十七味药，君臣佐使，初看无迹可寻，只是一堆补药叠加在一起，实则大有讲究。怎么说？你看，每味药的分量都很讲究，最重的上百克，最轻的仅数克有余，这个药量比例，你不觉得奇怪吗？说它是庸医随意叠加，无心为之，断然没有道理！依我看，它至少不是现成的经方，而是医道高手自组的药方。不过，那两剂激素类药物，跟中草药混杂，显得不伦不类，似乎跟整个方子有所背离，我从未见过这种组合，也许其另有妙用！"

说完，卢占山拿起笔，在激素类药物上做了标注。

"妙用？"

"也许。我对激素类药物知之甚少，更没有临床实践拿来参详，不敢断言！"

卢占山这个说法，可就长了罗回春的脸。

听到这儿，秦向阳心想：怪不得罗回春交代，药方是章烈自己带去的。看来卢占山所言非虚，罗回春切脉断症一绝，治病开方尔尔。

"药是罗回春的，方子呢？也是他的？"卢占山问。

秦向阳摇头。

"这就对了，他开不出这个方。"卢占山说。

"这些药，全是癌症患者吃的，作用呢？"秦向阳再次转入正题。

"这就是补药啊！"卢占山意味深长地说。

"疗效呢？"

"没有疗效！"卢占山再次参详良久，才说，"但是，它能提高病人的免疫力！"

"提高免疫力？"

"对！而且是极大的提高！"

秦向阳点上烟，闷头抽起来，心想：这不对啊！提高免疫力，对病人来说是好事！这跟章猛的赌局原则是相违背的！章猛公然这么做，那些嗜血赌徒怎会同意呢？

这时，卢占山又问："这些药物是配合其他治疗使用的吗？"

"不！没有其他治疗！"秦向阳索性说了实话。

"没有其他治疗？"卢占山的眼神顺着烟雾飘到远处，半晌后才收回来。他苦苦思忖，一会儿点头，一会儿摇头，一会儿皱眉，一会儿展眉……完全沉浸其中。

秦向阳在一旁着急万分，却不敢出声，生怕打扰对方。

卢占山眼神慢慢放出了光，忽道："如果没有其他治疗，你可知道，对癌症患者来说，极大地提高免疫力意味着什么？"

秦向阳苦笑。

卢占山没抖包袱，径直说："如果我判断没错，它应该意味着发烧！"

"发烧？"

"是的！发烧！"

# |第十五章　推断|

说了半天，卢占山给出个"发烧"的结论，秦向阳大惑不解。

卢占山解释道："中晚期癌症患者，尤其是遭受了放化疗的病人，免疫系统遭受极大破坏，再加上癌细胞本身对免疫系统的侵蚀，造成患者体质极其虚弱，免疫力大大降低。这时候的病人，很难主动发烧。如果病人放弃治疗，服用这些药物，那么，人的免疫系统将得到不同程度的恢复。"说完，卢占山亲自给秦向阳倒茶。

"那又怎样？"秦向阳联想到母亲正遭受的折磨，对此颇感兴趣。

"在中医角度说，如果癌症患者借助于某些中药，使免疫系统得到一定程度的恢复，那么，这将引起免疫系统对癌细胞的一次反弹。"

"反弹？"

"对！或者叫，反攻！"

"反攻？发烧？"

"是的！"卢占山肃容道，"由免疫系统主动引发的发烧，就是对癌细胞的反攻！"

"竟有这回事！"秦向阳忍不住抓了一把药物，闻了闻又放回去，急道，"如果此药给一千名患者服用，那么所有人都会发烧吗？"

卢占山摇着头说："那谁也不能保证！具体效果，跟病人的先天体质有关！"

秦向阳做好记录，道："我听说，有个说法叫肿瘤热，说的就是癌症患者的发烧状态。"

"肿瘤热？"卢占山笑道，"它和免疫系统主动烧起来，完全两回事！"

秦向阳连连摇头。这时他注意到韩枫，正倾身托腮，全神贯注地听卢占山讲解，手里的烟都忘了点燃，像极了课堂上的学生。

卢占山找到打火机，给两位警官点上烟，又道："通常来说，人们习惯把放射性导致的机体炎症发烧、免疫力下降造成的病原体感染发烧，以及一些特殊药物导致的患者发烧状态，称为肿瘤热。当然，普通意义上，人体免疫系统主动烧起来，也可以说成是肿瘤热。这只是个说法。关键在于，免疫系统主动引发，跟外来因素导致的发烧，有本质上的不同！"

秦向阳长舒一口气，这次他大体懂了。

卢占山越说越精神："秦警官，你有孩子吗？"

"我还没结婚。"秦向阳笑道。

"那我提前给你个建议！"卢占山说，"小孩子不要穿太多，不要捂得太严实。怎么讲？小孩子怕热不怕冷，若有感冒发烧，少用抗生素。中医来说，孩子都是纯阳之体，儿童的免疫系统比之成年人，就好比野菜比之大棚蔬菜，尚未遭受抗生素以及其他药物的污染，这跟孩子身体未发育好，完全是两回事！"

"这个我都晓得！"韩枫插言了，"战斗民族的学前班儿童，冬季都有冰雪洗身的传统。家长和学前班老师，把孩子脱光放到雪地里玩耍，在我们看来，简直是虐待！日本人好像也有这个传统！"

卢占山点点头，说："那样做，除了地理因素引发的习惯，其实正好顺应了孩子的免疫系统。大部分孩子的发烧，都是家长给捂出来的！对西医来说，发烧是治不好的，全世界都一样！"

"那结果呢？癌症患者免疫系统主动烧起来？"秦向阳瞪了韩枫一眼，再次绕回正题。

"很简单，所有免疫系统主动引发的发烧，都是身体对病症的抗争！是身体在尝试自我修复，同时，它又能提高免疫力。就如同癌症患者总有一段时间厌食一样，道理相同，那也是身体的抗争，企图饿死癌细胞！唉！"卢占山突然叹了口气，又道，"但是，对癌症患者来说，这种抗争和修复多半徒劳无功。或许吧，有奇迹发生，但终归是奇迹！"

"明白了！"秦向阳狠狠地掐灭烟头，道，"你是说，给癌症患者服用这个方子，其实是一种治疗！"

"对！这其实是一剂猛药！"卢占山站起来，猛地把窗帘开到最大，"关键是温度！"

"温度？"

"没错！中西医早有共识，癌细胞对温度的敏感性，比正常细胞更高。理论上，高温可杀死癌细胞。只不过，这个高温具体是多少，谁也不敢下结论。更何况，癌细胞在承受高温的同时，人体本身也在承受，那就加大了患者的痛苦和死亡风险！"

原来如此！秦向阳彻底明白了，思维就此发散。

卢占山聊起医道，兴味正浓，却没有停下的意思："近两个世纪确切记载的案例中，国内外都有不少癌症患者的自愈病例。其中，最令医药研究者感兴趣的是癌症患者发烧后的自愈病例。那些患者，通常在持续高烧，或间断高烧几周后，癌细胞突然消失不见。

"有个成熟的实验：取癌症患者的胸腹水，加适量抗凝药物，再对癌细胞分离处理后，将癌细胞和正常细胞分置于40℃、41.5℃、42.5℃、44℃的高温环境做水浴处理，结果显示，在40℃～42.5℃范围内，正常细胞形态、质量，无明显变化，但癌细胞却随着温度的升高，其形态质量呈线性缩小蜕变及溶解性破坏！结论显而易见，癌细胞对热杀伤的敏感性，明显高于正常体细胞！"

"是不是可以理解为，比如同样是42℃，正常体细胞感受到的，就是42℃，而癌细胞感受到的，却远高于42℃？"韩枫忍不住再次插言。

"是的！两者对温度的感知，有明显区别。癌细胞尤为敏感。我们正常的39℃高烧，对癌细胞来说，可能就在40℃以上。"卢占山说。

"既然这样，癌细胞岂不是很容易被杀死？"韩枫说。

卢占山摇头，道："目前来说，肿瘤热疗只是辅助手段。如果病人的承受力无限高，那杀死癌细胞自然不是问题。可是……"他没有再说下去。

四周突然安静下来。

这个过程，秦向阳一直在旁抱臂倾听，时而蹙眉，时而平静。

"谢谢你，老卢！你帮了我大忙！"秦向阳回过神来，说，"你从医多年，见多识广。有没有听过或见过，这样的人和事？"

"你是说用这剂猛药医治癌症？"卢占山神色一敛，果断地说，"没有！"

秦向阳再次谢过对方，拿手机拍下卢平安所列的详单，叫韩枫收拾东西。

这时卢占山突然问："听你的意思，此事涉及刑案？"

秦向阳点头。

"可是在卢某看来，这个药方虽说过于极端，却也并非全无好处，尤其对那些缺钱少药放弃治疗的家庭来说！"

卢占山动了好奇之心，但这番话说得极为得体。

"只是那么简单就好了！"秦向阳笑了笑，没过多透露。

卢占山颔首，道："今日卢某所论，实属一家之言。还请秦队长广为查证，不可偏信！"

秦向阳和韩枫离开之后，卢占山显得极为不安，背负着双手不停地走来走去。

"是他？"卢平安好像读懂了父亲的心思。

"不确定！"卢占山说，"没有证据，不敢断言。但他是我能想到的，最可能这么做的人！"

"我觉得就是他！刚才秦警官问起来，为什么不就此举报？"卢平安说。

卢占山面露悲戚之色，长叹道："不管怎么说，我和他一起长大，既是同门，又似兄弟，就算有再多的过节，也是出自我们单方面的疑心，又岂能无凭无据，便无端举报，陷其于不义？"

"可是，事情似乎关乎刑案！"卢平安说。

卢占山沉吟良久，说："如果真是那样，袖手旁观就是我们不义了！"

回到办公室已是中午，秦向阳闭门沉思，韩枫却提着酒菜闯了进去。

正值周末。见到酒菜，秦向阳无奈，却不好推辞，只好边吃边聊。

"没想到，这章猛的聚赌案，竟这么有意思！"韩枫大致了解了案情，兴味盎然。

秦向阳正要开口，李文璧带着水果，推门而入。

"来也不打招呼！"秦向阳语气略带责备。

"你弟说得没错，你还真把这儿当家了。就要化疗了，也不去看看伯母！"李文璧有备而来。

"真的忙！今晚就去！"秦向阳叹了口气。

"还在忙章猛的案子？"李文璧探问了一句，把脸转向韩枫，"这位，就是你常说的那个跟屁虫？"

韩枫嘿嘿地笑起来。

关于章猛的案子，案情的后续发展出乎预料，秦向阳知道李文璧有底线，但还是不想对她透露。

却不料他一时没嘱咐，韩枫就说了出来。

"案子涉及的药方很有趣，它能让放弃治疗的癌症患者发高烧！"韩枫一句话准确阐明了最新调查结果。

唉！秦向阳无奈极了。

"发烧？"李文璧的眼一下子睁得老大，"为什么要发烧？跟肿瘤热疗法有关系吗？"

听到李文璧说出"肿瘤热疗法"这个词，秦向阳很是诧异。

韩枫的反应就更强烈："小姐姐，你怎么知道？"

"不会说中了吧？"李文璧坐到茶几旁，拿起筷子。

"有点像！"韩枫说。

"我乱说的！"李文璧笑嘻嘻道，"我做新闻的，刷的网页多了去了，什么时髦玩意儿也一知半见！"

"后续调查，的确出乎预料！"秦向阳见无法隐瞒，只好承认。

"你意思是，那些药其实不是安慰剂，而是用来治病？"李文璧认真起来。

"它能极大地提高那些患者的免疫力，让人憋足了能量，主动发烧！"韩枫回应道，"我们请教了著名中医卢占山，他说的。"

"呀！看来沈傲又对了！他一直坚持，那不是安慰剂！"

"沈傲？他怎么说？"秦向阳对那个年轻人印象深刻。

"他说，真相往往藏在被忽略的细节之下。还说，他奶奶被害死，他的脚被故意弄伤，不把隐情搞清楚，他就不姓沈！"

秦向阳蹙眉暗道：沈傲居然这么执着？沈傲的奶奶参加赌局，那是沈傲父母做主的，看来，这个年轻人跟父母的关系并不怎样。

"韩枫说得没错！"秦向阳中断思绪，接过话题，"虽然卢占山自称那是一家之言，但药物的功效就是修复患者的免疫系统，提供能量，这一点我相信他的判断。"

话虽如此，但他心里已有了主张。针对卢占山的说法，他打算另外多找几名中医求证。在那之前，他只能先抓住卢占山的结论，考虑此事背后的玄机。

"他医术高明！"李文璧道，"据说三年前，他医好了自己的肝癌，还另外治好了七个癌症患者！"

"又是社会闲散消息？"

"你可以当面向他求证嘛！"李文璧道。

"能不能医好癌症，不影响他名声在外！"秦向阳说，"据罗回春交代，五年来，药方所含中药，大同小异。'小异'是什么？我想，无非是几味辅药而已。但药方的大方向，应该不会变。如果真是如此，有上千人服用了药物，那逻辑上能推出什么结论？"

"上千人？老天！忘川公司发展了那么多客户？"李文璧大惊失色。

"这背后一定有人！"韩枫激动地说，"如此一来，赌命赚钱，就成了最表面的勾当。其根本目的是什么？试图治疗，让那一大批危重患者发烧？"

"是的！这是顺理成章的推论！"秦向阳一边说，一边耍着一根烟，让它在指缝间绕来绕去。

"什么推论？"李文璧双手紧抱双肩，她似乎很冷。

"如果卢占山所言不虚，那么推论结果，很像一场秘密的临床试验！"秦向阳突然把烟折断，慢慢说道。

"试验？"李文璧蹙眉，不断重复这几个字。

卢占山失眠了。

第二天，他收拾妥当，给曾扶生发信息道：有急事找你谈，老地方见。

老地方茶社。

还是上次那个房间。

卢占山赶到时，曾扶生已经在座了，他的脸色看起来很不好。

卢占山故作关切道："你昨晚没睡好？"

"猫哭耗子！"曾扶生突然发作，"别太得意！上次算你儿子运气好！"

卢占山一听恼了，用力拍着桌子怒道："曾扶生，你还想怎样？"

曾扶生喟然长叹："那么一个杀人现场，除了谢饕饕，竟然还有两个目击者！连老天爷都在帮你，我还能怎样？"

卢占山冷笑。

"唉！我那可怜的儿子！"曾扶生身子晃了晃，悲从中来。

"我也替曾纬惋惜！"卢占山也是做父亲的人，不禁动了恻隐之心。

"少来！有事直说！"曾扶生冷哼道。

卢占山犹豫片刻，展开正题："我听说了一件事。"

曾扶生烧开了山泉水，正沏入茶壶，他白了卢占山一眼，动作没有停顿。

"警察带着一个药方找到我。"卢占山一边说，一边盯着曾扶生的手腕，"如果我没看错，那个药方能大幅提高癌症患者的免疫力，最终致人发烧！"

曾扶生高悬水壶。热水缓缓流出，清亮剔透。

"我怀疑那是个极少见的疗法，大胆而疯狂！有人想通过药物，用免疫系统催动的高烧，去治愈癌症！"

茶壶即将沏满。末端的水流越来越细，弧形美妙，宛如银链。

该说的，卢占山几句话就说完了。

他一直紧盯着曾扶生，可是对方的动作，未有丝毫迟滞。

曾扶生慢慢放下水壶，抬眼笑道："有意思！"

"有意思？"

"我说药方有意思！"曾扶生平静地问，"为什么专程来跟我说这件事？"

"你说呢？"卢占山面露关切之色，"你我误会再多，也都是师父养大的！我担心你……"

"你担心我？"曾扶生讥笑道，"老卢啊，你越来越虚伪了！"

"唉！"卢占山长叹。

"我明白了！"曾扶生说，"警察找你请教药方，你却怀疑是我在背后搞鬼？又顾及你我的情分，未向警察言明？"

"正是！"

"你他妈怎不怀疑自己？"曾扶生怒了。

卢占山正色道："多年来，你一直执着于中医对癌症的广谱疗法研究。我判断出药物的作用后，第一个想到的人，就是你！这件事非同小可，我是真的为你担心！"

"少来！怀疑？嘿嘿！你大可向警方坦白你的怀疑。"

卢占山面色轻松下来，说："知道不是你，我就放心了！"

"你放心？我看你很失望吧？"曾扶生讥讽道。

卢占山摇摇头说："不做亏心事，不怕鬼敲门。我知道什么，就跟警察说什么，否则良心难安！"

曾扶生不理会卢占山，突然转换了话题："你对厥阴证有何见解？"

"厥阴证？你想问什么？"卢占山不解。

曾扶生自顾自道："厥者，逆也。病若至厥阴，则心包受邪，肝木失调。由是气机逆乱，升降失常，阴阳之气不相顺接。阳气衰于下，手足逆冷，则为寒厥；阴气衰于下，三阳烦热，则为热厥。其阴阳乖违，寒热错杂，一言难尽。"

"怎么忽然说起这个？"

"听到你说的药方，忽然来了兴趣！"曾扶生说，"癌症病因、病机，变化多端，痰、瘀、热、毒、虚等状，混杂为患，其临床表现各异，但同样阴阳乖违，寒热错杂……"

"你想说，癌症临床表现，与厥阴证有不谋而合之处？"

曾扶生点头。

卢占山略一沉吟，道："在中医界，有这种认识的人，多年来络绎不绝，大有人在。有什么好谈的？"

"治疗手段呢？"曾扶生忽问。

"你是说，用治疗厥阴证的手段对付癌症？"

曾扶生又点头。

卢占山正色道："中医从症不从相！有些肿瘤的病症，或可用某些古方治好。《金匮要略》有关厥阴病的论述中提到的乌梅丸，近年来就有治愈胰腺癌的例子。然而，癌症病机变化多端，就算相同部位的肿瘤，不同的人或有不同表现。癌症患者多如牛毛，经方治愈者几何？经方治癌，实在是痴人说梦！"

"今天不说经方治癌，谈谈你提的药方！"

"你对它感兴趣？"卢占山叹了口气。

"你说它能极大地增强患者免疫系统，最终致人发烧？"

"是的！"

"你不觉得，这也是受了厥阴证的启发吗？"曾扶生反问。

卢占山不明白。

曾扶生说："不管什么肿瘤，癌细胞尽皆由阴催生——从这个角度说，所有的癌症，难道不都是阳气衰逆之症吗？"

"哎呀！"卢占山一拍大腿，惊道，"没想到，那个药方的药理竟暗合对厥阴证的辩证理解！"

"是的！"曾扶生兴致高昂地说，"你看过那个方子，能否详述？我对它很感兴趣！"

听到这儿，卢占山知道，曾扶生寻求癌症广谱疗法的老毛病又犯了。同样因为这，他完全放弃了对曾扶生的怀疑。

# 第十六章 印证

曹节参考自己的手机，拖拖拉拉，写了一份客户资料交到秦向阳手上。资料虽不完整，却尽可能涵盖了参赌者的不同身份，还包括曹节服务过的患者家属。

第一类客户是被曹节收买的医生和护士。对这种人来说，病人就是财源。病人放弃治疗出院时，他们知道患者家里早被榨干。他们最清楚病人的身体状况，尤其是病人大致的生存期限，将这个信息出卖给曹节换取利益后，他们还不放过最后的生财机会：参与赌局投注。

第二类客户是殡仪馆员工。他们本身跟忘川公司有业务来往，平时收入不低。在曹节的撺掇下，他们参赌除了求利，还可能包括精神层面的娱乐。

秦向阳尽可能地揣摩这种人的心态——某个殡仪馆员工面对一具患者尸体，他可能有两种心态，一是这名死者给老子赚钱了，一是这名死者不争气，害老子输钱了——在殡仪馆那种特殊的工作氛围里，这两种心态所带来的体验，秦向阳难以想象。

第三类客户是失足女。曹节说，这是他最先独立开发的客户领域，后来被公司的其他业务经理效仿。他说，这类人多数极度空虚无聊，手里又有闲钱，需要极大的刺激，才能填补她们残缺的精神世界。对她们来说，拿癌症患者的死亡期限做赌，无疑是一件有趣的事。

第四类客户是殡葬用品店的小老板。这类人也跟忘川公司的殡葬业务多有交集，被发展成赌局客户，在秦向阳意料之中。

第五类客户是乡下的端公，也就是俗称的神汉。旧时，这种人给人消灾祈福，颇有市场。现如今，真正有本事的端公凤毛麟角，但是这个行当却没消失，它渐渐演变成一个主持行业，靠操持乡下的白事维持生计。他们同样很有市场，不管红事还是白事，人们都舍得花钱。这种人主业就是跟亡者打交道，因此在曹节的撺掇下，有不少人参与赌局便不足为怪了。

剩下的客户身份不一而足，多数是患者家属，禁不住赌盘诱惑，想从亲人身上获取最后的利益，另外还有些日常生活中本就好赌的闲散家伙。

曹节交代得很明白，公司其他业务经理的客户组成，跟他的类似。

秦向阳亲自把资料录入电脑，这份资料令他备感压抑。等案子结束，抓到主犯，他会把资料上的所有人"请"到局子里。但在想象中，那个场景不同以往，无法给他带来任何惩治罪恶的快意。

唉！整理完资料，他重重地合上电脑，去见下一个知情者。

忘川公司的会计叫徐婕，三十多岁，公司的账本和电子版都在她手里。

秦向阳找到了她。

他本想通过账本准确核实病患人数，结果发现徒劳无功。

那明显是假账。账本上的应收账款，来源全部标识为捐款。平均下来，每个月进项只有几十笔，每笔数额也不多，几百到几千元。这些钱公司留一部分作为必要开支，其余的都做了所谓社会公益。

他又对徐婕做了必要的问讯，结果对方对公司实质业务一无所知。

就算她了解公司业务，又能怎样？秦向阳无奈地想，她只是做这样一份工作。本质上，曹节何尝不是如此？除了曹节，公司还有二十多个业务经理，能把他们都抓起来？于情于法，都不能。

说起曹节，他其实也是个可怜人。家中母亲体弱多病，他买了房子，把母亲接来就近照顾。他给警方提供了很多细节，有必要起诉他吗？之所以还关着他，完全是因为他冲动之下恶意撞人。但秦向阳早有打算，不准备关他太久。

该被追究的人，只能是赌局的组织者，章猛两兄弟，以及赌局背后那个更疯狂的家伙，试验的组织者。

章猛会不会是那个组织者？从气质、学历、经历来看，他显然不符。章猛高中文化，混迹于社会多年，对中西医均是一无所知，缺乏合适的动机。

秦向阳意识到，他正接近一个庞大的局。

显然，章猛兄弟所操持的生死赌局，只是这个局的表面。他们招募癌症患者家属，许以利益，拿患者的命成就赌局，赚取大量钱财。同时，那些可怜的患者全部成为试验场中的小白鼠。

跟试验相比，赌局表面的非法获利，已经不那么重要。

赌局给赌客提供刺激，给患者家属利益，更重要的是，它给试验场提供了免费的临床试验载体。

更可恶的是，那么多无奈放弃治疗的病人，喝下那些所谓的"发烧药"之后，竟无一有效——这是秦向阳的判断。实际上他还无法求证，五年来，到底有没有人因主动发烧而被治愈。

案情的丑恶超乎想象。可是，若不是因为沈傲的缘故，赌局还在继续，还不断有可怜的人，在经历了无数痛苦之后，从试验场走上黄泉路！

他们之中，有的自己知道真相，甚至有人为了家人，不惜出钱买自己活不过一个月；而更多的人，则是被家属隐瞒，直到死去也不明白生命的尽头到底经历了什么。

试验背后的组织者为什么要这样做？到底是赚钱之余的恶趣味，还是想治病救人？如果是后者，就不冷血吗？利用上千名癌症患者的命，不断试验药物，试图攻克癌症。这么做，有意义？秦向阳难以理解。

他只确定一件事，一定把那个家伙揪出来。

市中医院院长韩茂森是一位德高望重的老中医。秦向阳带着那些药物，找到了他。

韩茂森很慎重，听了秦向阳的简单介绍，并未急着表态。

秦向阳从手机里找出药物详单，交给对方。

韩茂森参详了许久之后，给出了跟卢占山相同的结论。

"荒唐！"他说，"这是釜底抽薪之举！癌症病人极其虚弱，用上这些药物，可以短暂地恢复免疫系统，身体获取了巨大能量，从而高烧对癌细胞反攻。然而，病人体内阴阳失调，三焦不通，这集合了病人全部生命力的最后一把火烧尽，怕是徒劳无功！"

"太疯狂了！"他很激动，"这么奇怪的药量配比……我从未见过这种方子！《伤寒论》早有关于厥阴之证的论述。药理上，此方的逻辑有迹可循，但是，任何药方都要经过大量临床实践以及修正，才称其为药方，怎可任性而为？"

秦向阳心中暗道：何止是临床实践？其实，它一直被修正！罗回春说过，此方五年来大同小异。他现在知道，所谓的"小异"，其实就是变化，也就是修正。

案情方面，他未向韩茂森透露过多。

他想起来卢占山的一个疑问，便道："关于这个方子，先前有人告诉我，它里面有两剂激素类药物，似乎跟整个方子有所背离，对方一时捉摸不透。您多费心，看它们是否另有妙用。"

激素类药物做了标记，韩茂森早就注意到了详单上的奇怪之处。他擦了擦眼镜片，重新戴好眼镜，望着窗外陷入沉思。

秦向阳把玩着打火机，耐心地站在一旁。

韩茂森沉思良久，转身从书架上拿下一本药典，查阅了片刻，才郑重地说："那是人工合成的激素药物，国内并不生产，是进口而来，且价格不菲。"

进口药物，价格不菲，这倒是新说法，卢占山并未讲到。秦向阳用心记好，面露急切之色，他更关心那些药物的作用。

韩茂森摸着下颌，补充道："这两剂药都是新药，我没有临床应用经验。从药理上说，将激素类西药跟中草药混杂应用，极其少见！不过，这两剂西药，并不背离整个药方的目的走向。换言之，两剂激素类药物跟其余二十五味中草药，其实还是一个整体，'君臣佐使'四字，它们占了个'佐'字，完全服务于药方的大方向。从药物成分来看，应该还是针对免疫系统的！"

秦向阳率性劲儿上来了，一屁股坐到沙发上，双头抱头，眉头紧皱，那意思，我完全听不懂。也难怪，近几天他接触的全是药物，这是个完全陌生的领域，很容易让门外汉产生无力感。

韩茂森笑了，从茶几下面拿出烟灰缸。

秦向阳早注意到它了，判断那是为客人准备的，又顾及礼仪，便一直忍着。

韩茂森拿出烟，两人点上。秦向阳慢慢放松下来。

韩茂森道："直白地说，假设一名癌症患者，其免疫系统最高能承受45℃高温，但实际上不管是病情所致，还是细胞的耐受力，在达到理论温度之前，人早已死亡。"

秦向阳点头。

韩茂森继续道："这两剂激素药物，有其对应的适应证，我这里说的是其潜在功效！"

"潜在功效？"

"是针对药物成分的经验判断！"韩茂森用指关节敲着那本药典封面，说，"如果我判断不错的话，它们应该作用于正常细胞对温度的耐受性。正常来说，39℃的高烧就很危险，但是，用上那两剂激素药物后，能进一步激发免疫系统，增强正常细胞对温度的耐受力，降低高温风险！"

"就好比人经过锻炼，耐寒耐热的能力都会有所提高，是这意思吧？"

韩茂森点头，道："锻炼引起的变化是体质上的改变，其本质是体内阴阳的变化！激素药物提高细胞对温度的耐受力，只是一时的！"

"懂了！"秦向阳挺直身子，道，"整个药方旨在让免疫系统集聚能量，引发自然高烧。再通过激素类药物，来增强人体对高烧的耐受力。君臣佐使，各司其职，又相互配合！"

韩茂森点头。

秦向阳"啧"了一声，问："如此说来，这个药方很靠谱？"

韩茂森说："只能说药理搭配极为严谨，但要达到其最终目的，只怕还是有违天道！"

秦向阳明白这话的意思。不管是病人还是正常人，在安全的前提下，人体对高温有个合理的耐受范围。通过药物等外力，一时增强人体的耐受力，势必会带来难以预料的反作用。

韩茂森突然问："这不会是临床药方吧？"

"是临床药方。"

"谁人所开？"韩茂森惊讶极了。

"还没查到。"秦向阳说得很简洁。

韩茂森并未多问，只是叹道："妄图以此法攻克癌症？逆天而行！也许能创造奇迹，但终究是疯子的行为！"

交流完，韩茂森谨慎地给秦向阳推荐了另一位中医，卢占山。

秦向阳这才告诉对方，已经找过卢占山了。

有了这两位的结论，他对药物的调查，再无疑问。

离开市中心医院，他和韩枫再次找到罗回春。

罗回春见警方又找上门，连连叹气。

店里只有一些基本的感冒药。秦向阳在货柜上查看了一圈，随后拿出药方详单，问罗回春，那两剂激素类药物是怎么回事？

罗回春神色坦然，似乎早有准备："那是章烈的，我这里几乎没有西药。"

罗回春跟章烈合作了五年，他的身份难道只是个药品提供商？秦向阳对此有所怀疑，只是拿不到质疑的证据。

"章烈？为什么不早说？"秦向阳反问。

"您上次没问啊！"罗回春笑道。

"要是有所隐瞒，有你好果子吃！"秦向阳狠狠瞪着对方。

回到分局，他从电脑里找出曹节罗列的名单，从中挑选了五名患者家属，其中包括沈傲的父亲，沈云谦。

也许，他该把五年来，被忘川公司开发的完整患者名单搞到手。那涉及上千名患者，这事更麻烦，章猛那里没有记录，全推到了逃逸的章烈身上。唯一的法子是把忘川公司五年来的全部业务经理过一遍筛子。

很快，沈云谦等人被带到了分局。

除了平时到派出所办业务，这些人都是第一次进公安局，面对刑警，既疑惑，又紧张。这就是秦向阳的初衷，这种问讯完全可以在其他地方进行，他故意选择了分局，为的就是让他们紧张。

为节省时间，对五名家属的问讯，并未分开进行。

面对秦向阳的严厉质问，起初大家都以沉默应对。他们都没想到，事情被警察挖了出来，生怕自己分到的钱，被定性成非法所得。那可是亲人拿命换来的，除了还债，每家每户都指着那点钱过日子。

秦向阳很懂。他很快打消了他们的顾虑。

他明确说："钱的事，我们暂时不打算追究！前提是，你们得配合警方！忘川公司的案子，性质极其恶劣，如果你们不配合，那我也没必要为你们考虑了！"

听到这话，人们一个个心里打起了鼓。

秦向阳再问："我只想确定两件事：一、各位是否都从忘川公司拿到过中药；二、你们的亲人服用中药后，有没有特别的症状，比如发烧？"

人们还是沉默。

本来，他很同情这些人，他本身也是癌症患者家属。现在，他有些生气了。

他板起脸，等了几分钟，故意把记事本使劲摔到桌子上，转身就走。

他走到门口，对外面的警察说："都不配合。该怎么处理，就怎么处理吧！"

听到这话，众人真害怕了。

其实，门外就站着一个人，韩枫。

这时，一个中年女人突然小声道："领导，我说。我男人吃了他们的中药，没吃完就开始发烧，高烧！"

"哦？"秦向阳转身道，"一共多少药量？"

女人说："很多，一共十四大包。一天熬一包，分三次服用。"

秦向阳记下女人的名字，叫她离开。

沈傲父亲沈云谦见女人走了，赶紧补充道："我妈也发过高烧，两天两夜！孩子回家看到后，叫我送医院降温。唉，可是签了协议，人家不让救治！"

秦向阳知道，沈云谦所说的"孩子"是沈傲。他问："高烧多少度？"

"是慢慢升上去的，最高到40℃。"沈云谦说，"中间有用湿毛巾擦拭过我妈的四肢，后来慢慢降了。"

"降温之后，患者怎样了？"

沈云谦想了想，说："有过短暂的清醒，还能说一些简单的话，之前一直口齿不清。再后来又不行了！"

秦向阳不明白，沈云谦描述的患者状态，药理上该怎么解释。

沈云谦又道："对了！他们还给病人卧室装了摄像头！"

"我家也装了！"余下的人纷纷道。

接下来就顺利了，剩下的人抢着供述，结果不出预料：所有患者都服过忘川公司的药，都有不同程度的高烧症状。这说明，卢占山和韩茂森的分析很靠谱。

也就是说，忘川公司的赌局背后，真的是个庞大的临床试验场。

它真正的组织者，动机也越来越清晰：一是谋财，二是试验药物。

人们先后离开。

秦向阳望着那些背影，凝神沉思：通过赌局，组织了大量患者，不断试验，不断修正，试图攻克癌症——这个疯狂的家伙，到底是谁呢？

章猛再次被带进审讯室。

被关了几天，他那股浑不吝的气势有所收敛。

"这次，咱们聊聊那些中药，也就是上次你所说的安慰剂。"秦向阳开门见山。

"就是安慰剂，公司所有客户都知道！"章猛神色坦然。

"看来你真不在乎眼前的机会？"

"机会？"章猛斜眼望着秦向阳，"领导，我认为自己干慈善，你说我组织生死赌局。是慈善还是赌局？性质上，还不是你们说了算？"

章猛话里话外，还是往赌局上扯，这显然是在逃避。

秦向阳哪儿能不懂。他点上烟，直指核心："你们赌局背后其实是个大型试验场。"

听到"试验场"三个字，章猛愣住了。

"你们拿给病人的中药，表面说是安慰剂，实则能致人发烧。五年来，你们笼络了多少病人？上千？有多少人，就有多少场试验！试图通过这种肮脏的试验，攻克癌症？万一有成批病例被治好，是不是再通过药厂，转化成庞大的经济效益？章猛，你野心不小啊！"

"我……我哪儿有那本事！那就是安慰剂！"章猛吞吞吐吐，显得极不自然。

"我知道你没那本事！你真打算替别人硬扛？"秦向阳的声音像冰块，"告诉你，这事，你扛不住！你这条命，不够！"

"我……"

"现在知道怕了？"

"我什么也不知道！"章猛咬牙道，"你找章烈吧！"

"章烈飞不了！"秦向阳道，"你先考虑自己吧！你所知道的每个字，都可能救你的命！"

章猛沉默了半天，抬头道："能给我根烟吗？"

"忍着！"说完，秦向阳又点了一根。

"操！"章猛暗骂一声，心里打定了主意，往椅背上一靠，大声说，"老子什么也不知道！"

秦向阳又耗了十分钟，对方再也不吭气了。

对此，他有心理准备。

他认为，章猛一定知道内情，即使不是全部。

可章猛为什么拒不交代呢？他分析，这里头除了利益因素，起码还有两条：要么章猛和组织者关系特殊，要么组织者身份特殊。

关于组织者的身份，任何推断都没有意义，但对方一定有几个明显的特征：有野心、有深厚的经济基础，对传统医学极为精通，而且跟章猛兄弟有很深的关系。

可是在滨海市，符合这几个特征的人，就算不会太多，查起来也绝不会太容易。

审讯结束后，秦向阳抽空去了趟医院。

他很郁闷。

看望过母亲后，他蹲在门诊楼门口抽起烟来。韩枫默默地坐在一旁。

过了一会儿，李文璧找过来，在他身边坐下。

"怎么样？试验场的组织者，有眉目吗？"李文璧问。

秦向阳摇头。

"章猛什么也不说？"

"他嘴硬得很！"韩枫说。

"哼！沈傲说得对，他一定会替别人死扛的！"李文璧道。

"又是沈傲？他看问题似乎很准！"韩枫诧异。

李文璧点头。

秦向阳心里的感觉，跟韩枫一样。

但他叮嘱李文璧："以后少打听案情，更别对外宣扬！现在是侦查阶段！"

"哪有宣扬？"李文璧不服气，"也就跟沈傲讨论一下！没有我们，案子能走到今天这一步吗？"

说完，她气呼呼地上楼。

"你的妞很有个性！"韩枫笑了。

秦向阳没言语，他正盯着一个人发愣。

不远处，一个女孩笑着朝他走来。

那女孩面貌姣好，一头秀发染成了绚丽的酒红色。

"秦向阳？"女孩走到近前，热情地跟他打招呼。

秦向阳认出来了，来人叫孔雯，是他高中时的同班同学。

高中毕业十来年了，秦向阳只在两年前的同学聚会上，见过孔雯一面。这个姑娘变化很大，中学时很不起眼，现在摩登时尚，魅力十足。

两人寒暄后，秦向阳才知道，孔雯就在这家医院CT室工作。

说到CT室，秦向阳忽然想起个人来，便问孔雯："你认识魏芸丽吗？"

"她是我们科室的副主任，怎么了？"孔雯好奇地问。

秦向阳找了个借口应付。他只是条件反射，突然想到了魏芸丽。他记得那个女人的眼神很有穿透力，因为她的孩子晨晨被邓利群的车门撞伤，她还一度认为秦向阳是帮邓利群平事的。

孔雯得知秦向阳母亲重病，就住在这家医院，言语之中很是关切。她主动跟秦向阳要了电话，这才离开。

想到邓利群和魏芸丽，秦向阳又想到了404案。

不知道江海潮那边对犯罪嫌疑人的画像整理得如何了。想到这儿，他轻轻叹了口气，心里面自嘲道，你既然已被调离专案组，又何必为它费心呢？即使调离只是表面上的，那也可以把它当真，远离一些是非。

他跟江海潮有过几次接触，即使无法研读对方的内心，也能感受到江海潮对破案的迫切。那种迫切近乎偏执，令他很不舒服。

只是，真的能远离404案吗？

他把烟头远远地丢到垃圾桶边。一阵风吹过，又把烟头吹到他脚下。

坐在医院的台阶上，观察周围的人，解读每个人的表情、职业，对秦向阳来说，这是难得的放松机会，也是他的兴趣所在。

韩枫坐在旁边。他似乎对周围的人没兴趣，注意力全在眼前的男人身上。他是个有心的年轻人，时时研读自己的队长，试图学到更多东西。

过了一会儿，秦向阳电话响了，是卢占山打来的。

对方在电话里说："秦队长，我想反映点情况。"

# |第十七章 嫌疑人|

给秦向阳打电话前，卢占山犹豫了很久。

起初，关于那批中药，当秦向阳问他"有没有听过或见过，这样的人和事"，他坚称不知道。实际上，他和卢平安第一个就想到了曾扶生。之后他又去老地方茶社试探，那几乎打消了他对曾扶生的怀疑。可是，谁知道曾扶生有没有演戏？

因为卢平安的举报，秦向阳背了个不大不小的黑锅，卢占山对此心有愧疚。情感上，他想尽己所能，对秦向阳提供帮助。情感深处，则是他和曾扶生由来已久的芥蒂。这些年来，曾扶生带给他的不愉快实在太多，他完全没必要顾及所谓的师兄弟情谊去维护对方。

他们约在医院附近的咖啡馆见面。

卢占山赶到后，要了一杯水，他喝不惯咖啡。

"从哪里说起呢？"卢占山斟酌片刻，从五十多年前开始把他和曾扶生的往事述说了一遍。

秦向阳默默地听完，把几个关键点牢牢记在脑子里。

他表面很平静，心里却很惊讶：曾扶生，扶生集团老板，他不就符合那几个特征吗？有野心、有深厚的经济基础、对传统医学极为精通。至于他跟章猛兄弟有没有深厚的关系，这点有待调查。

卢占山讲完后，慢慢地把一杯水喝完，等待秦向阳发问。

秦向阳说："五十多年前，你和曾扶生先后被老中医李正途收养，学习医术。后来你们分开，直到2001年春，曾扶生回到滨海做起了保健品生意，你们之间便频起纠葛。"

他一边说，一边梳理思路。事实上，卢占山只是个赋闲在家的中医，普普通通，曾扶生却是市重点企业的老板，这二位竟素有瓜葛，这是秦向阳怎么也想不到的。本来，他只是因为曾纬的死，才知道曾扶生这个人。现在看来，他不能再简单地把曾扶生当成受害者家属了。

"2012年春，医馆先被举报，而后失火，损失近百万，还烧死了一个叫陶定国的病人，你怀疑是曾扶生所为？有证据吗？"

卢占山摇头，语气却很坚定："当时我找卫生局的朋友打听举报者，一无所获。他有十足的动机，只是吃准了我查不到！"

"为什么一无所获？"

"卫生局的朋友说是匿名信举报，而非电话。"

"匿名信？"秦向阳略一沉思，又问，"陶定国临死前，有没有说过什么？"

"我赶过去时，他已经死了！卢平安比我先到，也没能和他说上话。"卢占山深深地叹了口气，"老陶是个可怜人！打仗废了一条腿，没享过什么福，还落得那个下场！我心里……"

"起火原因呢？有没有查证？"

"又不是刑事案，谁查啊？"卢占山一脸无奈，"倒是有电工说，极可能是线路老化所致。我不信！"

秦向阳明白对方的感受，他也叹了口气，道："2012年以前，他就多次找你讨要古方，甚至高价求购，都被你拒绝了。你既然了解他的品行，就该有所防范才对！"

"怎么防？"卢占山面露委屈，"医馆被烧后，我去其他药店坐诊，照样有小混混前去捣乱，阻碍患者求医。报警也没多大用处！"

秦向阳报以理解的眼神。

"再后来，我老伴儿被绑架，因惊吓致使旧症复发，死在烂尾楼。警方立了案，还不是什么也查不到？"卢占山长叹。

"那个现场很干净？"

卢占山点头。

秦向阳深呼吸。他没再多问，他了解对方的无奈。在那种情况下，即使卢占山向警方坦诚他对曾扶生的怀疑，也没任何用处。这不单是没有证据的问题，还涉及人身诽谤。

"师父临终给我的那个黄布包，多年来他一直念念不忘，对我百般胁迫。我始终不承认有秘传古方。他一心沉迷治大病的秘方，又四处求购，妄想添加到他的保健品里边，去欺骗世人！唉！可悲！中医，就是被曾扶生这种人玩坏的！"卢占山握着水杯，手不停地抖动，他真是被气坏了。

说到那个黄布包，秦向阳也难免好奇："李正途真的没复原《不言方》？"

卢占山沉默了半天，看起来有些疲惫。

秦向阳看出来对方的为难，便道："不想说就算了。"

卢占山站起来，走到窗前凝望远处，嘴唇翕动，不知在念叨什么。

"别多心，我对那玩意儿不感兴趣！"秦向阳笑道。

卢占山用力做了个扩胸的动作，像是下了什么决心，突然转身对秦向阳道："师父复原了《不言方》，但只是残本，而且的确传给了我！"

"嗯？"

秦向阳对这个话题产生了兴趣，刹那间，他有些理解曾扶生了。同为李正途的徒弟，卢占山拿到了残本《不言方》，而曾扶生什么也没得到。

他懂曾扶生的心理——在卢占山手里，残本《不言方》没多大用处，而曾扶生却截然不同，能把它转化成巨大的经济效益。可是曾扶生求又求不到，买也买不来，长此以往，自然就对卢占山心生怨恨了。

"我知道你在想什么！你在琢磨曾扶生的心理状态吧？"卢占山肃然道，"实际上，曾扶生2001年做保健品生意之初，就有'将治大病的秘方跟保健品融合'的想法，也就是生意的最大卖点，为此，他曾多方打听求购所谓的秘方。我手里有无古方，跟他那个想法没任何关系。更重要的是，多年来我一直三缄其口，从未向他承认过我手里有古方这回事。"

秦向阳笑了笑，说："这就是人心。你越是不承认，他越是觉得你有。退一万步，就算你手里没那批方子，怕是也改变不了他的看法了！"

卢占山点头。

"残本所记载的方子，有用吗？"秦向阳又问。

"那是一批针对厥阴证的偏方，在正经医书上从未见过。偏方中还提到了三味极稀缺的药材，记载了对其品质的鉴定及应用之法。此前我一直不以为意，直到三年前，我检查出肝癌……"

"你患过肝癌？"

卢占山面色红润，身体强壮，秦向阳怎么也无法把眼前这人跟肝癌联系到一块。

卢占山点头，道："俗话说医者不自医。当时我也是抱着试试看的态度，找出一个较为适当的古方，对其改良……没想到，却治好了我的病！"

"这么神奇？"秦向阳不懂厥阴证，也不想多问。

卢占山摇头，道："其实是巧合，如果你想听真话。"

"可是，后来你又治好了另外七名癌症病人，而且，他们都是在市人民医院检查出的病症，不可能存在误诊。"秦向阳逼问道。

"只能说，药方有一定作用。再就是古方记载的那三味药材……"

听闻卢占山提到药材，秦向阳既好奇，又头疼。

"根本上，取决于患者自身的身体素质。那批人之中，最大的不过四十五岁。说起来，我算最大的！"卢占山自嘲地笑了笑，继续道，"也跟他们的病症被发现得及时有莫大关系！当时他们的病症，西医也能治好！倘若真到了晚期……"卢占山没再说下去。

这治癌一事，卢占山这里说得风轻云淡，而坊间传闻却是玄之又玄。

秦向阳知道对方肯定有所保留，便问："那三种稀缺药材，又是怎么回事？"

卢占山犹豫了很久，面露难色："若是当着中医的面，那件事我断然不讲。那几味药的可能疗效，极易被同行视作笑话！"

"笑话？"秦向阳正色道，"既然提到了，何必藏着掖着？"

"话好讲，之后你怎么想，可就很难说了！"卢占山搓着双手，说，"你知道吗？我经手的癌症患者，包括我本人，在治疗过程中，也都发过高烧！"

"什么？"秦向阳愣在当场，瞳孔不经意地收缩了一下。

卢占山早料到对方有此反应，补充道："我手里的古方是针对厥阴之证的偏方，跟你查获的药方，截然不同。其中用药最多的一个方子，只有区区九味药材！"

"那为何病人都有发烧症状？"秦向阳急问。

"我也琢磨了很久，一直不明所以！"卢占山缓缓道来，"而且我所说的高烧，完全在可控范围。我的患者之中，体表温度最高的一个仅有39.5℃！"

听卢占山这么说，秦向阳对卢占山的残本古方，不由得起了好奇之心，毕竟他母亲正在经受癌症折磨。

卢占山迎着秦向阳好奇的眼神，继续解释："我想，事情的关键就在那三种极稀缺的药材上！为什么？很简单，医理上来说，那批古方对应的只是厥阴之证。能治好癌症？连我都不信！但是，包括我在内的八名癌症患者，治疗时却都有过为期不短的发烧症状，后来又自行退烧！我一度怀疑，真正起作用的还是发烧。"

"可是最高才39.5℃！你上次讲了，那个温度根本不可能杀死癌细胞！"

"没错，这里有个矛盾！非要解释的话，恐怕只有一种可能！"

"什么？"

"癌细胞对古方里提到的那三种稀缺药材，极其敏感！那三味药，尤其能大大提高癌细胞对温度的敏感性！比如在实验室环境里，45℃的高温，能杀死所有癌细胞。但是那几味药材，进一步提高了癌细胞对温度的感知能力，使其对低温的感知犹如高温。如此一来，39℃的环境，便对癌细胞有了杀伤力。"

"这么精确？"

"只是一个比方！"

有这么奇妙的药材？能提高癌细胞对温度的感知力，从而使癌细胞在低温环境下，仍然遭到杀伤？秦向阳连连惊叹，心里却极为怀疑。

"这像不像一个笑话？"卢占山苦笑。

"如果能得到足够多的临床证明，那是天大的好事！"秦向阳说了真心话。

"难！"卢占山说，"一、那是师父凭记忆复原的内容，谁也无法保证它的精确程度。二、我说过了，我治好的癌症患者都处于症状前中期，而且体质相对不错，那是种种巧合积累的结果。三、现在的医疗环境，怎么促成足够多的临床试验？我免费把方子交给医院？那得不到任何重视！收费？会被视为骗子！不交给医院，交给个人？哪有合适的人选？对方又如何保证拿它治病救人？四、中医之道，千变万化，不同的患者症状不同，不同的医生手法有异！若是药方治死了人，那个责任谁来负？找到我头上来吗？"

"何不交给政府？"

"政府？听起来靠谱！但我只想遵循师父遗愿，潜心研究，把其中合理的内容确定下来，不用的方子剔除掉，再传给下一代！至于我百年之后，卢平安哥俩要不要上交，就是他们的事了！"

秦向阳"啧"了一声，深觉卢占山所言有理。他想不到，涉及方子和药材，会牵扯到那么多是非可能。

不过，他很快掉转思路，把这件事跟案情联系起来。他暗想：试验场的幕后黑手，会不会是卢占山呢？对方的古方和稀缺药材，也能致使癌症患者发烧。同时卢占山有提到，现在的医疗环境难以促成足够多的临床试验，而试验场的存在，恰恰提供了足够多的免费试验体。

可是细想之下，他又觉得不可能。卢占山的古方，最多才九味药，而且致人发烧的是那三种不知名的药物，高烧范围也能控制。他何必重起炉灶，弄出一套所谓的大药方来？

"你是不是在想，我跟你查获的药物有所关联？"卢占山看透了对方的心思。

秦向阳摇头。

卢占山没来由地一笑，道："开始我就挑明了，'话好讲，之后你怎么想，可就很难说了'！"

"我只是好奇那三味药材！"秦向阳道。

卢占山沉吟片刻，把手一挥，好像下了决心，要撇清自己跟案子的关系。

"我只透露一点，就稀缺度来讲，那三味药当中，稀缺程度最低的是肉灵芝！"

"肉灵芝？"秦向阳半张着嘴，想不起在哪儿听过这个词。

"就是太岁！"卢占山笑道。

"太岁？"秦向阳顾不得惊讶，干脆点上烟，把半张着的嘴堵住了。

"太岁非植物，非动物，非菌类，是进化史上的异类，极其稀有，药用价值不可估量。人类对太岁的研究和了解，还非常初级。鉴定起来，其品质也有良莠之分。"

"太岁能改变癌细胞对温度的敏感性？"秦向阳深觉不可思议。

卢占山没有正面回答，反问道："正常体细胞何以突变为癌细胞，从身体守卫军异变为邪恶的破坏者？人体环境就能导致细胞本质变异，药物为何不能改变癌细胞的敏感性？"

"这……"秦向阳哑然。

"不管中药西药，所有的药物要起作用，无非是通过药物最本质的化学成分，与病变细胞的化学成分发生反应，那个过程可能会激活或毁灭某个机制，还可能提高或降低某些特性，如此而已！"

"对！"秦向阳认可卢占山话里的逻辑，眨着眼问，"那另外两味药物呢？"

卢占山果断摇头，示意不必多问。

秦向阳面带失望之色。

他突然想到了韩茂森所言，心中有所感悟，便道："你的方子和药物跟我查获的方子和药物，治病机理初看相似，实则截然相反！"

"哦？"

"那个大方子里有两剂激素类药物，被你特意标注出来，还记得吗？"

"是的！我一时没搞懂它们的用处！"卢占山点头道。

"我找过市中医院的韩茂森。"

"你找他了？"卢占山双眼登时一亮，忙问，"他怎么说？"

"他说，那是人工合成的新药，进口货，价格不菲，除了其本身对应的适应证，它们还有潜在功效。简言之，它们能提高体细胞对温度的耐受力！"

"提高体细胞对温度的耐受力？"卢占山念叨了一遍，即道，"那个大方给免疫系统集聚能量，引发自然高烧。而激素类药物提高人体对高温的耐受性，让人尽可能地承受高温，以期杀死癌细胞？"

"正是！而你的方子和药物则反其道行之，从人体内部提高癌细胞对温度的敏感性，从而确保更低的温度环境下，对癌细胞造成杀伤力！"

"一个是提高体细胞对温度的耐受性，一个是提高癌细胞对温度的敏感性！一正一反，一内一外，有意思！"卢占山微闭双眼，细细琢磨起来。

"我明白了！"秦向阳思维跳跃着，把话题引向了实质，"你为什么不跟曾扶生说实话？正因你又治愈了那七名患者，更让曾扶生坚信，你的古方专治癌症。"

"我不想给他！他的终极目的是……唉！先不说方子和药材，达不到他所期望的功效！"卢占山的思考被打断，不得不回应，"他若得到，只会欺世盗名，夸大作用，欺骗广大消费者！你可曾想过，在我拒不承认有古方的前提下，他背地里对我做过那么多试探，乃至伤害，倘若我说了实话，却不给他，他背地里又会做出什么可怕的事来？"

细想之下，秦向阳明白了卢占山的苦心。他对曾扶生隐瞒实情，既是保护自己，又不希望曾扶生越滑越远，做出危害大众、更为过分之事。

他叹了口气，道："问题是，曾扶生从不曾放弃他的想法！"

"是的！他执心太重！"卢占山道，"就在前几天，他还曾拿谢饕饕再次威胁我……"说着，他把老地方茶社发生的事，都说了出来。

"曾扶生拿谢饕餮威胁你？"

秦向阳浑身一震。谢饕餮被曾扶生私自控制，这事警方都知道。曾扶生给出的理由是，作为被害人家属，他急于查实杀害曾纬的凶手，不想再麻烦政法委书记孙登。这个理由虽有些牵强，但说得过去。关键是他搬出了孙登作为托词，让人无力质疑。

"是的！"卢占山正色道，"曾扶生当时的逻辑是，就算卢平安没杀人又能怎样？人证要是失踪，法庭仅靠物证，尽管不足以判卢平安死刑，但也绝不会轻易判他无罪；就算卢平安杀了人又能怎样？人证要是失踪，法庭仅靠物证，同样不足以判卢平安死刑，当然也绝不会轻易判他无罪——在此基础上，他拿谢饕餮威胁我，让我交出古方。要不是杀人现场还有另外两位目击者……我恐怕早已……你一定想不到，多年以来，他真正的野心是针对癌症的广谱疗法。"

"什么？针对癌症的广谱疗法？曾扶生？"起初听到卢占山说起往事，他只是敏感地意识到，曾扶生身上有那几个重要特征。未料想，卢占山此时突然甩给他一个大礼包——曾扶生具备完美的动机。

秦向阳使劲晃头。此刻他的脑子好比一件化学容器，他得使劲摇晃，才能让接收的信息完全沉淀。

巨大利益诱惑之下，曾扶生痴迷癌症广谱疗法；卢占山身怀古方奇药，曾扶生觊觎已久而不得；曾纬和樊琳被杀，卢平安被栽赃；曾扶生拿谢饕餮威胁卢占山交出古方，换取卢平安——这四点，不正是一个逻辑链吗？瞬间，秦向阳脑海里刮起了逻辑风暴。

他心里跳出来一个极为大胆的想法：404案的凶手，会不会跟曾扶生有直接关联？曾扶生有买凶杀人的动机，杀手行凶之后，再嫁祸给卢平安。事后，曾扶生再抛出关键证人，胁迫卢占山就范，交出古方奇药。若不是警方及时抓到了侯三和林小宝，卢占山岂不是非把残本《不言方》交出去不可？

紧接着，他意识到了极不合理之处。

是这个计划太黑暗，还是自己的想法太黑暗？

实现这个逻辑链最为关键的一点，是要保证有一位现场目击者，也就是谢饕餮的存在。若案子真跟曾扶生有关，那么他该如何保证案发时，恰好有人躲进了现场衣柜里？

秦向阳指尖一抖，在指缝中轮转的打火机掉到了地上。

他心中惊道：难道谢饕餮是曾扶生提前布置的一枚棋子？案发当天，谢饕餮并非误入案发现场，而是下棋者把那枚棋子放到了那里？

这么一想，那个逻辑顿时更为顺畅。可是，被害人明明包括曾纬，说曾扶生买凶杀人，逻辑完整，可他怎会杀死自己的儿子呢？

这不是天大的矛盾吗？

不！这个矛盾是可以解释的。

案发当日，樊琳约的是邓利群，只是因为发生了一连串意外，邓利群的车门撞倒了魏芸丽的孩子晨晨，导致其未能赴约，随后樊琳才约曾纬上门。如果曾扶生设计杀人以嫁祸卢平安，那他无论如何，也计算不到那一连串的意外。

可是，还有一处矛盾。如果谢饕餮是曾扶生预设的棋子，那么当曾扶生拿谢饕餮的证词胁迫卢占山时，一旦威胁成功，证明卢平安无罪，不就意味着曾扶生出卖了自己所雇用的杀手吗？如此一来，岂非等于曾扶生出卖了自己？

怎么会这样？秦向阳的思路被迫中断。

他按下念头，问卢占山："还有谁知道此事？"他指的是曾扶生对癌症广谱疗法的痴迷。

卢占山摇头。

"他为什么偏要告诉你呢？"秦向阳自问自答，"他一直为了古方，跟你纠缠，甚至愿出高价。若是不把原因挑明了，似乎说不过去。"

"没错！就算他不挑明，也瞒不过我！"卢占山道，"因此，上次你问我那个问题，我第一个就想到了他。"

"你怀疑曾扶生是试验场的幕后操纵者？"

秦向阳忍不住对卢占山提及了"试验场"，并简要做了解释，同时心中盘算，以现有的条件推断，试验场的组织者，如果是曾扶生，那么试验场案跟404

案，就不可避免地联系到一起了，尽管其中牵连的逻辑，还有难以解释的节点。

"居然涉及一千多名癌症患者？"卢占山深觉不可思议。

他好半天才收敛了心神，说："是的，我怀疑他！你第一次询问我时，我顾念师兄弟情谊，并未言明。事后我找到了他，谈起那批药物，你猜怎么着？"

秦向阳沉默。他不了解曾扶生，难以判断对方的反应。

"他居然毫不隐瞒对它的兴趣，叫我复述药方的成分。"卢占山有些茫然，"看他当时痴迷的样子，我实在无法分辨他的真实心态了，这才找到你。"

"你提供的情况很有价值！"秦向阳诚恳致谢。

卢占山摆摆手，说："你怎么看曾扶生？"

秦向阳笑笑，说："我们以证据说话。"

卢占山点头，道："我只有一个请求，如果你们查实他没有问题，还请头一个让我知道。"

秦向阳答应下来。

卢占山走后，秦向阳和韩枫离开咖啡馆。

来到外面，他们立刻点上了烟。

韩枫望着卢占山背影说："这个老头，到底什么意思？"

秦向阳把玩着打火机，没言语。

韩枫忍不住道："这是天大的好消息。可是，我怎么就觉得，这不是提供线索，更像指向性明确的告发！毕竟，卢占山和曾扶生之间嫌隙由来已久！"

秦向阳没接话茬，忽然问："你觉得，卢占山的话有几成是真的？"

"你怀疑卢老头说谎了？"韩枫很惊讶。

"不确定。不管他说了什么，我们都要分辨。"

韩枫的看法是，至少卢占山个人遭遇部分是真的，不管医馆被举报还是被烧，抑或是他又到别处坐诊，遭到小混混骚扰，以及他的妻子因绑架病发致死，都不难调查。

秦向阳点头，道："那黄布包呢？"

"黄布包？复原的《不言方》残本？"韩枫疑惑道，"对卢占山来说，那是个秘密。否则，他面对曾扶生时，绝不至于矢口否认。我只是觉得奇怪，他为什么把一个保守了半生的秘密，轻而易举就告诉我们？"

韩枫这番议论，颇在点上。秦向阳笑了，投给他鼓励的眼神。

"天知道有没有那回事！李正途早没了，上哪儿查去！"韩枫振奋精神，道，"无非就两个可能嘛。他有，或者没有。要是后者，那他今天就说谎了。那么问题来了，他为何说谎呢？"

韩枫卡壳了。

那只是个假设。秦向阳暗想，如果卢占山撒谎了，故意抛出不存在的古方，效果上，也只能是把曾扶生求购古方的行为，衬托得更为合理。不过，这似乎没那么重要。重要的是，卢占山成功地把曾扶生丢给了警方。

曾扶生？这不是个简单的人物。他有巨大的财力，还是人大代表。倘若试验场的组织者真是他，404案也是他设计的，那么案子将变得非常棘手。若是拿不到铁证，想动曾扶生，根本不可能。

秦向阳一边想，一边蹲了下去。

曾扶生有没有动机？显然有。

多年来，他致力于癌症的广谱疗法，数次向卢占山讨要、收买古方而不得。这次，更是以身犯险，私自扣押谢饕餮这个关键证人去威胁卢占山。这个威胁事关卢平安生死，可谓志在必得。毕竟，在警方没掌握侯三和林小宝这条线之前，谢饕餮是唯一能给卢平安洗脱冤屈的人。

他的思路又跳跃到404案。想到案件被害人，他意识到一个情况：案发到现在，包括江海潮在内，没有任何人对另一名被害人，也就是樊琳，有足够的关注，这似乎很不应该⋯⋯

第二天，他再次审问曹节，试图了解忘川公司的资金流动情况。如果资金流和曾扶生产生关系，那就很说明问题了。

他本想去找忘川公司的会计徐婕，细想之后他断定，那个姑娘肯定一无所知。

公司的资金流动详情，曹节也不清楚。

他早就提供了一个情况：赌局所有投注都是通过章猛的微信群完成。另外他告诉秦向阳，公司所有的财务支出、工作人员工资、补助等，都是现金。

秦向阳从物证室拿到章猛的私人手机，查到了其微信的关联银行账号。经查证，那是章猛的私人账号，跟公司无关。

五年来，赌池的绝大部分资金都进入了那个账号。从明细上看，有个规律，每次账面资金超过一百万时，章猛就把钱取出来。从时间上看，账户上最后一次取钱，就在章猛兄弟逃离前一天。

这就是说，章猛兄弟手里，积聚着大量现金。问题是，那些现金去哪儿了？

搞清楚这件事，这个案子就破了。问题是，秦向阳知道章猛绝不会开口。这个线索，被迫搁置。

接下来，他要当面会一会曾扶生。

打草惊蛇。

曾扶生是不是"蛇"，他并不确定。如今的局面，他就是要"打草"，哪怕草丛里没有蛇。

他约了曾扶生。对方叫他去老地方茶社。

秦向阳到得早，被服务员引进曾老板的专属房间。

房间陈设古色古香。秦向阳四处看了看，目光定格在那套茶具上。

茶具清洗得一尘不染，秦向阳看不出它潜在的价值，但能断定，那套茶具已经被用了很久。看来，曾扶生倒是个念旧之人。只是，从某个角度说，念旧也代表执着。

大约二十分钟后，曾扶生来了。

"秦队长大驾光临，有失远迎，实在不好意思！"曾扶生面上很热情。送谢饕餮去市局时，他跟秦向阳打过照面，在经商多年的习惯之下，早把对方的基本信息牢牢记在了心里。

秦向阳跟对方握了握手，随后相向而坐。

曾扶生熟练地泡好茶，拿出烟敬上。

秦向阳摆手推辞。这不是他客气，而是他不想破坏现场气氛。他一上来就陪曾扶生抽烟，这没有合法问讯的味道，更像朋友之间的闲聊。

曾扶生自顾自点上，拿起抹布擦拭茶盘，动作有条不紊，但就是不说话。

秦向阳知道对方等他发问，便道："曾老板，有人反映，多年来你醉心于癌症广谱疗法研究？"

曾扶生微微一愣，变被动为主动："谁这么惦记我？卢占山吧？"

"你们是同门？"秦向阳不想隐瞒，用反问的语气作答。

曾扶生点头，道："研究谈不上，那是中外诸多大机构的业务范围，我可没那个条件，只能说，我对癌症广谱疗法颇感兴趣！"

秦向阳抱臂前倾，态度谨慎。

曾扶生靠向椅背，跟秦向阳拉开距离，叹道："我那位师兄，对我素来误会颇多！"

"为什么？"

曾扶生起身倒茶，双手递给对方，低头轻轻吹了吹自己的茶杯，笑道："还不是怕我惦记师父留下的古方奇药。"

"古方奇药？"

"我们的师父，也就是我大姨夫，叫李正途，是一位德高望重的老中医，临终留给他一本复原出来的古籍，难道他没告诉你？"

"你怎么知道的？"秦向阳不答反问。

"三年前，加上他自己的肝癌，他总共治好过八例癌症！"曾扶生毫不掩饰自己的态度，"除非他拿到了师父的古方，否则他卢占山没那个本事！他的医术到什么水平，没人比我更清楚！"

"有道理！"秦向阳附和道。

"可他死不承认！呵呵！"曾扶生大发感慨，"其实不承认也没什么！可是，他把自己生意、生活上一连串的变故都赖到我身上，就是小人之心了！"

"他死不承认？"此时，秦向阳心念一动，暗想：卢占山面对我和韩枫时，反倒不再保守秘密，坦然承认手里有古方。为什么如此痛快？卢占山就不担心我把秘密告诉曾扶生吗？莫非，他就是想借警察的口向曾扶生挑明真相以及他的难处，从而委婉奉劝曾扶生？

秦向阳斟酌片刻，突然拿定了主意，随后缓缓道："卢占山亲口对我承认，李正途给他留下的的确是复原后的《不言方》残卷！"

"哦？"曾扶生手腕微震，茶水差点洒出来。

"他只是担心，你打着古方名义卖保健品，夸大疗效，误导广大消费者。他说，那些方子达不到你期望的作用！"

"夸大疗效，误导消费者？"曾扶生重重地放下茶杯，大笑，"我要是那样做，扶生集团能有今天？"

秦向阳没回应，取出烟点上。

"罢了！"曾扶生长叹一声，连连摇头，"我这位师兄，骗了我半辈子！没意思！一点意思也没有！"

曾扶生说完，又拿起抹布擦拭茶几。他按着茶几的一个部位，不停地擦拭，他很用力，能看出来，他心里颇不平静。

秦向阳理解他的心情。卢占山一直对他否认古方的存在，却随随便便就告诉一个外人，还评价他道德低劣，欺骗消费者。

房间里安静下来。曾扶生擦了半天，把抹布远远丢到一边，并不掩饰自己的情绪。

曾扶生这些反应，秦向阳觉得很合理。

索性，他继续刺激对方："你对卢占山医术水平的定位，还是有道理的！实际上，三年前他治愈的那八例癌症，包括他自己，的确用到了《不言方》记载的古方奇药！"

"你怎么知道？"曾扶生两眼射出光来。

"他亲口告诉我的！"

"嘿嘿！果然不出我所料！"

"你可知他所用药方的治疗原理？"秦向阳探问。

曾扶生摇着头，说："无从判断！"

"让癌症患者发烧，从而破坏癌细胞！"面对曾扶生，秦向阳觉得这个话题很有趣。

"发烧？"曾扶生面露诧异之色，肃然道，"你忘了我也是老中医？理论上，那的确是治癌的一条途径，但是存在一个天然的矛盾。"

"你是说，高温在杀死癌细胞之前，患者本身早已无法承受？"

曾扶生重重地点头。

秦向阳摇着道："他反其道行之！"

"反其道行之？"曾扶生默念了几遍，一时琢磨不出其中之意。

"古方里记载有几味奇药，应用得当，能有效提高癌细胞对温度的敏感性，从而使患者体温在可控范围内，有效杀伤癌细胞！"说完，秦向阳静待对方的反应。

"提高癌细胞对温度的敏感性？"曾扶生倒吸一口凉气，站起来疾走了几步，又变成慢步，随后坐回去，突然惊叹道，"妙啊！癌细胞对温度的感知，本就比正常的体细胞敏感，若是再进一步提高，那患者就不必再冒高温的风险了！"

他连连赞叹，平时的稳重尽皆丢弃，一时有些手足无措。

秦向阳把一切看在眼里，对曾扶生的怀疑又加大了几分。

他轻快地吐出一口烟，切入正题："最近查到了一批中药，它的使用者都是放弃治疗的癌症患者。它的治疗原理，也是让病人发烧。只不过跟卢占山相反，它是通过某种激素，强行提高患者体细胞对高温的耐受性！我们怀疑，有人利用病人做试验，那批药则是试验品。目的嘛，自然是试验癌症的广谱疗法。"

"你怀疑我？"曾扶生拂袖而起，挑破了言语之间的窗户纸。

秦向阳也跟着站起来，并未解释。

曾扶生大声说："这事我知道，是卢占山亲自跑来说的！他那分明是试探我！我断定他不安好心！"

"你有嫌疑。"秦向阳说。

"何以见得？"曾扶生抱臂。

秦向阳毫不客气地说："做那件事，必备几个特征：有野心、有深厚的经济基础、对传统医学极为精通。一直以来，你都痴迷于癌症的广谱疗法，并觊觎卢占山的治癌古方！甚至还私自扣留谢饕餮，去威胁卢占山！"

"你……"曾扶生辩解道，"谢饕餮的事，我只是临时起意，借题发挥！"

"希望真是那样！"秦向阳语带讥讽。

"呵呵！至于另外几条特征，符合的人和机构多了去了！"曾扶生也不客气了，屈指用力敲着茶几，冷冷说道，"若是继续诽谤，休怪我曾某人不客气！"

"嫌疑而已，别激动。"秦向阳说完，起身告辞。

# |第十八章　灭口|

经过谢饕饕、侯三、林小宝三人的努力，江海潮终于得到了凶手的画像。

画像中的男人，肤色晦暗，鼻翼很宽，鼻梁有点扁，但是眼窝较深，视觉上又把鼻梁凸显了出来，给人的第一个感觉，不太像中国人，至少，不像汉族人。他方脸，左脸颊后侧靠近耳朵的位置，有道斜着的疤，一直延伸到颈部，长度约为三厘米。他本是穿着黑色连帽衫的，但是作为通缉令面部画像来说，没必要体现这个特征。

专案组早有定论，行动当日，凶手从北门出了小区后，右拐，进而不知所终。要么他找机会换了装，要么就是在小区和最近的路面监控之间，凶手有个落脚点。由于缺乏凶手体貌特征，之前对小区附近的走访和搜索，均未见成效。现在有了画像，新一轮的搜捕将重新开始。一夜之间，通缉令就遍布滨海的大街小巷。

江海潮命人重新检查监控，很快发现了新情况。

大魏豪庭门卫监控及小区内部监控显示，在案发前五天，也就是3月31日17：51，凶手曾到过小区，并进入过五号楼。他穿着件红色连帽衫，但没戴帽子，面部特征跟通缉令画像完全相符。

这个发现令江海潮极为兴奋，证明了侯三等人的画像是靠谱的。为此，江海潮把三名证人全放了，但是禁止他们离开滨海。出了公安局后，侯三第一时间搬家，远离那个是非之地。

监控显示，那人在小区逗留的时间，不超过五分钟，从小区北门进入，又从北门步行离开，转而右行。江海潮判断，那应是事前踩点，而且那个时间点是有选择的。下午六点左右，小区出入人流大，正是一天当中最热闹的时候。那个时候踩点，很难引起外人的注意。

这是个令人振奋的发现。凶手行动的终点是大魏豪庭，那起点呢？

江海潮立即调取道路监控。大魏豪庭北门外东西路段叫金华路，小区坐落在路段中间。以小区北门为坐标，向东大约一千米，向西大约七百米，各有一个十字路口，设有完备的路面监控。既然凶手离开小区后右行，那么金华路东段就是凶手来的方向。但谨慎起见，江海潮调取了东西两个方向十字路口的监控。

可是，东西两个方向的监控中，都没找到凶手的步行影像。显然，对方要么就近居住，要么有交通工具，还可能乘坐公交或出租车。

半天之后，凶手就近居住的可能性，被彻底排除。江海潮安排了三个派出所的警力，以大魏豪庭北门为坐标，把金华路向东一千米，向西七百米，这个封闭区域所有的住户、商户，大小酒店、宾馆，彻底排查了两遍，没有任何发现。

监控排查组的工作同时进行。他们预设了一个时间点，3月31日17：30。进而把17：30—17：50这个时段内，所有进入上述封闭区域的出租车先统计出来。

从经验上看，这个时段的设定是合理的。凶手于17：51由大魏豪庭北门进入小区，这是个坐标时间。他下了交通工具然后走到小区北门，也要花时间。警方前推了二十分钟，作为一个时间段，应该是很富余了，除非凶手离开交通工具之后，没有直接前往目的地。

统计结果非常具体：二十分钟时段内（大约六个红绿灯的时间），由金华路东段十字路口监控进入封闭区域的出租车，总共三十二辆，由西段十字路口监控进入封闭区域的出租车，总共二十九辆。江海潮进而以这六十一辆出租车为目标，展开调查。

除了一位车主跑长途去了外地，其他所有车主均被找到，但结果很不乐观。面对凶手的画像和监控影像截图，司机们大多表示没印象，少数语气含糊，说记不清了。江海潮理解，毕竟事情已过去两周，要想得到精确记忆，实在是强人所难。好在目标出租车都装有行车记录仪，这又点燃了江海潮的希望。

警方重新组织人手，甄别行车记录仪影像。结果又是一无所获。江海潮不死心，特意叮嘱陆涛，别放过跑长途的那辆出租车。

紧接着，电动车、单车、摩托车统统进入影像排查范围，这个难度很大，因为很多人骑这类交通工具时，习惯戴口罩。这项工作进行到当天晚上，同样没有收获。

所有交通工具，只剩私家车和公交车。现在多数公交车门口，也有摄像头，但乘客密集，排查难度极大。相比之下，那个时段的私家车目标数量太多，排查就更困难，短时间内难有作为。

一天一夜的排查过后，江海潮双手抱头，双腿伸直，疲惫地靠在办公椅上。

他很愤怒。

怎会这样？好不容易得到了凶手面部特征，还找到了踩点画面，怎么排查起来竟如此艰难！

放弃？不可能！

他洗了把冷水脸，重新聚焦思维，很快想到一件事。

不管凶手动机是什么，又如何踩点，行动时间才是最重要的。卢平安是4月4日12∶30左右离家前往高铁站的。随后，凶手于当日15∶52进入小区，潜入1102室行凶，随后嫁祸卢平安。这个过程，卢平安外出是最重要的契机。理由很简单，那次出差前，卢平安在家待了整整两个月。换言之，卢平安不出差，命案就不会发生。可是，凶手又是如何得知卢平安出差的时间点呢？

之前卢平安是本案重大嫌疑人，这个疑问本不存在。现在找到了真凶影像，这个问题就冒出来了。

细想之下，有两个可能：

一、凶手了解卢平安，知道对方不定期出差。案发前每天前往目标小区观察，以确认卢平安的出差时间。

这个可能被江海潮立即否认。监控证据极为明确，凶手只进行了一次踩点。

案发当天中午，卢平安和樊琳吵架后，提着行李箱，从小区北门乘坐出租车离开。大魏豪庭有南北两个出入口。即使凶手每天守在附近，也根本无法提前获知即时信息。退一步，假设凶手每天守在小区附近，只为等待卢平安出差的时机，这几乎是不可能的。

二、凶手有信息渠道。而掌握卢平安出差信息的，除了卢平安本人，就只有樊琳。

难道樊琳跟凶手有关联？看起来更不可能，樊琳是被害人，怎么可能私通凶手？要解释这一点，还有两个可能要么凶手掌握卢平安的手机订票信息；要么凶手对樊琳有所了解，以邓利群或者曾纬去跟樊琳约会，作为行动时间的依据。分析起来，这两种可能之中，后者更为靠谱。就是说，凶手暗中关注樊琳的约会者。那么，他更关注谁呢？邓利群，还是曾纬？应该是邓利群。因为曾纬去约会，源于邓利群遇到了意外而无法赴约。

想来想去，江海潮的关注点再次回到邓利群身上。他很快决定，再围绕邓利群为基点，排查监控。

江海潮得到凶手画像及踩点画面之后，市局副局长丁诚第一时间，把相关资料发给了秦向阳，并要求对方不能放松对404案的侦查。

尽管口头上，秦向阳没给予丁诚肯定的答复，他还是第一时间对资料进行了分析。

跟江海潮一样，他也想到了那个疑点：凶手是如何得知卢平安出差的时间点呢？罗列了几种可能之后，他的思维也在樊琳身上卡了壳。

凶手会不会通过樊琳获知相关信息？看起来，不可能！樊琳是被害人，怎么可能害自己？但是如果间接获取呢？秦向阳也想到了邓利群。

他知道，江海潮针对监控的排查，很快就会转移到邓利群身上。

除了邓利群，还有没有别的可能？

每个逻辑的卡壳，背后都意味着突破。

秦向阳叫韩枫把樊琳的所有资料整理好。在等待的间隙，他意识到，关于樊琳他之前一定忽略了什么。

很快，他想到了樊琳的手机。在此前的调查当中，他调阅过樊琳的通话记录，但当时他仅关注案发前，樊琳打给邓利群和曾纬的电话，并未考虑其他可能。念及此，他再次找到那份通话记录的备份，细细浏览。

案发前一天，也就是4月3日晚间，樊琳有过两次通话。秦向阳很快查证了那两个电话对应的号码归属地，一个在滨海市下辖的清河县，也就是樊琳的老家，一个在滨海当地。经技术人员核实，清河县的电话号码为樊琳姐姐樊青梅所有。秦向阳立刻联络清河城郊派出所，派出片警找到樊青梅了解情况。

樊青梅说，樊琳打那个电话，为的是清明节上坟一事，并未提及卢平安出差的情况。跟往年一样，她要是不回家祭祀，就提前电话通知。

另一个电话，是樊琳的大学同学打的。那人叫周淼，跟樊琳关系不错，毕业后三年一直有联系。秦向阳又安排相关派出所的人找到周淼。

周淼说，她预产期临近，知道樊琳在不少医院都有熟人，就委托对方从中帮忙，给她省点钱。樊琳当时一口答应了，但是也没提卢平安要出差的事宜。

秦向阳把周淼的联系方式记在备忘录上。他想找时间亲自跟周淼谈谈，挖一挖樊琳的过去。

电话没问题，他又想到了微信。可是，樊琳的手机已经移交给市局物证室，明面儿上，他已经不属于专案组了，不便再接触物证，除非直接找丁诚。

他不想找丁诚，想来想去，给苏曼宁打了个电话。

苏曼宁对他背着处分一事一无所知，问他为何不自己去。

他找了个理由搪塞过去。苏曼宁嘴上说着不干，半小时后就把樊琳的微信聊天记录，发到了他的电脑上。

谢过苏曼宁，他把注意力转移到电脑上。

这一次，他很快发现了异常。

樊琳的好友中，有个人叫"来日方长"，看性别是个女的。她们的对话中，提到了令秦向阳关注的信息。对话时间，是4月3日20：00—20：10。

樊琳问来日方长：亲爱的，明晚出来吃饭？

来日方长：你老公天天宅在家，你有空出来吃饭？

樊琳说：哈哈！他明天出差！

来日方长：哦？看把你高兴的，你肯定是憋坏了！

樊琳：嘻嘻！约不约？

来日方长：行！

樊琳：干脆叫你老公一块来吧！

来日方长：为什么？

樊琳：你不是说，你老公的公司做公益，每个月都消耗大量的中药吗？卢平安向来本分，他药店的货就很靠谱，我给你老公灌灌迷魂汤，叫他给我家药店也出出货！没毛病吧！

来日方长：你俩不是闹离婚吗？还帮卢平安出货？

樊琳：这不还没离吗？算我最后帮他一次！

来日方长：是帮你自己吧？上次的离婚协议，人家都不签字，嫌你提的条件太高。

樊琳：呸！我还嫌他不中用呢！

来日方长：……药的事，我不清楚，总之你别抱多大希望。

樊琳：怎么？这点忙不帮？算了，无所谓！

来日方长：好吧！明天见！

看完这段对话，秦向阳大惊。案子刚发生时，这段内容对警方来说并无多大意义，但是现在看来，意义就不同了。

从对话内容看，这个"来日方长"的老公，经营着一家涉及公益的公司，而且每个月都消耗大量的中药，难道……

他赶紧叫技术人员查证"来日方长"的真实身份。

结果很快出来了：那人叫邢爱娜，二十九岁，跟樊琳在同一家医药器材公司干销售。不出秦向阳所料，这个邢爱娜居然是章猛的老婆。

章猛？秦向阳顺着既有的逻辑想：这就对了！章猛是试验场案的关键人物，现在他又和404案联系上了。之所以如此，全部取决于试验场背后的组织者，章猛只是表面上独当一面的马仔！组织者的身份还神秘吗？不！一定是曾扶生！

他执着于对癌症广谱疗法的研究，以公益为幌子组织赌局，又以赌局为幌子，操纵试验场，这事已经五年有余。恰恰是三年前，卢占山先后治好了包括其本人在内的八名癌症患者，更让曾扶生见识到了古方奇药的威力，从而进一步激发了他获取古方奇药的决心。

如此一来，他苦心设计了这场杀局——曾扶生显然对樊琳和卢平安非常了解，他至少很清楚一点，卢平安一旦出差，樊琳便会迫不及待地约情人上门。照事实来说，章猛的老婆跟樊琳既是同事，又是闺密，有这层关系，曾扶生获取相关信息便不足为奇了。在此基础上，他雇用谢饕餮事先潜入卢平安家的卧室，充当杀人现场目击者，同时又派出杀手行凶（杀手是雇用的还是曾扶生直接委派的，尚无从判断），以达到嫁祸卢平安的目的！这样一来，卢平安在车站所收到的"你老婆在家偷情"的字条，也就有了合理的解释。当卢平安气急败坏地返回家中，便顺理成章被栽赃成杀人凶手——只不过这个看似完美的计划却遭逢意外，邓利群因故未能赴约，曾纬成为替补，结果却命丧当场。之后，曾扶生借机"控制"现场目击者谢饕餮，去胁迫卢占山交出古方奇药。照常理来说，曾扶生此举，势在必得！岂料，卢占山"偶遇"开锁师傅毕盛，使得侯三和林小宝暴露出来，导致谢饕餮失去了价值。由此，曾扶生功亏一篑，赔了曾纬又折兵！

秦向阳自认，这是一条完美的逻辑链，但还是有几处疑点：

一、早在三年前，曾扶生就见识了古方奇药的威力，为何直到三年后才实施这势在必得的计划？他就那么沉得住气？

二、杀手入室行凶，把握的时间点为何那么精准？难道他还有同伙，跟踪了邓利群？

三、生死赌局的勾当败露，章猛、章烈立马逃走一事，就证明赌局背后还有更为黑暗的牵连，只是刚抓住章猛时，没人意识到这一点。但是，曾扶生为何那么信任章猛？事实也证明，章猛的嘴的确很牢靠，关于幕后组织者，他未吐露半个字。他们之间究竟有什么特殊关系？还是说，章猛有把柄握在曾扶生手中？

逻辑完美，疑点重重，而证据呢？

零。

怎样才能揪出那个黑心商人？

章猛拒不交代，章烈外逃不见踪影，具有指向性的资金链不存在，杀手身份未知，人更是杳无音信——一切通往目的地的途径，似乎都被堵上了。

秦向阳叼着烟，凝神望向远处，纹丝不动。那支烟已燃到了尽头，烟灰却还保持整根烟的形状，一点也没有断裂，直到他心里慢慢涌出几个调查方向，吧嗒一声，烟灰散了。

连日来，栖凤分局的中队长李天峰，并未放弃对章烈的追捕。只是，对方在抓捕章猛的过程中，跳下高架桥，手机被淹，无法定位，此后不见踪影。

高架桥一带属于城东开发区，周边除了楼盘，还有一些待拆迁村庄。这些天，他携带章烈的照片，搜遍了开发区一带，还是毫无线索。唯一令人欣慰的是，他在河里找到了章猛的手机。那个手机涉及章猛的赌博会员群是重要证据，但是手机被泡坏了，能不能修复成功还是未知数。

这天正逢周末，天气阴沉，高架桥下的河边到处是钓鱼人。

午后，警方突然接到报警，有人在那条河边发现一具沉尸。接到消息，李天峰立即带人前往。

行车途中，他暗自思忖：死者难道是章烈？

他们赶到时，尸体已被派出所的人弄上河岸。

那具尸体身上找不到任何证件，全身上下高度腐烂，难以辨别样貌，一定是经过多日浸泡。法医吴鹏蹲在旁边，连连摇头，难以判断死亡时间。

他继续检查，发现尸体四肢上分别绑着沙袋。他戴上手套，随手抓起一个沙袋掂了掂。分量不轻，每个沙袋大概五公斤。

吴鹏判断，尸体沉在河底，而且其初始位置，应该离河岸较远，否则早该被人发现了。前些日子，清明时节阴雨较多，河水涌动，导致尸体发生了一定的移位，这才被一位钓鱼爱好者的鱼钩，钩到了衣服。

尸体被带回栖凤分局，做进一步检查。

得知消息，秦向阳深感意外，他匆匆穿上防护服，一头扎进解剖室，旁观验尸过程。

晚饭后结果出来了。死者有肠胃炎，但无任何中毒迹象，体表无外伤，致死原因为溺水。也就是说，有人通过外力在江水里淹死了这个无名氏，随后又绑缚沙袋，把尸体沉到江底。

尸体身上绑缚的沙袋是普通的健身沙袋，帆布料都很陈旧，单个重量刚好五公斤。沙袋表面的品牌标志早就磨损了，又经多日浸泡，无法查证其可能的来源。跟尸体表面一样，沙袋上也提取不到任何有用的指纹。

经过尸检，苏曼宁和吴鹏一致认为，无名氏的死亡时间，大概在十天前，也就是4月4日。但是尸体浸泡多日，他们无法给出更确切的时间。

4月4日，正是大魏豪庭入室凶杀案的案发日。难道两者有所关联？这个并不精确的时间点，引起众人无限遐想。

很快，令人惊喜的结果出来了。

死者身上本来有很多泥沙，解剖前要大致清洗，但是不能太彻底，以免破坏可能存在的证据。解剖完成，对尸体表面进一步清洗之后，吴鹏发现死者左脸颊后侧，靠近耳朵的位置一直延伸到颈部，有道斜着的疤，长度三厘米多一点。

秦向阳目睹了尸检过程。

吴鹏发现这点之后，秦向阳立刻想到了404案的凶手画像。

这个无名氏脸上的疤，不管是位置，还是长度（仅比画像长一点），都跟画像极为吻合。

难道眼前的无名氏，就是404案凶手？他被灭口了？

秦向阳几乎不敢相信。

死者面部肿胀难辨。他强忍心里的不安，要求吴鹏用设备扫描死者颅骨，做人像还原。同时指派苏曼宁出面，找来一位擅长面部还原的专家，进行协助。专家姓梁，在警察学院任教授。不出意外的话，二十四小时之内，就能掌握死者的本来面目。

第二天天一亮，江海潮的车旋风般驶进栖凤分局，同行的还有卧虎分局的队长霍大彪。

"听说你们发现了一具可疑尸体？"见到秦向阳后，江海潮急切地问。

"是的！浸泡了十天左右，腐烂严重，难以辨别。其左脸颊发现异常特征，跟404案凶手画像极为相似！"秦向阳汇报完，心里却十分纳闷，这件事他还没上报给市局，江海潮怎么来得这么快？

"太好了！面部还原什么时候出来？"江海潮语气兴奋。

秦向阳据实相告。

江海潮点点头，道："我从110指挥中心得到的消息。刚才正好路过你们分局，顺便过来看看。"

"巧了，我本打算做完面部还原再上报！"秦向阳微微一笑。

时近中午。江海潮看了看表，不由分说，拉着秦向阳就往外走。

"吃饭去！"霍大彪在后面推着秦向阳。

秦向阳机械地迈着步子，心里很无奈，却不好发作。

分局对面的有家饭庄，店面不大，菜肴还算地道。三人进去找了个包间落座。菜很快上好，霍大彪又点了几瓶饮料。

秦向阳暗自琢磨，看来江海潮是要赔罪，霍大彪呢，应该是和事佬。

果然，江海潮倒上两杯饮料，双手端起一杯递给秦向阳，然后举起自己的杯子，说："卢平安的事，是我错！叫你替我背处分，更是错上加错！办案期间不能饮酒，我以饮料代酒，向你道歉！"

霍大彪适时插言："领导那么安排，也是为大局着想！案子还没破，要是就把专案组组长给撤了，方方面面都不好看！我听江队说了，让你背那个处分，也就走个形式！秦队你大人大量，给个痛快话！"

"我很想说无所谓，但就是不适应！"秦向阳直爽地对江海潮说，"你搞什么疲劳审讯？至于吗？卢平安有先天性心脏病，万一弄出事来，没人背得了！"

"江队也是为了案子！"霍大彪继续打圆场。

"我错了！"江海潮干脆地说。

霍大彪说："话都说开了，翻篇翻篇！我看，咱干脆换酒吧？完事就在分局等结果，尸体的面部还原今晚能出来吧？"

"差不多！"秦向阳说。

"那来点啤酒吧！"江海潮提议了，秦向阳也无心推辞。

杯子里换上啤酒，桌上的气氛有模有样了。

江海潮对秦向阳说："秦队，案子的事，你还得多操心啊！"

秦向阳笑道："有霍队帮你，你愁什么？"

霍大彪笑道："我就是个打杂的！"

"我一直关注404案。"秦向阳照实说。

"那就好！"江海潮点点头，突然道，"听说，你最近在查赌？怎么回事？"

秦向阳想照实说，接着又改了主意。

他现在的目标是曾扶生，但没掌握任何证据。他担心说出来之后，万一通过江海潮传到领导耳朵里，会带来不必要的压力。道理很简单，曾扶生是本市知名企业家，他女儿曾帆正跟政法委书记孙登的儿子处对象。这时候案情要是扩散出去，秦向阳会非常被动。

"证据不全，以后再说吧！"他打定了主意，把话题一带而过。

好在江海潮并未揪住话题不放。他提议接下来不谈案子，专心放松一下。秦向阳这才慢慢放松了身心，紧接着，他感觉浑身充满倦意。

饭后，三人回到分局休息，静待结果，一直等到晚上九点半，结果终于出来了：死者正是404案的凶手。

此外，又在尸体右手臂上发现一个"卐"字符的文身。

如此一来，毫无疑问——404案的凶手被灭口了！

江海潮浑身发凉。不久前，他正千方百计寻找凶手行踪，眼下，凶手却成了一具尸体，留给他一堆疑问。

针对尸体的身份，警察学院的梁教授给了个意见，从尸体肤色和面相看，他认为此人像是来自东南亚一带。除了肤色和面相，还有个重要的佐证，尸体的双拳关节，以及肘关节和膝关节处的钙质密度，都远厚于常人。换句话说，这位无名氏生前精通泰拳。

至于"卐"字符，那是个很常见的文身，似乎起不到指向性的作用，其最本质的表意，就是个佛教符号。

江海潮顺着最表层的意思考虑：难道此人除了精通泰拳，还信佛？或者来自佛教兴盛的地方？而东南亚的佛教兴盛程度，无疑以泰国为最。

不管对不对，至少这是个思路。江海潮立即动员全城警力，对全市大小酒店展开地毯式调查。调查目标是近一个月内，入住的东南亚旅客，尤其是泰国客人。

一时之间，城内警灯遍地，如临大敌。

江海潮喜欢大动静。

作为官二代，他深谙一个道理：有时候，工作姿态比工作本身更重要。领导越关注的案子，抛开难易程度不说，你把动静搞得越大，领导就越能看到你的努力，越能体会你的不易。在官场，还有比这更重要的吗？

江海潮也没想到，在天亮前，这种赌博式的搜索，居然有了结果。

栖凤区如意酒店所在的联盟路，离大魏豪庭所在的金华路，有九个公交站的距离。联盟路派出所的人查到，有个酷似凶手的人，于3月30日中午，入住该酒店。那人入住登记用的是一本泰国护照。登记后，工作人员返还了护照。警方调阅了上个月的监控，才得以确认目标。

那人登记的泰国名字很简单，翻译成中文只有两个字：宋猜。

宋猜并未办理退房手续，行李还留在酒店。因其多日不归，所交的押金早就超过了应付费用，酒店工作人员于三天前，把其行李箱搬到了储物间。

派出所的人搜查了行李箱。里面放着剃须刀、充电器以及几件衣服，但没有手机，也找不到其他可疑物品。

酒店大堂监控显示，宋猜自3月30日中午入住，一直到4月3日下午，这几天之内，除了3月31日17：00—20：00，离开较长的时间，其余时间都比较正常。他不吃早餐，每天中午和晚上外出吃饭，每个饭点从离开到返回，大约一个半小时。

4月3日19：30，宋猜像往常一样离开酒店去吃饭，自此再也没回来。

收到消息，江海潮和霍大彪扭头就走，跟秦向阳连个招呼都没打。可是就在昨天道歉的饭局上，江海潮还恳请秦向阳，让后者对404案多操点心。

秦向阳再迟钝也能感觉出来，江海潮不想带他玩。

几分钟后，霍大彪给秦向阳打了个电话，说江海潮要求把尸检结果送到市局。

回到市局，江海潮立即联系出入境管理局和泰国驻华大使馆。

两个单位反馈的信息一致：宋猜的护照是假的。

此外，泰国大使馆的人还给了一条信息。他们认为宋猜是泰国华裔或华裔后代。因为宋猜的姓氏前，带有"SAE"三个字母的前缀。这三个字母，是潮州话中"姓"的发音。姓氏前加"SAE"前缀，在泰国华裔中极为常见。

对此，江海潮嗤之以鼻——连护照都是假的，姓名能是真的？

可是，联盟路派出所的调查却否定了他的判断。如意酒店的工作人员证实，宋猜的确会说中文，而且还很流利。

江海潮想，这个宋猜能讲一口流利的普通话，对其踩点来说倒是有所帮助，至少他一个陌生人出现在大魏豪庭，一旦有人跟他交流，语言上不至于引起旁人的注意。可是，就算他是泰国华裔，他跟死者能有什么仇怨，不远万里跑来滨海杀人嫁祸卢平安？

他现在终于确定，404案是典型的买凶杀人，而杀手办完事之后就被灭口了。

他很清楚，宋猜行凶后嫁祸卢平安，不是随性而为。因为案发前，卢平安在高铁站收到了一张字条：卢平安，你老婆在家偷情。从结果看，宋猜的栽赃嫁祸无疑极为成功，若不是幸运地查到了侯三等三名目击者，卢平安怕是在劫难逃了！再考虑死者身份，樊琳的社会关系相对简单，曾纬却不一样，他是扶生集团未来的接班人。

想到扶生集团，江海潮马上想到了曾扶生。

难道买凶之人，是冲着曾扶生来的？

江海潮这个判断不无道理。曾扶生生意做得很大，难免惹下仇怨。

由此，江海潮也把侦查方向调整到了曾扶生身上。只是跟秦向阳不同的是，他重点调查曾扶生的社会关系，排查跟曾扶生有仇怨的目标。而秦向阳则把曾扶生本人，定为最终目标。

关于宋猜，江海潮掌握了两个关键点：

第一个是3月31日17∶00—20∶00，这一定是宋猜去踩点的时间段。

第二个是4月3日19∶30，宋猜外出吃饭，再也没回酒店。

第二点非常奇怪。从4月3日晚到4月4日下午案发，这段时间，宋猜去了哪儿？作完案离开大魏豪庭后，这位泰拳高手又是如何被灭口的呢？

# 第十九章　疑点重重

这一次，江海潮吸取了上次谢饕饕的教训，采取了严格的保密措施。一方面，不向基层警员透露宋猜的身份，其他所有知情者都要签保密协议；另一方面，对关注本案的上级领导打太极。

他向丁诚汇报了自己的意图，并知会了局长徐战海。

他这么做是对的，既然宋猜背后的买凶者杀人灭口，那么尸体被发现的消息一旦扩散出去，势必引起对手的警惕。

掌握了宋猜曾入住的酒店后，路面监控搜索取得了突破性进展。

如意酒店门前是停车场，酒店对面有个公交站。

警方从停车场的监控中找到了宋猜。

监控显示，宋猜于3月31日17：10，上了酒店对面的303路公交车。而303路公交车沿途经过金华路的大魏豪庭。

警方又调取303路公交车上的监控，证实宋猜于3月31日17：32，在金华路中段站点下车，前往大魏豪庭踩点。

说到踩点，江海潮还有个疑问：宋猜为何不在目的地周边就近住宿呢？如意酒店离大魏豪庭有九站路的距离。就近住宿，危险系数高，警方会对案发地周边大力排查，宋猜显然明白这个道理。除此之外，还有别的原因吗？

带着这个疑问，江海潮去如意酒店周边转了半天，很快有了答案。

如意酒店附近有个出名的小吃街，叫云门巷，里面各色小吃应有尽有，对外地游客来说，那里是必去之地。江海潮想起尸检报告里提到，宋猜患有肠胃炎，尽管如此，却还是选择在云门巷附近住宿，看来，宋猜是个吃货。

可是，从4月3日晚上开始，宋猜再未回酒店，他能去哪儿？

还有，4月4日下午案发前，他如何达到小区的？案发后又去了哪儿？

这三个问题，监控始终无法解答。

此前，针对凶手的行动时间点，也就是凶手如何把握卢平安出差这个时机，江海潮曾怀疑凶手跟踪了邓利群。但是几天下来，以邓利群为基点查找监控的那组人马，却毫无收获。

案发当日中午12：40，邓利群接到了樊琳的约会电话。13：00，邓利群从工作单位的休息室出来，开着奥迪Q7前往大魏豪庭，途中路过银座，他给樊琳买了化妆品作为礼物，之后一路顺行，14：00到达大魏豪庭。

从邓利群的车驶出单位门口，直到进入目标小区门口，警方查看了这个过程中，所有的路面监控。那一小时内，尾行过Q7的私家车，少说几百辆，这怎么查？警方试图从几百辆车中，寻找某辆全程尾随邓利群的车，但未找到目标。

即使没有结果，在属下面前，江海潮依然英气勃发。回到办公室把门一关，他颓了，心中连连感叹：突破口到底在哪儿呢？

秦向阳的思路很清晰。宋猜的监控信息，江海潮不向他透露，他干脆把这一块抛开，把注意力集中到他掌握的点上。

宋猜为何住在如意酒店？秦向阳没有实地调查就想到了。他知道一定跟如意酒店斜对面不远的云门巷有关。多年的一线经验，使他对市区的地形了如指掌。

他安排韩枫拿着宋猜的照片，带人去云门巷询问所有的店家。他自己开车去找章猛的老婆邢爱娜。

邢爱娜是个很漂亮的女人，住在本市著名的富人区，京华苑。她和章猛有个儿子，才两岁，长得非常可爱。秦向阳赶到她家中见到了她。

当邢爱娜得知，眼前这位自报家门的警察，就是抓自己丈夫的那位，脸上立刻挂了霜。

"来我家干什么？走吧！章猛的事，我没什么好讲的！"邢爱娜抱着孩子，下了逐客令。

秦向阳不慌不忙地说："难道你不想章猛早点出来？你希望孩子这么小就没有父亲？"

就这么一句话，让邢爱娜慌了神。

她听出了那句话的言外之意，抬手示意秦向阳坐下，然后叹道："可是我什么也做不了！"

"章猛打着公益的名义，非法聚赌，而且是拿癌症病人的生死开盘，这事可不小！"秦向阳继续轰炸对方的神经。

"不能吧！"

"他的事你不清楚？"秦向阳轻松地盯着对方。

"我真的不知道！"

"一点也不知道？你们这房子什么价位？你难道就没想过，凭章猛那个所谓的公益公司，能买下这种房？"

邢爱娜身子一震，反问道："谁不希望自己男人有本事？我只知道他每天早出晚归。哦，他有钱买房，难道我还得扮演你们的角色，查查是不是非法所得？"

秦向阳笑了笑，问："你们结婚几年了？"

"两年。"

秦向阳暗想，才两年？章猛的赌局五年前就开始了，也难怪她不去质疑章猛的收入。

其实这些话都是敲门砖，目的是让邢爱娜配合。

秦向阳继而转入正题："你和樊琳什么关系？"

"樊琳？"

"你知道她出事了吗？"

邢爱娜点头。

樊琳被害后，警方通知了她的家人及所在公司。邢爱娜是从公司获知的。

"说说你们的关系。"秦向阳重复道。

邢爱娜示意稍等，把孩子送到卧室。

回到客厅，她叹了口气说："我们是同事，关系还不错。我是婚后进入了那家医疗器材公司，樊琳去得比我早，之前我们并不认识。"

"章猛和樊琳熟吗？"

邢爱娜摇摇头："只见过几次，而且当着我的面。"

"你怎么进的那家公司？"

"我老公介绍的，他认识里面的管理层。本来我不想上班，但也闲不住，那家公司看重的是业绩，不强行要求工作时间，我就去了。樊琳的业绩比我好很多。"

章猛介绍邢爱娜去的那家公司？秦向阳敏感地想，从本案的细节分析，樊琳跟邢爱娜微信聊天，说到了卢平安出差一事，而章猛一定看过她们的聊天内容，然后通过工作手机或者别的渠道，把消息透露给曾扶生。曾扶生遥控杀手，也就是宋猜，待卢平安离开，邓利群进入小区后，再伺机动手。凶手不会过早进入1102室行凶，他要把握一个时间差。因为卢平安收到"你老婆在家偷情"的字条后返回，还需要时间。在这个分析的基础上，樊琳分明就是章猛的信息工具。可是，章猛怎么对樊琳那么了解呢？

秦向阳琢磨了半天，求证似的问："4月3日晚，也就是樊琳出事前一天晚上，章猛在家吗？"

"在呀，一直在。"

"他有没有看过你手机？"

"手机？看过吧！"

"几点？"

邢爱娜茫然地摇摇头："不知道。我经常查看他的手机，他也偶尔看我的。"

"怎么会不知道？"秦向阳皱起眉头。

"手机又不是一直拿在手里，总要喝水、上厕所……而且我还哄孩子！"邢爱娜对刚才的问题很无奈。

秦向阳点点头，又问："樊琳有情人，你知道吗？"

邢爱娜一怔，说："她大体说过。但我不知道她的出轨对象是谁。"

"她没透露过？"

邢爱娜点头，说："她还说过她老公那方面不行。唉，作为朋友，我当时只能报以理解。"

这就怪了！秦向阳想，樊琳没向外人透露过邓利群的存在，那章猛又是如何获知的呢？很显然，4月4日中午卢平安离开后，杀手要静待樊琳的出轨对象上门之后，才能行凶并实施嫁祸。如果章猛不知道邓利群是樊琳的出轨对象，那杀手就更无从知晓了。如此一来，宋猜的行动就失去了指向性。不管怎么分析，秦向阳总觉得，章猛应该早就认识樊琳才对。这个细节，还可以再审审章猛，但秦向阳知道，肯定问不出什么。

"我能看看你的微信记录吗？"

邢爱娜略一犹豫，打开手机递给对方。

秦向阳点开一看，没找到樊琳的头像，便问邢爱娜怎么回事。

"她出事后，我把她删了。"

临走，秦向阳留下电话，叮嘱邢爱娜，要是想起什么特别的事，就电话联系。如果提供了有价值的线索，对章猛没坏处。

邢爱娜连连点头。

离开京华苑，秦向阳打电话，叫人把章猛名下两个手机号的通话记录都调出来，发到他的手机上。

4月3日晚，樊琳和邢爱娜的聊天时段是20：00—20：10。他重点查看20：00以后的通话记录。章猛的生活手机号上没有异常，但工作手机号显示，章猛当晚给章烈打了一个电话，时间是20：19，通话时间一分十二秒。

20：19，这个时间点是靠谱的。紧接着，他命人又把章烈的通话记录也调出来传给他。章烈名下只有一个手机号，秦向阳不以为怪，毕竟章烈单身。

令他奇怪的是，章烈于4月3日20：19接完章猛电话后，并未拨出可疑的电话。换句话说，他没打给曾扶生，也没打给其他陌生手机号。

不仅如此，从通话记录看，章猛的工作手机、章烈的手机，近半年来从未跟曾扶生有任何联系。

不对呀！从逻辑上来说，章猛把卢平安出差信息传递给章烈，章烈应该第一时间传递给曾扶生或者宋猜才对。

秦向阳一时想不通，很快又释然了：难道章烈没用电话，而是当面传递信息？

章烈住在城西的名将苑，这个小区跟大魏豪庭同属一个开发商，另外城东南还有个江东郡。一般的楼盘都是以小区周边配置为卖点，而江东郡、大魏豪庭、名将苑，这三个小区彻底抛弃了那些庸俗的招数，主打"三国风"，卖得非常好。

秦向阳继续电话指挥，派人赶往江东郡查4月3日晚上的监控。

一个多小时后，有消息了。

查看监控的刑警说，4月3日19：00，章烈将车停到了地下车库，而后上楼。不久后，步行离开小区，21：55返回。其间两个多小时的行踪，一时半会儿就不好查了。

秦向阳叹了口气，他并不死心，干脆开车返回分局，向苏曼宁求助。

他的想法很清晰，既然章烈的行踪不好查，不如直接查看曾扶生的行踪。可是曾扶生现在还不是法定嫌疑人，公开查证实属违规。

"又让我违规！"苏曼宁柳眉倒竖，一脸无奈，"为什么查曾扶生？"她不清楚试验场案，更不知道试验场案跟404案的内在联系。

"哪来那么多为什么？叫你干的事，哪回办错了？"秦向阳难以解释，干脆强硬起来。

苏曼宁偏偏就吃他那一套，很快妥协了。她那点黑客技术，虽然比破获"东亚丛林"案的黄赫相差甚远，但足以胜任入侵监控系统。

这是对曾扶生的第一次非正式调查。曾扶生就住在城东南的江东郡别墅区。然而，调查结果令人失望。监控显示，4月3日傍晚，曾扶生下班回家后，再未离开过小区。除了其女曾帆去吃饭，更无外人到访。

这时，前方调查章烈行踪的人传来消息：4月3日19：30，章烈在小区附近一家名为"阿婆水饺"的店内吃完饭，随后前往附近的健身会馆，直到21：55返回，其间从未离开。

这是怎么回事？4月3日晚，明明是个很特殊的时间段。可是章猛一整晚都在家，仅仅同章烈有过一次短暂的通话。曾扶生同样一直在家，未接打任何可疑电话。而章烈步行外出两个多小时，除了吃饭、健身，并无其他可疑迹象。难道推理过程有瑕疵？秦向阳不愿接受这个结果。

他缓了缓神，很快把疑问抛开，直奔城西，去找谢饕餮。

他提前安排了相关派出所盯着谢饕餮。派出所的人说，目标正在住处外的一家餐馆喝酒。

秦向阳赶到时，谢饕餮已经喝得五迷三道了。

秦向阳看了看，酒桌上的人除了谢饕餮，还有谢斌斌、侯三、林小宝。他知道谢饕餮和侯三是狱友，这两位在警局意外重逢，这是叙旧酒。

侯三和林小宝见警察突然找上门，撒腿就跑，留下谢斌斌愣在当场。

秦向阳无奈地摇摇头，替他们结了账，随后跟谢斌斌一起架着谢饕餮返回住处。

谢饕餮睡得像死猪，看情形一时醒不来。

秦向阳琢磨，来都来了，那就等吧。趁这个空，他跟谢斌斌闲聊起来。

谢斌斌起初有些拘谨，后来见秦向阳非常随和，还给他点烟，索性放松下来，越说越多。由此，秦向阳了解到很多警方资料库里没有的内容。

谢斌斌说，他和谢饕餮都是农村的，父亲前几年因病去世，母亲在叔伯兄弟帮衬下种起了菜棚。他们很想念父亲，尤其是谢饕餮。父亲去世时，谢饕餮还在牢里。相比之下，当时在外打工的谢斌斌，好歹见到了父亲最后一面。

谢斌斌给秦向阳展示了一摞A4纸。那些纸上，写满了"谢饕餮"这三个字。

谢斌斌说，那是谢饕餮想念父亲的方式。

"谢饕餮"三个字，寄托了父亲对儿子最纯洁、最美好的祝愿。谢饕餮想父亲了，就把名字写上几百遍。他很想告诉父亲，自己再也不讨厌那个名字了。

谢斌斌说，侯三虽然单身，但他其实有过老婆，后来离婚了。为啥离婚？不知道。侯三表面上吊儿郎当，其实特重情谊。酒桌上，侯三喝着喝着就哭了，无声的哽咽那种哭，听着贼难受。谢斌斌说，他一定是想念老婆孩子了。

谢斌斌说，林小宝其实也很不容易。他父亲早没了，现如今丈母娘又得了癌症，日子过得那叫一个累。谢斌斌埋怨秦向阳不该突然出现，打扰了大家喝酒的兴致。对大伙来说，这是难得的放松机会。

谢斌斌说了那么多，秦向阳感同身受。他想，眼前的谢氏兄弟，加上跑了的侯三和林小宝，他们或多或少，都干过违法的勾当，表面看起来都轻松自在，可实际上跟自己一样，都背负着沉重的责任，艰难地往前爬行。大街上的芸芸众生，其实跟他们没什么两样。

两小时后，谢饕餮起来喝水，秦向阳没让他继续睡。

可是谢斌斌还在，问讯起来很不方便。秦向阳对谢斌斌印象很好，不想直接赶人走。稍一琢磨，他拿出钱来，指定了一个特色饭馆，打发谢斌斌去买点酒菜。那个饭馆离谢饕餮住处较远，谢斌斌一时半会儿回不来。

谢斌斌拿上钱高兴地去了。

谢饕餮洗了把冷水脸，目光呆滞地坐回秦向阳对面。

秦向阳笑笑，说："就这酒量？买回酒菜，咱接着喝点？"

一听还喝，谢饕餮的眼神顿时亮了。

"你那个小护士叫什么名字？"秦向阳突然发问。

谢饕餮愣了一下。

"那天你在网咖玩到半夜，之后就去曾扶生的医院找她。"秦向阳提醒道。

"唉！那是闹着玩！网上聊的。"谢饕餮蹲在沙发上，点了根烟。

"她叫什么？那晚是你约她，还是她约你？"秦向阳抓住问题不放。

谢饕餮挠了挠头，想了半天，说："好像叫什么桃，对，黄小桃！她网名叫逃之夭夭。她说上夜班。我问她上夜班寂寞不。她说无聊。我说去找她，她就同意了。嘿嘿。"

"那晚你见到她了？"

"没。还没到护士站，就碰见了那位曾老板。我也不知道他为什么就认出来我，把我带到了地下室。"

"曾扶生当时精神状态如何？"

"精神状态？满面愁容，看起来很累的样子，反正不乐呵。"

"他给了你多少钱？"秦向阳冷不丁地问。

"啥玩意儿？"

"我问你，他雇你演那出戏，给了你多少钱？"

"什么戏？"谢饕餮一屁股坐到沙发上，一脸蒙圈。

秦向阳并不气馁，继续逼问："4月4日那天，是曾扶生雇你潜入大魏豪庭1102室的吗？给他做目击证人，事后再拿你威逼卢占山！"

谢饕餮吐了吐舌头，好像被烫了一下，摇着头道："完全听不懂你在说什么！"

"你以为我拿不出证据？"秦向阳抱起胳膊，做出虚张声势的样子，意味深长地盯着谢饕餮。

他还真拿不出证据。

"简直胡说八道！我根本不认识姓曾的！"谢饕餮完全醒酒了，气得直打嗝。

秦向阳轻轻叹了口气，反驳道："那晚，曾扶生的确到医院处理了医闹。但是完事后，他居然在那儿待到半夜，直到你出现。这件事极不合常理！"

谢饕餮委屈地说："那你去问曾扶生啊！再说了，那是人家的医院，想待多久就多久！"

秦向阳不想和对方扯皮，拍着桌子说："谢饕餮，别以为我拿你没法子！有些事你主动交代，对你有好处！"

谢饕餮把脸一扭，懒得张嘴了。

这个结果在秦向阳意料之中，他很生气，但并不着急。他坚信自己的推理没错，在没有证据的情况下，他习惯打草惊蛇，把当事人的心态搅乱。再借机寻找破绽。

这时谢斌斌提着酒菜兴冲冲地归来。

秦向阳哼了一声，扭头就走。

谢斌斌愣住了。

"再喝点呗？"谢饕饕连忙站起来大声说。

离开谢饕饕住处，秦向阳马不停蹄，找到了樊琳的同学周淼。这个女人住进了市妇幼保健院，刚生完孩子。4月3日晚，她因预产期临近，曾给樊琳打电话，委托对方帮她找个便宜点的医院，她知道樊琳在不少医院都有熟人。

"什么？樊琳被、被害了？"周淼躺在床上，被秦向阳的话惊呆了。

"你不知道？"秦向阳反问。

周淼摇摇头，说："清明节前我给她打过电话，之后再联系不上了。我还以为她不想接我电话呢！谁能想到……"

病房里还躺着另外两个产妇，声音杂乱。秦向阳说服了周淼的家人，从护士站借了辆三轮车，推着周淼去了走廊尽头的步行楼梯口。

环境总算安静下来。

秦向阳问："你和樊琳关系怎样？"

"还不错！我们认识七年了，上大学时住一块。"

"看来你对她很了解？"秦向阳郑重地说，"樊琳死得很惨！你也不想凶手逍遥法外吧？关于樊琳，我想了解你所知道的一切，对破案有帮助！"

周淼怔了片刻，说："实际上毕业后我们就分开了，只是偶尔聚聚。"

"没关系！"秦向阳问，"你觉得樊琳是个怎样的女人？"

"这怎么回答？"周淼愣住了。

"尽管说，她已经不在了。不管说什么，你都是在帮她！"秦向阳给了对方一个鼓励的眼神。

周淼拂去眼角的头发，黯然道："其实樊琳人挺好的，漂亮，开朗，和谁都聊得来，没那么多小心眼！只是有点、有点爱慕虚荣吧！"

秦向阳点点头，示意对方说下去。

"她家是清河县郊区的，家里条件按说一般。怎么说呢？反正上学时，她的化妆品是一年比一年贵，衣服也越来越好。"

"她交了有钱的男朋友？"

周淼摇摇头："有点难以启齿！"

"讲！即使你不配合，我同样能向别人打听。该了解的情况，谁也瞒不住！"秦向阳严肃地说。

"她们说樊琳在夜场做过小姐。"周淼叹了口气。

"哦？有这种事？她们是谁？"

"同学呗！"周淼不情愿地说，"也有人说，她被老板包养过。"

"具体听谁说过？"秦向阳不放过每个细节。

樊琳想了想，说："你去问问陈思哲吧。他是我大学时的男朋友，我听他亲口讲过。"说着，她给了秦向阳一个微信号。

在秦向阳要求下，周淼无奈给陈思哲发微信，要到了手机号。

随后，周淼又讲了一些学生时代的琐事。

秦向阳用心记好，随口问："你今年多大了？"

"二十五，怎么了？"

"没事！"秦向阳笑着说，"那你结婚挺早。"

周淼笑道："这还早？其实我们班结婚最早的，是樊琳！她比我大一岁，但是三年前一毕业她就结婚了，出乎所有人预料！"

听到这话，秦向阳愣住了。就周淼反映的情况看，怎么说，樊琳都不像是相夫教子的类型，怎么会那么早就结婚呢？难道说，她毕业后遇到了卢平安，被对方的魅力征服了？卢平安的确算有型，可是算不上多么有钱，更何况他身体不好，怎么能降得住樊琳那种野惯了的女孩呢？当然，事实也证明，他们的婚姻的确很不幸福，而樊琳的结局就更悲惨。这到底该怪谁呢？秦向阳觉察到，樊琳和卢平安之间，一定有值得挖掘的隐秘。

将周淼送回病房后，秦向阳找到了周淼的前男友陈思哲。

陈思哲是一名小学老师，戴着眼镜，衣着打扮非常干净，给人以诚实可靠的感觉。刑警队长亲自上门，令他非常意外。他在学校宿舍接待了秦向阳。

秦向阳开门见山："周淼介绍我来的，我想了解樊琳的情况。"

"樊琳？她怎么了？"

"涉及刑事案件！"秦向阳不想过多交代案情。

"刑事案件？"陈思哲皱起眉，说，"毕业后我就没和她联系过，你找错人了吧？"

秦向阳摇摇头，说："上大学时你逛过夜总会？"

"我怎么会去那种地方！"陈思哲半张着嘴，不知道对方为何那么问。

"周淼说，你亲口告诉过她，樊琳曾被人包养。我想了解这个情况。"

"哦！"陈思哲把手撑在额头上想了一会儿，道，"我也就那么一说，描述了一下自己亲眼所见。"

"具体点！"

"那是四年前，2014年世界杯期间，当时我上大三。有一天，我和同学去宾馆包房看球赛，我想想，应该是阿根廷对尼日利亚那场球。第二天上午，几点忘了，我们退房回学校，出了宾馆后，我看到樊琳和一个男人，从正对面的皇家酒店出来，上了一辆车。皇家酒店贵着呢！"

"你看清了？是她？"

陈思哲点头。

"跟樊琳一起的男人什么样子？"

陈思哲摇头："都过去四年了！再说，谁会注意那个男人呢！"

"他们坐的是什么车？"

陈思哲又摇头。

陈思哲的证言，把周淼对樊琳的描述具体化了。

如此一来，那个疑问变得更为突出：樊琳那样的女孩，怎会甘心一毕业就同卢平安结婚呢？

从陈思哲处离开，秦向阳心事重重。随着调查的深入，案子的疑点越来越多。如何解答这些疑问，问题的答案能否令404案和试验场案的走向明晰起来，一切都还未知。

天色已黑。

快到分局时，一块闪烁着霓虹灯的招牌，从秦向阳的视野里一闪而过。他心念一动，把车停到了路边。

那块招牌所在的店面，离他不远。招牌上写着一行字：永麟健身器材。

店面打烊了，伸缩门悬在半空。

秦向阳在伸缩门前犹豫了几秒，弯腰进入门内。

店主正在货架前整理货物。那人看起来精瘦，肩胛骨处的腱子肉高高隆起。听到动静，他回头看向秦向阳。

看到店主后，秦向阳略略一惊，暗道：这人真像卢平安！

"你好！"店主笑着打招呼。

秦向阳报以微笑回应，探问道："你认识卢平安吗？"

"平安？那是我弟！你们认识？"

"怪不得这么像！"秦向阳亮了亮证件，说，"我姓秦，办过卢平安的案子。"

"秦警官？我知道你！我弟被他们疲劳逼供，差点搞出大事！没想到最后连累了你，真是不好意思！"

"你是？"

"我叫卢永麟。我去过市局，只是没见到你。"

秦向阳一笑："我是栖凤分局的。"

"哦！离我这儿不远！"卢永麟拿出烟递给对方，问，"你找我有事？"

秦向阳摆摆手，说："纯属路过，根本不知道店主是你！"

"这么巧！"卢永麟热情地说，"相请不如偶遇，请你吃个饭吧，就算表达我们的歉意！"

秦向阳很干脆地拒绝，走到沙袋陈列区，专心看起来。

卢永麟抽完烟，上前道："对沙袋感兴趣？"

秦向阳没回应，心里想着宋猜身上绑缚的那四个旧沙袋。

"你应该用这个！"

说着，卢永麟走到店中央，对着半空中吊垂的一个半人高的大沙袋，重重打了一拳。沙袋随之轻微晃了一下。

"队里有那玩意儿！"秦向阳望着大沙袋笑了笑，指着货架，问，"像这种五公斤的小袋子，一般都是什么人购买？"

"这玩意儿太小，帆布料的，便宜，一般是做绑腿跑步用，圈起来刚好绕脚踝一圈。"说着，卢永麟做了个示范。

"跑步？销量如何？"

"还不错，比那些大玩意儿好卖。也有网红买回去摆拍用。"

"你干这行几年了？"

"八年。"

秦向阳点点头。宋猜身上的旧沙袋，标志磨损严重。他本想拿那些沙袋打比方，问卢永麟能否认出其品牌和来源。他犹豫片刻，止息了心中的想法。别说卢永麟帮不上忙，就算认出来又能如何？沙袋这条线，其实没有意义。

他轻轻叹了口气，跟卢永麟打了个招呼，离开。

出门后他刚发动了汽车，电话响了，是韩枫打来的。

韩枫说，他们在云门巷查了一整天，找到了三家店，分别是名士多烤全羊、老孟家扒蹄、凤栖楼坛子肉。这三家店，宋猜全去过。

"怎么确定的？监控？"

"店里没监控！"韩枫说，"现在多数人付账都扫码，宋猜用的现金，而且他不用服务员找零，扔下钱就走，这才给人留下了印象。要不然还真不好找！"

"就三家？"

"够用了！"韩枫说，"4月3日晚，宋猜在老孟家扒蹄吃的！"

这倒是个好消息。宋猜于4月3日晚吃过饭后，再没回如意酒店。那么找到宋猜最后吃饭的地方，对其后续行踪的调查，总是有帮助的。

"可是，我们刚准备展开问讯，陆涛后脚就带人赶到，把老孟和相关服务员带走了！"

# 第二十章 背叛者

韩枫回来后，秦向阳把他叫到分局对面的有家饭庄。

小包间里，酒菜都上齐了。秦向阳坐在主位，表情沉静。

"这是搞哪一出？"韩枫走进包间，愣在原地。他注意到饭桌上就只有两双筷子。

秦向阳招呼他坐下。

韩枫早饿了，但没抓筷子。他慢吞吞地坐下，心里犯糊涂。他很清楚，办案期间，队长很少喝酒。就算请客，也轮不到请他。

"师父，你怎么了？"他试探着问。

秦向阳慢悠悠地倒上两杯酒，端起一杯递给韩枫："辛苦了！"

"啊？"韩枫挠了挠头，慌里慌张地举起酒杯，"不辛苦！就是那个陆涛，直接把人带走，把我们晾在一边，很不尊重人！"

秦向阳微微一笑："专案组合法问讯，没问题！"

"我们也是专案组的，有区别吗？"

秦向阳没有解释，一仰头把酒喝了。

韩枫跟着喝完，忙抢过酒瓶，把酒满上。

"你是江海潮的人吧？"秦向阳突然开口道。

"嗯？"韩枫脸色微变，举着酒瓶的手僵在半空。

秦向阳轻轻叹了口气："你应该是江海潮安排进分局的吧？你欠他人情。案发后，他拾起那份人情，叫你盯着我的一举一动。我查到什么蛛丝马迹，你立即向他汇报。我很了解他的心态。他是官二代，他父亲在省委，位高权重，他压力很大，想干出成绩证明自己！这几年他没办过像样的大案，他一定认为自己只是缺乏机会！404案一出来，对他来说机会来了！正好，案发后丁副局长迫于上级压力，提议搞专案组。针对案子的管辖权，丁诚询问意见时，卧虎分局的霍大彪在会上旁敲侧击，江海潮呢，就半推半就……霍队跟江队走得近，他其实也不是针对我，他就是想迎合江队，使专案组的成立更合理一些。唉！我又不是真糊涂，我是不在乎。除了破案，我都不在乎。"

韩枫慢慢地放下酒瓶，头垂了下去。

秦向阳点上烟，继续说："只是我没想到，江海潮设法把我排挤出了专案组。理由很简单，他想证明自己，独揽功劳！他对卢平安和谢斌斌搞过疲劳审讯，这事你应该不知道。现在想来，那还是他有意为之。他早就想好了，事后推到我身上来。他也早就料到，丁诚会采纳他的意见。他更料到，就算我背上内部处分，徐局也不允许我放弃404案！如此一来，你的作用就出来了。江海潮！唉！他是个做官的料，他把头脑都用在暗处了！"

韩枫使劲咽下一口吐沫，嘴唇翕动。

"小伙子，你演技太差了，连李文璧都比不上！她以前协助我办过案，你不知道吧？"秦向阳取出烟递给韩枫，继续道，"也许是你沉不住气，也许，是江海潮太心急，你不得不把最新情况立即向他反馈！"

"我……他……"韩枫嗫嚅着，脸红了。

"想说什么就说！要像个男人！"秦向阳训斥道。

"你什么时候知道的？"韩枫闷声问。

"卢占山和毕盛提供的线索，揪出了侯三，我是第一个知道的。事后在楼道上，我对你说，'侯三进过卢平安家！我去看守所了解情况'。后来我从看守所去市局汇报，刚到市局门口，陆涛就把侯三抓回来了！我是从那时起疑的，事后还特意问过江海潮。他说——侯三卧室有张新床垫闲置不用，他是从这上头发现了破绽，又找到了侯三搬床垫的监控，以及家居用品店的送货地址——江海潮这个解释角度非常好，我也没注意过床垫的细节。他如果真有那个能力，我会由衷地佩服他！"

韩枫叹了口气。

"李天峰手上有份名单，统计了案发当天进出五号楼的所有人。他第一次带队对五号楼住户全面排查时，本来有机会查到谢斌斌，当时他刚到楼下，陆涛已经带着谢斌斌从楼内出来。他只好按我的要求，去查一个把车屁股停歪了的租住户，侯三。我想，李天峰的行动轨迹和名单，就是你透露给江海潮的吧？"

"是。"韩枫承认了。

"后续的我就不想说了。"秦向阳摇了摇头。

"你这边的线索，我全都汇报了！"韩枫使劲呼出一口气，说，"卢占山通过开锁师傅毕盛，发现了侯三和林小宝；章猛、章烈的生死赌局；试验场案的一切，以及你指向曾扶生的结论；今天查到的结果……一切的一切，我都汇报给江海潮了！"

"这就是你天天黏在我身边的原因！"秦向阳苦笑。

"不！不！"韩枫摆手道，"我跟着你，也是为了学东西！"

秦向阳点点头，叹道："我不否认你的上进心！抓章猛时，你的拼劲我都看到了！可是你跟江海潮一样，机灵有余，沉不住气！李天峰或许不如你，可他渐渐沉稳下来。所以我让他干中队长，有意锻炼他。他慢慢地也能独当一面了！"

韩枫惭愧地低下头去。

缓了半天，他慢慢述说了跟江海潮认识的经过。

毕业时，应学校的邀请，江海潮去警校挑人。几轮比试下来，韩枫表现都不错，但江海潮还是把他从最后的实习名单上划掉了。

得知消息，韩枫连续几天失眠。他不甘心就此到街道派出所实习，就做了个对他来说大胆的决定，带上礼物到市局找江海潮。

当时韩枫穿着便服。江海潮根本没认出来他是谁。

他自报家门，勇敢地问江海潮，为什么自己各项评比都很优秀，却弃而不用。

江海潮笑了。

他没直说，只是拿出选定的实习人员档案，叫韩枫一一过目。

韩枫很机灵，看了一遍就明白了。

选定的那些人，个个身形高大，英朗威武。

而他呢，体形瘦弱，眼睛小小，门牙很大。

说白了，就是江海潮嫌他颜值低。

韩枫气血上涌，感觉自己受到了轻视，说选人不能只看外表，咬着牙发誓，自己一不怕苦，二不怕死，就想当个刑警。他情真意切地表明了自己的心迹，只差下跪了。

江海潮动摇了。他联想到自己的窘境，上任两年来，没侦办过像样的大案，然后思路自然飘到了栖凤分局的明日之星——秦向阳身上。

由此，他心念一动：不如就此培养一个心腹，把韩枫安排到秦向阳身边，叫他观察秦向阳的办案思路，写成心得并及时汇报。

可以说，江海潮当时的心态是研究秦向阳。也许表述为"学习"更确切，但他不承认。

对韩枫来说，那当然是天大的好事。既当上了刑警，又能跟着大名鼎鼎的秦队长学习。他乐于领受向江海潮的汇报任务，他明白那意味着自己将成为江海潮信任的人。

江海潮和韩枫，一个因官二代身份带来的职业压力，对秦向阳起了嫉妒之心；一个因颜值太低难以圆梦，对江海潮有了唯命是从之意，从此两人之间有了一条看不见的连线。直到404案发生，江海潮突然意识到韩枫另有妙用，这条连线的性质就跟着变了。

韩枫讲述完，突然站起，一口气喝完杯中酒，苦笑道："师父，这算告别酒对吧？宣布吧！我认了！没想到是这个结局！这是我最后一次叫你师父了！"

秦向阳把韩枫按到座位上，说："老老实实干吧！别想那么多！"

"你不开除我？"韩枫愣住。

"你没违反条例，为什么开除你？"秦向阳笑了笑。

"可是……"韩枫眨着小眼睛，一时无所适从。

"别说了！我理解你，更理解江海潮的心情。他身上那层壳太重，要是抛不开，只会越来越累，跟破不破大案要案，关系不大！"

"那我以后……"

"再看吧，我也不确定案子后续的发展！有必要的话，后续线索，你还是要提供给他！"说着他叹了口气，"同吃一碗饭，为何就不能劲往一处使呢？"

这次秦向阳喝了不少，不过他始终保持清醒。躺在办公室的沙发床上，他琢磨起来：通过韩枫，江海潮掌握了试验场案的所有细节。好在江海潮并不傻，没有急于正面对曾扶生展开调查。他判断江海潮在等，等他进一步的调查，等关键证据。

他想起前几天见到江海潮的情形。表面看起来，对方对秦向阳所作所为一无所知，实际上却门清。他连连感叹，第一次体会到了人事方面所带来的疲惫。那种疲惫比案情更令人无奈。

第二天一早，秦向阳抖擞精神，赶往云门巷。

他去得太早，老孟家扒蹄尚未营业。他在周围慢慢转了一圈。

早上的云门巷也很热闹，各色早点热气腾腾，勾引着人们沉睡了一夜的馋虫。

整条巷子南北走向，有一千多米长。除了沿街遍布的小摊贩，巷子两侧几乎全是饮食店铺。他仔细观察过了，除了几家私营小超市之外，几乎所有店面都未安装摄像头。这一点也不奇怪，没有食客习惯面对着摄像头吃饭。至于店铺门口，整条巷子都不能占道停车，自然也就没必要装探头了。这对调查极为不利。

云门巷有不少店铺通宵营业，尤其是烧烤摊。据说几年前，曾有小偷打云门巷店铺的主意，不料被过往行人抓了个正着。打那以后，再未听说云门巷招贼。

上午九点半，老孟家扒蹄开门了。

等到十点钟，秦向阳进入店内，见到了店主孟凡丘。他需要亲自了解情况，以便跟自己掌握的线索串联起来。

老孟五十多岁，体胖，两个眼袋又大又黑。看来昨夜，陆涛一定把他折腾到很晚才罢休。

又一个警察上门，孟凡丘实在烦透了。他耐着性子，把秦向阳引进休息室。

"昨天才来了两拨人，怎么又来了？那位姓陆的警官，跟我耗到半夜两点！"孟凡丘没好气地抱怨。

"职责所在，请您谅解！"秦向阳不想过多解释，继而掏出了宋猜的照片。

"有啥子问的嘛！"孟凡丘暴露了乡音，"我不认识他！他在这儿吃过两次饭，完事付现金、不找零，就这么点事儿！"

秦向阳点点头，给对方敬上烟，问："详细说说4月3日晚上的情况。"

孟凡丘点上烟，叹了口气，道："我们查过账单。那晚他是八点多来的，点了一份扒蹄、俩小菜，还上了瓶二锅头。那晚他喝多了，好像九点多离开的！"

"喝多了？他一个人？"

"对头。"

"你怎么知道他喝多了？"

孟凡丘说："有个人进来，把他扶走了。"

难道宋猜有同伙？

秦向阳忍住心中的诧异，忙问："那个人什么样？"

孟凡丘无奈道："我当时就在这屋玩手机……要不你问服务员吧？唉！问了也是白问！他们说，就只记得那人拎着个头盔，黑色的。他们以为对方是摩的司机，或者是那位客人的朋友。昨晚在市局，就是这么讲的！"

"拎着头盔？样貌、身形呢？穿什么衣服？进屋后有没有说过什么话？"

"根本没人注意！店里成天人来人往，就算是昨天的客人，我也未必说得清长相，您就别难为我们了！"孟凡丘闷头抽烟，再也不吭声了。

秦向阳无奈，只好找到相关服务员又问了一遍。对方所言，跟孟凡丘大差不离。

问讯完，秦向阳回到车内很是纳闷，他不理解宋猜的行为。4月4日是行动日，宋猜怎会在前一晚喝多呢？他就不怕误事？除非宋猜没有提前得到通知，要在4月4日动手。

细想之下，那几乎不可能。在秦向阳的逻辑里，章猛或者章烈替曾扶生出头，跟杀手直接联络。行动时间至关重要。而章猛在4月3日晚，一定通过其妻邢爱娜和樊琳的聊天记录，获知了卢平安出差的具体时间，而后以某种方式通知宋猜。

就是说，最有理由接走宋猜的人，是章猛或章烈，可事实上，那晚章猛待在家中，而章烈饭后一直在健身。

那人到底是谁？为何不把宋猜送回酒店？难道是担心摄像头拍下影像？没回酒店，他们到底去了哪儿？

疑问越想越多，秦向阳干脆打消了念头，开车前往卢占山住处，找卢平安详谈。

再次见到秦向阳，卢平安显得格外热情。

秦向阳单刀直入，告诉对方，樊琳的案子比想象的还要复杂。

"没有进展？"卢平安皱眉问。

秦向阳未做回答，问："你上次出差的决定是什么时候做出的？"

"出差？4月3日中午，有个东北的药商给我发了个邀请，说有一批质量不错的高丽参。我刚好缺那玩意儿，就定下了行程。"卢平安不停地眨眼，"聊天内容应该还存在微信里，为什么问这个？"

秦向阳不答反问："你4月4日中午出差，都有谁知道？"

"能有谁？也就是樊琳。"

"确定？"

卢平安郑重点头。

"你中药店的店员呢？"秦向阳提醒对方。

"我没店员！"卢平安笑着回答，"我不在时，我爸帮忙看店！哦，他也晓得我要出差。"

卢平安的证言没有异常情况。

秦向阳心中颇为失望，随即道出了此行的目的："我想了解你和樊琳的认识过程。"

"为什么？"

秦向阳并未解释，静待对方说下去。

"好吧！其实，我们是一见钟情。"卢平安慢慢陷入回忆。

三年前的夏天，卢平安前往四川订购一批优质附子。像往常一样，下了火车后，他改乘客车赶往目的地。

车行至半途，卢平安昏昏欲睡，突然被人唤醒："你钱包被偷了！还有手机！"

叫醒他的是个漂亮女孩，就坐在他内侧。睡前，那个座位是空的，他不知道女孩什么时候上的车。

当时小偷刚刚下车。

卢平安赶紧叫司机停车，谁知司机并不配合。

车内乘客只顾看热闹，并无一人帮腔。此时，女孩站出来说了句公道话。她说司机再不停车就报警，到时候耽误一天时间，司机别想赚钱。

司机这才停车。

卢平安冲下车去追，可是小偷早不见了踪影。卢平安沮丧地站在原地，这才意识到把行李给忘在了车上。

那是一段山路，前不着村后不着店，卢平安不知如何是好，直到有人叫了他一声。

"喂！你的行李！"

卢平安回过头，见刚才那位女孩正吃力地拎着他的行李，站在远处笑吟吟地望着他。

余晖笼罩着女孩全身。那刻，卢平安醉了。

那女孩就是樊琳。

"樊琳当时刚毕业，跑去四川旅游。那晚我们边走边聊，走了十几公里山路，才找到一个镇子。我身份证丢失不能买票，第二天她又陪我去派出所做证，开身份证明文件，还借给我五千块钱。回到滨海后，我们联络便频繁起来……"说到最后，卢平安感叹道，"其实樊琳本质上并不坏！"他忍不住想起樊琳出轨的画面，心中一阵绞痛，脸色变得蜡黄。

"这么说，你们结识于一场偶遇，而后闪婚？"秦向阳总结道。

"闪婚？那一切都很自然！"卢平安纠正对方，"其实我和樊琳是一类人，跟着感觉走的那一类，不会瞻前顾后考虑太多！"

秦向阳微微一笑，问："你有先天性心脏病，婚前有没有告诉她？"

"当然！"卢平安道，"我和她有婚前性行为。我明确跟她讲过我的身体状况并言明病理复杂，不能保证性生活质量。只是，后来的事实远比我们当时的心理准备更严重！"

秦向阳点点头，意味深长地问："你真的了解樊琳吗？"

卢平安迟疑片刻，做了肯定的回答。

"我看未必！"秦向阳说出了事实，"大学时，樊琳就追求过高的物质生活，并因此被包养过！也许'包养'这个说法并不准确，但一定很接近真实情况。换句话说，她是很野的那类女孩，可是在她的班级内，她却是结婚最早的一个。对此，她的同学都无比意外！"

卢平安被这话惊呆了。他想质疑，可是话出自刑警之口，他知道对方一定有所依凭。

"也就是说，你和樊琳的婚姻违背一个最基本的逻辑。照正常推理来说，樊琳不会那么早结婚，就算嫁人，也会精挑细选。偶遇和浪漫？我觉得那和她无关，她是个现实的女孩！"

"我明白你的逻辑，但不明白你的意思！我是个普通人，她对我能有什么企图？"卢平安搓着双手，坐卧不安。

"反常之处必有妖！"秦向阳心中已有了判断。他叫卢平安一块前往大魏豪庭，他要去检查樊琳的遗物。

# 第二十一章 证据

案发后，卢平安再没回过家。再次踏进家门，除了案发时留给他的阴影，他心里还有一股难言的悲伤。

由于遗物涉及女性物品，秦向阳打电话叫苏曼宁协助。他们刚进入房间不久，苏曼宁带着全套痕检工具，及时赶到。

卢平安对这项工作不以为然。遗物有什么好查的？难道能替死者说话？可是面对秦向阳冰冷的眼神，他只能予以配合。

为避免破坏可能有用的现场遗留痕迹，他们都戴上了手套、鞋套。卢平安站在一旁提示，两位警官动手把樊琳生前所有的物品整理出来，逐一分类。很快，樊琳的衣物、包、电子用品、化妆品、饰品等，有条理地占满了客厅。

秦向阳提醒苏曼宁，叫她重点检查电子用品，尤其是旧手机和电脑，期待能从中发现异样信息。他重点检查包和衣服口袋，不放过任何有字的纸片。

他觉得，卢平安遇到樊琳之前，樊琳身上一定发生过什么事，否则难以解释樊琳的行为。他不信发生过的事，留不下任何痕迹。

樊琳，谜一样的女人。

而承载信息的谜底，除了樊琳的大脑，很可能就在这座她生活过的房子里。

找到它，破解它。

可是具体要找什么？他也不知道。

樊琳的每一样物品都带着淡淡的香味。卢平安开了窗，似乎想把那些香味带给他的痛苦，散发出去。

时间过得很快，转眼间到了中午。客厅里的物品从有序到杂乱，再从杂乱到有序，如此反复。秦向阳蹲在一大堆女性物品当中，心情越来越沉重，他没找到任何想要的东西。

苏曼宁表现得极有耐心，她习惯了秦向阳叫她做的种种稀奇古怪的工作。在她的印象里，逐一检查这些物品，可比当年办程功的案子时，从垃圾堆里寻找程功作案所戴的手套强多了。

秦向阳叹了口气，从物品堆里站起身，检视房间的其他地方。

他东看看，西摸摸，小声念叨：一定有什么东西，怎会找不到？到底在哪儿呢？

这时，苏曼宁打开一个精致的盒子，里面装的全是唇膏，总共八支。那些唇膏的外壳五颜六色，但全是一个品牌。她饶有兴致地一一拧开盖子，仔细闻过，再恢复原状。

不对！不全是同一个牌子！她盯着一支暗红色外壳的唇膏默念。她注意到，那支唇膏跟其他七支的品牌不同。

那支唇膏的外壳有些旧了，不是时兴的款式，夹在其他唇膏中间，不细心，极难分辨出来它的不同。盖子打开后，膏体露了出来。它看上去极为暗淡，完全不像其他唇膏一样湿润、鲜亮，看来它被主人丢弃很久了。

苏曼宁紧紧抿着嘴唇，慢慢地把唇膏拧到了底。可是她没想到，膏体就此脱落。

"吧嗒！"随着膏体的脱落，从外壳里掉出来一个金属小物件，有拇指盖大小。

"咦？这是什么？"

听到声音，秦向阳一步跨过去。

"这是个窃听器！"秦向阳把那玩意儿紧握在手心，眼睛笑开了花。

栖凤分局队长办公室里，那个窃听器正徐徐播放。因调查需要，秦向阳把卢平安叫到了播放现场。

声音背景在酒店或其他私人地方，对话的是一男一女。经卢平安和警方分别确认，女的正是樊琳，男的则是秦向阳一直怀疑的章猛。这证明，章猛和樊琳果然早有来往。

音频内容如下：

男：谈正事。我先搜个身，乖。

女：搞毛呢！刚才还没摸够？

男：别闹！正经的，这是规矩……这就对了！还有包、手机，都给我看看。

接着，窃听器里传来一阵杂音，应该是樊琳把包里的东西都倒了出来。

女：你竟然防着我？真没意思！

男：是生意就有规矩。

女：无聊。

男：上次谈的交易，考虑得怎么样？

女：不怎么样。我没听过世上有那种狗屁交易！

男：你要觉得不合适，我找别人。

女：才那么点钱，就把我的青春和名声一块买了？

男：一年五十万，最多给你三年时间。要是办成了，另外再给你一百五十万奖金！到时候你离婚，还能分他一半财产，上哪儿找这么好的事？

女：听起来还可以！再加五十万？

男：不可能！

女：哎！我这么年轻，怎么总觉得有点亏？

男：不想干直说。但是给我记住，出了这个门要守口如瓶，不准跟任何人透露。不然老板面前，我保不了你！

女：老板是谁？干脆给我介绍一下吧？

男：不该问的别问，总之不会亏待你。

女：好吧！我做！可是，怎么保证卢平安家有你们想要的东西？没有怎么办？

男：那不是你操心的！你只要把卢平安搞到手，安心做卢占山的好儿媳妇，把他们爷俩哄开心。卢占山刚刚治好了自己的肝癌，另外还有七个癌症患者，也得到了他的救治。现在是最好的时机！

女：那批古方那么神奇？

男：那得看在谁手里。总之，你要演好自己的角色，作为他们最亲近的人，把方子搞到手。然后把复印件或照片交给我，钱就赚到手了！

女：不！一百五十万我现在就要！奖金可以事后算！

男：不行！一年五十万！你要是一年之内就完成任务，我干吗多付你两年的佣金？

女：这么算起来，那我还是多花点时间才好。

男：别拖，能快则快！

女：好吧！我也不想拴在他家太久。不过第一年的五十万，我现在就要！

男：这个可以，一会儿我拿给你，现金。

女：给我打卡里吧！现金多麻烦。

男：我们只用现金，你自己存。

女：愁人。

男：这事就定下了。你再签个书面协议，省得反悔。

女：还签协议？怎么跟卖身似的？

男：赶紧的。完事哥好好犒劳你！

女：讨厌……

卢平安脸色发白，难以接受这个事实。

他想反驳说，这不可能！这是伪造的！可是理智告诉他，这就是事实。这段音频证实了秦向阳此前的判断，樊琳是个问题女孩，怎么会一毕业就结婚呢？什么偶遇，什么浪漫，全是假的，全是有预谋的！他彻底明白了，樊琳是受人雇用的"婚托"，只不过不同于普通意义上的"婚托"。为了钱，她毫不顾惜自己的身体和名誉，制造了一场美丽的邂逅，进而成了卢家的媳妇，为的正是古方奇药！起初她做得非常好，孝敬老人，对丈夫百依百顺，只可惜，她料不到卢占山是个老顽固。

卢平安想起，三年前他父亲卢占山的肝癌刚刚康复不久，继而有七个癌症患者经熟人介绍，先后找上门来。卢占山医者仁心，难以拒绝，只好出手相救。没过多久，那些患者的病情都得到了有效的控制。樊琳就是那个时候和他偶遇的。

结婚后，他曾对樊琳提过《不言方》的事情，而樊琳也表现出了浓郁的好奇心。当时卢平安告诉樊琳，他也很想早日得到古方奇药，一探究竟。然而，那是传家宝，要等到父亲百年之后，才能传到儿子手中。对此，表面上樊琳没表现出太多失望，只是，她对大病初愈的卢占山照顾得更为殷勤。

卢占山是个怪老头。樊琳嫁过去时，那七名患者的病情早已得到了有效控制，后续所做的只是恢复性治疗。可是，卢占山仍然尽心尽力，坚持自己炮制、煎熬药材。樊琳能参与的工作，仅仅是伺候饮食。即便如此，也令卢占山很是欣慰，认为儿子娶了个好媳妇。看卢占山高兴，樊琳曾不止一次提起古方奇药，直言想一睹为快，卢平安也在旁迎合，可是，卢占山一直讳莫如深。三番五次之后，等到那些患者彻底康复，樊琳慢慢地像是换了个人，对老人再也不管不问了。再往后，她对卢平安的态度也有了根本转变，并且很快给他戴了绿帽子。

现在回忆过往的情形，他终于明白了樊琳种种变化的根本原因。

谁在背后打《不言方》的主意？卢平安不知道音频中的章猛是谁，但他清楚卢家跟曾扶生的恩怨，他心里直接将目标定为曾扶生。对！一定是他！

对秦向阳来说，这段音频带来的收获颇为巨大，它解开了诸多疑问。

一、樊琳身上的矛盾不见了，樊琳还是以前那个樊琳，她同卢平安结婚为的只是钱。

二、樊琳和章猛早就认识，两人很可能是包养关系。四年前，樊琳同学陈思哲看完球后，见到一个男人跟樊琳从皇家酒店出来，那个男人极有可能就是章猛。

三、章猛是两年前结婚的。婚后，他把妻子邢爱娜，安排进樊琳所在的医疗器械公司，是有意为之。等到邢爱娜跟樊琳成为好友，那么他也就有了公开跟樊琳接触的机会。这似乎有些多此一举，也许章猛这么做，只是不想邢爱娜多心。

试想，如果邢爱娜不认识樊琳，却意外发现章猛跟那么漂亮的女人接触，难免给章猛带来麻烦。章猛考虑得很全面，他一定很爱自己的老婆孩子。

这段音频，给404案的侦破工作打开了新的视角，它使樊琳的死有了被灭口的味道。

现在看来，对幕后策划者来说，404案一箭双雕。既能借机除去知晓秘密的樊琳，又能通过嫁祸卢平安，实现对卢占山的胁迫，从而让后者乖乖地交出《不言方》。只不过，谁也料不到，现场除了谢饕餮这位幕后策划者安排的棋子，还意外地多出来两个偷拍者。侯三和林小宝，这两个人到了警方手里，幕后策划者对卢占山的胁迫便失去了意义。也就是说，意外目睹案发现场的侯三和林小宝，让幕后策划者的一切计划，都付诸东流。

这真是天大的讽刺。

秦向阳明白，樊琳当年偷录这段音频，一定有她的小算盘，她想给自己留个后招，担心来日得不到相应的报酬。当时章猛对樊琳搜身是必要的，可惜他想不到，樊琳把窃听器藏在一管唇膏当中。

遗憾的是，樊琳和章猛当年所签的书面协议并未找到。也许那只是一份普通的劳资协议，樊琳早把它弄丢了。她或许明白，那份协议威胁不到任何人。

在秦向阳心里，幕后策划者就是曾扶生。除了他，谁会苦心布了一个三年的局，对同门师兄卢占山的古方，如此处心积虑？只是，即便得到这段音频，也仍未掌握曾扶生任何犯罪证据！秦向阳第一次意识到，曾扶生远比他想象的老谋深算。

苏曼宁也听了音频，但她不明白音频所透露的信息。在秦向阳解释之下，她才知道，原来除了404案，还有个试验场案更耸人听闻，而且这两个案子之间有紧密的关联。

卢平安备受打击，悄无声息地离开。

随后，秦向阳把韩枫叫到办公室。他留下音频原件，叫韩枫把复制文件交给江海潮。

韩枫拿着复制文件的U盘，站在原地不知所措。

"去吧！"秦向阳笑着说，"我和他都是警察，不分家。"

"可是，我不知道该怎么说！"韩枫面露难色。他已经露了底，不知道要不要跟江海潮说实话。

"这是音频附件，就说是你偷录的。"秦向阳叹了口气，"先别跟他说实话，不然他太没面子了！"

"可我……实在不想再夹在中间，太受罪！"韩枫满脸通红。

"这是你的选择！"秦向阳拍着韩枫的肩膀说，"事情总会过去的。等案子结束了，你再跟他摊牌吧！"

韩枫低着头快步离开，像做错了事的学生。

苏曼宁听得云里雾里，再三追问。

秦向阳无奈，只好如实相告。

苏曼宁听完，无力地笑了笑，什么也没说，默默地走了，留下秦向阳纳闷了很久。他了解苏曼宁。她表面高傲冷漠，实际却热情似火，疾恶如仇，她应该发火才对，至少应该吐槽，可她却什么也没说。这是怎么了？

秦向阳不知道的是，这天晚上，苏曼宁跟丁诚大吵了一架。那是他们结婚三年来最严重的一次战争。

她严词质问丁诚，为何要秦向阳背锅？对卢平安搞疲劳审讯的明明是江海潮。

状况突如其来。丁诚再三解释，述说自己的难处，还把局长徐战海搬了出来。

这是真实的生活。

苏曼宁不管那一套。她明白任何位置上的人都有难处，可她就是接受不了，那种下三烂的把戏，竟然发生在警队里。

"照我看，你只是接受不了那种事发生在秦向阳身上吧？"激动之下，丁诚说了一句他不该说的话。

"是又怎样！"苏曼宁针锋相对道，"他有什么错？他是我这辈子见过的最好的警察！"

"不管他是不是最好的警察，他都需要成长！"丁诚强硬地反驳，"事情过去了，他个人都接受了，你来这里闹什么劲儿？"

苏曼宁冷笑道："需要成长的是那位官二代，江海潮！我告诉你，他为了破案，为了证明自己，故意做局，把秦向阳排挤出专案组。出局就出局吧，倒也轻松自在，案子不是少了他，就办不成。可你们倒好，让他暗地里继续查案。而江海潮竟然安排人，把秦向阳查到的线索据为己用，坐收渔翁之利！无耻！"

说完，苏曼宁狠狠摔门而去，留下丁诚愣在原地。此时的丁诚还料不到，他们夫妻之间，一场漫长的冷战才刚刚开始。用苏曼宁的话说，她对他太失望了！

秦向阳第三次提审章猛，他合计了很久，想利用感情牌，在这个人身上打开突破口。

章猛看起来瘦了些，表情却异常坦然，那说明他的心理防线异常牢固。

秦向阳发动攻势，上来就播放了樊琳那段音频。

不出所料，没等听完录音，章猛早已神色剧变，他双手抱在一块，抿着上嘴唇，显得不知所措。

秦向阳冷眼旁观。他知道章猛突逢意外，心理上正在经受一个从愕然到左右摇摆的状态。他不急，他知道事情正在起变化。

章猛垂着头，紧张到了极点，嘴里不停地嘟囔："不可能！怎么会这样……"

秦向阳适时地走上前，递给对方一支烟，他想让对方放松下来。

章猛深深地吸了一口烟，眼神盯着房间角落，不动了。

秦向阳突然开口："想不到吧？樊琳偷录了交易过程！"

章猛还在发呆。

秦向阳提高了音量："音频里提到的老板是谁？你还替他死扛？他保不了你！"

章猛好像没听见，直到烟屁股烧到指尖，才浑身一抖。

秦向阳继续进攻："我帮你捋顺整件事的过程。五年前，你的老板搞了一套地下赌局，利诱经济困难的癌症患者及其家属，放弃正常治疗，以患者的死亡时间开盘盈利！实际上，赌局的真正目的是拿大量癌症患者做临床试验。你们谎称，给患者服用的中药是安慰剂。实则不然，它是精心配制的试验药方，意在获取癌症广谱治疗的方法！五年来，它一直被修正！三年前，老中医卢占山治好了自己的肝癌，继而经亲友介绍，另有七名癌症患者找卢占山救治。卢占山妙手回春，很快控制了患者病情。这件事深深刺激了你的老板！为什么？因为卢占山手里有古方奇药，也就是复原后的《不言方》残卷！于是，老板制订了一个计划，樊琳，也就是你当时的情人，是计划当中最关键的一环。你们设计安排了樊琳跟卢平安的巧遇，使樊琳顺利嫁到了卢家。樊琳牺牲名誉和青春，为的是不菲的佣金。她的任务是获取卢占山的古方。只可惜，她失败了！当她意识到任务无法完成，便从好媳妇变回了野丫头，肆无忌惮地给卢平安戴绿帽子！她有自己的理由，卢平安身体不好，无法满足她的欲望。她这么做，为的就是离婚！"

章猛紧握着拳头，指甲盖深深刺进肉里。

秦向阳知道自己的话刺激到了对方，继续说："在樊琳和卢平安离婚的当口，老板改进了计划，使之更为疯狂。他安排了一个杀手，一个小偷。杀手叫宋猜，小偷叫谢饕餮。杀手的任务，是杀掉樊琳和她的情人，并嫁祸卢平安，小偷的任务，是做杀人现场的目击者。案发后，卢平安作为重大嫌疑人被逮捕，这时，老板找到卢占山，抛出小偷这枚棋子，胁迫后者交出《不言方》残卷。为了儿子，卢占山不得不从。可是，老板怎么也想不到，那个案发现场除了谢饕餮，还有另外两名目击者！那是个意外！他们的出现瓦解了老板对卢占山的威胁。如果我说得没错，曾纬就是老板的儿子吧？他的死也是意外！老板赔了儿子又折兵！"

"我要见律师！"章猛突然开口，声音充满疲惫。

"能救你的，只能是你自己！"秦向阳语重心长地说，"赌局给了你财富，也给了你灾难！你是什么位置？你只是个台前的小丑，任人操纵。走到今天，老板能替你吃一口牢饭？想想老婆孩子吧！你罪不至死，希望你把握机会！"

听到"老婆孩子"，章猛猛地抬起了头："你见过我老婆了？"

秦向阳点头："她是个不错的女人。"

章猛深深地叹了口气："我对不起她！"

"你还有机会！"秦向阳继续攻击对方的心理防线。

章猛摇了摇头，自顾自说起来。

"你知道吗，我老婆和我不一样，我们是两种人。她父母都是知识分子，她从小知书达理，不像我，是个粗人。"章猛慨然长叹，"能娶到她，是我上辈子修来的福分！可惜，太可惜了……"

"既然如此，何必死扛下去！"

"你们放弃吧！"章猛横下心，说，"我的事，我认！该咋判咋判！其他的，我一概不知！"

章猛这一句话，把秦向阳踹进了深渊。

# |第二十二章　看守所突发事件（一）|

在秦向阳追问下，章猛仅交代了与他相关的几个细节。卢平安出差的具体信息，他不是经由邢爱娜手机获知的，那具有不确定性。

4月3日下午，他趁邢爱娜哄孩子午休，用邢爱娜手机打给樊琳，了解了对方的近况，随后删掉通话记录，然后用自己的手机通知章烈，由章烈确定行动时间。

宋猜是章烈找来的，他们之间怎么联系，章猛不清楚，也不过问。

章猛交代，早年间，他堂弟章烈是省散打队的队员，曾参加过"武林风"之类的电视比赛，还由此得了个外号，叫"打不倒的章烈"。

参赛期间，他认识了一位泰国拳手，叫阿玛多吉。后来章烈嫌挣钱少，又没有出头之日，就离开了散打队。今年春节过后，章烈找到阿玛多吉，经由对方介绍，与金三角地区一个叫"暴风"的地下杀手组织取得了联系。

"暴风"的成员，多是过气的或无法出头的拳手，一度活跃于暗网"东亚丛林"。"东亚丛林"被黄赫和秦向阳联手干掉之后，"暴风"不得不重新回到地下。

章猛的证词印证了秦向阳的调查。他说，4月3日晚，他和章烈都没见过宋猜。事实上，他们压根不知道"暴风"派来的杀手是谁，更不知其长相。他只知道，章烈给组织付了定金，尾款待任务完成后再付。

"章烈跟宋猜之间有联系，怎么会不知道对方的长相？"秦向阳想不通。

章猛说："他们不会见面的！我也不清楚章烈联系'暴风'的细节，但雇主和杀手之间，彼此了解的信息越少越好，这是常识，警官！"

秦向阳点点头，问："你认为他们怎么联系？"

"我认为？电话呗！而且是经过加密的电话，由组织提供给杀手和雇主，互相查不到彼此的位置和个人信息，甚至装有变声软件，最大限度保护雇主的隐私！"

秦向阳完全赞同章猛的说法。现在看来，在试验场案和404案中，章烈的位置比章猛重要。

章猛交代了很多与他有关的情况，包括试验场案的诸多细节，但没有一个字提及老板。

章猛的这份"原则"令秦向阳愤怒，也令他佩服，这是实话。

从警多年，在个人利益面前，他见多了嫌犯之间的出卖，甚至无中生有的互咬，像章猛这种类型，极其稀少。

他很无奈，对章猛一点办法也没有。

审讯完，他把笔录复印了一份，叫韩枫交给江海潮。他知道，江海潮拿到复印件后，会重新提审章猛。可是，江海潮能做的也只是走一遍程序，他无法从章猛身上得到更多。

曾扶生何来这么大的魅力？还是说章猛本身的性格如此？秦向阳想不通。接下来，他不得不把调查方向转移到章烈身上。

章烈跳下高架桥后失踪，他到底在哪儿呢？

这天中午，栖凤分局下辖的街道派出所报上来一个失踪信息。一个叫刘红缨的老人坐着轮椅到派出所报案，说她儿子失踪十来天了。

她儿子叫曹节。

秦向阳早就知道，曹节没结婚，父亲去世，母亲寡居乡下。这两年，曹节挣了钱，把母亲接来，买了两套房，一套出租，一套跟母亲同住。此前，他曾利用曹节的这份孝顺，让曹节交代了诸多信息。

看到那条失踪信息，秦向阳动了恻隐之心。

唉！他现在对母子关系格外敏感。他母亲正经受病魔折磨，他却不能照顾。他能想象曹节的母亲坐在轮椅上的样子，他也能想象曹节对母亲的挂念。

从法理上说，曹节只是忘川公司的一名普通业务经理，跟其他二十多名业务经理一样，他们既不是试验场的直接组织者，也不是大笔非法资金的盈利者。曹节的业务行为是违法的，他还蓄意开车冲撞李文璧，好在并未造成不可挽回的恶果，但他如实交代了自己所知的一切，给警方提供了不少线索。考虑到这些，秦向阳决定把曹节从看守所放出去，监视居住。

在秦向阳的斡旋下，曹节终于走出了看守所。

他很兴奋，但没立即回家，他取了自己的面包车，买上礼物直奔人民医院。这些天他想明白了，他要去跟李文璧道歉，他知道那个女记者一定还在医院陪床。

见到曹节后，李文璧极为惊讶。她没想到曹节能这么快出来，更没想到来给她赔礼道歉。

李文璧不是小心眼的女人，再说她也没被撞。原谅了曹节后，她来到沈傲的病房，告诉了沈傲。

"什么？曹节出来了？"沈傲从床上蹦起来，神情非常激动。

"是呀！他给我赔礼道歉来了！"李文璧把曹节带来的礼物放到床边。

沈傲冷哼一声，很快穿戴整齐，挂着李文璧送他的单拐出了门。

"干什么去？"李文璧感到奇怪，连忙追了出去。

沈傲没有回答，他抬起胳膊晃了晃手中的烟盒，一瘸一拐地消失在走廊尽头。

"如果所有的错都能用道歉解决，那正义还有个屁用！"

沈傲一边走一边嘟囔，可是李文璧根本听不到。

沈傲乘电梯来到楼下，在停车区来回逡巡张望。

这时，曹节一边打电话，一边驶出停车位。

"你下来！"沈傲认出了曹节，站在车前把车逼停。

曹节很纳闷,摇下车窗探问怎么回事。他不认识沈傲。

"下来!下来!"沈傲一手拄着单拐,一手向曹节打招呼。

"你是?"曹节下车,来到沈傲面前。

沈傲没再说什么,他毫无征兆地抡起单拐,铆足了劲,向曹节的脑袋砸去。

那根单拐是金属材质,打起人来很趁手。曹节没有防备,被打倒在地。血从被击中的部位冒出来,浸到了脖子里。曹节痛苦地呻吟起来。

沈傲再次抡起单拐。这一次,单拐在半空犹豫了一下,随后击中目标的后腰。

周围很快聚起围观者,有人顺手打了110。

"你怎么回事?"李文璧从人群中跑出来,拽着沈傲,一脸问号。

沈傲哼了一声,没有解释,把单拐丢掉,一屁股坐了下去。

"你怎么能打人呢?他根本不知道压到了你的脚!"李文璧说完,去扶曹节。

曹节不起来,疼得嗷嗷直叫。

李文璧跺了跺脚,跑向医院大厅。

很快,有人拿来担架把曹节抬走了。

接着,派出所的人到了。他们向围观群众了解完情况,不由分说带走了沈傲。

秦向阳接到李文璧电话后,大吃一惊,马上前往派出所了解情况。晚饭后,他们在医院见了面。

"怎么样?"李文璧见秦向阳神色凝重,不由得担心起来。

"刑拘!"

"刑拘?"李文璧有些不知所措,"治安拘留不行吗?那明明就是个意外!"

"不好办!他涉嫌故意伤人,有多名目击者证实这一点,而且曹节根本没还手!他出手太狠了,那一下差点闹出人命!"

"可是……他是为我受的伤!他就是年轻,一时冲动,想找曹节出口气!"

李文璧语气颇为自责，"我真不该把曹节找我道歉的事告诉他！"

秦向阳心里很乱，他不忍李文璧如此自责，叫她详细说说当时的情况。

"就是毫无征兆，穿好衣服就下了楼，我以为他去吸烟！"李文璧把当时的情况说了一遍。

"在此之前呢？他有没有表达过对曹节的恨意？"

"没有！"李文璧摇着头，说，"他激动过一次，当时那批中药的性质还没有定论，我急于回去写报道，不想再纠结细节。他讽刺了我，他不同意安慰剂的说法。他当时说：'他们害死我奶奶！害我废了一只脚！不把疑点全搞清楚，老子就不姓沈！'"

这是李文璧向秦向阳第二次说起这件事。上次，秦向阳还感叹沈傲的执着。事情发展到现在，他已经能解决沈傲所有的疑问了。

他仔细琢磨了很久，握着李文璧的手安慰道："沈傲太冲动了！在看守所关一段时间，对他来说不是坏事！"

李文璧不想接受这个说法，可是心里面又颇为认可。到现在，她都清晰地记得沈傲胳膊上的烟疤。一个理智的年轻人，怎么会对自己那么狠呢？

秦向阳去看望了母亲。他母亲经受了化疗的折磨，整个人瘦弱不堪，几乎认不出他来。望着母亲，他心里不由得一酸，差点落泪。

秦向华不在。这段时间，李文璧和他轮番陪床。

李文璧说秦向华瘦了很多。

秦向阳听了更不是滋味。何止是秦向华？李文璧也瘦了。他很想扔下手头的案子……可是……

"其实，你就算天天盯在这儿也没什么用，但是太久不来也不好！"李文璧瞬间读懂了秦向阳的表情，出言提醒。

秦向阳对此很是感激。他意识到自己欠下了沉重的债。他欠母亲的，欠秦向华的，欠李文璧的，还欠分局和市局给他捐钱的同事。这是中国式人情债。

望着远处的黑暗，他咬紧槽牙，那个想法再次袭来——他想早点结束手头的一切，回头当个普通人，好好体会一下岁月的安宁。

江海潮牢牢掌控着案情走向。

他把试验场案和404案，以及两者之间的联系，整理成大纲，上报给了市局、市委及省厅的相关领导。

案情性质过于恶劣，令各级领导极为震惊。省厅整合了各部门意见，敦促江海潮再接再厉，尽快破案。到时，省厅会组织一场大规模的新闻发布会，由江海潮出面，向全社会通报案情，从而彰显我公安机关打击犯罪、维护社会和谐稳定的决心。

江海潮明白，他终于等到了大案、要案，等到了证明自己、扬眉吐气的机会。不久以后那场盛大的新闻发布会，将是他人生新的起点。

沈傲拄着单拐进了看守所，他神情萎靡，看起来很是沮丧。沈傲父亲沈云谦得到消息，顿时成了热锅上的蚂蚁，第一时间前去探望。到了那他才知道，要等到法院判决后才能探视，幸亏秦向阳从中帮忙，他才见到了沈傲。

沈傲对父亲的到来无动于衷。看得出，这对父子关系并不好，至少对沈傲来说是那样。

沈云谦大概明白儿子的症结所在。沈傲小时候是留守儿童，被奶奶一手带大，和奶奶的关系远胜过父母。忘川公司被查后，沈云谦有些后悔，不该瞒着沈傲，就把母亲的命给"卖"了。可是，还有更好的法子吗？他家就沈傲一个孩子，即便如此，家底也被病魔给掏空了。当时的情况别无选择。作为父亲，他不得不为将来打算。

沈云谦的顾虑，沈傲都想到了。

在沈傲的概念里，事无对错，只看利弊——那是利己主义者的精致说辞。那样的人，活着跟动物没什么分别。

看守所的管理，相比监狱要松懈一些。沈傲上午进去的，接下来的午饭和晚饭，他都没吃饱。在别人看来这很正常，不管是饮食还是心态，都不是那么容易适应。对沈傲来说，影响最大的不是心态，而是他行动不便。他拄着单拐排在队伍后面，轮到他时，剩下的就是些汤汤水水。

食堂有规矩，在安全方面要求严格。嫌犯使用的勺子、筷子都是塑料制品。

饭后餐具要留在桌面，由值日人员统一规整，要是查到有餐具丢失，就查看食堂监控，避免有人偷走塑料餐具，蓄意伤人。

食堂空间很大，现成的桌椅基本坐满了，要是不够坐，还会加桌子。第二天中午，沈傲照例排在队伍最后打饭。吃饭的人三五成群，基本上都是彼此相熟的或同一监仓的坐在一起。沈傲和谁也不熟，他默默地扫视完所有人的脸，打算找个边角坐下来。令他想不到的是，在靠窗的位置居然有一张空桌。

沈傲迟疑了一下，走到空桌前坐下，深深地叹了口气。自己占一张桌子吃饭，这不是自由是什么？一瞬间，他感觉像是回到了外面的天地。

就在这时，有三个人端着餐盘来到沈傲面前。那三人长相各异，一个像瘦猴，一个高大魁梧，一个矮胖。

"起开！""瘦猴"放下餐盘，敲了敲沈傲面前的桌子。

这三位来得比沈傲还晚，可是他们餐盘中的饭菜，却好过沈傲的汤汤水水。显然，这是排在前面的人帮忙把饭打了，实际上这不符合规定。

沈傲疑惑地看着对方的餐盘，屁股没挪窝，硬声说："凭什么？"

这一问，把"瘦猴"逗笑了："凭什么？小子新来的吧？哪儿都有规矩！这张桌，是我们猛哥的专用桌！"

"瘦猴"一边说，一边伸出巴掌，拍着沈傲的脸："机灵点！起开！"

"就不！"沈傲脾气上来了。

"你他妈给脸不要脸！""瘦猴"说着，把沈傲的餐盘扔到了地上。

食堂里的平静被打破了，人们纷纷侧目望过去。

"搞什么！"食堂门口有个管教，姓郑，朝着"瘦猴"的方向吼了一嗓子。

"没事！嘿嘿！"

"瘦猴"向郑管教敬了个礼，又转回身瞪着沈傲，"饭都没了，还不滚？"

沈傲慢吞吞地站起来，叹了口气。

"看把这小子愁的！""瘦猴"等人坐下，有说有笑，谁也没想到沈傲突然动了手。

"哐当！"沈傲拿起一个餐盘，毫不犹豫地扣到了"瘦猴"的脑袋上。

变故太快，谁也没反应过来。

电光石火间，沈傲又抓起单拐，退后一步，抡圆了，砸向"瘦猴"旁边的"猛哥"。

"猛哥"就是章猛。

他进来时间也不长，却已经成了所在监仓的老大。

章猛毫无防备，脑袋硬生生挨了一下，顿时眼冒金星，趴在了餐盘上。

紧接着，第二下又来了。

看守所里人人手无寸铁，一根单拐，成了大规模杀伤性武器。

章猛头顶飙出血来，身子一软，滑到了地上。

"干起来了！"

"过瘾！"

"往死里搞！"

食堂里顿时炸了锅，人人骚动，扯着嗓子起哄。

郑管教愣了片刻，这才摸起警棍，分开人群冲进打斗现场，一把夺下沈傲的单拐。

"弄住他！"郑管教指挥身后的同伴，轻松地控制住了沈傲。

章猛躺在地上，满脸是血，疼得直哼哼。

郑管教顾不上恢复现场秩序，从人群中挑了两位上前帮忙抬人。

就在这时，沈傲突然挣脱了双臂，踉踉跄跄地扑到了章猛身上。

他抱着章猛的头，压低音量阴狠狠地说："有人叫我弄死你！你躲过今天，躲不过明天！"

郑管教被吓了一大跳，从背后拎起沈傲，把他铐到了餐桌的支撑腿上。

紧接着，人们上前抬起章猛赶往医务室。

一场突发事件终于结束。

章猛头上缝了十五针，有没有脑震荡后遗症，现在还不好说。

沈傲被关了禁闭，事件起因正在调查。

看守所考虑到章猛是秦向阳送进去的嫌犯，就把事件向栖凤分局做了通报。

沈傲蓄意伤人，刚进看守所没两天，再次伤人？秦向阳异常震惊。得知被打的是章猛，他更纳闷了。曹节被打，他还能理解，可沈傲为什么打章猛呢？是意外冲突，还是有意为之？

秦向阳在看守所禁闭室见到了沈傲，他必须把疑问搞清楚。

禁闭室空间逼仄，没有窗户。沈傲低着头，双手反铐在钢质座椅上。秦向阳叹了口气，帮他打开了手铐，然后取出水递过去。

沈傲活动了一下手腕，接过瓶装水一口气喝干，末了舔了舔嘴唇，意犹未尽。

"为什么打人？"秦向阳面对着沈傲坐下，表情严肃。

半晌，沈傲开口述说了事情的经过。

秦向阳听完略一沉思，抓住了事情的关键："和你起冲突的是'瘦猴'，你为什么打章猛？"

沈傲翻了个白眼，理直气壮地说："他是忘川公司老板，你说呢？"

秦向阳明白对方的潜台词，忘川公司拿人命设置赌局，害人不浅。

"你怎会认识章猛？"秦向阳反问。

"你忘了？我和李文璧早就查过忘川公司的注册信息了！"

"这么说，你又是一时冲动？"

"是的！这是个巧合！"

秦向阳心想：巧合？世上哪有那么多巧合！

望着沈傲倔强的脸，他好像看到了年轻时的自己。

他突然有种奇怪的感觉：沈傲打曹节，该不会是故意为之吧？这小子就是想进看守所，他的目标是章猛！可他为什么那样做？就为出口气？

前些日子发生的事告诉他，眼前这个年轻人，似乎远不是表面看起来那么鲁莽易怒。

他想得很远，但是无法佐证自己的想法。

他心里的疑问本就不少，现在沈傲又给他的疑问加码，那让他有些烦躁。他起身推开禁闭室的门，让光线射进来，整个房间随之光亮了许多。

他深吸一口气，站起来问："听说你被控制后又挣脱出来，趴到地上和章猛说话？你说了什么？"

秦向阳的身影挡住了光线，给沈傲带来强烈的压迫感。

沈傲哼道："什么也没说！我就是想咬他一口，解气！"

"咬人？你把他打得半死，还想咬人？"秦向阳不知道说什么才好。这个年轻人的言行，屡屡令他诧异。

"那又怎样？"沈傲抹了一把脸，说，"要是上法庭，我会给自己辩护，章猛间接害死了我奶奶！"

秦向阳没再回应，他叫来看守重新把沈傲铐上。

真的如沈傲所言？他一边想一边离开，心中的疑问丝毫没有减轻。

看守所医务室，章猛病床。

床上的人，头上裹着厚厚的纱布，只露出两只眼睛。看守所的护理不那么周到，他的嘴唇有些干裂。

"又见面了！"秦向阳把水果放在床边，拿起一瓶水打开盖子，递给章猛。

章猛费了半天劲才靠坐在床头，咧开嘴笑了笑，一仰头把水喝下。

"认识打你的年轻人吗？"秦向阳径直问。

章猛摇头。

"你觉得那是意外，还是预谋？"秦向阳再问。

章猛舔了舔嘴唇，说："意外！"

"意外？"秦向阳几乎不相信自己的耳朵：这货居然认为那是意外！

他调整了一下坐姿，把身子凑到章猛眼前，逼问道："那小子趴在你耳边，跟你说了什么？"

听到这话，章猛明显一愣神。

他很快恢复了神态，回望着秦向阳的眼睛："说话？没有吧？他好像想咬我，被及时拉开了！"

# |第二十三章　看守所突发事件（二）|

关于当时的情况，郑管教等人的描述是，沈傲突然挣脱开来，趴到地上抱住了章猛的头，看样子那就是在说话，只是现场太乱，没人听到沈傲说了什么。管教不同意咬人的说法。如果沈傲真想咬人，他完全有机会，可是章猛身上未见任何齿痕。这是旁观者的结论，跟事件双方当事人的陈述完全不同。沈傲说他想咬人被拉开了，而章猛的说法居然跟沈傲一模一样！

到底哪方的陈述更接近事实？秦向阳分不清了。

就在他困惑不已时，看守所突然传来消息：打架事件第二天凌晨，章猛在看守所医务室自杀了。

章猛就地取材，用头上的绷带把自己吊到了医务室的门框上。值班人员发现时，人早断气了。当时医务室里还有个烫伤的嫌犯，那人睡得死沉，什么动静也没听到。面对章猛的尸体，看守所相关人员和秦向阳都接近崩溃。

对看守所来说，这是重大事故，不但相关责任人要受到处罚，还要通知死者家属，履行一定的赔偿义务。对秦向阳来说，章猛是试验场案的重要嫌疑人，案子未结，检察院和法院的程序还没走，人却突然这么没了，他从警多年第一次遇到这种情况，他不知该如何面对。

江海潮也收到了消息。惊诧过后，他忍住了前往看守所的冲动。他有自己的理由。一方面，他能面对任何人，唯独无法跟秦向阳解释他何以插手试验场案。

他还不知道，秦向阳早已对他的所作所为一清二楚，只是顾及面子，没捅破那层窗户纸。另一方面，他想看看秦向阳如何收拾那个烂摊子。

章猛是自杀的，这点毫无疑问。

令人纳闷的是，章猛床头的墙上发现了一行字：放过我老婆孩子。

字迹是指甲刻上去的，字体很大，歪歪扭扭，应该是摸黑写的。秦向阳认定字迹来自章猛。他记得很清楚，他到医务室找章猛谈话时，床头的墙上什么痕迹也没有。

医务室的监控证实了他的判断。红外监控显示，章猛半夜时分翻身坐起，靠着墙发了半天呆，随后在墙上写起来。写完后他还贴近墙面，试图辨认。之后他未再犹豫，一把扯下头上的绷带，朝门口走去。

"放过我老婆孩子。"——这是章猛的遗言。

问题来了，章猛为何自杀？又为何留下这句遗言？

有个事实显而易见：数次审讯下来，章猛对老板的身份只字未提。按说，"原则性"这么强的人，既不会招致老板的担心，更没有用自杀保守秘密的理由。秦向阳几乎立刻断定，章猛的心理状态一定发生了问题，而这个问题一定跟沈傲打人事件有直接关联。他断定沈傲撒谎了，后者一定跟章猛说过什么。他只是还无法理解，章猛为何也一口咬定，沈傲什么也没说。

看守所禁闭室，秦向阳再次面对沈傲。

这一次，他没拿水，也没解开对方的手铐，他的脸色阴沉得可怕。

沈傲跟他对视了一会儿，赶紧把目光移开。

"你到底跟章猛说了什么？不交代，别想离开这个屋！"

沈傲沉默，上下打量秦向阳，试图解读对方的心理语言。

秦向阳很想打人，他努力忍住，大声说："章猛死了！你满意了？"

"啥玩意儿？"沈傲身子晃动，差点连椅子一块摔倒，他努力平衡住身体，惊道，"怎么可能？"

秦向阳掏出手机，找到章猛自杀现场的照片，在沈傲面前晃了晃。

沈傲颓然地靠向椅背，整个人像被刺破的气球。

过了半天，他抬起头小声问："能给我根烟吗？"

秦向阳叹了口气，帮沈傲打开了一只铐子，拿出烟递过去。

沈傲的眼睛半开半合，显得很没精神。

他慢慢地抽了半根烟，摇着头说道："事情不该这个样子！"

秦向阳一把夺下沈傲的烟，扔到脚下狠狠地踩灭了。

"唉！"沈傲苦笑了一下，说，"他不该自杀！按理说，他应该跟你交代更多隐情才对！"

"你威胁他了？"秦向阳听出了对方的话外之音。

"是的！"沈傲揉了揉鼻子，说，"我确实说了一句话。我对他说：'有人叫我弄死你！你躲过今天，躲不过明天！'"

"为什么不早说！"秦向阳吼道。

沈傲眨了眨眼，语气很无辜："急什么你？我本以为他很快就会找你，主动交代！他不认识我，不知道我怎么进的看守所。我借故袭击了他，然后留给他那句话。为什么？我就是想让他以为，老板派我来灭口！他知道老板的身份。老板怎么想？老板一定不放心。你章猛初一不交代，不表示十五不交代！所以，我故意演了那么一场戏，其实完全契合章猛的心理！我是在帮你！"

"操！"秦向阳明白了沈傲的逻辑。

这小子哪里是冲动？他进看守所果然有所图。他为的就是接近章猛，发动突然袭击。他早料到袭击会被制止，然后故意留给章猛那么一句话，让章猛担惊受怕。沈傲的逻辑没有错。站在章猛的立场，他一定认为袭击他的人，是老板派来的，这说明老板不信任他了。如此一来，章猛接下来的最优选择，自然是出卖老板。

可是章猛却选择了自杀！这出乎所有人预料，包括沈傲。

"你怎么知道案情进展？怎么知道章猛背后有个老板？"秦向阳问完，觉得自己问了个白痴问题。不用说，一定又是李文璧告诉沈傲的。实际上随着案情的进展，他没有再向李文璧透露过多，但是李文璧去过他办公室，一起分析过试验场涉及药物的性质，而且经由韩枫听说了不少内情。对！以李文璧的性格，事后肯定还会向韩枫打听……

"为什么这样做？值得吗？"

沈傲和李文璧最初的调查使试验场案得以曝光。秦向阳能理解他们那种激情，也能理解沈傲的心态，他放不下奶奶的死，渴望查证真相。但事情发展到现在，他难以理解沈傲的做法。把自己送进看守所，试图迫使章猛继续交代，这未免远远超出正常人的责任范围。

"不这么做，你有办法？"沈傲斜眼看着秦向阳。

秦向阳被对方问笑了，他知道沈傲没说实话。

"我是学新闻的，就是渴望真相！爱信不信！"沈傲仰在椅子上，摆出一副无所谓的样子。

"渴望真相？"秦向阳忍无可忍，大声说，"给老子坐正了！你他妈害了章猛！"

"大哥！你有逻辑吗？正常来说他不但不会自杀，还会给你惊喜！"

"可他已经死了！"

"他有没有留下遗言、遗物之类的？"

秦向阳没有回答。此刻，他已经将顺了章猛自杀的逻辑——正常来说，面对沈傲带来的威胁，章猛应该出卖老板。他不但没有那么做，反而选择自杀，那么只有一种解释，章猛担心老板对他老婆孩子下手。换句话说，老板早就做出了这种威胁，所以才放手让章猛经营赌局。章猛不在了，那么他老婆孩子所背负的威胁，也就不存在了。在章猛看来，沈傲这个"杀手"的出现，就是老板在提醒他：要么你章猛死，要么你老婆孩子死。章猛做出了选择。他早就说过，娶到邢爱娜，是他上辈子修来的福分。虎毒不食子，他们的孩子还太小，生死面前，他没的选。他之所以留下那句遗言，就是想把他的无奈告诉警方。或许在他临死之前，他心里想的，是盼着警方帮他复仇。

沈傲见秦向阳要走，连忙伸出两根指头比画了一下。秦向阳把整包烟甩了过去。

看守所把章猛自杀的消息通知了家属。直到见到尸体，邢爱娜才相信，一时间她悲痛难抑，晕了过去。

她被警方送到家中，醒来后发现秦向阳和苏曼宁坐在她家客厅。

邢爱娜神情悲伤，什么也不想说。

但是秦向阳不想等。

他斟酌了一下，一句话打动了对方："章猛是为你和孩子死的！"

邢爱娜顿时止住抽泣，呆呆地望着秦向阳。

秦向阳说："他犯的事不小，实际上却是为别人扛。"

邢爱娜摇头，她不想听跟案子有关的事。

秦向阳继续说："有人拿你和孩子威胁他。难道你不想对方接受惩罚？"

"我有什么办法！"邢爱娜长吁短叹。

"五年前，也就是章猛负责忘川公司之前，他都做过什么？你最好仔细回忆一下。"

"我不知道……我们结婚才两年。"

"他就从没说起过去？"

邢爱娜想了半天，说："我只知道他从前好赌。他说为了我，戒了！"

"他有没有提过曾扶生？"

"曾扶生？"邢爱娜很纳闷，她从未听过这个名字。

秦向阳坚信自己的判断，一心想找到章猛和曾扶生之间的关系。

针对章猛曾热衷于赌博的情况，他连夜带人赶往章猛老家，走访了章猛和章烈的亲朋好友以及同学，还原了一段往事。

章猛好赌，最爱诈金花，他的赌龄很长，能上溯到中学时代。那时候没钱，他就和人赌俯卧撑，最多的时候，他欠下十几万个俯卧撑。六年前，章猛好不容易攒了一笔小钱，在省城搞了个水果摊。同年，章烈从省散打队离开，前往省城找章猛。章烈有些积蓄，他寻思伙同章猛一块做生意。未料想，他跟着章猛很快染上了赌博恶习。赌博来钱快，输钱更快。不到三个月工夫，他俩输了个底朝天。于是章烈就不停地抱怨，说章猛害得他把老本都输光了。为翻本，更为挽回脸面，章猛回到老家，把父亲给他攒了半辈子的彩礼钱诓到手，返城再战。后来，彩礼钱也输光了，无奈之下，堂兄弟两人铤而走险，尝试借高利贷。

章猛和章烈总共欠下多少高利贷，没人说得清。但是很多人至今还记得，当年有人找到他们老家逼债的情景。说是去了好几辆车，一群小青年拿着棍棒，逼迫章猛和章烈的家人还钱，不还钱，就拆房子。逼债的第二次上门时，章猛父亲当场昏死过去，不久后郁郁而终。章猛父亲死后，再未见有人上门要账，其间，章猛也一直没敢回家。直到后来，人们听说章猛和章烈成了能人，在省城干起了公司，早把所有的债务还清了。

分析这段往事，秦向阳很清楚，忘川公司的业务，是五年前开展的，而章猛、章烈欠下高额债务是六年前。

就本案所牵涉的时间点来看，六年前是什么时候？2012年。

那年春天，卢占山的医馆被烧，还烧死了一名叫陶定国的病人。那年冬天，卢占山的老伴儿莫名被绑架，因惊吓致使心脏病发作，死在烂尾楼。

很显然，他们不可能在躲债期间，堂而皇之地开公司。也就是说，在开公司之前，章猛和章烈身上一定发生过什么事。这件事不但帮他们解决了债务，还解决了未来的出路。

那会是什么事呢？警方无从查起。

返回滨海的路上，秦向阳突然接到中队长李天峰的电话。

李天峰说，他查到了章烈的行踪。

# |第二十四章　影子|

李天峰带着章烈的照片连日走访，查到了一个洗浴中心，在那里他终于找到了章烈的踪迹。

洗浴中心的工作人员小李说，他见过照片上的人。大概十天前，那人浑身湿透，走进了洗浴中心。那天傍晚刚好下雨，也就没人对此感到意外。

那人身上有两部手机，都进了水。他把手机和钱包拿到前台，叫人帮他擦干，再拿到台灯下烘烤。买单时，他的钱钞还未烤干。当时小李正在前台，对此事很有印象。

李天峰查看洗浴中心的监控，证实那人正是在逃的章烈。

监控显示，章烈是半夜离开的，出了洗浴中心后步行，此后又失去了行踪。

收到消息，秦向阳立即前往涉事的洗浴中心。

扶生集团总部。

陆文通紧跟着曾扶生上楼，进入密室。

表面上，陆文通是曾扶生的私人秘书。多年来，里里外外，他跟曾扶生几乎寸步不离。对曾扶生来说，陆文通好比他的影子。

陆文通二十八岁，正是最好的年纪。曾纬死后，他几乎成为曾扶生最亲密的人。他和曾扶生不是父子，却胜似父子。他是曾扶生收养的。

二十多年前，曾扶生还在乡下干赤脚医生。有一天，一个女人抱着个四五岁的孩子到他的小诊所看妇科病。

曾扶生是个大老爷们，不懂妇科，女人很失望。

女人临走之前突然肚子疼，苦着脸，说要去附近的小超市买点女性用品，麻烦曾扶生帮忙照看一下孩子。曾扶生同意了。

谁知那女人竟一去不返。

曾扶生很纳闷。接下来的几天，他专门抽出时间，在附近几个村子打听，想找到女人的下落，可他不知道那人的名字。苦寻无果后，只好把孩子留了下来。

他问孩子叫什么。

孩子说他叫陆文通。

陆文通跟曾纬、曾帆一起长大。曾纬长大后出国留学，他跟曾帆在一起的时间就更长一些。

陆文通个头不高，寸头，整个人看上去极有精神。他不喜言笑，喜欢跑步，多年下来，把身体练得像一根钢条。

随着年纪的增长，曾帆越来越不喜欢陆文通，甚至还非常讨厌他。曾帆是那种傲气十足的女孩，喜欢周围的人都恭维她，赞美她，捧着她，她才高兴。陆文通不会那一套，他成天绷着脸跟在曾扶生身后。

在密室中，曾扶生才能完全放松下来。

这阵子，他累了，几乎彻底崩溃。

曾纬的死对他的打击不可想象。

如果曾纬真的只是被他人所害，如果他真的只是一位遭逢不幸的父亲，也就罢了。

可惜，每一样都不是。

他无比清楚，曾纬是间接地死在他的手里。

不管直接还是间接，儿子死在父亲手里，这令他难以接受，无法承受。

他知道秦向阳盯上他了。

他不为这个担心。

他深信，没人能证明，他跟试验场有直接关联。

可是，这同样不该发生。如果一切照计划进行，他不该被警察盯上。

那本是个完美的计划。

在那之前，为从卢占山手里拿到复原的《不言方》残卷，他已经想了很多法子，可惜没有一次成功。

六年前，也就是2012年春，他让陆文通雇人烧了卢占山的中医馆。

后来，他听说那场火烧死了一个叫陶定国的肺癌晚期病人。没办法，要怪就怪卢占山把病人留在那里。再说就算没有那场火，陶定国也活不过多久。就算卢占山手里有古方奇药又怎样？陶定国肺癌晚期，又没有钱，他不信卢占山能赔本把人给治好。

紧接着，卢占山去别人的医馆坐诊，他又让陆文通找人前去捣乱，直到卢占山辞职回家才罢休。

继而，2012年冬天，他又铤而走险，雇人绑架卢占山的老伴儿。为了老伴儿的安危，他不信卢占山还抱着《不言方》不放手。只可惜，那次绑架失败了。他想不到卢占山的老伴儿过于脆弱，他雇的人还没来得及联系卢占山，那个女人就因惊吓病发而死。他很无奈，只能叫人清理干净绑架现场，中断行动。

他用尽了法子，就是得不到想要的……

他知道卢占山心里有数，知道是他做的，只是拿不出证据。

那就是他要的效果。

卢占山亏心！早交出古方奇药，哪里还有这么多事？

自小，他就是个不达目的誓不罢休的人。

他恨极了卢占山。在背后，他称呼卢占山为"老东西"。

"老东西"永远不会理解他。

小时候，他的父亲，他的母亲，他的哥哥，一家人先后因癌症去世。那是个小概率事件，更是人间悲剧。正因为如此，他才迫不得已，投奔李正途。他母亲姊妹七个，李正途的妻子是他大姨，他母亲是老幺。

作为亲戚，李正途临终时不把复原残卷交托给他，却给了卢占山，这是他的心结之一。他的亲人先后死于癌症，这是他的心结之二。从中医角度研究癌症的广谱疗法，惠及天下人，让他家的悲剧不再重演，这是他毕生的理想，也是他的心结之三。

这三点，"老东西"都不理解。

"老东西"眼里只有钱，不但一直否认古方奇药的存在，还说他曾扶生为的只是利益。

呸！没有古方，就自己研究。

五年前，他苦心设计了试验场计划。他对自己很满意。在他看来，若非雄图大志之人，绝难想出那样的计划。

试验场进行了两年。他博览群书，不断修正药方，历经了数百例临床试验，只发生过两次奇迹。奇迹，自然算不上"广谱疗法"的成功，试验只能继续进行。

三年前，滨海中医界突然传出消息，说卢占山治好了自己的肝癌。不仅如此，紧接着，他又听说，卢占山非但治好了自己，还另外医治了七名癌症患者。

这个铁的事实，更证明了卢占山手里掌握着古方奇药。

那一刻，他的愤怒如火山般爆发。他无法接受那个事实，本可以惠及众生的东西，却成了卢占山的个人私藏。

愤怒之后是冷静。

于是，雇用樊琳做"婚托"，打入卢家内部获取古方的计划就此诞生。只可惜，樊琳也失败了。

为离婚，樊琳给卢平安戴上了绿帽子，并且越发肆无忌惮，他巧妙利用了这件事。苦心思量之后，真正完美的计划浮出水面。

他需要两个人参与计划，一个杀手，一个小偷。

于是，陆文通找来了谢饕饕和谢斌斌，章烈找来了宋猜。

正如秦向阳分析的那样，卢平安出差，樊琳约情人上门之际就是行动之时。整个计划，有两点要准确无误：

一、杀手和小偷都要进入卢平安家，但要安排小偷先到，杀手后到，还要保证小偷既不会被杀手发现，又不会被樊琳和情人发现，这需要一定的运气。曾扶生拒绝运气，因为事情不容有任何失误。章猛解决了他的焦虑。章猛说他了解樊琳，樊琳是个急性子，不管在家中还是在酒店约会，她都习惯第一时间陪情人洗澡，没那么多弯弯绕，谢饕餮只要把握住这一点，就没风险。

二、确保卢平安返回案发现场，以实现栽赃嫁祸。实现这一点很简单，章猛早通过樊琳问清楚了，卢平安的火车下午五点才发车。陆文通从火车站找到一名混混，让对方按他要求的时间，把写有"卢平安，你老婆在家偷情"的信件，塞进卢平安口袋即可。

任何成功都有代价，樊琳及其情人的死，就是这件事的代价。他的计划成功了，只是他想不到，儿子曾纬居然也是樊琳的情人。

怎会这样呢？章猛早就获知，樊琳的约会对象是邓利群。案发前，陆文通和章烈以邓利群工作单位为起点，轮流跟踪，亲眼看着邓利群的车进了小区北门。

当时，谢饕餮在小区外面，谢斌斌在小区自己家中。

然后，陆文通叫谢饕餮给谢斌斌发短信，叫谢斌斌到1102室外面的楼道等候，只要发现有男人进了樊琳家，便短信通知谢饕餮。

谢饕餮再以外卖员的身份伺机潜入。这中间要留出十分钟左右的时间差，以确保房间内的男女已经进入淋浴间。

谢饕餮成功躲进房间后，再短信通知其弟谢斌斌。那个时间点，谢斌斌已经顶替谢饕餮，以外卖员的身份出了五号楼。

谢斌斌收到信息后，去大魏豪庭对面，当面通知陆文通和章烈。

接下来，由章烈联系宋猜行动。

为保证不出意外，陆文通还准备了邓利群的照片，谢斌斌和宋猜一人一张。

整个过程虽然复杂，却万无一失，而且能保证事后警方无从查证。

因为这个过程中间的信息传递，是由谢斌斌完成的。谢饕餮兄弟之间打电话或发短信，警方都无从怀疑，更无法查到陆文通和章烈头上。

可是死的人怎么就成了曾纬？

针对这个疑问，陆文通事后回忆，邓利群下午两点进入大魏豪庭后，在外面的谢饕餮就短信通知谢斌斌，去1102室外面的楼道守着。可是直到下午三点四十五分，谢斌斌才短信通知谢饕餮，樊琳的情人到了——从两点到三点四十五分，这段时间太长，陆文通根本不知道那段时间发生了什么，更不可能想到，邓利群的车，早在当天下午两点半又离开了小区。

意外就在这个时间点发生。谢斌斌手里有邓利群的照片，可他发现，进入1102室的男人不是邓利群，而是另一个年轻男子。给谢饕餮的短信上，谢斌斌如实报告了这个意外。

那令陆文通很纳闷，立即把消息通知了老板曾扶生。

曾扶生立刻想到，一定是樊琳的老情人邓利群遇到了意外，这才又冒出来一位新情人，上门同樊琳约会。

这个新情人是谁？行动继续还是停止？

曾扶生当机立断：行动继续。一切都筹划已久，怎能因为一个小小的意外，就终止行动？不管进入1102室的约会者是不是邓利群，都注定是该计划的一个牺牲品。换句话说，不管樊琳的情人是谁，都无所谓。

当时他绝不会想到，樊琳的新情人偏偏就是他唯一的儿子，曾纬。

行动继续。

谢饕餮拿上外卖箱进入五号楼，兄弟俩碰头后，谢饕餮潜入1102室，谢斌斌则接替谢饕餮，带着外卖箱下楼……

通过孙登，曾扶生才慢慢了解到案子的详情，知道了案发前，发生在邓利群身上的那些意外。

意外！天杀的意外！

面对儿子的惨死，他痛彻心扉，有苦说不出。

怨谁？

行动前，他已获知进入1102室的约会者并非邓利群，如果那时停止行动……

可是，谁也没有前后眼。因为一个小小的意外就终止蓄谋已久的行动，可能吗？

谁也怨不得。

那个滋味太苦了！那可是他自己亲手熬制的黄连汤！即便如此，他还是强打精神，将计划进行下去。他约了卢占山，抛出了那个强有力的威胁：现场有一位目击者叫谢饕饕，能救卢平安的命，卢占山交出《不言方》残卷，他就把谢饕饕交给警方。

他知道，为了儿子，卢占山别无选择。

可是，卢占山即将就范之时，却突然又蹦出来两个目击者。那样一来，谢饕饕就没有价值了。

他恨透了侯三和林小宝。

现在是什么局面？

儿子死了，复原古籍没到手，试验场崩塌，忘川公司也毁了。

他精疲力竭。

他仰在密室的躺椅上，想着事情的前前后后，不知不觉间大汗淋漓。

陆文通在一旁站了很久。

待曾扶生睁开眼，他上前一步小声说："从看守所打听到消息，章猛自杀了。"

曾扶生眉心一抖，轻轻点了点头，再次闭上眼睛，陷入回忆。

六年前冬天的一个晚上，他请一个外地客户在云门巷吃饭。饭后，他将客户送回云门巷对面的如意酒店，然后回到云门巷外的停车场，陆文通就等在那里。

他刚打开车门，还没坐进去，忽听身后传来一阵嘈杂之声。

他扭头看去，只见两个年轻人狂奔而来，在年轻人身后不远处，有十几个人正在追赶。细看之下，追赶的人手里都拿着棍棒。

转眼间，跑在前面的两人来到曾扶生身侧，他们又向前跑了几米，突然硬生生止步，扭头来到曾扶生刚打开的车门前。其中一人强行把曾扶生推进车内，随后两个人都跳上后座，把曾扶生夹在中间，然后威胁陆文通开车快走。

陆文通想发作，却见后座的年轻人掏出一把水果刀。他顾及老板的安全，只好点火疾行，把车外面拿着棍棒的十几个追兵远远甩开。

那个过程中，曾扶生被人用水果刀架着脖子，却无比淡定。相比之下，持刀之人反倒胆战心惊。

他问那两位："你们是被追债，还是跟那群人有仇？"

对方憋了半天，说追债。

他又说："你们上了我的车，得到我的帮助，却还拿刀逼着我，这样下去不是给自己招仇怨吗？"

年轻人中粗壮的一位说："少废话！送我们上高速服务区，我们要离开滨海！"

曾扶生叫陆文通按对方说的做。

上高速后陆文通将车开到最近的服务区。

停车后，那两个年轻人叫曾扶生把身上的钱拿出来。

陆文通恼了。他一边掏钱，一边寻找机会，想制伏对方。

让他没想到的是，借着服务区的灯光，他突然发现那两个人之中，有一人的面孔异常熟悉。

他指着粗壮的那位，问："你是不是叫章猛？"

对方一听顿时愣了。

陆文通一解释，粗壮的那位想起来了，大半年前，初春的一天，他输得身无分文，经由一个赌友的介绍，他接了个昧良心的活：帮人放火，烧掉了一个中医馆，赚了一笔快钱。而在一个月前，之前的雇主又联系他，请他去绑架一位老妇人。他接了活儿，只可惜他动作太粗暴，致使对方受到惊吓，病发死在烂尾楼里，导致行动失败。但雇主还是付了钱，分文未少。

那两笔钱，就是陆文通付的。

陆文通眼前这两位，粗壮的正是章猛，另一个是章烈。

认出曾雇用过自己的陆文通，章猛丢掉水果刀，一时手足无措。

章烈比他冷静，立即道歉，并感谢对方的帮助。

这时候，曾扶生表现出了他义气的一面，询问对方为何被追债。

"赌债！"章猛无奈述说了实情——他和章烈是堂兄弟。章烈来滨海投奔他，想一起做点小生意，结果跟着他，把钱都输光了。为翻本，他又把家里给他攒的彩礼钱输没了，就尝试借高利贷，想把彩礼钱赢回来。结果却越输越多，越借越多，驴打滚，利滚利，以致人家追债追到老家去，害得老父亲抑郁而终，直到今天有家不敢回，在城里又被人追杀，生逢绝路一团糟。

曾扶生问欠下多少钱。

章猛说，八百万。

那时手机转账还不时兴，那个服务区也没有自助取款机。曾扶生叫陆文通开车下高速，从最近的取款机取了一万块钱，交给章猛。

章猛千恩万谢，给曾扶生打了欠条，就此分别。

两个月之后。

那年年尾，为了给保健产品注入新的增长点，曾扶生动了策划试验场的伟大念头。他设想的增长点就是使保健产品兼具防癌、治癌的功效，那需要真正的临床数据上的支持。

他这个念头的最初灵感，来自街边小广告。

他在街上看到过很多彩色的贴纸，纸上的内容特别吸引眼球：本医馆诚征癌症患者，条件，刚查出癌症不久，未遭受放化疗伤害。符合条件，可免费用药，不影响其他治疗。

这种小广告很多，来自不同的中药店，目的无非就是为药店推广宣传。

受小广告启发，没过多久，他就有了完整的思路。

他首先意识到，要搞试验场，必须要有一个福利性质的公司在台前作为支撑，而且这个公司的负责人，不但要具备赌徒心态，更要靠得住。最重要的是，要跟他没什么关联。

他身边缺少这样的人。

他不能指派陆文通出面，那样一旦出事，很快就能查到他头上。

这时候，他突然想到了章猛和章烈。

他知道那两位的难处一定还没解决，如果他给予对方帮助，能换来什么呢？

他还不知道答案。

他不清楚那两位的脾气秉性。

几经考虑，他叫陆文通设法找到章猛、章烈，把他们约到老地方茶社。

那时手机实名制还未普及到位，章猛和章烈四处躲债，怎么找？这可难住了陆文通。苦苦琢磨后，他想到了高利贷团伙。他知道高利贷那帮人也在找章猛和章烈，他找不到，不代表人家找不到。

陆文通没费劲，就找到了那个高利贷团伙，花了点钱，跟团伙里一个叫文哥的攀上了交情。

陆文通手里正好有一张章猛的欠条，不过数额太小。他模仿章猛的笔迹，另外造了一张假欠条，把欠款从一万改成三十万。

有了假欠条就好说了。

他告诉文哥，章猛也欠他钱，并出示了欠条。他请求文哥找到人后，把消息告诉他，到时少不了对方的好处。

文哥同意了。

一周后文哥传来消息，说在距滨海一百多公里外的Z市，发现了要找的人。具体位置，是一家叫"马大哈"的娱乐场所，章猛哥俩在那儿帮人看场子。

陆文通立即驾车前往。

他赶到时，又遇到了跟上次相同的一幕。

章猛哥俩在前面狂奔，身后一群人追赶。看那架势，两人一旦被逮住，要是拿不出钱，非缺胳膊断腿不可。

陆文通一眼就看出，跑在前面的章烈身体素质非常好。他知道，换作自己被追债，那种情况同样不能还手，只能跑。你欠别人钱，要是再把别人打了，那麻烦真就大了。

陆文通来不及多想，他摘掉车牌，发动汽车冲上街头，把车急停到章猛兄弟身侧。对方识趣地跳上车，扬长而去。看到又是陆文通出手相救，那哥俩又惊又喜，半天说不出话来。

他们回到老地方茶社，见到了曾扶生。

章猛哥俩不傻，知道别人不会平白无故出手相帮，但又搞不清对方意图，只能连声称谢。

曾扶生摆摆手，递上名片，开门见山，说要找两个合适的人，一块做生意。

章猛早看出曾扶生是个大老板。

现在大老板主动找到自己，说要一块做生意，世上哪有这样的好事？

惶恐之余，章猛说了心里话："我们负债累累，穷途末路，又没本事，曾老板你找错人了吧？"

曾扶生不点头，也不摇头，只说，他要找的是两个讲义气、重感情的人。

章猛哥俩再未插言，静听对方说下去。

曾扶生说："假如我帮你们把债平了，再办个公司让你俩负责，公司利润五五分账，你俩愿意为我做什么？"

一听这话，章猛哥俩彻底蒙了。抬头看时，他们觉得曾扶生身上充满了光辉，像是济世救人的菩萨下凡。

过了半晌，章猛小声反问："曾老板，您没开玩笑？"

曾扶生笑道："我说了，要找两位讲义气、重感情的人合作，别的都不是问题！"

章烈一直没说话，他还是不信有这等好事。

只是在章烈心里，曾扶生已经切切实实救了他两次。这些年他尝尽了人情冷暖，对他来说，单就这份恩情，已经无以为报了。

想到这儿，章烈突然摸出一把水果刀。

他把左手小指垫在刀下，手腕用力，心里发狠，硬生生把小指切了下来。

他的动作连贯、利落，谁也没来得及阻止。

曾扶生静静地看着，也许这正是他想要的场景。

章烈用右手捏起断指，任凭左手鲜血直流，哽声道："曾老板你帮了我两回！我这人不会说话，更不喜欢欠人情，这根指头，算是感谢！"

曾扶生沉默了很久，突然用力拍了下桌子，说："很好！我就是需要这样的人！你算一个！"

章烈很惊讶，没料到自己这番举动，合了对方心意。

陆文通赶紧找来止血纱布，帮章烈裹上。

章猛看了看水果刀，又看了看章烈的断指，满眼惊骇，心想：这可怎么办？

章烈过关了，难道我也得切指头才行？

他缺乏章烈的果决和勇气。可是，总不能眼睁睁放弃这个天大的机会吧！那可是八百万的高利贷，不，估计已涨到一千万了！曾扶生把章烈的给还上，他的咋办？还有后续的合作，还有公司，就这么眼睁睁放弃掉？

想到这儿，章猛眼一闭，心一横，拿起了水果刀。

曾扶生略带笑意地盯着章猛，随后缓缓摇了摇头，那意思，他不想再见血了。

章猛明白了对方的意思，但他没放下刀。

他紧握刀把，指天发誓："我章猛他日要是背叛曾老板，就断子绝孙不得好死！我老婆孩子任凭处置，绝无怨言！"

章猛此时还没有老婆，更没有孩子。

章烈斜了他一眼，道出了这个事实："你彩礼都输了，哪来的老婆孩子？"

章猛急道："总会有的！"

曾扶生笑了，点头说了两句令章猛胆战的话："有这份决心就好，我记下你的话！当然，我也忘不了你曾绑架过人，还致人死亡！"

"啊！她……那个老女人，她是心脏病发……"

"我找你干活时，交代了别弄出人命，对吗？"陆文通阴着脸，一字一顿地说，"她就是你杀的！"

章猛咽了口唾沫，不再辩解。

他又斜眼瞅了瞅那根血淋淋的断指，一激动，泪花出来了。

曾扶生脸色凝重地说："我找你们合作什么买卖，你俩难道就一点也不在乎？"

章猛拍着胸脯说："你认定的买卖，就算上刀山下火海，我们也干了！"

章烈没言语，但他认可章猛的话。他俩算什么？连一无所有的屌丝都算不上，他们还倒欠一千万赌债。人生对他们来说，真是到了绝处。要想翻身，谈何容易？

他想起来在散打队的日子，每一拳，每一脚，日复一日的苦练，为的不就是将来有出头之日？可实际上，没有努力过的人，永远体会不到真正的绝望！像他这样的年轻人，既没有门路，又不善炒作，要想凭特长混出头，实在太过艰难。他们沉迷赌博，无非就是为发财。现如今发财的机会就摆在眼前，而且合作伙伴是一位颇有实力的大老板，凭什么不干？

"你呢？"曾扶生扭脸问章烈。

章烈道："我没什么可说的，从今以后，我这条命就是您的了！"

曾扶生满意极了，这才慢慢道出了关于忘川公司的初步构想……

章猛一听新业务竟然跟赌有关，兴趣顿时来了。

曾扶生用极具诱惑力的语言，阐述了试验场的非凡意义。他从不同的角度，赌徒的角度，患者及家属的角度，以及试验成功后的经济和社会角度，逐一解剖，令听者热血沸腾，再无疑义。

他支付公司前期所有费用，关于如何开展具体业务，更是娓娓道来。他让章猛负责招徕赌徒，让章烈负责招募业务人员，试验药物这一块，由他亲自调制配方。至于具体药品的来源，要章烈自行采购，但有一个要求，采购的药品质量一定要好。

介绍完业务，他立刻让陆文通办理了一千万的支票，偿还赌债。看着那个数字，章猛哥俩顿时泪流满面。

这时曾扶生提出条件，那一千万不能白给，以后要从章猛和章烈的效益分成里扣除。

章猛和章烈全盘接受。

最后曾扶生重点强调，不管试验场成败结果，一旦出事，事情只能着落在章猛和章烈身上，否则……

他没再说下去，但房间内的每个人都感受到了他无言的决绝和杀气。

章猛和章烈的人生，就此走出绝境，彻底改变。

后来实际操作时，章烈严格遵守曾扶生的要求，打听到回春药房的中药质量有口皆碑，这才找上罗回春谈合作，那对后者来说，自然是好事。但是，他哪想到章烈有自己的小算盘。忘川公司规定，每批中药的费用会从患者家属所得收益中扣除。可是，章猛和章烈要先偿还曾扶生那一千万。因为这个原因，章烈跟罗回春合作了三个月之后，便开始故意拖欠货款，把钱挪用还债。罗回春极度不满，要求章烈补上欠款，并且往后必须现款现货，否则终止合作。

对于这些要求，章烈给了罗回春一个满意的答案——他把罗回春的小指头给剁了。

好在章烈还完了欠款之后，并没亏欠罗回春，不但把往后的交易改成了现款现货，还主动加价百分之五。

罗回春先吃了个大亏，跟着又赚得盆满钵满，对章烈反而越发恭敬。小指头被砍的事，也被他演变成跟人切磋诊脉，输了手艺，愤而断指为记。

想着这些往事，曾扶生心中充满难言的苦涩。当初构想的种种利好局面，本来唾手可得，如今不但功败垂成，毁于一旦，还搭上了唯一的儿子，那可是他将来全盘家底的接班人。

他幽幽地叹了口气，转头问陆文通："章烈呢？"

"在医院地下室。"

"他和宋猜联系的专用手机，修好了没有？"

"修好了，幸好那部手机有防水功能，他自己那部早废了！"

曾扶生点点头，语气阴沉："该行动了！让所有欠债的人，付出应有的代价！"

# |第二十五章　夺爱|

陆文通了解曾扶生心里的苦。

不管曾扶生要他做什么，他都会照做。

在曾扶生展开所谓的行动之前，他还要做好自己该做的事：给曾帆当司机。

曾纬死后，曾帆的精神一度紧张。她不知道弟弟为何被杀，是意外，还是父亲在外与人结仇所致？她不停地胡思乱想。

曾扶生了解女儿的心情，可他不能向曾帆袒露真相。作为父亲，他只能做出一个姿态，他很在意她，很看重她的安全。近来只要她外出，便让陆文通相随。

可是，曾帆很讨厌陆文通，不喜欢他那张冷冰冰的脸。陆文通也知道她的想法，可他不在乎，也不刻意改变自己。

刻意的改变，意味着伪装，那太累了。

这一天是曾帆的生日。她男朋友孙敬轩知道她近来精神状态不佳，有意在酒店为她准备了一场盛大的生日宴会。

孙敬轩高大帅气，是本市政法委书记孙登唯一的儿子，经营一家颇有规模的外贸公司，年轻有为。

曾扶生很看好这个年轻人。他女儿和孙敬轩的交往，也成就了他在本市唯一拿得出手的政商关系。以前他很避讳同官员之间有过密交往，那是他的经商之道，现在为了女儿，他接受了这种关系。即便他心态很好，可是就他跟孙登为数不多的交往经验来看，他还是能明确感觉出自己在孙登面前不那么自在。他特别讨厌那种不自在。

他喜欢掌控一切的自信所带来的感觉。他身上有那种自信，孙登身上也有。当这两种自信相遇、碰撞时，他的内心对孙登身上的那种气势，抱有鄙视态度。在他看来，后者身上的气势是体制赋予的，本质上那是体制的力量，与孙登本人的能力无关。他骄傲、自信，不达目的誓不罢休，他尊敬真正的强者，他不认为孙登值得他尊重。可是为了女儿，他必须忽略自己的感受。

曾帆对孙敬轩的精心准备很满意。她花了大半天时间精心打扮，她的妆容和气质让人过目不忘，无可挑剔。只有一点让她颇为失落，那就是在她如此精心的装扮面前，第一个观众却是陆文通。

也许，就连那个冷冰冰的死人脸，也会情不自禁发出一声赞美吧？她忍不住想。

可是当她出现在陆文通面前时，后者却一点表示也没有，他像僵尸一样打开车门，请她进去，然后坐到驾驶位，再没看她一眼。

陆文通的反应，轻而易举地消灭了她酝酿了一整天的好心情。

晚上七点，她像个公主一样，准时出现在皇家酒店最大的包间，宴会正式开始。

陆文通没进酒店，他将车子停入地下车库，随后打开车窗抽起了烟。

他要等很久，也许是一整晚。

他点上烟，看了后视镜中的自己一眼，突然笑了。

那个笑容，连他自己都觉得陌生。

曾帆的生日宴会温馨、浪漫。包间四周靠墙的位置布满各色鲜花，房间内飘荡着柔和的音乐，她沉浸在鲜花和音乐带来的美妙气氛里，浑然忘我，像一位骄傲的公主。

参加宴会的人，以孙敬轩和曾帆的朋友、同事为主。

孙敬轩单独向曾帆介绍了他的两位朋友，一个叫程喜宗，一个叫陈友仁。这两位都是高干子弟，跟孙敬轩一块长大。但凡参加酒会之类的活动，这三个人向来是形影不离，可见彼此感情之深厚。

人们品尝着红酒和美食，毫不吝啬地给宴会主角献上深深的祝福。宴会的高潮，是孙敬轩给曾帆献上生日礼物。那是一枚耀目的钻戒，价格不菲。孙敬轩双手捧着钻戒，单膝跪地，把生日祝福改成了求婚仪式。

曾帆深感意外。她被人们围在中间，犹如众星捧月。面对孙敬轩炽热的目光，她陶醉了，答应了。

晚上十一点，宴会结束，大多数客人已经散去，包间里只剩下孙敬轩、曾帆以及孙敬轩的好友程喜宗和陈友仁。

皇家酒店食宿一体，还配备足浴及高档KTV娱乐设施。

孙敬轩知道曾帆喜欢唱歌，他们哥几个也在兴头上，便到前台安排房间，一行四人前往娱乐区包房。

时间这么晚了，按理说，曾帆该把陆文通叫进来吃点东西，至少要给对方打个电话，可是在孙敬轩的陪伴之下，她早把等在外面的陆文通抛在九霄云外。

她心里有一头小鹿四处乱撞。她知道孙敬轩一定早就开好了房间。她决定了，唱完歌以后，就在这里留宿。

陆文通在车里睡着了。

睡到半夜，他突然醒来，赶紧看了看表。

零点二十分。

他掏出手机看了一眼，上面没有曾帆的来电和消息。

他知道曾帆喜欢热闹，尤其爱好唱歌。往年每到生日，曾帆都会约一帮朋友玩通宵。这个点，宴会早该结束了。他断定，曾帆一定在唱歌。

他觉得曾帆做得很过分，你唱歌也好，留宿也罢，总得来个电话说一声吧？难不成让人在车里睡一宿？

他把车开到酒店门口，点上烟回了回神，拨通了曾帆的电话。

他想告诉对方自己先回去，隔天一早再来接人。

电话通了，但没人接。

陆文通犹豫片刻，扭头看到曾帆的手机充电器插在车上，便顺手拔下，拿着它来到前台。

他对工作人员说："麻烦你，把这个充电器交给一位叫曾帆的女士，今晚她在这办的生日宴会。顺便和她说一声，我先回去了，我是她司机。"

前台笑着接过充电器，低头看了一眼工作记录，说："是有这场宴会，账记在一位叫孙敬轩的男士名下。他们正在KTV包间。是我替您送过去，还是您自己送？"前台举着充电器问陆文通。

陆文通略作沉吟，说："你带我去吧！"他生出了好奇心，想趁此机会，顺便看看政法委书记的公子。

前台不情愿地撇了撇嘴，她实在懒得走路。

两人乘电梯上楼，来到包房门前。

前台敲了敲门。

没有回应。

房门厚重，她又敲，还是没动静。

她犹豫了一下，用力把门推开一条缝，朝里望了一眼。

紧接着，她大叫了一声，又把门关上了。

"怎么了？"陆文通见她不对劲，上前一步问。

"没……没事……"前台小姐满脸通红，说话打结。

陆文通没再多问，绕过她，撞向门口。

门打开后，眼前的一幕把陆文通惊呆了。

房内闪烁着彩灯，灯光尽头有一排宽大的沙发，沙发上横七竖八地躺着三男一女，都光着身子，其情其景不堪入目。

这他妈什么情况？陆文通来不及多想，赶紧把前台打发走，并郑重地警告对方，暂时不要声张。可是对方却愣在原地不动。

他拿出钱包，随手塞给前台一沓钞票。女孩这才小跑着离开。

陆文通把门关好，紧皱眉头走到沙发前。

那三男一女似乎都醒着，但就是没人动弹。

沙发上一片狼藉，衣物胡乱扔在上面，有的掉到了地上。沙发前宽大明亮的茶几上乱七八糟，堆放着未食用完的果盘、冷饮、啤酒瓶、烟灰缸等，茶几中间，摆放着一个精致的醒酒器，里面还有少量红酒。桌边有四只高脚杯，一只站着，三只躺着。

陆文通蹲下来，仔细端详曾帆的脸。

那张残存着呕吐后的污迹的脸，美丽依旧，可是此时此刻却令他无比厌恶。

"醒醒！"陆文通用力拍打那三个男人的脸，他知道孙敬轩就在其中。

在他的拍打之下，有个男人的眼珠动了动，突然咧开嘴笑起来，把陆文通吓了一跳。

更让他没想到的是，紧跟着那个男人的笑声，曾帆突然翻身而起，毫无征兆地扑向陆文通。她伸出指甲，在陆文通身上疯狂地撕扯，似乎要把他的衣服抓烂。

陆文通用力挣脱开，后退了几米，打开大灯，取出手机录像。

他一边录一边想，这些人极可能吸食了毒品。可是细看之下，他却没找到吸毒的专用工具。

录了十几分钟后，他把手机关了。

他知道有些毒品被吸食之后，使用者会长久地兴奋狂躁，之后才是长时间入睡。接下来怎么办？任凭他们疯狂下去？谁知道他们何时罢休？这么拖下去，一旦事情传开来，那就糟了！此刻，他最担心刚才那个前台女孩。

想到这儿，他冲出门去，再次来到前台。

那个女孩仍在值班，见到陆文通过来，脸色瞬间变了。

陆文通招招手，把她引到无人处，出言威胁道："刚才的事，千万别说出去，否则谁也保证不了你的安全！"

女孩使劲咽了口唾沫，颤声道："要不，我把钱还你？"

"什么意思？"陆文通沉声道，"放轻松！那是私事，看你紧张成什么样子！"

"我保密就是了！"女孩吐了吐舌头，补充道，"但是天一亮，我就没办法了！"

陆文通点点头，问女孩，孙敬轩有没有开房间？

女孩回到前台查了查电脑，告诉陆文通，孙敬轩有开房间，但是还没到前台取钥匙。

陆文通叫女孩把房间钥匙拿给他。女孩很犹豫，说那样不合规矩。

陆文通急道："我要把他们弄进房间！"

女孩这才把钥匙拿给他。

随后，陆文通强行加了女孩的微信，又转给对方两千块封口费。

女孩明白，微信号被对方拿去，她更不能到处乱说了。

陆文通返回包间时，曾帆正趴在一个男人身上。她狠狠咬住男人的胳膊，疯狂地甩头。男人疼得嗷嗷直叫，抑或是兴奋，却并不挣开。

陆文通惊呆了。

他用力将二人分开，然后费了半天劲，强行给曾帆穿好衣服，把她拖到洗手间，按进洗脸池。

他把她脸上的污迹擦干净，然后扶着她离开房间，好不容易才回到车上。

他把曾帆扔进车内，把车锁好，又返回包间，逐一给那三个男人穿上衣服。可是，那三位的兴奋劲并未过去，随时都会做出更可怕的事来。

陆文通想起自己车内刚好有一盘拖车绳，便再次返回，取来绳子，三下五除二，把三个男人牢牢捆在一起。

捆绑完，他离开酒店，以最快的速度，把曾帆送回家，随后再次返回。他不放心包房里那三个家伙。

他回来时，那三位总算不折腾了。等他们彻底安静下来，他解了绳子，叫来一位服务生帮忙，把人扶到孙敬轩早先开好的房间。

第二天上午，孙敬轩等人一直在沉睡，曾帆也是一样。

陆文通悄悄采了四人的血样，拿到曾扶生的医院化验。

化验结果显示，孙敬轩等四人体内，含有大量甲卡西酮类化学成分的代谢物。这是一类新兴的毒品，与冰毒类似，但毒性弱于冰毒，外观一般是白色盐酸盐晶体或粉末，水溶性强，稳定性好，服用后能让人极度兴奋，感觉轻盈、快活，思维加速，身体和头脑产生冲击感。服用者兴奋期间，性欲增强，饥饿感减弱，不想睡觉，兴奋狂躁之后才会长时间入睡。

甲卡西酮类毒品，俗称"浴盐"，又名"丧尸药"，促使人体脑部多巴胺及去甲肾上腺素大量分泌，一些吸食者由此产生妄想症、幻听、幻视，会如丧尸般攻击他人，甚至对别人疯狂噬咬，其状犹如吸血鬼。

结论很明显，孙敬轩、曾帆以及孙敬轩的两个朋友，都服用了甲卡西酮类毒品。

下午，曾帆仍在熟睡时，被陆文通叫醒。

醒来时，她感觉浑身疼得要命，连睁眼都没力气。她完全不记得昨晚的事，她只是奇怪，陆文通怎会有她的房门钥匙。

昨晚陆文通把曾帆送到家后，便把钥匙带在了自己身上。但是陆文通并未解释，他紧绷着脸，硬拖着曾帆上车，前往皇家酒店。

他们赶到孙敬轩的房间时，孙敬轩和那两位同伴仍在沉睡。

曾帆很纳闷，这三个大男人怎会睡到一张床上去？而且连鞋子都没脱掉？

陆文通取来凉水，毫不客气地淋在了熟睡者的脸上。

很快，孙敬轩等人陆续醒来。他们看着曾帆和陆文通，一个个眼神茫然，甚至有些不知所措。

陆文通点上烟，给他们恢复的时间。

"你是谁？"孙敬轩白了陆文通一眼。

"我是曾帆的司机。"陆文通沉稳地说。

他抽完烟，打开手机视频，把手机丢到桌上，阴着脸说："都来看看吧，各位！"

曾帆等人不知所以，慢慢围了上去。

KTV包间内的画面正徐徐播放。

曾帆只看了一眼，便身子发软，坐到了地上。

"谁录的？"孙敬轩颤着手关掉视频，大叫道，"这不可能！"

程喜宗和陈友仁脸色发白，在一旁附和。

陆文通哼了一声，把四张血样检查单摔到孙敬轩脸上。

孙敬轩等人看完各自的检查结果，面面相觑。

陆文通面无表情地说："甲卡西酮类代谢物，不用我再解释吧？各位身上还有毒品吗？交出来吧！"

这时，曾帆突然站起来，用力扇了孙敬轩一耳光。

"无耻！畜生！"她破口大骂。

接着，程喜宗和陈友仁也被打了。他俩可受不了这种侮辱，登时就要发作，但是看到孙敬轩可怕的眼神，他们只好咬牙忍了。

曾帆打完人，哭着跑进洗手间。

"这是陷害！我们被人投毒了！"孙敬轩紧咬着嘴唇。他活了三十年，从没这么委屈过。

"你们先自证清白吧！"陆文通收起了自己的手机。

"操！老子用不着自证清白！"程喜宗恼了，抬手想打陆文通。

陆文通钳住对方手腕，哼道："吸毒的可不是我！昨晚要不是我帮忙，各位的丑事，怕是早上网了！"

"你想怎样？"程喜宗问。

"什么叫我想怎样？我守了你们半夜，帮你们穿戴整齐，又费力把你们弄进房间，还花钱堵上了服务员的嘴巴。现在，我只是让你们知道发生过什么，其他的关我屁事！"

"查！"孙敬轩掏出烟点上。他无比懊恼，只吸了一口，便扔掉了。

陆文通默默地走到窗边，他不想掺和。

"你说怎么办？"孙敬轩走到陆文通身边，说，"我可以利用警方，也可以私下调查。你觉得怎样更合适？"

"随你便！关我屁事！"陆文通翻了个白眼。

孙敬轩叹了口气，走回到两位朋友身边。

此时他早已无比清醒，心里飞快地权衡。他知道，这件事不可能让警方参与进来。别的不说，他吸毒的事实，连带现场不堪入目的视频，叫他父亲孙登如何自处？

程喜宗和陈友仁的想法，跟他一样，这事只能私下调查，否则，他们绝难咽下这口气。

这时，洗手间门口传来动静。

曾帆的胸口剧烈地起伏着，她跑到客厅指着孙敬轩，大声说："姓孙的，我们完了！"

说完，她狠狠地摔门离去。

陆文通耸了耸肩，出门追曾帆。

曾帆并未上车，一个人在前面走得飞快。

陆文通慢慢开车跟着。

他把车开到曾帆身侧，摇下车窗，叹了口气，说："唉！生气就生气吧，可是看起来依旧很漂亮！"

曾帆的脚步停了一下，随即又快步向前。

晚上十一点五十五分，郊外。

一辆旧捷达在陆文通的车旁边停下，车门打开，从车上下来一个人。

那人长得尖嘴猴腮，气质相当猥琐。

"侯三？"陆文通叫了一声，随即下车。

侯三笑了笑，从怀里掏出一个小包，交还给陆文通。

陆文通微微摇了摇头，把东西收起来。

侯三伸出手，道："那什么甲卡西酮，我给他们下了一半，其余的还给你了。钱呢？"

陆文通拿出一大包现金，但没立即交到对方手里。

"哦，还有这个！"

说着，侯三拿出来一沓照片还给陆文通。那些照片总共四张，是曾帆、孙敬轩、程喜宗及陈友仁的个人证件照。

陆文通收好照片，掂量着现金，问："下药的效果，我已经看到了。关键是活儿做得干净不干净？会不会被人查到？"

侯三笑道："放心！绝对出不了岔子！"

陆文通撇了撇嘴，他不放心。理由很简单，就侯三这副尊容，不管出现在哪儿，都难免令人印象深刻。他现在有些后悔，不该找侯三干这趟活儿。

本来，他找的是谢饕餮，他们之间已经合作过一次。谢饕餮潜入大魏豪庭1102室的活儿，干得很不错，陆文通很满意。这次是个小活儿，他没想到谢饕餮会拒绝。问起理由，谢饕餮说这阵子有个姓秦的警察，盯得他很紧。后来，他给陆文通推荐了自己的朋友，侯三。

侯三似乎看透了陆文通的心思，他拍了拍胸脯，讲述了事情经过。

陆文通交给他的任务，是往四个目标人物的饮食里投注甲卡西酮。投毒的活，难度在于如何掌握时间。不能在宴会上下手，要是目标人物当着众人的面，表现出食用了毒品的症状，就前功尽弃。最好的时间点是宴会结束之时。

陆文通告诉侯三，宴会结束后，曾帆一定K歌，而且多半会点葡萄酒，那是她多年的习惯。他叫侯三在KTV包间里动手。

侯三心领神会。他从陆文通手里拿到了四张照片，他知道陆文通这么做，目的一定是在照片中的女人身上。

那天晚上，侯三请来几位狐朋狗友，在皇家酒店订了一桌。他给朋友们备了好几瓶白酒，以便自己有足够的时间。他特意把包间订在曾帆生日宴会所在的楼层，两个房间离得不远。

吃饭时，他一直开着自己所在小包间的房门，以便随时了解宴会所在大包间的动静。如陆文通所述，宴会结束后，孙敬轩果然又去前台订了KTV的包房。

孙敬轩开好房间后，侯三紧跟其后也开了个包间，把他的朋友一块拉了过去。

陆文通叫侯三到孙敬轩的包间里下手，那显然不好办。侯三有自己的主意，他想在走廊上拦住服务员的酒水推车，借机动手。

实际上，事情的发展却比他想象的还要简单。

服务员推着酒水车上楼时，侯三就等在走廊上。酒水车上放满了啤酒和其他饮品，另有一个精致的醒酒器，里面盛着葡萄酒。

当时已近午夜。那个时间点，开房间的只有侯三和孙敬轩，而且是前后脚。侯三点的是啤酒，那么酒水车上的葡萄酒，一定是孙敬轩的。侯三刚想招手叫服务员，没承想旁边一个房门打开，出来一位顾客，叫服务员帮忙调试话筒。

这可省了侯三的事，酒水车就停在那个房间的门口。侯三毫不犹豫地走上前，把毒品放进了醒酒器当中。随后，他回到自己包间门口，眼看着服务员调试完话筒出来，推着酒水车进了孙敬轩的包间。等服务员从孙敬轩包间出来，给侯三送啤酒时，酒水车上的葡萄酒已经不见了。侯三这才踏实。

陆文通听完，仔细将了将事情的过程，谨慎地问："走廊上有摄像头吗？"

侯三摇着头说："走廊上没有，走廊两头的拐弯处有。"

陆文通这才放下心来，把手上的一大包现金交给对方。

他知道孙敬轩等人背景颇深，可他断定对方不敢报警。如此一来，就凭孙敬轩的本事，能查出来才怪。

侯三走后，陆文通也发动了车。

他按约定的时间，赶到江东郡别墅区接上曾扶生，直奔曾老板的疑难杂症医院地下室。

# 第二十六章　跟死者交易（一）

医院主楼高十六层，三个门，正门朝南，侧门朝东，北门很小，不对外开放，也不设门卫。

陆文通开车从北门进入医院，将车停在楼下，跟曾扶生进入地下室。

地下室一共两层，负一层存放尸体，负二层也是为存放尸体设计，设备齐全，但一直空着。

陆文通和曾扶生下到负二层，进入走廊，声控灯应声打开。那里本就阴冷，时值午夜，更是寒气逼人。走廊很长，一侧是实面墙体，没有窗户，另一侧是房间。每个房间都很宽大，装着横拉的铁皮门。两人穿过走廊，来到最东头的一个铁门前。陆文通用力推开铁门。

房间经过简单改装，亮着灯。

房子空间不小，起码四十平方米。屋里有一张沙发床，一张桌子，一张茶几，一对木质座椅。桌子上有一台电视，茶几上堆满了烟盒、方便面盒以及香肠的包装袋。房间角落有个隔断，里面是卫生间。

沙发床上坐着一个人，那人脸色苍白，左手小指缺失，右手拎着一把枪。

这人正是章烈。

因为他的存在，这间屋子多了些生活气息。然而，这些气息还无法掩盖房间固有的阴冷感。阴冷显然来自墙体上排列整齐的金属陈尸柜。它们全都是空的，除了其中的一个。那里面，装着忘川公司全部的现金。

章烈见曾扶生和陆文通来了，把枪扔到茶几上，慢慢站起身。

曾扶生走上前，用力拍了拍他的肩膀，随后在椅子上坐下。

陆文通把拎着的食物放在茶几上，习惯性地站到曾扶生身后。

"你堂哥自杀了。"曾扶生叹了口气，垂着眼皮说。

章烈好像没有感到太大的震惊，他沉默了很久，说："都是命！换成我进去，也不保证扛得住！"

"唉！我没看错人，他是条汉子！"曾扶生搓着双手说，"我准备了一笔钱，等事情结束了，你给他老婆送去。"

章烈没吭声，他现在尚且自顾不暇，不敢考虑以后。

曾扶生知道对方的心思，他挺起腰板，朗声道："放心！这件事会圆满结束。到时我送你出国，你该得到的，一分也不会少！"

说着，曾扶生扭脸看了看那个装钱的陈尸柜。

章烈这才点了点头。

陆文通插言道："打起精神来！曾纬也没了，你看老板……"

章烈跟陆文通对视一眼，坐正了身子。

说到曾纬的死，章烈很是内疚。虽说案发当日，发生在邓利群身上的意外，谁也无法预料，但是，宋猜是他找来的。宋猜杀错了人，他的责任在所难免。

他心中无比郁闷，想对曾扶生表达歉意，可是相比曾纬的死，几句话有何用？他叹了口气，什么也没说。

曾扶生读懂了章烈的表情，沉声道："那不是你的错！"

"可是……"章烈咬牙道，"我不会放过宋猜！"

曾扶生摆了摆手，突然站起来，说："在那之前，他还有可用之处！"

章烈琢磨着老板的话，反身从枕头底下掏出一部黑色的手机。

宋猜跳下高架桥时，那部手机也被淹了，好在它有防水功能，又找人仔细处理了内部的水迹，才得以恢复使用。

那部手机，是宋猜所在的组织"暴风"提供的，他和宋猜一人一部。

除了变声软件，那两部手机还装有特殊软件，彼此之间无法定位。换句话说，杀手和雇主之间只能联系具体业务，但都不清楚彼此的身份。

杀手和雇主的具体身份，只有"暴风"的组织者知道。暴风这么做的理由很简单。绝大部分买凶杀人的案子能被侦破，都是因为凶手和雇主之间瓜葛甚多，警方从凶手身上顺藤摸瓜，最后揪出雇主，或者反之。

"暴风"活跃于金三角一带是个颇为神秘的组织。"东亚丛林"被打垮之后，它不得不从暗网世界转到现实业务中来。为了更好地规避业务风险，提高杀手和雇主双方的安全系数，该组织不得不在手机上大做文章。接到业务后，组织收取一部分定金，然后给雇主和杀手配上特殊手机，方便彼此联系。等任务完成，雇主把余款打入指定账号，而后组织把雇主的身份资料销毁。

手机进水期间，章烈也曾动过心思，想把手机中的电话卡取出来，换到其他手机上联系宋猜。但是那样一来，宋猜手机上立即就能显示他的位置，从而切断联系，他只好作罢。

就事实来说，自从跳下高架桥，章烈再未跟宋猜联系过，时间过去这么久，他不免有些担心还能否联系上对方。

对此，曾扶生一点也不担心，毕竟杀手还没拿到剩余的钱。

可是，他们谁也不知道，宋猜已经死了。这件事，警方的保密工作做得很好。这个信息上的不对称是曾扶生绝难预料的。

曾扶生站在屋子中间，合上眼睛。

大约一分钟之后，他突然睁开眼，像是做出了什么重要的决定，一把抓起那部黑色手机。

手机上只有一个号码，他毫不犹豫地按了下去。

章烈紧盯着曾扶生。他不清楚对方要做什么。

电话通了，曾扶生打开免提。

陆文通和章烈呼吸的节奏随之放缓。

"宋猜？"曾扶生问了一句。

对方沉默。

"前些天我的人被警方追捕，跳进河里，手机刚刚修好。"曾扶生试着解释。

对方还是沉默。

"你的活干得不错，我还欠你佣金。"

听曾扶生这么说，对方立即报出一串数字。那个数字很准确，正是尾款的数目。对曾扶生来说，这个数字足以证明对方的身份。

曾扶生不傻，他也在担心对方。这些天来，他们之间断了联系，万一宋猜出了事，电话落在了别人手中，那就麻烦了。

这时对方开口了："请你们立即将尾款打入指定账号，我要回去！"

曾扶生缓缓解释："我们相关公司被查封，相关人员被警方追查，没法从银行走账！"

对方说："你们可以委托一位不相干的人去银行汇款。"

曾扶生哼了一声，说："所有的事情，经手者越少越好！怎么可以委托不相干的人？"

曾扶生的话很有道理。本来这是一笔很简单也很安全的业务，章烈支付定金，宋猜杀人，章烈确认任务完成，将余款转入指定账号。可是由于章猛被抓，章烈暴露，事情变得麻烦起来。让陆文通往国外转账？或者找其他人操作？曾扶生不想冒这个风险。

对方沉默片刻，说："我也想到了这一层，所以冒险留在滨海。那我指定地点，你们把现金送过来！"

曾扶生说："不急！我想跟你单独做一笔交易！"

"单独做交易？"

"是的！我想请你绑几个人。"

"不行！"对方语气果决，"必须先支付尾款，否则免谈！"

曾扶生沉默片刻，挂断电话。

章烈在旁听得分明，见曾扶生挂了电话，上前提醒道："对方虽说报出了尾款数字，但也不能证明他就是宋猜！手机上有变声软件的！你就不担心出了变故，宋猜落在了警方手里？"

章烈所言，正是曾扶生所担心的。

曾扶生摸着下颌，缓缓说道："正因为如此，我才提出要跟他再做交易，用事实来证明。想不到，他非要先收尾款。"

陆文通却不这么想。他觉得，如果宋猜落在了警方手里，或者接电话的干脆就是警方的人，那么，听到曾扶生还要再做交易，警方应该立即答应才对。对警方来说，顺藤摸瓜，揪出宋猜背后的幕后黑手，才是当务之急。退一步说，即便宋猜落在了警方手里，也不可能有一说一，连尾款数字都交代分明。要是"暴风"的人都那么软蛋，那它早就没有存在的必要了。

听了陆文通的说法，曾扶生深以为然，但脸上的疑虑并未卸去。

见曾扶生左右为难，章烈越发自责起来。"暴风"给的加密手机，本是为了最大限度保证雇主和组织的安全，没承想因为自己出事，把事情弄到了这个地步。

曾扶生抬腕看了看表，来回走了两圈，心中拿定主意，拿出自己的手机拨通了一个电话。

电话响了很久对方才接起来。

"这么晚打电话，有急事？"电话那头的声音略有不满。

曾扶生微微叹了口气，说："案子不结，叫我怎么睡得着！小儿的尸体还在你们公安局，到现在都无法安葬！孙书记，我就是想再问问，凶手到底抓到了没有？"

电话那头是政法委书记孙登。孙敬轩和曾帆出了那档子事，闹分手，他和曾扶生一样，都还不知道。

孙登沉吟片刻，语气缓和下来："老曾啊，你的心情我完全理解！案情进展涉及纪律问题，上次谢饕饕的事，你就给我闹了个很大的不愉快！"

"我知道！上次是我太冲动了！"曾扶生真诚地说。

孙登叹了口气，道："等着吧，凶手跑不了，早晚给你个交代！"说完，孙登挂断了。

曾扶生满意地笑了。孙登说得很清楚，他得到了想要的答案：警方一定没抓到宋猜，否则，以孙登的身份地位，不可能不知道。

他哪能想到，为了破案，江海潮这次慎之又慎，对宋猜的死讯做了全面的封锁，连孙登也瞒了过去。

曾扶生收起自己的手机，再次拨通那部黑色手机。

电话接通了，对方毫不客气地说："再说一遍，请立即支付尾款，以便组织销毁你的身份记录。若是再拖……"

"我同意，你说怎么取钱吧！"曾扶生没让对方再说下去。

"明天凌晨两点，把钱送到盘龙广场中间的花坛。"

盘龙广场位于盘龙区，在滨海市十个广场中是最偏僻，也是最小的。曾扶生立刻意识到了对方的谨慎。

他立即安排陆文通天亮后准备现金，照对方的话去做。

第二天晚上，陆文通提前半小时赶到约定地点。

广场是正方形的，西边和北边是宽大的公路，东边紧邻一条窄巷，南边是一排门面房。除了东边的窄巷，其他三个方向都有路灯。每到夏天，这里分外热闹，散步的，遛狗的，吃饭的，跳舞的……到处是人。现在是四月下旬，午夜过后的盘龙广场上一个人也没有。

陆文通把车停到窄巷口，下车，紧靠着车门点了根烟。一阵夜风吹过，他不由自主地紧了紧外套。

巷口外面，离他二十几米处有一盏路灯。借着灯光，能隐约看到广场中间的花坛轮廓。

陆文通看了看表，提起钱箱朝广场中间走去，很快隐没在黑暗里。

他很放松，步子没有任何迟滞。在他看来，这就是跑个腿的事，没有任何风险。他早就分析过了，宋猜绝不会在警方手里。事实已经证明，连章猛都很靠得住，何况是一个专业杀手？宋猜要是被抓，怎么可能连尾款的数字都交代得一清二楚呢？那"暴风"干脆关张算了。

他很快来到花坛边缘。

这是一年中最好的季节，各色鲜花在暗夜中怒放，花香扑鼻而来。

他向四周看了一圈。周围没有任何动静。

他毫不犹豫地跳上花坛，把箱子朝花坛中间扔去。箱子砸落地面，发出一声轻响。他甩了甩手，转身离开。

回到巷口，他立刻发动了车子，离开。

他刚驶出几百米，电话响了，无名来电。

章烈在电话里压着嗓子问："怎么样？"

"完事了，没有任何意外。"

"回来吧，老板说不用在那儿等。"

陆文通挂断电话。他很佩服曾扶生的决断，丝毫不担心箱子被不相干的外人捡了去。

天亮后，章烈接到电话，对方说钱已如数拿到。

章烈并未第一时间通知曾扶生。那是曾扶生的要求，他很小心，不许章烈和他联系，就算用那部特殊电话也不行。

上午八点，曾扶生照常离开江东郡，径直赶往医院地下室。

他赶到时，陆文通早就等在那儿了。

曾扶生立即给取钱人回电："现在能继续交易吗？我想请你绑几个人。"

"目标。"对方很干脆。

"李文璧！"曾扶生咬牙切齿地说出了这个名字。

在他掌握的信息里，是李文璧的调查毁了忘川公司，毁了试验场，那是他历时五年的全部心血，更是他的未来。现在，他被推到了危险的边缘，随时面临警方的怀疑。他恨透了李文璧。

"要求。"对方再问。

"城西，出城后四十公里，清河县城郊有个废弃的火砖场。你把人送到那里！"说着，曾扶生把李文璧的资料以及交易地点坐标发到了对方手机上。

接下来谈好价格，双方挂断电话。

清河县郊火砖厂废弃多年，最近政府打算开发，曾扶生看好了那块地。这个原因，他并未多言。

第二天一早七点，李文璧像往常一样离开住处，到小区外吃早点。

她走出小区，用力伸了个懒腰，看起来休息得不是太好。也难怪，她最近的确太忙。上午，她去报社打卡，然后出外跑社会新闻。下午她去人民医院跟秦向华换班，照顾秦向阳的母亲。周末时，她会整夜待在医院。

小区门外有一排店面，其中二婶包子铺的生意格外好，小小的店面门外摆满了快餐桌。李文璧是那里的常客。

她在一张空桌前坐下，掏出手机，等着食物上桌。

她身后是绿化带，绿化带里种着冬青，还有一些半人多高的灌木。

绿化带外侧靠近马路的位置，有一条几个月大的小金毛，金毛的狗绳握在一个小男孩手里。小男孩四五岁的样子，像是在等人。

此时，一个男人蹲在小男孩面前，正说着什么。

男人穿着黑色的连帽衫，脸部遮在帽子的阴影下。

"小朋友，你在做什么？"男人的声音听起来很温暖。

"我和小黄在等爷爷一起吃早饭！"小男孩把小金毛抱了起来。

"小黄很可爱！"男人摸了摸金毛的头，对小男孩说，"我们做个游戏好吗？"

"什么游戏？"小男孩歪着头问。

"折飞机！"男人从怀里掏出两张A4纸，当着小男孩的面折了起来。

很快，一只纸飞机成形了。

男人折好飞机，把另一张纸交给小男孩。

小男孩很快折了一只。

"不是这样的！这里要朝外！"

男人指了指纸上的一个地方，给小男孩纠正。他指的地方，用铅笔写了一行字，小男孩把那行字折到了飞机里面。纠正之后，那行字出现在飞机翅膀的位置。

"很好！"男人叫小男孩转身面对着绿化带，"看到对面的姐姐了吗？正吃包子的那个。"

小男孩点头。

"你去对面，把纸飞机掷到那位姐姐脚下。注意，千万别让她发现你！"

"为什么？"

"因为你被发现了，就等于我被发现了。那样就不好玩了！"

小男孩摇摇头，他还是不明白。

"去吧！"男人戴起手套，掏出一张崭新的纸币塞进男孩口袋，说，"这是你的奖励！拿去给小黄买狗粮，少喂包子，对它身体不好！"

小男孩收到钱，开心地笑了，拿起自己折的纸飞机，转身跑了。

他跑到绿化带对面，躲在墙角后，将飞机掷向目标。

第一次，偏了。

他捡回飞机重来。

第二次、第三次……

终于，纸飞机晃晃悠悠，飘到了李文璧脚下。

小男孩好不容易完成任务，拍了拍手，牵着小狗转手就跑。

等他跑得足够远，才想起来，还没得到那个叔叔的肯定呢。他抬起头看向马路对面，这才发现那个男人早就不见了。

李文璧直到吃完包子，也没能发现那只纸飞机。她站起来刚要去结账，一脚把飞机踩扁了。

她意识到自己踩到了东西，低头看了看，随手把飞机捡了起来。

只一眼，她就看到了飞机翅膀上的那行铅笔字。

"李文璧小心，有人要抓你！"

# 第二十七章 跟死者交易（二）

曾帆这两天没上班，躲在家中以泪洗面。精神和身体的双重打击，让她难以承受。

这天一早，陆文通带着营养早餐敲开了曾帆的房门。

他的判断没错。

曾帆穿着睡衣，蓬头垢面，把早餐随手一丢，连一眼也不多看。她回到沙发上，继续喝她的纯黑咖啡，对陆文通的到来无动于衷。

陆文通很好地诠释了男人的尊严，没多说一句话，扭头就走。

来到门外，他点上烟。

他对曾帆的状态很满意，简直满意极了。

他早就在曾帆的咖啡粉、茶叶以及饮水机里，投上了少量的甲卡西酮类毒品。也就是说，从生日那晚之后，曾帆在家中喝的所有饮品都有毒素。她一直处于吸毒状态，不曾中断。

在陆文通心里，这种女人简直蠢到家了。她也不想想，既然已经吸了毒，那后续毒瘾跑哪里去了？毒瘾上来怎么办？在毒瘾面前，高贵？傲娇？公主病？这些统统没用，能给予其切实帮助的，只有他陆文通。

有你求老子的时候！陆文通的笑容在烟雾中绽放。

栖凤分局。

秦向阳摆弄着那架纸飞机，听李文璧述说了事情经过。

谁跟李文璧有仇？

这点不言自明。在沈傲帮助下，李文璧揭开了忘川公司的赌局黑幕，直接导致试验场覆灭。

秦向阳连呼大意。这段日子，他完全没考虑到李文璧的安全问题。现在危险来了，那令他非常自责。

可是，又是谁在背后提醒李文璧呢？这实在太奇怪了。

如果说，是曾扶生在打李文璧的主意，那给李文璧送纸飞机的，也只能是曾扶生身边的人。否则，谁还能获知如此隐秘的意图？

曾扶生身边的人？会是谁呢？那是秦向阳不曾触及的范围。

李文璧告诉他，她发现飞机后，就向附近吃早餐的客人打听。结果二婶包子铺的老板娘说，她看到一个牵着狗的小男孩，在早餐店附近投掷过纸飞机。

他叫李文璧请假，哪儿也别去，就在办公室待着，随后拿起纸飞机去了技术科。

通过对字体结构的分析，秦向阳很快确认，飞机上的铅笔字是左手写的，上面没有提取到指纹。他拿上纸飞机，又带了一沓A4纸，跟苏曼宁直奔李文璧所住的小区。

到了目的地，他先找到包子铺的老板娘确认了情况，随后叫苏曼宁照葫芦画瓢，用携带的纸张叠了十几架飞机，但并未在上面写字。

他到小区所在派出所，把飞机分发给片警，叫人以李文璧所在小区为中心，挨家挨户寻找。目标是一个小男孩，年龄不确定，男孩家中养了一只小金毛。

中午之前，警方找到了那个孩子，他家跟李文璧同一个小区。男孩的家人很吃惊，不明白警方找一个不到五岁的孩子干什么。经过解释，他们才知道了事情经过。

那个孩子叫方方。

他爷爷说，今天一早，方方交给他一百块钱，说是拿去买狗粮。当时他就问钱哪儿来的。孩子说是一个叔叔奖给他的。再细问，孩子只说那个叔叔叫他折飞机。他爷爷听了半天，不明所以，但是也没当回事。

苏曼宁面带微笑，上前跟方方套了半天近乎，随后追问那个男人的样子。实际上，她心里没抱多大希望。这么大点的孩子，怎么可能描述清楚一个陌生人的样貌？

方方想也没想，就说："那个叔叔戴着口罩，我不知道他长什么样。"

这个回答同样让人失望。

她放弃了对孩子的询问，把那一百块钱放进物证袋。

这时孩子突然说："那个叔叔的身上有一种味道。"

"味道？什么味道？"苏曼宁赶紧问。

"一种好香的味道。"

"香味？香水、花香，还是食物的香味？"苏曼宁给了几个提示。

孩子忽闪着大眼睛，想了半天，最后紧紧闭上嘴不吭声了。他这个年纪，实在无法给出准确的描述。

苏曼宁提取了方方和爷爷的指纹，带着纸币回分局做鉴定，中途把秦向阳放到了人民医院。

他已经很多天没来医院了。李文璧暂时不能来，他必须做点什么。他知道秦向华的煎熬，更知道母亲的痛苦。他不得不承认，在病魔面前，坚强、勇敢、智慧……任何高贵的品质，都一文不值。他知道母亲的命早已不属于她自己。也许，他该早做好迎接那一天的心理准备。

走在医院走廊里，他觉得自己像个白痴。

也许，在经历亲人亡故之前，所有人都是孩子，所有孩子都是白痴。只有亲人的离去，才能让孩子从白痴走向成熟，真正明白生命的内涵。

苏曼宁很快把检验结果发给了他。

那张纸币上只有方方爷俩的指纹。对此，苏曼宁想不通。纸币的主人既然有心做好事，通知李文璧注意安全，为何还要保密自己的身份呢？

晚上九点，曾扶生医院地下室。

曾扶生在喝茶，面前放着那部黑色手机。

陆文通在玩手机。

章烈靠在墙上默默地抽烟，他面色过于苍白，那是长久缺乏阳光的缘故。他很想早点离开这里，他都快记不起阳光的味道了。

黑色手机突然响了，曾扶生麻利地接起来。

"对不起！李文璧我搞不定！"

"为什么？"曾扶生鼻翼翕动，一脸怒气。

"她一直住在栖凤分局，根本没机会！"

"她住到公安局去了？"曾扶生显然没预料到这个情况。他知道李文璧的男朋友是刑警队长，可是那又怎样？他根本没把秦向阳放在眼里。

他搓了搓下颌，站起来又着腰走了两圈，说："我不管！我加钱！你一定要把那个女人带到指定地点！"

"对不起！我办不到！"

"别挂！"曾扶生急了，"那就给你个新活儿！"

"什么？"

"卢占山、卢平安！"说着，曾扶生把相关资料传给了对方，然后补充道，"还记得吧？他就是你这次来的目标！本月4日，你行动后嫁祸的人，就是他！"

"哦？他不是应该在局子里吗？"

曾扶生冷笑道："他现在好好的！"

"为什么？"

"不用多问！"曾扶生咬着牙说，"把他和卢占山带到指定地点，他们是父子，目前就住一块！"

"明白！"对方挂断电话。

曾扶生长吁短叹，不停地走来走去。他不想放过李文璧。他只是一直不知道，对忘川公司的秘密调查，除了李文璧，还有个叫沈傲的年轻人，否则，他也绝不会放过沈傲。可是，就算他知道又能怎样？沈傲早进了看守所，现在李文璧更是躲进了公安局，他无奈极了，实在不知该如何是好。

罢了！处理完卢占山父子的正事，再理会那个女人。他打定了主意。

就在这时，一直闷头抽烟的章烈忽然抬头，道："我去！"

曾扶生抬眼望着他，一时不明所以。

"我去搞定李文璧！现在就去！"章烈坚定地说。

曾扶生一听连连摇头，那太危险了。

可是章烈已经打定了主意。他掏出枪，用心擦拭了一遍。那把枪是他两年前在黑市买的。买来之后，他委托陆文通把枪藏到了这间地下室。他和章烈逃跑时要是有枪在，就不是现在这个局面了。

他把枪上膛，顶到了自己头上，瞪起眼说："曾老板，我章烈说到做到，就算失手，也绝不会出卖你！当年，你把我和猛子带离绝境，过上了体面的日子，这份恩情，我一辈子也不敢忘！一切，坏就坏在那个女记者身上！要不是她，猛子不会落得自杀的下场，我也不会成天躲在这里，暗无天日，像他妈的老鼠！我非弄死她不可！你等着！"

曾扶生闭上眼，深深地叹了口气，声音低沉忧伤："唉！我老了！我苦心经营，精密算计，为的只是消灭癌症的理想！我错了吗？"

"你没错！"章烈说。

"或许，这是一条不归路？"曾扶生自嘲地笑了笑。

房内沉默下来。

"不归路？那是不可能的！"曾扶生用力哼了一声，补充道，"去吧！别弄死她！"

章烈点点头，收起枪推门而去。

八小时后。

天刚蒙蒙亮，卢占山就起来了。像往常一样，他收拾好鸟笼，准备出门遛弯。

他很快出了小区，跨过马路，向小公园走去。

小公园有三个出入口，其中一个出入口就在他家小区对面。

那个出入口外面有一块空地，上面停了十几辆车。小区里一些业主没有停车位，就把那里当成了临时停车场。

卢占山穿过汽车缝隙，来到出入口的绕行栏杆前。

绕行栏杆是钢质材料，空隙不大，刚好容一人通过，目的是阻挡电动车进公园。哄孩子的老人想进公园，只能从栏杆上方把婴儿车搬进去。

卢占山刚来到栏杆口前，突然被一个人挡住了。

那人穿着黑色连帽衫，看身形很年轻。他戴着蓝色的口罩，双手抄在裤袋里，正在栏杆前压腿。

卢占山走到那人身边，咳嗽了一声，示意对方让路。

那人突然转身，右手从裤袋里掏出来，亮出一把匕首。他紧跨一步，用匕首稳稳地抵住了卢占山的脖子。

"别出声！到车里来！"他打开身边的车门，一把将卢占山推进后座，随后自己也坐了进去。

"干什么你？我出来遛弯可没带钱！"卢占山一脸惊恐，以为对方要抢钱。

"有你说话的时候！"对方一边说，一边麻利地搜出了卢占山的手机，同时把鸟笼丢出车外。

"给你儿子打电话！"

"啊？"

"给卢平安打电话，就说你摔倒了！"对方说完，将匕首狠狠抵在卢占山喉头。

匕首很凉，吓得卢占山一哆嗦，赶紧拨打电话。

卢平安正睡得香，惊醒后一听父亲摔倒了，穿起衣服就跑。

他跑出小区，穿过马路，来到栏杆前张望。

"在这里！"连帽衫男子跨出车门半步，朝着卢平安招手。

"咋回事？"卢平安来到车门前看到了卢占山。

还没等他开口，连帽衫男子从车内闪出，一脚把卢平安踹进了车里。

卢占山的四肢早被捆了起来，嘴上封着胶带。卢平安从卢占山身上爬起来，想要挣扎，紧接着后脑勺传来一阵剧痛。他身子一软，又趴了下去。

男子把卢平安捆好，发动车子，很快驶出城区，朝着清河县方向开去。

# 第二十八章 起点

这天一早，陆文通又给曾帆送去了营养早餐。

除了早餐，他还抱着个大箱子，里面装着新买的咖啡粉、茶叶，还有一套化妆品。

放下箱子，他又从车上搬下一桶未开封的纯净水。

他把所有的东西弄进屋，然后把屋里原来的水桶、咖啡盒、茶叶都收起来，拿到车上。

曾帆无动于衷，慵懒地看着陆文通忙活，好像眼前这个男人做什么，都理所当然。

她哪里知道，她房间里原来的水桶、咖啡、茶叶……陆文通收走的那些东西里都有毒品。现在，陆文通把所有的东西全换了，换上没有毒品的。

很快，她就要尝到毒瘾发作的滋味了。

秦向阳一直在医院待到第二天下午，他想给秦向华多一点休息时间。

李文璧一天一夜未踏出分局大门，在秦向阳宿舍凑合了一宿。她觉得这么下去可不行，究竟要躲到什么时候？也许纸飞机上的警告，只是个恶作剧呢？

苏曼宁也住在警局宿舍。对此，李文璧很奇怪，警花好好的家不住，干吗住宿舍呢？她哪知道苏曼宁正跟丁诚冷战，已经很多天没回家了。

秦向阳坐在医院门前的台阶上抽烟。一夜未眠，他额头的神经突突地跳个不停。他满脑子全是案子，什么时候结束？他没把握。

"嘿！秦向阳！"一个甜美的声音打断了他的思绪。

他晃了晃头，定睛一看，认出来了，原来是他那位同学孔雯。孔雯就在医院的放射科工作，她再次碰上秦向阳，显得格外热情。

"你母亲好些了吗？"孔雯甩着酒红色的马尾来到秦向阳面前，手里摇着一串钥匙，活力四射。

秦向阳笑着丢掉烟头，站起来问："下班了？"

"还没呢！"孔雯干脆地说，"去趟幼儿园，替我们魏主任接孩子去！她没空！"

"魏主任？"

"魏芸丽。"

孔雯这一说，秦向阳想起来了。4月4日下午，要不是魏芸丽的孩子晨晨被车门撞倒，被害的可就是邓利群了。

"你刚来还是……"说着孔雯皱起眉头，"你这脸色可不咋的！注意休息！"

"没事，熬个夜而已，我正打算回局里！"

"你车呢？"孔雯扭头看了看身后。

"昨天别人送我来的。"

"哦！要不我送你一趟？"

秦向阳摆了摆手。

"走吧！客气什么！"

秦向阳见孔雯很是热情，便不好意思再推托，跟着孔雯进了地下停车场。他坐上副驾驶位，没一会儿就睡着了。孔雯摇着头笑了笑，朝幼儿园开去。

他睡得正香，耳边突然传来一阵嘈杂声，他轻轻叹了口气，猛然惊醒。

孔雯刚刚发动车子，见他醒来，抱歉道："这孩子闹得很！吵到你了，不好意思啊！"

秦向阳这才意识到此处是幼儿园门口。

他笑了笑，看向后座。

后座的安全座椅上坐着个小男孩，男孩拿着一瓶娃哈哈饮料，正试图拧开盖子。

"你叫晨晨？"秦向阳做了个鬼脸。

"对呀！你是谁？"

"我是警察！老老实实坐着，不要闹，不然我会抓你的！"

小男孩哼了一声，皱起鼻子，伸手在秦向阳脸上挠了一把。

秦向阳躲开，示意孔雯开车。

孔雯说："你再睡会儿吧！我先送他再送你。"

车子刚刚起步，晨晨敲着椅背对孔雯说："姐姐，你要好好开，我准备喝饮料了！"

孔雯笑道："姐姐开车跟你喝饮料有什么关系呢？"

晨晨说："当然有关系！你可不要乱刹车，那会害我把饮料洒掉的！"

"不会的，姐姐开车很棒！"

"怎么不会？妈妈开车也很棒。可是有一次，她偏偏使劲刹车，害得我把饮料全洒了，身上和座位上到处都是，还挨了她一顿臭骂！"

"真的吗？"孔雯笑着问。

"是啊！所以……唉，我还是不喝了！"

"看来你妈妈开车不认真！"

听着孔雯和晨晨的对话，秦向阳突然打了个激灵，顿时睡意全无。

好像有点不对劲！404案侦查阶段，他曾格外关注案发前，发生在邓利群身上的一系列意外。

虽说是意外，但逻辑链异常清晰：邓利群应约去大魏豪庭，结果却在车库发生意外，用车门撞倒了晨晨。晨晨母亲魏芸丽，之所以把车停到邓利群车旁，是因为侯三正行入库，车屁股停歪了，挤压了她的入口空间，导致她没信心倒车入位。晨晨之所以被邓利群的车前门撞倒，是因为那天晨晨喝饮料，把后座弄湿，魏芸丽把他移到了前座。下车后，魏芸丽去前座抱孩子，不小心把一盒跳棋摔到地上，弹珠滚落到了邓利群的车前门，晨晨跟上去捡，而后被撞。

世上所有意外的发生，都是因为巧上加巧的巧劲儿。

404案牵涉的一系列意外，最巧的地方是时间点。也就是魏芸丽撒落弹珠，晨晨蹲下捡取，刚好被车门撞倒。因为都是意外，所以无法质疑。可是，假若它们不是意外呢？秦向阳最初的质疑，再次浮现。

他皱起眉头，仔细回忆当初对魏芸丽的问讯。

魏芸丽当时说："他喝饮料时，不小心把饮料全洒了，座位湿了一片，我这才把他抱到了副驾驶位。"

孩子显然不可能撒谎，而魏芸丽的急刹车行为，给孩子留下了很深的印象，以至于他用大人的语气嘱咐孔雯，不要乱刹车。而魏芸丽的陈述中，压根没提到她急刹车的细节，只是说孩子"不小心"把饮料洒了。这就是秦向阳觉得不对劲之处。

到底是自己太敏感，还是事情真的另有隐情？

他来不及多想，扭头问晨晨："你妈妈经常开车不认真吗？"

孩子摇了摇头，说："好像只有那一次。"

秦向阳本想再问那是什么时候，听孩子这么一说，他断定晨晨说的，就是本月4日发生的那件事。

"你妈妈为什么急刹车？躲车、躲行人，还是急着接电话？"

晨晨噘着嘴再次摇头，很快把视线移向窗外。秦向阳的表情有点严肃，他不想和这位叔叔再交流下去。

"你干吗呢？"孔雯不解地看了秦向阳一眼。

秦向阳并未解释，但他不想放过这个细节。

车子很快到达目的地，孩子的奶奶早已等在楼下。秦向阳下车谢过孔雯，自己打了辆车直奔分局。

回到办公室，他很快从电脑里找到了一份视频存档。当初针对魏芸丽的陈述，他曾检查过对方的行车记录仪，确认魏芸丽的车位，的确被侯三的车屁股挤压了空间。事情过去若干天，魏芸丽的行车记录仪早已覆盖多次，他庆幸自己保存了视频。

这一次，他把视频往前拉，寻找魏芸丽急刹车的时间点。

很快，他找到了想要的内容。

视频中，车子在最右侧的行车道上正常行驶，车速六十。接下来车子毫无征兆地插进人行道，紧跟着就是一个急停。

"妈妈，你怎么开车的？我的饮料洒了！"急停后，记录仪记下了车内的对话。

"啊！没事！"魏芸丽的声音有些慌乱。紧接着她下车，从车前方绕到车内侧，把孩子抱到了前座。

秦向阳觉得很奇怪。

魏芸丽急刹车时，记录仪所见范围并无任何异常状况。那么她为何急刹车？难道是想到什么不开心的事，情绪失控？

猜测无济于事，但他能验证另一个细节。

他叫来韩枫，让对方以最快的速度赶到大魏豪庭地下停车场，看看24号车位是不是空着。

韩枫领命而去。他很疑惑，这算什么任务。

很快，韩枫打回电话说那个车位是空的。

那个车位以前侯三用。车位是空的，说明侯三搬走以后，房子还未出租。

秦向阳又叫韩枫找到侯三的原房东，拿到了车位的地锁钥匙。

房东很奇怪，警察要地锁钥匙干什么？他见韩枫一脸严肃，索性不再多问。

秦向阳顾不上疲惫，到停车场找了一辆未挂警牌的民用车，拿到钥匙，火急火燎地开往大魏豪庭。

停车场内，25号停车位也空着，魏芸丽还没下班。

24号地锁打开后，秦向阳正行，将车斜插入24号车位。

停好车，他下来看了看。车头前压到23号车位边线，车屁股压着25号车位边线，一切都跟案发前，侯三那辆二手捷达的停车角度别无二致。

他满意地点点头，叫韩枫把警车开走，随后找了个角落，躲在一辆高大的

SUV后面，静待魏芸丽下班。

他一边等一边自责，恨不得扇自己耳光：当初怎么就那么轻信魏芸丽的陈述呢？这个验证该早点做才是。

大约一小时后，魏芸丽的车驶入停车场，秦向阳赶紧举起手机拍摄。他很是不安，无法预料接下来的情形。

魏芸丽将车停在车位前，她被眼前的场景搞了个措手不及。她呆了片刻，下车，皱起眉头四处张望，随后又到秦向阳车前，朝里看了看。

车内当然没有人。

她快步返回车内，熟练地操控方向盘，将车打成侧后向，一眨眼便倒进了自己的车位。

看到这个场景，秦向阳待在原地。他没有第一时间上前质问魏芸丽，他需要重新整理整件事的过程。

魏芸丽走后，他坐回自己车内，点上烟，心中电闪雷鸣。

刚才的场景对旁人来说毫无意义，但对404案来说，带来的改变，只能用天翻地覆来形容。

魏芸丽撒谎了！她为什么撒谎？这意味着什么？

逻辑运算从零开始。

魏芸丽明明能轻松倒车入库，为何把车开到了邓利群的车旁边？又为何事后极力谎称，无法完成倒车入库？

这只能说明，案发当天那一连串意外并非意外，而是人为，是魏芸丽自导自演的一场戏！除此之外，秦向阳再也给不出别的解释。

也就是说，魏芸丽趁孩子喝饮料时，故意急刹车，把座位弄湿，把孩子转移到前座。她有清晰的目的，她是冲着邓利群去的。

4月4日下午，魏芸丽比邓利群早到达车库，这一点，秦向阳早就比较过他们二人的行车记录仪，而且曾当面向魏芸丽确认。换句话说，魏芸丽是在自己车位前，等着邓利群的车。当她看到目标车辆驶入地下车库，便立即跟上去，并且把车停到邓利群的车身左侧。

这里有个不容忽视的细节。大魏豪庭的车库分两层，魏芸丽的车位在地下二层，这不假，可她又是如何确定，邓利群一定会到地下二层找车位呢？其实很好解释。邓利群说过，秦向阳也实地勘查过，地下一层总共才五个公共车位，二层比一层多。邓利群到之前，一层的公共车位要么满了，要么没满。如果不满，魏芸丽就找车把它占满。这听起来不可思议，但这是过程完美的唯一解释。

接下来的一切顺理成章。她故意手忙脚乱，撒落跳棋弹珠，甚至她的跳棋也是有意备之。那些弹珠，也许根本不是从盒子里撒落，而是从她的手里抛落，直接抛向邓利群的车前门处，这样做，更易掌控方向性。她知道晨晨是个好动的孩子，一定会去捡取弹珠。

从逻辑看，这整个过程，有一件事似乎没有必要。魏芸丽弄出急刹车的细节，把孩子转移到前座，这其实有些多余。在她的设想之中，孩子不久之后会被邓利群的车前门撞倒，那么提前将孩子转移到车前座，似乎更为合理。实际上，既然一切早已精心打算，那么，即使不转移孩子的座位，也不影响后面的进程。

可她为何还是那么做了？答案或许很简单。她是孩子母亲，她是守法公民，她知道那天下午会发生什么，她无比忐忑，紧张不安，她想得越来越多，从而紧急刹车，做了那件看似精细无比，实则画蛇添足的事。

"意外"的直接结果是什么，她的初步目的就是什么。她成功地给邓利群制造了"麻烦"，阻止了邓利群跟樊琳的约会。

可是，她跟邓利群素不相识，又为何如此精心地制造意外？

她是为了邓利群？

明显不是。

邓利群无法上楼约会，樊琳这才联系她另一个情人，曾纬。既然魏芸丽的戏导致了这个结果，那么反过来，这个结果就是她的进一步目的。换句话说，曾纬的死不是意外，而是有人精心布局的结果。

想到这里，秦向阳早已满头大汗，然而，逻辑运算远未停止。

再回头看，既然一切意外都非意外，而是演戏，那么，斜停在24号车位的那辆二手捷达，也就是侯三的车，也只能是侯三有意为之了。

也就是说，在整个事件当中，侯三跟魏芸丽是一伙的。

这又是个惊人的推论。

有了推论，那么相应的结果又来了：侯三同样全程在说谎。然而，侯三的戏分，远比魏芸丽足。他不但配合魏芸丽，提前把车停歪，还跟林小宝一块，偷录了案发现场视频。

这是不是可以认定，侯三、林小宝、魏芸丽他们，为的就是让曾纬去死？

从结果来看，是这样。

那么问题又来了：侯三为何要监控现场视频？如侯三所述，是为了偷拍邓利群的不雅视频，以供勒索钱财之用？显然不是。既然侯三和魏芸丽提前布局，阻止邓利群跟樊琳约会，那他又如何勒索？现在看来，侯三的供述可笑无比，他没一句实话。要回答这个问题，还得从结果反推。

侯三和林小宝的视频，起到的作用只有一个：帮卢占山摆脱了曾扶生的致命胁迫。若不是侯三和林小宝，曾扶生用谢饕餮对卢占山所做的胁迫，早已成定局。

从结果反推，那么是否可以认定，侯三和林小宝，早就算准了事后曾扶生对卢占山的威胁？

如果答案是否定的，那他们至于精心制造巧合、阻止邓利群进入1102室吗？至于提前两个月就到大魏豪庭租房，借机安装摄像头吗？

如果答案是否定的，侯三等人的行为，将全盘失去意义！

既然否定的推论没有意义，那么结论只能是肯定的。

也就是说，侯三和林小宝提前两个月，就积极地为即将到来的杀人事件谋划、准备。也许当时，他们并不确定事件的具体发生日期，但他们确定一定发生。

他们谋划，且确定，曾纬会被杀！

他们谋划，且确定，事后曾扶生会对卢占山做出强有力的胁迫！

他们谋划的前提条件，是早就获知曾扶生的杀人计划，并且早就知道曾扶生的最终目的是胁迫卢占山。

这怎么可能？他们怎会知晓曾扶生的所有秘密？

谁出卖了曾扶生？

秦向阳头一个想到了谢饕餮。

可是，谢饕餮是曾扶生的棋子。

作为曾扶生雇用的现场目击者，谢饕餮不可能知道曾扶生的整个杀人计划，更不可能让侯三等人提前两个月布局。

洞悉了侯三和林小宝的所作所为之后，谢饕餮的身上也多了一层迷雾。从个人关系上看，他是侯三的狱友，他们之间颇有渊源，一起吃饭喝酒，关系看起来很铁。他应该跟侯三、林小宝是一伙才对。怎么可能出现谢饕餮那边去做曾扶生的棋子，而侯三和林小宝这边，却帮助卢占山对付曾扶生的局面呢？

难道说，谢饕餮不仅仅是曾扶生的棋子？

逻辑链出现了疑问，秦向阳暂时想不通。他将谢饕餮丢一边，思考才得以继续。

他不停地抽烟，越来越多的惊人推论，让他几乎窒息。然而，后续的推论更让人难以置信。

既然侯三、林小宝等人，提前两个月精心布局，帮助案发后的卢占山摆脱了曾扶生的胁迫，那么卢占山同样必然早就知道，1102室会发生杀人事件。既然他知道这个结果，那么卢平安为何又在案发前返回家中，从而导致被嫁祸的结果？这不是个悖论吗？

怎会这样？

逻辑再次中断，他用力搓着鼻头：卢占山父子跟侯三等人，一定脱不开关系。曾扶生精心设局，收买樊琳，跟卢平安结婚套取古方奇药不成，继而精心布局，请来杀手，为的是嫁祸卢平安，胁迫卢占山。可是，在侯三、林小宝、魏芸丽的共同参与下，不但破局救了邓利群的命，还将曾纬引进局中致死。曾扶生巧计百出，拿卢平安的安危胁迫卢占山，本是十拿九稳，这时侯三和林小宝却跳出来，将曾扶生的努力化为乌有。不对！这里头没有悖论，卢占山的所作所为更像是将计就计。侯三和林小宝的位置，跟谢饕餮的位置对等。你曾扶生在案发现场，设置谢饕餮这一双眼睛，那我卢占山就将计就计，通过摄像头，设置两双眼睛，如此一来，案发后曾扶生对卢占山的胁迫，岂非必然化为乌有？

这是个反布局。

真的是这样吗？

如果是这样，卢占山为何不提前联系警方？他何必冒如此大的风险，针对曾扶生反布局，将曾纬设计致死？卢占山父子跟曾扶生到底有何仇怨？

单就已经了解到的情况看，虽说卢占山和曾扶生之间罅隙已久，甚至卢占山的老伴儿因为一场奇怪的绑架，病发死在烂尾楼，但谁也没有凭据，证明那场绑架跟曾扶生有关。也就是说，表面上那些矛盾，还不到你死我活的地步。更让人头疼的是，卢占山又是怎么跟侯三等人走到了一起？他们为何合起伙来，处心积虑干这件事？他同样没有答案。

404案最初的结论全部推翻，它不是单向的布局谋杀，而是双向的布局与反布局，谋杀与反谋杀。

真相到底是什么？秦向阳相信，自己已经掌握了它的大致轮廓，但还远远不够。

大魏豪庭，魏芸丽家，真正的调查从这里开始。

时隔多日，那位难缠的警察又找上门来，魏芸丽很吃惊。不过，她很快坦然下来，自顾自在厨房忙碌，把秦向阳丢在一旁。

魏芸丽跟婆婆同住，老公不在家。秦向阳记得魏芸丽说过，她老公长年出差。

有老人的家庭，一般都有木质相框。

秦向阳在客厅的相框前驻足，神态从容。

相框上多半是合影。最大的一张合影里，有四位老人，分别是魏芸丽的公婆和父母。秦向阳无从分辨哪位是魏芸丽的公公，他只记得魏芸丽说过，她公公早就去世了。

"一块吃点？"魏芸丽忙活完了，没好气地对秦向阳说。

秦向阳摆摆手，去了走廊。魏芸丽一家吃完饭后，晨晨和奶奶出门遛弯，他才重新回到客厅。

"说吧，啥事？"魏芸丽靠在沙发上，一副爱搭不理的样子。

秦向阳找出停车场的视频，把手机递给对方。

魏芸丽没看完，双手就忍不住抖动起来，差点把手机摔了。她应该比谁都清楚，视频意味着什么。

"说说吧，到底怎么回事。"

"你凭什么偷拍我？"魏芸丽皱起眉头，语气强硬。

秦向阳不理会，继续说："你的戏做得太足了，画蛇添足，你根本没必要刻意给孩子转移座位！"

魏芸丽语塞，狠狠瞪着对方。

"我只是好奇，你如何把时间掌控得那么精确？不明白什么意思？你的戏份里，最关键的点就是邓利群用车门撞倒晨晨，也就是说，你非要给邓利群制造点麻烦不可。比起孩子被撞倒的方案，也许你还考虑过两车之间制造点小摩擦。可是邓利群的车先停正了，你再撞上去，就是你的不对，接下去你就无法拖住邓利群。总而言之，你选择了孩子被车门撞倒的戏份。可是，要是你还没抛落弹珠，他就已经下车了，那你怎么办？你是怎么控制那个时间节点的？"

魏芸丽哼了一声，她只能听对方说下去。

"我想，当时的情形应该是这样——你在自己车位前磨蹭了不久，邓利群的车就进了地下二层车库。你立即赶上去，将车停靠在他的车左侧。停车时你动了心机，你技术很不错，故意让两车之间的距离非常狭窄。那样一来，邓利群就无法推开车门。这时候，对方一定会摇下车窗质问你，然后你再重新将车停一次。这是你第一次分散邓利群的注意力。可是，当你再次把车停好后，邓利群要是先你一步下车呢？那你又没的演了！这时候，你第二次分散他的注意力。怎么分散？你们的车窗应该都开着，你停好车的同时，很可能冲着对方喊了一声'邓局长'——你让对方误以为你真的认识他，他的注意力再次被分散，思考你是谁，可他根本不认识你——这时候你急忙下车，继续你的表演，邓利群还在车上发呆呢！我猜得对吗？"

魏芸丽紧紧抿着嘴，使劲咽了口吐沫。

"你和侯三又是什么关系？他为何把车停歪配合你？"

"谁是侯三？不明白你在说什么！"魏芸丽忍不住了。

"你嘴硬不了多久！"秦向阳轻描淡写地一笑，"最后一个问题，你是如何掌握邓利群到达大魏豪庭的时间的？事实证明，你比他早到车库，那之后不久，他的车就出现了！你同样把时间掌控得很精确！换句话说，你还有个同伙，牢牢掌握着邓利群的行踪，那人是谁？"

魏芸丽猛地站起来，冷冷地笑了："秦警官，你说了半天，我就一句话：4月4日那天，我就是倒不进车位，我吃了技术不好的亏，让孩子出了意外！所以现在技术见长，这才有了你手里的视频！这样回答你满意吗？"

魏芸丽的话让秦向阳一时语塞，可他并不气馁。

"下次，我们会换个地方见面的！"他抛下这话，快步离开。

他心中有了新的打算，天快黑了，他必须抓紧时间。

回到车内，他立即联系苏曼宁，让她调取魏芸丽4月4日的通话记录。

对苏曼宁来说，这又是一个她听不懂的要求。一会儿工夫，她整理完毕，给秦向阳发了过去。

一共十几个号码，秦向阳逐一审视，根据时间点，很快锁定了其中一个。

苏曼宁查证后回电说："那个号码的机主，叫卢永麟。"

卢永麟？卢平安的哥哥？秦向阳非常震惊。

卢永麟不认识魏芸丽，给她打电话干吗？从通话时间点分析，他们的联系只能跟邓利群的行踪有关。也就是说，4月4日下午，卢永麟跟踪过邓利群。

这就对了！卢占山反制曾扶生的计划，异常庞大，小儿子既然参与了，大儿子又岂能置身事外？

可是，卢占山为什么要付出如此巨大的代价？仅仅是他怀疑自己老伴儿的死，跟曾扶生有关吗？

所有一切，源于一个怀疑？这恐怕远远不够！

要解决这个最关键的疑问，除了审讯当事人，也许还有一个方法。

秦向阳发动车子，朝城西开去。

他的目的地是卢占山当年的中医馆。跟卢占山闲聊时，他问过地址。那个中医馆在老城区，是一幢沿街的二层小楼，卢占山长期租用，从不拖欠租金，深得房东信任。但是六年前春天的一场大火，把中医馆烧了个精光，害得卢占山损失惨重不说，还赔付了房东一大笔钱。

在秦向阳的认知里，那场火灾是卢占山跟曾扶生之间最明显的疙瘩，也是他能想到的两人恩怨的起点。

这件事他早就知道，但同样没深入调查这令他再次陷入深深的自责当中。

他赶到目的地后傻了眼，当年中医馆所在的城中村已划入棚改区，整个城中村已经拆成废墟。他想找房东了解旧事的打算，就此落空。

离开城中村，他还有一个去处。当年那场火，烧死了一个独居的退伍军人，叫陶定国，他想对此人做一番了解。毕竟陶定国的死是那场火导致的后果之一。他记得卢占山说过，陶定国当年住在一座陈旧的筒子楼里，可他却没问具体地点。

陶定国死了，户籍早已注销，住所地址无从查证，这可怎么办？

他很快想到了办法。

虽说陶定国的户籍已经注销，但他参加过越战，民政局应该对此类退伍军人做过登记，他希望那些资料还在。

他立马赶到区民政局，查找相关记录。

民政局早下班了，只留有一个老头在门卫上打更。

事关案情，秦向阳怎会轻易罢休？他再次联系苏曼宁，叫她出面联系区民政局领导，说明了相关情况。

一个多小时后，秦向阳见到了小王。此人二十来岁，白白净净，应该是刚考进民政局的大学生。见面后，他很热情地给秦向阳敬烟，并未表现出任何不满。

听秦向阳说完相关情况，小王咂了咂嘴："老退伍军人，去世六年，又无亲人，这种资料就算有，也不会存在电脑里。"

说着，他俩一前一后上了三楼。

档案室里全是纸质文件，大部分久积灰尘，密密麻麻地罗列在文件柜里，要从中找取陶定国的资料，不亚于大海捞针。

秦向阳轻叹一声。他知道这种活儿，完全取决于工作人员的心情，他生怕小王嫌麻烦，潦草应付，关门走人。

然而事情出乎他的预料。大约半小时，小王把陶定国的资料交给了他。他大喜过望，对方的效率远超他的想象。他连声称谢，把小王的手握得生疼。

他到楼下复印了一份，这才回到车里。

那份档案十几年了，是伤残军人抚恤金的登记资料。陶定国父母是滨海原国有钢厂的职工，十几年前先后去世，资料上的地址位于老钢厂生活区，但无法确定它就是陶定国生前的住处。家属情况显示，陶定国还有个哥哥，在越战中牺牲，他算是幸运的，只残了一条腿。

唉，这是个可怜人。

秦向阳看完资料，驱车赶往目的地。等到了那里他才反应过来，老钢厂生活区他并不陌生，当年侦办程功的借刀杀人案时，他曾来过数次。这里是李闯父子生活的地方。

生活区内有新楼也有老楼。在片警帮助下，他很快找到了原钢厂的工会主任。

当年，他见过老主任数次，而今，对方已经把他忘了。

在老主任的帮助下，他很快找到了陶定国父母的住处。跟当年进李闯家一样，他又买了把新锁换掉旧锁，把钥匙交给老主任。

推开门之后，发霉的味道扑面而来。屋内有灯泡，但不亮。秦向阳只好买来灯泡换上，这才重见光明。

屋里家居用品俱全，所有东西都被厚厚的尘土覆盖。他转了一圈，从客厅茶几下找到一沓报纸。

报纸日期是2012年2月14日。

这是个好消息，起码能证明，六年前有人在此生活过。

放下报纸后，他忽然待了片刻。

那个瞬间，他突然不明白自己到底来找什么！的确，他就是没有目标。他只是觉得，应该到陶定国生活的地方看一看。

卧室的桌上有个小相框。尘土拂去后，里面的黑白照片露了出来。照片上的人穿着军装，面带微笑，眼神坚定有力，应该是年轻时的陶定国。

秦向阳这儿摸摸，那儿看看，很快两手灰。

他不知道自己要找什么，但总觉得应该找到点什么。

一小时很快过去，除了衣柜还没打开，其他东西都被翻看了一遍。

他叹了口气，打开衣柜。

衣柜分两层。上面摆放着单衣，下面是棉衣。所有衣物井然有序，叠得整整齐齐。他把单衣翻看了一遍，随后一件一件，把棉衣抱到床上。

整理到一大半，他突然摸到一件硬物。

什么东西？他掀掉最后一件棉衣后，下面的东西露了出来。

那是一个铁盒，四四方方，被一件旧军装包裹着，上面嵌着锁扣，但没有锁。

他赶紧掏出铁盒，打开了盖子。

铁盒里面放着三枚奖章，都锈迹斑斑。奖章旁边，躺着两块火柴盒大小的黑色铁片，铁片边缘锋利，形状不规则。

秦向阳拿起铁片掂了掂，又放了回去。他判断，那两块铁片应该是从陶定国身上取出来的弹片。

除了这些物件，盒子最下面还压着一个信封。

秦向阳拿出信封，发现里面塞着一张发黄的纸，纸上的字迹还算清楚，他从头看起——

我叫陶定国，今天五十三岁，是一名退伍老兵。今年2月13日，我到医院做检查，得知自己患了癌症，晚期，医生说没啥希望。

我是个修鞋的穷苦人，但是长久以来，得到了卢占山的关心和照顾，尤其是查出病之后，卢占山还打算把我接到他的中医馆，尽可能地医治我的病。我没钱，不想拖累人家，就算有钱，我这病也没法儿治。

卢占山有个儿子叫卢平安，他有先天性心脏病。卢占山说，他儿子的病症很特殊，从十岁起，就被医院判了死刑。这些年全凭卢占山医术高超，尽力维持才活到今天，但那也不是办法。卢占山还说，儿子活一天算一天，除了换心脏，根本没有治好的希望。

换心脏需要很多钱不说，更难的是得有个合适的心脏。心脏是什么东西？缺了它，人就活不成！这世上，捐什么的都有，捐心脏的可不多见。他们在医院排了很多年的队，中间倒是碰到过心脏的捐助者，但就是匹配不上。

在医院查体时，我留了个心眼，叫医生给我做了个详细的检查，然后把一堆结果拿给卢占山看。巧了！我的心脏竟然能和卢平安的配上！这就是天意吧。

我郑重承诺，在我死后，把心脏无偿捐给卢平安。下次见到卢占山，我就把决定告诉他。我活不了多久了，写这个证明信，就为证明这件事。捐心脏的手续我不懂，或许用得上。

信的正文就是这些，末尾附着姓名以及年月日，名字上按着手印。

看完此信，秦向阳久久不能平静，心中的疑窦也随之豁然开朗。

# 第二十九章 审判

　　傍晚，也就是秦向阳刚到民政局的时候，曾帆打电话，把陆文通叫到了家中。

　　对陆文通来说，曾帆主动联系他，这很少见。

　　曾帆穿着雪白的睡衣，表情看起来非常沮丧。

　　她一把将陆文通拽到沙发上，急道："告诉我，我该怎么办？"

　　"什么事？"陆文通故作不解。

　　"你明明知道！"曾帆紧咬着嘴唇，眼神幽怨，"生日那晚，我吸了那个，可我根本不知道怎么回事！可是现在，我控制不住自己……很想再、再吸一次……我该怎么办？"

　　"戒掉！"陆文通冷着脸，语气果断。

　　曾帆痛苦地摇了摇头，带着哭腔道："要不，你帮我弄点吧？"

　　"不可能！"陆文通站起来，背对着曾帆说，"凭什么找我？"

　　"我知道，你一直喜欢我！你会帮我的，对不对？"曾帆毫不犹豫地说。

　　陆文通沉默许久，突然大声说："你在逼我！"

　　"是！我就是逼你！"

　　"我要是帮你，怎么对得起你父亲？"

　　"你不说，我不说，他不会知道的！"

陆文通转身面对着曾帆，摇着头说："不行！饶了我吧！要么戒掉，要么找孙敬轩去要！那晚的事，他和另两位少爷都有吸！"

"我联系过他了！"曾帆苦笑道，"他说他根本没那玩意儿，还说他朋友劝他去戒毒所，还对我说了一些……总之我不会再见他了！"

"你也该戒掉，就那么一次，不难的！"

曾帆紧咬着牙，急得双手在自己腿上不停地抓挠："就一次好不好！下次一定戒掉！"

"为什么不自己弄？去夜场里找，总会有收获的！"

"我哪认识那种人？说不定会被不相干的人举报！我知道你一定有办法！"

陆文通贪婪地注视着曾帆，嘴上却轻飘飘地道："抱歉！我暂时没法帮你！该怎么做？你再好好想想吧！"

说完，陆文通甩开曾帆的手，大步离开。

同样是傍晚，栖凤分局。

一个外卖员来到公安分局门口，被门卫拦住了。

外卖员掏出手机，看了看点餐单，然后告诉门卫，点餐人叫李文璧。

那个门卫是新招的，根本不认识李文璧，就让外卖员说出点餐人的科室单位。

科室单位？外卖员蒙了，点餐单上哪有这个信息。

"那你给她打电话，我来接！"门卫挺着胸，一副公事公办的模样。

外卖员挠了挠头，按下一个号码。

这时，中队长李天峰走了过来，他刚买完烟。

"怎么回事？"

"报告李队长，是个送外卖的，说是李文璧点的餐。可我不知道分局有没有这个李文璧！"门卫双腿并拢，表情一本正经，看起来很珍惜这个工作。

李天峰打了个哈哈，挥着手说："进吧，进吧！那是我们秦队的对象！"

说完，他上前一步，随意地打量了外卖员一眼。

外卖员戴着帽子，鼻梁挺正，腰杆笔直，胸肌在外卖服的衬托下，显得很壮实。

他朝着李天峰笑了笑，推起摩托车进了大门。

此时他手里的电话已经打通，话筒里传出一个女人的声音。

外卖员站住，举起电话朝着门卫示意："电话打通了，还要不要听？"

门卫赶紧摆摆手。

外卖员把电话放回耳边，小声说："没事了，我已经进来了！"

不料他刚进门口，李天峰突然又把他叫住了。

"喂！"李天峰大喊道，"你这个摩托车怎么没挂牌？被交警逮住，不是自找麻烦？回头赶紧挂牌！"

"是了！是了！谢谢！"外卖员长舒一口气。

李天峰说完，步入大院。他一边走，一边搓着下颌。他突然感觉这个外卖员有点眼熟，可就是想不起在哪儿见过。也许近来精神太紧张，记忆出现偏差？他摇了摇头。

外卖员停好摩托车，站在车棚前犹豫了一下。车棚左前方就是办公大楼，车棚后方的岔道通往宿舍区。他迟疑片刻，望了望办公楼上的灯光，提起外卖箱上了楼。

此刻正是饭点，楼里的人不多。他很快来到刑警大队长办公室门前，调整了一番呼吸，抬手敲门。

"谁呀？"门内传出女人的声音。

外卖员眼神跟着一亮。

"送外卖！"

"我没点外卖啊！你点的？"她这后一句，是问身边的人。

另一个女人说："没点。"

过了片刻，一个女人打开了房门。

这人正是李文璧，她和苏曼宁在食堂吃了晚饭，正在办公室聊天。十分钟前，苏曼宁还接到秦向阳电话，帮忙联系了民政局的领导。

"你搞错了！我们没点外卖！"

"没错！"外卖员话不多说，闪电般冲进屋，用脚踢上门，挥拳击中李文璧颈部。李文璧顿觉呼吸困难，直接晕倒在地。

变故只在一瞬。

李文璧倒地后，苏曼宁才反应过来，连忙摸向腰间。

可惜她没带枪。

她猛地站起来，严词质问："你干什么！"

外卖员像豹子一样冲向苏曼宁，伸手朝她脖子抓去。

惊慌中，苏曼宁只来得及喊了一声："啊！"

她有些搏击术的底子，试图反抗。然而不到三招两式，就被打倒在地。

外卖员反身从外卖箱里取出胶带，把苏曼宁的嘴封了个严严实实。接着取出绳子，先捆住她的手脚，再把她拖到厚重的办公桌前，把她绑到了桌子腿上。整个过程下来，他下手干脆利落，毫不怜香惜玉。

制伏了苏曼宁，外卖员拿起一杯水，泼到了李文璧脸上。

李文璧晃晃头醒来，但没睁眼，她憋了足足的一口气，准备大叫救命。

然而，她的小把戏早被人看穿了。

外卖员掏出枪上膛，狠狠顶上了她的脑袋："想喊？试试！"

李文璧感觉脑门冰凉，惊恐地睁开眼，咬着嘴唇说："假枪吧！我才不信！"说完张嘴就叫。

外卖员一把捂住她的嘴，同时掉转枪口，毫不犹豫地朝着苏曼宁开了一枪。

李文璧打死都想不到，那是把真枪，而且带了消声器。

子弹掠过苏曼宁头顶，击碎了一个杯子。

苏曼宁满头大汗，发不出声。

李文璧感觉自己的嗓子突然哑了火，她大张着嘴，可是一点音也发不出来。

"老老实实跟我走！"外卖员揪起李文璧的领口，说，"要是敢声张，有几个杀几个！"

李文璧不得不信，眼前这家伙疯了，他已经朝苏曼宁开过枪了！惊恐之余，她突然猜出了来人的身份。

她为什么躲到警局来？不就是有人要害她吗？起初她没完全放在心上，但是秦向阳不准她出去。现在还有什么话说？她倒是没出去，可是对方杀到警局来了。

她心里很明白，自己能有什么仇人？无非就是调查忘川公司惹出的麻烦。章猛已经死了，还剩下一个章烈。她没见过章烈，但是看过章烈的档案。就算她早忘了档案上贴的照片什么样子，也能猜出来，眼前这家伙就是章烈。

走廊上，李文璧在前，章烈在后，中间隔了半步的距离，两人亦步亦趋向外走去。

"小姐姐，吃饭了吗？"韩枫突然出现在走廊上，笑着跟李文璧打招呼。

章烈一手提外卖箱，一手把枪抄在裤兜里，小声对李文璧说："别说话，不然我杀了他！"

李文璧冷着脸，不敢搭理韩枫，旁若无人地朝前走。就在经过韩枫身边时，她突然冲着韩枫快速眨了眨眼。

韩枫吃了个闭门羹，正兀自纳闷，见对方朝自己眨眼，更搞不懂什么意思了。他挠了挠头，眼瞅着那俩人拐下楼梯。

两人很快出了办公楼来到大门口，一路上再无别人跟李文璧打招呼。

刚才的门卫就在门口，他见有个女人当先走来，想打个招呼，却发现不认识对方。

李文璧走到门卫身边，再次故技重施，朝对方使劲眨眼，可是对方一点反应也没有。李文璧暗道：完了。

门卫看着外卖员走过去，突然觉得有点怪：这人怎么改步行了？

"喂！你车呢？"他好心问。

"不要了！没挂牌！"

没挂牌就不要了？门卫"啧"了一声，暗想，叫我捡了个大便宜，改天弄走挂个牌……

章烈推着李文璧来到门外，拦了一辆出租车，两人坐上后座离开。

出租车上。

"城西，最快速度出城。"章烈说完把李文璧的手机掏出来，给她关了机。

他在李文璧耳边小声说："别动小心思，不然你和司机一块死！"

李文璧紧闭着嘴，眼神暗淡无光，她彻底没招了。

一个半小时后，分局政治处的同志去给秦向阳送一份学习文件，发现了被捆绑的苏曼宁。分局里紧接着炸了锅……

接到电话通知，秦向阳离开老钢厂家属区，全速往回赶。

有人居然跑到局里，控制了苏曼宁，还绑走了李文璧？他不敢相信。调取监控后，入侵者的身份得到确认，就是在逃犯章烈。

此时的夜空，阴云密布，雷声乍起，一场暴风雨就要来了。

秦向阳冲进分局，听苏曼宁述说了整个过程。

李天峰垂着头，没人理解他的痛苦。

当年侦办程功的案子，他和孙劲负责监控黄少飞的安全，结果凶手扮成外卖员，当着他俩的面儿进入别墅，干掉了黄少飞。

今日之事，跟当年如出一辙，甚至性质更为恶劣：这里是警局，他曾跟章烈面对面，他当时意识到对方是个熟脸，他本来有足够的时间反应过来……

可是……

自责的人不只是李天峰，还有韩枫。他平时脑瓜转得快，可是面对李文璧向他不停地眨眼，他同样没反应过来。

除了他俩，门卫也是一脸黑。他前后面对章烈两次，他还疑惑对方为啥不要摩托车了，可他根本不了解案情。

该怪谁？秦向阳没时间追责。

他当然明白，章烈只是把赌注押在了人们的心理上。正因为这里是公安局，所以谁也想不到。这很疯狂，但他赌赢了。

警局内气氛压抑至极。

门卫担心会丢饭碗，向秦向阳汇报了一个细节：章烈进门前，他曾要求对方拨打订餐者的电话。对他来说，这已是十分尽责了。

秦向阳很快核实了这个细节。章烈拨打的那个号码，根本不是李文璧的，它的机主叫黄鹂，是某发廊的失足女。

黄鹂说她根本不认识章烈。对方找上她，给了她五百块钱。

章烈告诉她，他可能给她打电话。到时候，黄鹂要自称她就是李文璧，而且订了一份快餐。

章烈准备充分，早想到公安局的大门可能不好进，玩了这么个瞒天过海的小把戏。

李文璧和章烈乘坐的出租车，被分局门口的监控录了下来。当时章烈急着逃离，心中慌张，打车地点连监控的视线都没出。那辆车正从城外返回，警方还没见到司机。秦向阳把案情报给市局指挥中心，指挥中心通过GPS定位系统，立即还原了出租车的行车路线。

那辆车从城西出城，随后上了省道，行驶五公里后停车，停车点前后五百米都没摄像头。显然，停车点是章烈精心选择的。

司机在电话里告诉指挥中心，当时他看到路边停着一辆面包车，但没注意车牌号，就算注意也没用，天黑根本看不到。指挥中心叫他查看行车记录仪。他从记录仪上找到相关影像，把车型、颜色、车牌，都报了上去。

指挥中心立即调查，结果是查无此车，号牌也是假的。他们判断，那辆车一定在私人作坊改装了。

"跟我来！"秦向阳叫上李天峰，开着警车疾驰而去。指挥中心由江海潮亲自负责，他不想等那些无谓的结果。

警车上，两人谁都不言语。秦向阳一路开着警灯，首先来到卢占山家的小区门口。

小区门外，早有派出所民警等在那里。

见到秦向阳，民警赶紧上前汇报："卢占山家没人！"

"没人？"

民警说他们查过监控，昨天一早五点多，卢占山出门遛鸟，不久后卢平安也从家中出来，看上去很着急的样子，从那之后，卢占山父子再不见踪影。

秦向阳揉着鼻头琢磨片刻，回到车内联系苏曼宁，叫她对卢占山和卢平安的手机定位。他知道，对方一定还没从刚才的惨烈遭遇中缓过心神，此刻不该麻烦她，可他习惯了有事联系她。

回复时，苏曼宁的声音听起来相当镇定："他俩的手机都关机了。昨天早上五点一刻，他们之间有过最后一次通话。"

难不成卢占山父子失踪了？

逻辑思维再次开动。如果说，卢占山老伴儿的死是个意外，那么陶定国的证明信，间接地暴露了卢占山父子跟曾扶生的根本仇怨。卢平安患有很特殊的心脏病，多年来靠中药维持，只有换心脏才能彻底解决问题，可是想找到合适的心脏，实在是难比登天。陶定国的心脏，给了卢平安活下去的希望。他和卢平安的心脏能配上型，对他们双方来说，一定都想不到。对卢平安父子来说，这是个意外，更是个惊喜。这就叫善有善报，要不是多年来，卢占山对陶定国颇为照顾，怎会换来陶定国的无私回馈？所谓因果，不外如是。

然而，一场突如其来的大火毁灭了两个心愿：一个是我要无偿捐赠，一个是我要活下去。

那场火之后，在某个特定的时间，卢占山一定通过某种方式，得到了确切的消息，纵火的幕后真凶就是曾扶生。曾扶生的目的不言而喻，为的就是古方奇药，但他的执着毁了别人活下去的希望。再后来，卢占山又通过某种方式，得知曾扶生仍在对他苦心算计：派樊琳打情感牌不成之后，居然又动了杀人嫁祸的鬼心思！这才有卢占山父子伙同侯三等人，针对曾扶生的布局实施反布局。

如此一来就又产生了两个问题：

第一个是老问题，所谓的某种方式是什么？换句话说，是谁出卖了曾扶生，向卢占山透露了曾扶生的一切计划？这个问题姑且放一放。

第二个问题，既然对于曾扶生所有的计划，卢占山早有防范，那么卢占山至少应该明白一件事：当曾扶生拿卢平安的安危，对他所做的胁迫失败后，以曾扶生的性格，一定不会死心！曾扶生算计了多年，苦心经营试验场失败，最后的杀人嫁祸计划，又搭上了儿子的命，怎么可能就此罢休？如此一来，卢占山应该算计到，他和卢平安一定还会受到不可知的威胁，这个威胁，是他们反布局成功后，必然会引发的结果，就如同李文璧的遭遇一样。

也就是说，卢占山父子应该加倍小心才对。可是今天，他们怎会一同失踪了呢？

难道卢占山父子面对不可知威胁，也是防不胜防，着了人家的道？

此事，十有八九与曾扶生有关！可是对曾扶生，秦向阳还是一点办法也没有。到目前为止，案情的轮廓和细节都有了极大的完善，然而章猛自杀，章烈在逃，卢占山父子失踪，魏芸丽死不承认，而侯三和林小宝，只会比魏芸丽更难对付。他仍然没有一条切实证据，能证明曾扶生有罪！

想到这儿，他突然意识到自己漏掉了一个人：曾扶生的大儿子，卢永麟。

对啊，没有卢永麟的参与，魏芸丽针对邓利群的那场戏，根本无法完成。怎么把他给忘了？他不会也失踪了吧？

他心里一惊，赶紧再次联系苏曼宁，叫她查一查卢永麟的手机状态。

苏曼宁很快回电："卢永麟的手机开着，位置在、在清河县城郊，具体位置……无法描述。"说完，她跟秦向阳共享了定位。

怎么会在清河县郊？要不要通知市局指挥中心呢？他考虑了一下，决定先过去看看情况再说。他叫李天峰上车，朝着定位目标驶去。

他关了警报，出得城来，离目标越来越近。

晚上十一点，车辆下了县道，拐进土路，晃晃悠悠地来到废旧火砖厂附近。此时他看了看共享定位，卢永麟的手机信号并未移动。

四野一片漆黑。由于接下来的情况无法预料，而车子动静太大，他便提前将车停在路边，步行往里走。

两人大概走了一百米，这才来到火砖厂区域，一排排废旧厂房的黑色轮廓，慢慢显露出来。

这时秦向阳才慢慢反应过来：这不就是当年侦办多米诺骨牌案时，自己曾藏身的那个火砖厂吗？怎么来到了这里？

他着实想不到，自己是在这个状况下"故地重游"，顿时百感交集，眼前浮现出赵楚的身影……

这里的连栋宿舍和厂房早都破败不堪，地上更是杂草丛生，四处虫鸣。

"看！那边有灯光！"李天峰突然小声说道。

秦向阳这才回复了精神，使劲晃了晃头，定睛朝李天峰所指的方向看去。

在他们前方大约一百米处，有一排较小的连栋厂房，厂房是用砖头垒砌的，光秃秃的未上水泥。厂房没有木框窗户，在墙壁上部大约一人高的位置，有好几个四方形的空洞，应该是垒墙的时候，故意留下的空缺。李天峰所说的灯光，就是从那些空洞里发出来的。

昏黄的灯光有些暗淡。借着灯光，能看到在那个小厂房附近，随意地停着三辆汽车。再细看，其中有一辆是面包车。

哎呀！难道卢永麟真在此处？他在这儿干什么？看这情形，小厂房里的人好像不少。秦向阳示意李天峰放轻脚步，矮身靠近那辆面包车。

来到面包车近前，秦向阳打开手机上的手电筒，围着它慢慢转了一圈，随后又回到车尾蹲了下来。

他惊讶地发现，这辆面包车正是指挥中心所通报的，章烈所开的那辆改装车。

这就是说，李文璧也在此地。

意识到这一点，他毫不犹豫地拨通了江海潮的电话，把相关情况做了个简短的汇报，最后他补充道："该结案了，快点来！"

江海潮那边扔下电话，立即调动大队人马……

他盘算了一下，江海潮赶到最起码要一小时。然而小厂房里的情况还没摸清，接下来，他俩只能靠自己。

干等是不可能的。他先把另外两辆车的车牌号记下来，随后猫腰向厂房靠近，李天峰紧紧跟随。

小厂房东西走向，东西两侧各有一个入口。东边的口上竖着两块木板，遮住了入口的一大半，西边的口上挂着块篷布。

秦向阳和李天峰将手机调成振动模式，悄声来到东边入口的木板前，蹲下来，向厂房内望去。

厂房内吊着两盏灯泡，地面是青砖铺就，四处垒着很多早已风化的砖垛，有的还算整齐，有的塌了。尽管如此，它的空间还是十分空旷。

厂房里一共七个人，六男一女。其中有三个人被捆在柱子上；另外四个人之中，一个人坐在椅子上，面对着柱子上的人；两个人站在椅子背后；另外还有一个人，独自站在厂房西侧的角落里。

看到柱子上的人，秦向阳大惊。那三位，正是卢占山、卢平安还有李文璧。他们脸朝北，双手被绑在背后，腿上并无绳索，嘴也没有封上。显然，在这荒郊野外，他们就是大喊大叫，也于事无补。

椅子上的人面对着柱子，从门口看不到其面部，椅子背后的两个人看上去身形很结实，但同样背对门口。厂房西侧，站在角落里的那个人，倒是面对着秦向阳的方向，可是那人身穿黑色连帽衫，脸上戴着蓝色口罩，样貌更是无从分辨。

秦向阳叫李天峰留在原地，自己起身转到了厂房另一侧。

地上到处是碎砖块，间或有几处土坑。他猫着腰走得很小心，以免弄出声响。他很快绕到厂房南侧，在墙根下站定，抬头看了看墙壁上方的四方形孔洞。灯光正从孔洞中照出来。

他抬起手试了试，指尖刚好够到孔洞边缘。紧接着他踮起脚尖，指尖向前探，牢牢抓住孔洞缝隙，双臂用力，向拉单杠一样，把身体拉了上去。

他担心暴露，不敢拉得太高。他的视线穿过孔洞，终于看清了里面的情况。

面对柱子坐在椅子上的人，正是曾扶生。

像往常一样，曾扶生仍然穿着绸布对襟衫，脚下穿着双布鞋，浑身上下一尘不染，看上去十分轻松自在。他一直盯着柱子上的卢占山，看了很久，随后又看向卢平安，最后视线定格在李文璧身上。

秦向阳咬牙暗道：狐狸尾巴终于露出来了！

曾扶生身后那两个人很年轻。左侧那位他一眼就认出来了，除了章烈还能是谁？

章烈旁边之人，个头不高，寸头，整个人看上去极有精神，就是脸绷得太紧，看起来冷冰冰的。这人正是陆文通，对秦向阳来说，他是个陌生人。

此时，陆文通的电话突然响了，他看了看来电显示，走出去十几步才接起电话。

来电者不是别人，正是曾帆，这在陆文通预料之中。

曾帆的声音非常急切，像是在哀求，又像是在讨好："帮帮我吧！我真的受不了了！我知道该怎么做了！"

"做什么？"陆文通小声问。

"随便你！只要你把甲卡西酮带来……你想怎样便怎样！"

陆文通挂断电话，走回曾扶生身边，附耳道："曾帆的情绪不好，又哭又闹，估计是感情问题，我是不是回去看看？"

曾扶生沉吟片刻，说："去吧，这里有章烈在！完事你来接我！"

陆文通点点头，随手拍了拍章烈的肩，转身朝厂房东头的出口走去。李天峰见此情形，赶紧躲了起来。

陆文通走出厂房，四处张望了一会儿，这才上车离开。他摸了摸口袋里的一个小瓶，心跳不由自主地加快。小瓶里装的，正是曾帆渴望的东西，那是深入骨髓的欲望，谁也无从抵抗！

他已经看到了回去之后的情形：曾帆一定穿着睡衣，里面或许空空如也。见到他，曾帆一定会扑过来哀求，甚至会像狗一样，舔他的脚。他会一把扯下对方的衣物，哦，也许不用他亲自动手……

陆文通走后，秦向阳回到厂房东边入口处，跟李天峰会合。

李天峰注意到对方脸色发白，拳头紧紧地握起，像是受到了什么刺激。他哪知道秦向阳此时心中所想。

此时秦向阳的胸中正波浪滔天，他刚刚窥破了本案中最大的秘密！

他的思路是这样的——厂房里有七个人。其中，站在厂房西侧角落里的家伙最为神秘。那人穿着黑色连帽衫，戴着蓝色口罩。他惊讶地发现，这个打扮跟404案凶手的打扮一模一样！同时，大魏豪庭门卫监控及五号楼门口的监控，录下的凶手影像，跟厂房里那个家伙更是别无二致！

那人到底是谁？宋猜？宋猜已经死了！为什么对卢永麟的手机定位就在此

地？那人根本就是卢永麟！

这个结论石破天惊。

可是，卢永麟为什么打扮成宋猜的样子？其实答案已昭然若揭。他那么做，只为迷惑曾扶生，让曾扶生以为，他就是章烈请来的杀手。

可是，宋猜不是被灭口了吗？

是的。

现在看来，宋猜的死，跟曾扶生毫无关系。曾扶生显然对此一无所知。

换句话说，宋猜的死，只能跟卢占山父子有关，只是还无法断定，下手的是他们父子三人中的哪一个。

这分明是个圈套，蓄谋已久的圈套。

正如秦向阳此前的疑虑，卢占山父子早该料到自己潜在的危险性，从而该做出必要的提防才对，为何还是失踪了？答案很简单，把卢占山和卢平安绑到这里的，根本就是卢永麟！他们父子三人假戏真做，合起伙来，在曾扶生面前演了一出大戏！

秦向阳这才意识到，为何李文璧事先收到了带有提示性文字的纸飞机？那分明是假宋猜从曾扶生处得到消息，从而对李文璧做出善意的提醒。

他明白了一个细节：那个叫方方的孩子，为何说教他折纸飞机的人，身上有一种奇怪的香味？那能是什么味道？

花香？酒香？香水味？不，那只能是中药的香味。

换句话说，扮演宋猜的，一直是卢永麟，而用纸飞机提醒李文璧注意安全这件"小事"，则是卢平安完成的。

今日厂房中所见，是曾扶生此前一系列布局的后续，他的执念并未因屡屡失败而就此罢休，他跟卢占山要在此地做最后的了结。他不知道宋猜已死，他认为宋猜还留在滨海。在他看来，章烈出事后，未能及时将雇凶的尾款转给"暴风"组织的账户，那么宋猜只能留下来，直到拿到现金。基于这一点，曾扶生又生一计，再次利用宋猜，去绑架卢占山和卢平安。至于对李文璧的绑架，则由章烈完成。

对曾扶生来说，既然想继续利用宋猜，那就一定要求对方连李文璧一块绑。可是假扮宋猜的卢永麟，明显不希望李文璧出事，故而给出了纸飞机的提示，导致李文璧躲进了警局。如此一来，才又有章烈出马，完成了看似不可能的任务。

秦向阳震惊了——现在，厂房内，看似曾扶生占据绝对主动，实则真正掌控局势的是卢占山父子。他们一定在等，等待合适的机会。他们也想跟曾扶生做个彻底的了断。

操！秦向阳只觉得脑仁不断鼓胀，疼痛难忍，脑海中又闪出一个大大的问号。

既然卢占山父子利用跟曾扶生之间的信息不对等，导演了这一场戏，由卢永麟假扮宋猜，骗过了曾扶生，那么，卢永麟为何不关手机呢？难道他认为警方断然查不到此处？怎么可能？卢永麟这么做，只能理解成他们父子三人，早就算计好了最后的结局。

秦向阳艰难地理清了思路，拿出电话给苏曼宁发了条信息：本月3日晚，宋猜在云门巷老孟家扒蹄喝多后，被人接走了。带上卢平安和卢永麟的照片，去老孟家扒蹄询问，接走宋猜的是谁！

除了虫鸣，四周寂静无声。此时，厂房内传出了动静。他赶紧收起手机，脚底下想往里冲，很快又忍住了。他想先观察事情的发展，再做决断，贸然现身，不见得就是好事。

曾扶生面前有一张精致的玻璃桌，上面放着一大堆杂物，那些都是从卢占山父子，以及李文璧身上搜到的物品。此外，桌子中间还摆着一个银色的小箱子，箱子旁边放着一杯红酒。

他慢悠悠地拿起酒杯喝了一口，随后点燃雪茄。

他很享受当下。

他将头努力后仰，使劲活动了一下颈椎，抬起头望着卢占山道："老卢，怎么样？滋味如何？"

厂房空旷，将他的声音放大，传到了秦向阳耳中。

"呸！你到底想干什么？赶紧放人！"

"我想干什么？告诉你，我儿子不可能白死！"曾扶生弹掉烟灰，走到卢占山面前，阴着脸说，"不怕告诉你！大魏豪庭的案子，是我曾某人策划的！你那个儿媳妇樊琳，也是我的安排！我苦心孤诣，为了什么？你还不清楚？可我怎么也想不到，计划出了严重意外，我不但赔上了儿子的命，就连拿谢饕餮对你所做的威胁，也失败了！事情不该这样，绝不该！更不会就此结束！东西我拿不到手，儿子却白死了，你想我赔个底朝天？"

"阴险！"卢占山吐了口唾沫。

"呵呵！彼此彼此！"曾扶生也吐了口唾沫，接着道，"不浪费时间了，咱们谈正事吧！"

说完，他回到玻璃桌前，打开那个银色的小箱子，然后戴上白手套，从箱子里取出来一根细长的注射针管。

卢占山疑惑地盯着曾扶生，难以判断对方意图。

针管中的液体呈黑红色。

曾扶生来到卢占山面前，高高举起针管，小心地从中挤压出来一点液体，就好像护士正准备给病人注射。

"知道这是什么吗？"曾扶生在卢占山眼前晃了晃针管。

卢占山很是惊恐，料想那不是什么好玩意儿。

"这是狂犬病毒！"曾扶生微微笑道，"花了我很多功夫，才提取了三支，很珍贵的！"

"别乱来！"卢占山大声呵斥。

曾扶生没做理会，转身来到卢平安面前，伸手拍了拍卢平安的脸。

卢平安使劲晃了晃头，冷眼瞪着曾扶生。

曾扶生转脸对卢占山说："交易非常简单，交出《不言方》残卷，否则这一针，就叫你儿子下去陪曾纬！"

说完，他毫不犹豫地将针头对准卢平安的胳膊，静静地望着卢占山。

"浑蛋！"卢占山青筋暴怒，想不到曾扶生如此疯狂。

"给你三秒！"说完，曾扶生开始倒计时。

卢占山急道："复原残卷不在身上，就算答应你，也交不出来！"

曾扶生停止计时，说："那不用你操心，说出地方即可，我会派人去取！"

"别给他！他是畜生！"卢平安吼了一嗓子。

曾扶生不以为意，继续倒计时。

卢占山摇摇头，大声喝止了曾扶生："我答应你！但是，有三件事我想不通。"

"嗯？"

"第一件，六年前春天，我的中医馆到底是不是你烧的？"

"就问这个？"曾扶生轻蔑地一笑，"真想知道？"

卢占山点头。

曾扶生迎着卢占山的目光，毫不闪避："你要是早交出复原残卷，我也没必要那么做嘛！"

卢占山叹了口气："第二件，六年前冬天，我老伴儿是不是你派人绑的？"

"呵呵！那真的是个意外，本来我也不想出人命。"

卢占山咬牙道："第三件，警方所说的试验场，到底跟你有没有关系？"

曾扶生回到桌前，拿起酒饮了一口，悠然说道："为什么问这个？"

"良心！《不言方》只关乎你我的恩怨，那件事却关乎很多人。我想知道，你到底有没有良心？"

曾扶生点点头，笑道："哎！你知道又能怎样？"

"真的是你？"

"不错！试验场是我策划的！"曾扶生满脸不在乎地说。

"真是畜生！为一己之利，你残害了多少无辜啊！"卢占山慨然长叹。

"残害无辜？"曾扶生冷笑道，"少作姿态！你怕是从未真正接触晚期癌症病人，不知道什么叫人间惨剧吧？"

卢占山哼了一声。

"只给你讲一个故事！"曾扶生说，"我亲眼见过一个六岁的孩子，得了血癌，也就是所谓的白血病。一个普通的工薪家庭，花了数十万，好不容易将病情控制住。之后为了省钱，将孩子接回家去。白血病的孩子最怕感染，不能碰触任何脏东西，有时候吸一口被污染的空气，都可能前功尽弃！

"为了孩子，那对可怜的父母，不惜卖肾，买来最贵的空气净化设备，只为孩子能呼吸新鲜空气！他们租住的房子里，一尘不染。那种干净程度，不是亲眼见到，你根本无法想象！他们卖房卖肾，尽最大努力，就为了孩子活下去！这没有错，对不对？

"可是，你知道吗，有个夏天的晚上，孩子半夜醒来，突然很想吃水果。他没有惊动父母，自己从冰箱里取了个苹果，就吃了下去，他忘了把苹果洗干净。第二天一早，那个孩子就没了，当时，他手里还攥着吃剩的苹果核……你能想象那对父母当时的心情吗？

"试验场？为的就是癌症广谱疗法！五年了，它存在了五年！它结束了很多病人的痛苦，它给病人家属带来了不菲的收益，没有人从中吃亏！如果试验成功，所有死去的人，都功德无量！只是，我万万想不到，我的试验方向没有错，但具体思路错了！我创造了高温疗法，却始终无法将病人对高温的耐受力提高到极限！我跨不过那个天然的矛盾！《不言方》是对的，古方奇药，呵呵！从人体内部着手，针对癌细胞，进一步提高它们对温度的敏感性，从而一举跨越那个天然矛盾！卢占山，你私藏古方奇药，不与民共享，你才是最大的罪人！说！复原残卷在哪里？"

卢占山别无选择，他呆呆地盯着前方，小声说："墓园！在我老伴儿的骨灰盒里！"

"很好！去死吧！你们爷俩一起上路！"

"什么？你刚不是说，会放过我们？"卢占山瞪大了眼睛奋力挣扎。

"幼稚！"曾扶生大笑，"你知道了我所有的秘密！你忘了，我可是准备了三支针剂！"

"你……"

"不急！还轮不到你！"说着，曾扶生拿着针管，转身走向李文璧。

方才的一切，李文璧听得清清楚楚。她不断扭动绳索，眼神中充满了深深的恐惧与绝望。

"要不是你，章猛不会死！

"要不是你，章烈不至于活成老鼠！

"要不是你，试验场不会崩塌！"

曾扶生怒视李文璧，胸中怒气喷薄而出。

说完，他冲着章烈招了招手："这一针，你来！"

章烈点点头，快步走上前去，从曾扶生手中接过针管，来到李文璧面前。

"这就是多管闲事的下场！"章烈盯着李文璧，一字一顿地说。

"不要……救命！"李文璧用尽全身力气，大声叫嚷起来。

听到叫声，秦向阳知道再也不能等了，他朝李天峰使了个眼色，掏出枪就要往里冲。

就在这时，一直站在厂房西侧的黑影，突然动了。他闪电一样冲了几十米，用身体狠狠撞倒了章烈。那个令人恐怖的针管，随之被甩落一旁。

怎么回事？宋猜要反水不成？章烈和曾扶生均是满脸问号，惊讶异常。他们哪能料到，眼前这位根本不是什么宋猜，宋猜早死了。

"你不是宋猜？"章烈首先反应过来，一个鲤鱼打挺站起身，疾风般冲向黑衣人。

与此同时，卢占山和卢平安突然甩脱了背后的绳索。

李文璧是章烈所绑，她身上的锁扣结实牢靠，但曾扶生决然想不到，卢占山和卢平安的绳索，根本就是"假宋猜"做的活扣。

紧接着，卢平安扑向章烈，去帮黑衣人。卢占山则冲向李文璧，去解对方身上的绳索。

此刻，谁也顾不上曾扶生了。

卢平安身子骨本就软弱，哪里是章烈的对手？眨眼间就被对方重重踢飞，摔在地上急喘不止。

又过了一瞬，黑衣人的口罩被章烈打落下来，露出了他的真面目。

"你……你是卢占山大儿子，卢永麟？"曾扶生指着卢永麟，惊讶莫名。

"住手！"这时，秦向阳和李天峰冲进厂房。

秦向阳跑在前面，朝天开了一枪，以示警告。

章烈大惊，连续快攻，近身后抱起卢永麟，朝着旁边的砖垛摔去。砖垛随之倒塌，把卢永麟砸了个结实。

章烈摆脱了纠缠，掏出枪先朝着卢占山射击。

卢占山腿部中弹，倒在李文璧身前。

李文璧急得直跺脚，但是眼见秦向阳出现，眼中重现活力。

秦向阳见章烈有枪，还打伤了人，再不敢迟疑，直接朝章烈射击。

李天峰紧接着也开了枪。

章烈打完第一枪，早就有所防备，闪身躲到砖垛后，开枪对射。

双方随即展开激烈的枪战。

二对一，这个局面对秦向阳来说不被动。但是他和李天峰面临着相同的状况，都没带备用弹匣。

章烈却早有准备，他毫不吝惜子弹，开枪频率远超对方。

此时，卢占山被击伤，卢平安被踢伤，引发呼吸异常急促，卢永麟被埋在砖头里，李文璧被绑在柱子上动弹不得，只剩一个曾扶生毫发无损，抱头趴在一旁，不敢动弹，生怕被子弹扫到。

很快，李天峰子弹打光了，秦向阳也仅余一弹，但是交战双方谁都未被击中。

秦向阳毫不犹豫地把枪扔给同伴，随后依托一个接一个的砖垛，快速接近章烈。

许久不见对方开枪，章烈判断对方定是没子弹了。他慢慢挪动身子，向外探视。

李天峰等的就是这个机会，立即开枪射击。

然而，他还是射早了，最后一弹并未击中目标。

章烈躲过一劫，冷哼一声连续还击。

这时，秦向阳已悄然接近最后一个砖垛。他突然发力，跳上砖垛，由上而下，飞身扑向章烈。

章烈被扑倒，手里的枪随之脱手。

两人贴身战在一处。

这一仗打得很是惨烈，双方出手均是拳拳到肉，毫不留情。转眼间，两人互有损伤，一时间闷哼连连，砖块飞溅。

章烈当年在省散打队，参加过多届电视散打比赛，还得了外号叫"打不倒的章烈"，身体素质自是相当优异。

李天峰不敢怠慢，加入战团。

但是没一会儿工夫，他已满脸是血，被章烈踢落到一旁。

此时，久卧一旁的曾扶生突然动了。

他打了个滚，扑到章烈丢落的手枪近前，捡起枪来四处瞄准。

他先瞄向李天峰，紧接着掉转枪口，试图向秦向阳射击。可是秦向阳和章烈不停地辗转腾挪，他担心射不中，便又更换目标。卢永麟仍在砖块下哀号，卢平安捂着胸口，紧蹙眉头靠在一根柱子上，他的目光从这两人身上扫过，又掠过中枪的卢占山，最后着落在李文璧身上。

这时，空中传来一阵振翅之声。不知从哪儿飞来一群白鸽，从墙壁上方的空洞中掠进房内，落到了李文璧近前。

李天峰吐了口血，抬头惊见曾扶生举枪瞄向李文璧，奋力起身扑向枪口。

然而动作再快，也快不过子弹。

枪声响过，子弹早已击中李文璧前胸。

那群白鸽应声而起，再次掠出孔洞，消失在夜空深处。

"我弄死你！"李天峰爬起来，骑到曾扶生身上，拳头雨点般挥落。

在曾扶生的大呼小叫之下，卢平安睁开了眼睛，他终于把急促的呼吸控制住了。

他的目光在地上扫了一圈。

曾扶生此前丢落的针管，就在他面前不远处。

他捡起针管，又随手拿起一块砖头，走到李天峰背后，挥砖把李天峰拍倒在一旁。

他用牙咬着针管，双手拖着曾扶生来到石柱前。

一会儿工夫，他便把曾扶生绑到了柱子上。这还不算完，他四下逡巡，找来一根木棍。他把木棍横架在柱子上，组成了一个十字架形状，随后把曾扶生的双臂，横着绑到了木棍两侧。

秦向阳看到了发生的一切：李文璧中枪了，卢平安打晕了李天峰，正在绑十字架收拾曾扶生。

他和章烈双方早已力竭，但谁也无法制伏对方。他稍一卸力，一定会被发疯的章烈当场掐死。

"放开！你想干什么？"曾扶生抬起眼皮，死死盯着卢平安。

卢平安把咬着的针管交到右手，怒视曾扶生："审判！这是最后的审判！"

"什么？"

"我母亲因你的贪婪而死！你还一把火毁了中医馆，烧死了陶定国，烧了我活下去的最后希望！我的心脏病无药可救，只能换心！陶定国是唯一合适的供体，他自愿捐献！可是你……"卢平安越说越激动，呼吸又急促起来，"陶定国和我配型之前，我苦苦找了十年！陶定国死后，我又找到现在！可是，根本找不到一个合适的心脏！心脏！懂吗？你他妈永远不懂，什么叫绝望！"

"啊？"曾扶生大大地张开了嘴。

"曾扶生，你的道貌岸然就此结束，你犯的是死罪！"

"不！"

"去死吧！魔鬼！这一针，是我给你的！是母亲给你的！是陶定国给你的！是沈傲给你的！是侯三给你的！是林小宝给你的！是谢饕餮和谢斌斌给你的！是魏芸丽给你的！是开锁师傅毕盛给你的！这是所有人对你的审判！"

卢平安说完，毫不犹豫地将狂犬病毒，注入曾扶生体内。

曾扶生大叫一声，思路却仍清晰，他神色惊惧至极，双眼中挤满了疑问。

"你说什么？沈傲？侯三？林小宝？谢饕餮兄弟？魏……魏芸丽？毕盛？跟他们有什么关系？除了谢饕餮、侯三，我根本都不认识！"

卢平安吼道："他们的亲人，都被试验场所害！他们当时要么不在亲人身边，要么无力阻止其他亲属！他们心中有太多怨恨，但归根结底，他们最恨的人，是试验场的组织者！是你，曾扶生！"

"这……"曾扶生接连遭逢巨大意外，瞳孔急剧收缩，哑然失声。

"你自以为是，假仁假义，以为那么做是在帮助癌症患者。你错了，错得离谱！"

"我没错！"曾扶生愤然反击。

"你错了！人即使身患绝症，也不该被剥夺希望！还有爱！围绕在他们身边的家人，那种最天然的情感，任何人都没资格剥夺！"

"你……"

"人因性而生，更因情感而活！死亡并不可怕，可怕的是，至死，都体会不到人与人之间原本天然的情感！人无法拒绝病痛，然而人间有爱！你为了一个疯狂的目标，一个不切实际的目标，无视爱和希望！你凭什么认为，那些被你聚拢到试验场的病人，就一定没有别的渠道，获得相应的帮助存活下来？"

"我……"

"再告诉你一个秘密！"卢平安胸口剧烈地抖动，他不顾一切地大声说，"从来没什么复原的《不言方》！李正途当年，也许早把它烧掉了！一切的一切，都只是一场戏！包括今天的一切！为的只是拿到你这只老狐狸的犯罪证据！"

"不可能……"曾扶生骤然崩溃，老泪纵横。

卢平安身后不远处，秦向阳用尽最后的力气扑向章烈。在那一扑之下，两人双双撞进最大的一个砖垛。砖垛立刻碎裂，把两个人压了下去。

突然，厂房外传来密集的警报声。警报声由远及近，转瞬近在眼前……

# 第三十章　复仇者联盟

江海潮带着大队人马冲进厂房……

秦向阳被人从碎砖块里挖了出来，章烈压在下面，早已奄奄一息。

这个惨烈的现场惊呆了所有人。

秦向阳的手指动了动，随后缓缓睁开眼睛。他微微怔了片刻，突然奋力翻身，连爬带滚扑向李文璧。

李文璧就躺在他身边。

李文璧慢慢睁开眼，随后又无力地合上了。

"别睡！"秦向阳大叫。

"唉！"李文璧轻轻叹了口气。

她的叹息极其细微，却已几乎用尽所有力气。

"我错了！"秦向阳紧紧贴着李文璧的耳边，轻声说，"我很后悔！我他妈好像从来都不是正儿八经的，面对这段感情……听到了吗？醒来！我真后悔了！"

李文璧眨了眨眼皮，微微摇了摇头："没关系！其实，我们两个是一样的人！"

"别说了！坚持下去！"秦向阳鼓励道。

"我们都是工作狂。可是，我很清楚一件事，你心里有我，同样，我心里也有你，这就足够了！我……我一直都知道的！"李文璧咬着牙，极艰难地说完这段话。

"是的！"秦向阳大声说。

"所以，别后悔……"李文璧说完，溘然而逝。

秦向阳使劲晃动李文璧的身体，仰天长啸。

不久后，急救车纷纷赶到。

秦向阳、曾扶生、卢占山、李天峰、卢永麟，都被抬上了车。司机从秦向阳口中得知，曾扶生被注射了狂犬病病毒，把车开得飞快，毕竟车上没配备解毒的疫苗。

卢平安并无大碍，被安排上了警车。

李文璧和章烈被抬上另外一辆车，接受医务人员的最后抢救。

江海潮深深吸了口气，他其实有点蒙，他还没弄清楚的点，实在太多了。

这里不得不提的是，就在江海潮带队即将赶到砖厂时，还发生了一个插曲。当时市局指挥中心突然接到报案，报案人叫陆文通。他自称是扶生集团董事长曾扶生的助手兼司机，今晚他将曾扶生送至清河县郊区某砖厂后，才意外发现自己的老板，正在从事非法勾当。他说，他历来深得曾扶生信任，而且曾扶生还专门叮嘱他，不要把事情跟任何人透露。他说他借故离开了砖厂，回到家后思前想后，良心始终难安，遂决定报案……

江海潮当即命人将陆文通带到市局，配合调查……

苏曼宁那边，对云门巷老孟家扒蹄的调查，有了新的突破。

店员从苏曼宁所带的照片中，认出来4月3日当晚，将宋猜接走的正是卢平安。

店员看到照片后，才想起来更多细节。他说，卢平安那晚也在店里吃过饭，但跟宋猜不在同一桌，吃完后便自行离去，这个他本来没什么印象。但是后来卢平安又返回店内，将宋猜带走了，而那时宋猜已经醉得不省人事。正因店员对宋猜印象颇深，这才多看了卢平安一眼，可要是没有照片参照，他还是难以描述卢平安的样子。

苏曼宁跑到医院，将这些信息反馈给了秦向阳。看到秦向阳浑身缠着纱布，又听闻李文璧中枪身亡，她的眼泪悄然滑落。

秦向阳很清醒，但无力安慰苏曼宁，他的脑子被她带来的信息弄得生疼。这个关键信息能证明一件事：宋猜就死在卢平安手里，而且死亡时间，不是4月4日，而是4月3日晚，否则，卢平安没必要在那晚带走宋猜。

可是卢平安身患重病，虽坚持健身，但终究体质极弱，怎么可能弄死宋猜？

秦向阳推测，宋猜很可能不是正常醉酒。这一点他早就想过了，只是当时无从佐证。宋猜极有可能被卢平安借机下了药，而后在沉睡中被沉到了江里。卢平安本就是中医，配制麻药、蒙汗药之类，应该不在话下。至于绑缚在宋猜身上的旧沙袋，显然就是卢永麟提供的。当然，也可能是卢平安平素健身淘汰之物，但是他的健身用品，同样出自卢永麟的店面。

由此推断，又会得出一个惊人的结论——4月4日在大魏豪庭1102室的杀人者，根本不是宋猜。

不是宋猜还能有谁？

显然，只能是卢平安本人！

这就是说，卢平安根本从未被嫁祸，他就是404案的真正凶手！

可是案发当天，的确有个穿黑色连帽衫的男子，先卢平安一步进入过现场，那个人是谁？

现在答案已经很明显了。

那人只能是卢永麟。

可是卢永麟一定没有杀人，他所起的作用，只是在冒充宋猜，令案发后警方的调查误入歧途。

卢平安身患绝症，陶定国的死断绝了他活下去的唯一希望，他以身犯险在情理之中，但他绝不会让卢永麟犯下杀人的罪行。

正因为卢永麟代替了宋猜，所以江海潮在后续调查中，翻遍了监控，运用了各种调查手段，却始终无法锁定黑衣连帽衫男子的来路。

为什么？很简单。卢永麟进入大魏豪庭之前，一定躲在卢平安的药店内，离开大魏豪庭之后，他同样只能去卢平安的药店。药店就在小区附近，可是江海潮从来没有怀疑、也不可能怀疑那里……

这更是个令人无法接受的结论，可是秦向阳实在没有其他理由，来推翻这个结论。

然而，这个结论还有一处疑点：卢平安为何非要亲自动手杀人不可？他为何不干脆借助宋猜的手，要了樊琳和曾纬的命？

秦向阳沉思良久，给出了一个合理的答案。

原因有两个：

一、宋猜所接到的任务，一定是杀樊琳和邓利群。雇凶者和杀手都很专业，宋猜手里一定有邓利群的照片。一旦他发现床上的男人不是邓利群，很可能会终止任务。这样一来，卢占山的反布局便无法进行。

秦向阳这个判断，跟真相有出入。事实上案发前，曾扶生已经获知了那个意外——进入1102室的不是邓利群，而是另一个年轻男子——只不过他想不到约会者是曾纬，从而让行动继续。

二、即使任务没有终止，如果卢平安借助于宋猜动手杀人，那么他只能案发后再杀掉宋猜，然后由卢永麟顶替宋猜，去跟曾扶生取得联系，让计划继续进行。

可是这样一来，就有了一个时间上的断层。

怎么理解？

秦向阳是这样想的，如果任由宋猜去杀人，那么宋猜杀完人之后，一旦用电话同章烈或曾扶生取得联系，双方就势必交流。这个交流的内容，卢平安就不可能知道。如果这时候他才杀掉宋猜，让卢永麟顶上，再继续跟章烈或曾扶生进行后续交流，就难免暴露身份！因为，他不清楚双方早先的交流内容！

所以，卢平安只能选择在案发前，也就是4月3日，提前杀死宋猜，并拿到对方的电话。这样一来，不管双方怎么交流，卢永麟都不会暴露身份。

这是一个极其细微的逻辑，也许它无关案情的结论，但却决不能就此忽略。

天亮后，市局门前发生了一件事。那件事对江海潮造成的冲击，他终生难忘。

那天早上，谢饕饕、谢斌斌、侯三、林小宝、魏芸丽以及开锁公司的毕盛，共六人，来到市局找江海潮自首。

他们声称是卢占山的帮凶，共同谋划并不同程度地参与了404案。

他们说，自首名单还少了一个人：沈傲。

可是沈傲还关在看守所，无法前来，因此只能将沈傲提前写好的"自首认罪书"带来。

江海潮彻底蒙了。

从职务身份上说，这件事将他推到了一个尴尬的境地，也就是作为404案的专案组组长，他实际上对案情的掌握程度，接近于零。

群体自首事件，所呈现出的404案复杂程度，完全超出了江海潮的认知能力。

他的内心世界遭受了沉重打击，但表面上并未表现出来。面儿上成绩足够光荣，404案已成功告破，专案组切实履行了它肩负的责任。

对主犯、从犯一干人等展开全面审讯前，他必须先处理一件事：将案情上报给市委市政府，再由市委相关领导出面，报请人大常委会，申请对曾扶生实施正式逮捕。这是必须要走的程序，毕竟曾扶生是人大代表。

这给了秦向阳恢复的时间。

三天后，审讯正式展开，他带伤参与。他身上缠满绷带，再穿上外套，外表上看不出来。

审讯从自首者开始。七个自首者，六个故事。

秦向阳早就了解过，谢饕饕兄弟是农村的，他们的父亲几年前因病去世。实际上他们的父亲，正是参与试验场的患者。决定是他们的叔伯兄弟跟母亲一起下的。当时谢饕饕在牢里，谢斌斌在外打工，谁都不知情，更无从左右家人跟忘川公司签约。唯一不同的是，谢斌斌好歹见到了父亲最后一面。

他们很想念父亲，尤其是老大谢饕饕。

谢斌斌曾给秦向阳展示过一张纸。纸上，写满了"谢饕饕"三个字，那种

A4纸有一大摞。谢斌斌说过，那是谢饕饕想念父亲的方式。"谢饕饕"三个字，是那对父子之间特有的连线，寄托了父亲对儿子最朴实、最美好的祝愿。谢饕饕想父亲了，就把名字写上几百遍。他很想告诉父亲，名字一点也不难写，他再也不讨厌那个名字了。

这种情感发展到最后，产生了质变。他们对父亲的想念，渐渐演变为对忘川公司的憎恨，直到他们产生了一个很自然的想法：要给父亲报仇！可是当时，他们还不知道忘川公司幕后的策划者是谁，更不了解试验场。

侯三的情况较为特殊。他不但离过婚，还有过孩子。谢斌斌曾说，他表面上吊儿郎当，其实特重情谊。他和谢斌斌兄弟喝酒，喝着喝着就哭了。他想一个人，想自己的孩子。

侯三的孩子的名字很有个性，叫侯一一。三岁时，这个孩子患了白血病，在下面的医院治疗一段时间后，侯三发狠举债，将孩子送到了北方大城市的医院。为了省钱，侯三让孩子母亲在病房打地铺，他一个人睡天桥。他是个父亲，为了孩子，不得不成为"漂族"。

他晚上睡天桥，白天从事各种体力工作。他干工地，送水，做搬家公司短工，干装卸工……他觉得只要累不死，就得挣钱为孩子治病。干完活回去睡觉的路上，他还不忘捡一路矿泉水瓶，好卖些零钱。

一个冬天的晚上，他被执勤的民警查到了。民警以为他是拾破烂的，无家可归，并未对他进行驱赶，只是建议他最好别睡天桥，不安全先不说，可别给冻出毛病来。

侯三如实相告，说自己有家。白天干活，晚上睡在那儿，是为了省钱，孩子和老婆都在医院呢。当时的侯三并不知道，他命运的转折点由此开始。

那个民警一下子就感动得不得了。两人攀谈起来，结果还攀上了老乡。民警回家后，把事情向家人说起。恰好，那位民警的姐姐在报社上班，听说了这件事后，认为有值得报道的点，就找到侯三，对他进行了采访，随后写了一篇感人的文章出来，登上了报纸。

令侯三想不到的是，那篇新闻报道感动了很多人，还引来更多媒体对他采访。侯三一时成了新闻人物，那令他很是尴尬。他觉得，像他这种情况的病患家属多了去了，怎么还成了新闻呢？

想是这么想，但结果他当然不拒绝。诸多报道后，四面八方的捐款随之而来，给侯三一家带来了希望。与此同时，远在滨海的扶生集团老板曾扶生，也关注了这件事，并极为敏感地从侯三和侯一一身上嗅到了商机。

曾扶生很快找到侯三，当众宣称，扶生集团为孩子出钱治病，但有个前提，孩子必须在曾扶生的疑难杂症医院接受治疗，除了常规治疗，还要使用扶生集团的主打产品：火神膏。

侯三收到的捐款听起来不少，其实偿还债务尚不足够，更妄谈后续治疗费用。他颇为犹豫，拿不定主意。这时候有病友给他建议，支持他接受曾扶生的帮助。毕竟，侯三身上的新闻不能长久，后续收到的捐款会越来越少，不能从根本上解决问题。他觉得有道理，就答应了曾扶生，全家前往滨海。

侯一一在曾扶生的医院接受了一段治疗，病情表面上没有恶化。侯三不知道这算奇迹，还是曾扶生的手段高明，还是前期在北京的治疗仍在起作用。这时候曾扶生兴奋地告诉他，是"火神膏"的功劳。他将信将疑。

更令侯三想不到的是，曾扶生立即抓住这一点，请来很多记者，把即将冷却的"旧闻"，重新炒了起来。

曾扶生对媒体宣称，扶生集团的"火神膏"，有效控制住了侯一一的病情，并持续好转。借此炒作，扶生集团和"火神膏"，一时间占据了诸多媒体的首页。

侯三敏感地意识到，自己像是被利用了。为了孩子，他果断辞谢了曾扶生的"好意"，带孩子重回北方。

然而事情很快起了变化，孩子重新住院后，第三天就去世了。医生很遗憾地告诉侯三，孩子离开医院之后，似乎并未得到有效的救治，否则绝不会是这个结果。

侯三马上意识到，一切都是曾扶生的错，他和孩子都被利用了，那什么狗屁"火神膏"，根本无效。

他立即找曾扶生算账。

可是曾扶生早备好了说辞：孩子死在别的医院，怎么还找到扶生集团来了？你侯三就不该带孩子离开，要是在扶生医院继续治疗，一定不会是这个结果。

曾扶生的话术，着实有理有据。但侯三心里不服，认定孩子是被曾扶生治死的。他想到了从网上发帖揭露此事，然而网络茫茫，根本激不起风浪。更重要的原因是，侯三再怎么折腾，他身上已经不具备任何新闻价值。

很快，孩子母亲和侯三离了婚。侯三自暴自弃，迷上了盗窃的"手艺"，还一时发狠，偷到了扶生集团办公室，从而锒铛入狱。

在整个404案过程中，曾扶生早就注意到了侯三的存在。面对卢平安的审判时，诚如他所说，他只认识侯三和谢饕餮。在他眼里，侯三就是个不成器的贼。

他怎会预料到，这个贼已经跟其他人联手，组成了所谓的"复仇者联盟"，正在干一份伟大的"事业"。

林小宝的故事很简单，他父亲死于试验场。后来，当他丈母娘也得了癌症时，他触景生情，逐渐心生后悔，不该跟家人一块，跟忘川公司签约。

正如谢斌斌曾告诉秦向阳的，林小宝其实也很不容易。他父亲早没了，现如今丈母娘又得了癌症，日子过得那叫一个累。可是，林小宝的丈母娘已经带病生存好几年了，人还活着！这更加重了他的悔意。如果当年没那么做，也许父亲到如今也还活着！为了钱，让父亲放弃治疗，眼看着父亲去死，他觉得自己简直猪狗不如！渐渐地，他下定决心，给自己赎罪，铲除忘川公司……

魏芸丽的故事也不复杂。

秦向阳知道，魏芸丽的公公早就去世了。她公公，是被她老公亲手推上了试验场。作为儿媳，当时她就不同意。可是人家做儿子的，执意那么做，她也违逆不过。人死后，她老公顺利得到了一大笔丰厚的提成。其后一年，魏芸丽的父亲也患了癌症，当女儿的自然要出钱给父亲治病。魏芸丽就跟她老公要钱。

这时候她老公不干了：钱是老爷子的命换来的，怎能拿去给你爸治病？

不仅如此，她老公还极力怂恿魏芸丽，把她父亲也送上试验场！

不出钱就罢了，还给出这么个鬼主意？魏芸丽坚决不同意。可是，魏芸丽的母亲同意了。其后，她母亲跟她老公一块，又跟忘川公司偷偷签约，很快断送了她父亲的命。

从此，魏芸丽恨上了自己的母亲，更恨她老公。

魏芸丽曾对秦向阳声称，她老公长年出差。实际上不是那回事，他们是长年分居。

魏芸丽恨自己的亲人，却不能拿他们怎么样。久而久之，她的恨意，全部转移到了忘川公司身上……

沈傲的故事，其实早就清楚了。

开锁师傅毕盛，在404案中的位置最不起眼，他的故事跟妻子有关。他们小两口结婚不久，孩子刚出生时，其妻查出了癌症，当时他们刚刚贷款买了房。

为给妻子治病，毕盛把房子卖了。钱花光后，他老婆的病情并未彻底扭转。其妻很快意识到，这样下去将面临一个无底洞。适逢忘川公司的业务经理曹节找上门，毕盛的老婆就做了个大胆的决定，瞒着毕盛，跟曹节签了合同……

得知真相后，毕盛强烈反对。然而他老婆去意已决，主动回家，不再吃药，配合曹节完成了赌局。毕盛虽然拿到了酬金，却一直活在痛苦之中，只能借酒消愁……直到有一次，他在酒馆中无意碰到谢饕餮。两个陌生人酒逢知己，慢慢谈起往事，才产生了共同的想法，他们都对忘川公司无比憎恨……

对卢平安的审讯最为关键，他还原了整个计划中最重要的部分——时间线。

卢平安上来就说，他和卢占山知道曾扶生所做的一切。

有一个基本事实，对卢占山父子来说，多年来他们从未对曾扶生说谎，一直坚称，根本没有《不言方》残卷。

然而曾扶生始终不信，并一直给卢家制造麻烦。

后来，他们不得不将中医馆的火灾、陶定国的死亡、卢平安再无心脏可换以及母亲的死亡，这些账统统都记在曾扶生身上。他们早就想跟曾扶生算账，只是苦于没有证据，更缺乏一个合适的机会。

五年前，他们意外得知，曾扶生为了巨大的经济效益，策划并实施试验场。

卢占山了解曾扶生。在他看来，曾扶生本人一定很清楚一件事，那就是针对癌症的广谱疗法是不可能的，那只是曾扶生计划中的一个噱头。一旦试验场的临床数据达到一定程度的康复案例，比如百分之三十，甚至更少，曾扶生就一定会对医疗市场树立起那个惊人的噱头：扶生集团攻克了癌症的广谱疗法。

基于试验场的存在，卢占山苦苦琢磨，制订出了一个庞大的计划。

这个计划由一场骗局开始。

三年前，卢占山对外宣称自己得了肝癌，不久后又宣称治好了自己的病。随后，他又宣称另有七名癌症患者，在熟人介绍下，也得到了他的救治。

这实际上是一个骗局，为的是引起曾扶生的注意力，让曾扶生更进一步以为，他手中的确握有复原的《不言方》残卷，能治疗各种癌症。他知道这对曾扶生来说，是最致命的诱惑。

要实现这个骗局，最重要的是医院的检查材料，尤其是加强CT扫描的片子。也就是说，他需要在片子方面造假。

于是，卢占山将目光瞄向各大医院的CT科，并渐渐查到人民医院的CT科副主任魏芸丽，是一个合适的人选。原因无他，魏芸丽对忘川公司有刻骨的仇恨。没费多大力气，他就将魏芸丽说服，让对方参与到计划中来。对魏芸丽来说，对强化CT片造假简直易如反掌，只需调取其他患者的片子，对文字资料进行修改即可。

如此一来，卢占山实现了计划的第一步，除了他本人的肝癌检验报告，还拿到了另外七份。那七份癌症检验报告，被卢占山安到了自己的客户名下。他曾救助过无数患者，要从中找七个人帮他这个小忙，没什么难度。

他知道这件事一旦宣扬出去，曾扶生一定会做调查。

果然，曾扶生很快找到人民医院去，通过关系核实了那七份体检报告，更单独关注了卢占山的那份报告。这样一来，曾扶生不得不相信，卢占山的确治好了自己的肝癌，还治好了另外七名癌症患者。

这大大刺激了曾扶生，认定卢占山有复原后的《不言方》，他发誓，非把东西弄到手不可！

三年前，为了《不言方》，曾扶生策划樊琳打入卢占山家。

2018年春节后，樊琳找到章猛，提出要跟卢平安离婚。这时候曾扶生兵行险着，让章烈出面，请外籍杀手杀掉樊琳和她的情人，嫁祸卢平安。事后再拿自己安排的目击者，去威逼卢占山交出《不言方》。

曾扶生自以为计划天衣无缝，实则一切在卢占山掌握之中。

2018年春节后，针对曾扶生的计划，卢占山制定了局中局式的反击。这时候，他发现自己仍缺乏人手。

很快，他从网上发现了一则关于侯三和侯一一的老新闻，立刻意识到可以把侯三争取进来。那时侯三刚出狱不久，他很快答应了卢占山。侯三加入后，把他的发小林小宝、他的狱友谢饕饕，以及谢饕饕在酒馆中遇到的毕盛，统统拉了进来。有了谢饕饕，自然少不了谢斌斌。

卢占山分析了每个人的状况，发现还少一个关键人物。

他还需要一个人在明处，去主动调查、揭发忘川公司，从而引起警方的高度关注。

这时候，魏芸丽找到卢占山，说她注意到一个年轻人，时常在人民医院出没，似乎在暗中关注忘川公司的业务经理曹节。曹节几乎天天跑人民医院，沈傲从奶奶去世后，一直单独秘密调查忘川公司，早就盯上了曹节了。魏芸丽的发现，使沈傲也很快加入进来。

自此，一个为数十人的复仇者联盟，正式成立了。

接下来就顺理成章了——

谢饕饕的角色是双面间谍。曾扶生需要个小偷做杀人现场的目击者，谢饕饕通过道上的朋友介绍，顺利接到了这个活儿。

侯三和林小宝，负责往大魏豪庭1102室装摄像头。此外，侯三还要配合魏芸丽，把车屁股停歪，好让魏芸丽有足够的理由，把车停到邓利群的车旁边，去制造一系列意外。这就要求侯三所租住的房子，其配套的车库，一定要与魏芸丽的车库相邻。魏芸丽的车库是25号，侯三选择了24号车库。

谢斌斌的任务相对简单。他是外卖员，只需配合谢饕饕潜入1102室，而不引起警方的怀疑。他也是双面间谍，因为在行动当天，他还充当了谢饕饕和章烈的联络员。谢饕餮成功潜入1102室后，发消息给谢斌斌，由后者通知章烈。只不过，这个步骤要冒一点风险。

因为谢斌斌和杀手宋猜，都有邓利群的照片。可是案发前，进入1102室的人不是邓利群，而是曾纬——作为双面间谍"二五仔"，谢斌斌必须把这个意外，如实地发短信通知谢饕餮，进而让曾扶生知道，约会者换成了一个年轻人。

如果不这么做，谢斌斌早就暴露了，曾扶生很可能由此推演出一切并非意外，而是反布局，那样一来，后果不可想象。

这个风险其实很小——卢占山就是要让曾扶生自食苦果。他了解曾扶生，料定对方不会因为一个"小小的意外"，就终止行动。

毕盛的任务最简单，他所在公司的广告，本就在卢平安家门口。当卢占山去1102室给卢平安取药时，他只需配合卢占山演一场戏，让卢占山得知，侯三曾搬着床垫，请他开过1102室的门锁。卢占山再把这个"意外"发现提供给秦向阳。这样就很自然地把侯三和林小宝交到了警方手中，从而瓦解了曾扶生对卢占山的胁迫。

沈傲的角色很特殊，他要从正面对忘川公司展开调查。为了成功将警方牵连其中，他有意选择了栖凤分局刑警大队长秦向阳的女朋友，李文璧。

一切准备就绪，只待东风。

2018年4月23日20：00，卢平安前往云门巷的老孟家扒蹄吃饭，趁宋猜上厕所的空隙，在宋猜的啤酒中，加入了曼陀罗调制的药物。

在古代，曼陀罗是所谓蒙汗药的主要成分，能致人昏迷。卢平安吃完饭时，宋猜仍在喝酒，他只好先行离开，待时间差不多了又回到店里，带走了宋猜。

当时，对卢平安来说，出了个小意外——他以为宋猜还没买单。如果他替宋猜买单，不管付现金还是电子转账，都会留下自己的痕迹，这一点他事先并未考虑到。只是他完全没想到，宋猜在昏迷之前，竟主动将现金压到了酒瓶下。他当然不知道那是宋猜的习惯，只付现金，从不找零。

接下来就简单了。午夜时分，他用自己的车载着宋猜，前往市东区的高架桥，将提前备好的沙袋绑缚在宋猜身上，将对方沉到了河底。

2018年4月4日15∶45，谢饕饕即将进入大魏豪庭1102室，并给谢斌斌拨打了电话，两人在楼梯间见面。

作为双面间谍，谢斌斌拿上谢饕饕留下的外卖箱出了小区，及时将这一信息当面告知章烈。

章烈通过"暴风"专有电话，通知"宋猜"行动。

15∶52，卢永麟身穿黑色连帽衫，戴着蓝色口罩，从北门步行进入小区。三分钟后，进入五号楼。他手里有卢平安家的备用钥匙。

16∶10，卢平安提着行李箱回到小区，当时卢永麟就站在他家玄关处。卢平安回到家，用备好的尖刀杀掉曾纬和樊琳。但是那个过程中，他不小心在袖口上留下了喷溅血迹。

16∶45，卢永麟从五号楼出来离开小区，随后藏身于卢平安的药店之内。

卢永麟走后，卢平安将凶器藏到了大花盆的泥土里，随后自行撞破头部，假装昏迷。

随后，谢饕饕离开。

紧接着，侯三和林小宝进入现场，取走偷录设备。

20∶25，卢平安假装从昏迷中醒来，并报警。在那之前，他早就用止血纱布包裹了伤口。

20∶35，栖凤区刑警大队的人控制现场。

这就是404案的整个过程。

然而，这只是卢占山整个计划的一部分，他还有后续的审判计划。以他对曾扶生的了解，他断定曾扶生对他所做的胁迫失败之后，一定不会善罢甘休。曾扶生拿不到想要的古方，还因一连串意外，失去了儿子，怎么可能就此放过卢占山？

针对这个判断，卢占山再次强化了对曾扶生所设的"诱饵"——他故意告诉秦向阳，自己手里有复原后的《不言方》残卷。他知道，秦向阳严重怀疑曾扶生，那么在调查时，一定会拿这个消息去试探、刺激曾扶生。秦向阳果然那么做了。一定程度上来说，秦向阳被卢占山小小利用了一把。

卢平安一口气说完，最后总结道："像曾扶生那种人，没有铁打的证据，谁都动不了他，这是个常识。我们将计就计，假扮宋猜，假装被绑，只为两点：一、拿到曾扶生切实的犯罪证据，现场所有过程都已被卢永麟的手机录了下来。二、让曾扶生，接受我的审判。现在，一切都结束了。我是主犯，我杀了曾纬，杀了樊琳，杀了宋猜，其他人都是从犯，我接受你们的审判！"

对江海潮来说，这是他从警以来经历的最顺利的审讯，甚至不需要他说一个字，案犯便娓娓道来，全盘托出。

可是他的手却不停地颤抖，他很难接受一个事实——这个最顺利的审讯，却审出了一个最复杂的案子。

这个案件的复杂程度，可谓旷古绝今！案子在他手上破了，可他却认为自己又栽了！栽得彻彻底底！

卢平安说完后，审讯室里异常安静，隔壁的观察室同样如此。两个房间里坐满了警察，但没有一个人想说点什么。

秦向阳突然打破沉默，问了卢平安三个问题。

"第一，樊琳和曾纬的情人关系，真的是自然发生，而不是你们的事先安排？"

卢平安怔了片刻，回答道："你不问，我真的忘了，他们的情人关系是计划中很关键的一环！任其自然发生？那个概率，接近于零。曾纬回国后，保持了他在国外的习惯，逛夜场。而樊琳寂寞时，也偶尔会去那种地方打发时间。于是，我们给他俩制造了一个意外。今年春节后的一个晚上，我跟踪曾纬到某夜总会门口，然后打电话给樊琳，约她过来谈一谈。等樊琳过来时，我早就离开了。她找不到我，自然给我打电话。我告诉她临时有事，改天再谈。她果然耐不住寂寞，自己进了那家夜总会。当时，她和曾纬虽然在一个场子里，但我仍然没法子促成他俩认识。这时候侯三想到个法子，他等在夜总会门外，等曾纬出来时，摸了曾纬的钱包，随后又等到樊琳出来，掏了樊琳的钱包。之后他并未走远，故意让樊琳发现了他。樊琳追过去时，他把两个钱包都丢到了垃圾桶边上。情况就是这样，剩下的，就是樊琳自己的事了。曾纬的钱包里有镀金名片，曾纬的职务是扶生集团营销副总，扶生集团涉及医疗业务，而樊琳又是跑医用器材的……"

"第二，是个私人问题，我很好奇，李正途当年留给你父亲卢占山的黄布包，里面到底是什么？"

"黄布包？"卢平安笑了笑，说，"亏你还记得它！其实，你应该问我父亲。你要是心急，我可以代为回答，那真的只是李正途的个人隐私。当年李正途本有妻女，在战乱中离散，没有任何线索可寻。后来，他喜欢上了一个风尘女子，他交给我父亲的，便是那女人的信物。那女人当年患病，经人介绍找到李正途。看病期间，没想到两人渐生情愫。后来，李正途干脆给女人赎了身。有一次，李正途被人请到别的县市，给一个大地主看病，结果，他和女人的居住地来了解放军。打完仗以后，那女人被进步青年裹挟进'忆苦团'，带到陕北去了！"

"忆苦团？"秦向阳一时没明白这个字眼。

"就是把遭受地主、国民党欺负的人，组织起来，向广大老百姓陈述自己的悲惨经历，控诉反动派的罪恶行径！这件事是李正途临终前的遗言，那就是人临终的一个念想！他叫我父亲设法找到那个女人，把信物交还给对方，连同一笔钱。如果对方也不在人世了，最好能把他们葬到一块。他不好意思让曾扶生知道，毕竟他们是亲戚，关系太近了。他曾贪恋于风尘女子的事，一旦在亲戚嘴里传开来，他就是死了，面儿上也过不去！"

这次，秦向阳听明白了，原来那李正途也是个洒脱之人，竟不计较心头之人曾沦落风尘，只可惜造物弄人，两人终究还是没在一块。

他点点头，反问："李正途那本古籍，就是在那次出诊时得到的吧？"

卢平安叹道："是的！他得到了一本神奇的古籍，返家时被雨水泡烂了，最后还丢了女人……"

"最后一个问题，你们是如何得知曾扶生的全盘计划的？"

"嗯？"卢平安突然显出了戒备的神色，之前全然放松的状态，消失不见。

"不要说樊琳的秘密，更不要说曾扶生后续的杀人布局，单说你家的中医馆被烧一事，你们都无法证明是曾扶生所为！当然，你们的判断是对的，你们和曾扶生素有嫌隙，但那同样不能作为证据！一句话，你们没有任何证据！你刚才也说了，你最终的目的既为审判，又为取得曾扶生的犯罪证据。"

"哦！"卢平安不想说话。

"还有试验场，你们同样无法证明曾扶生是幕后老板！"秦向阳紧盯着卢平安，不依不饶。

卢平安好像累了，他用力叹了口气，不耐烦地说："如果我告诉你，关于曾扶生的一切，都是章烈告诉我们的，你信吗？"

秦向阳笑了，这是个天大的笑话，他当然不信。

卢平安无理取闹，他明知章烈已死，死无对证。

秦向阳唯一能想到的人，就是昨晚站在曾扶生身边的人，那个号称曾扶生助手兼司机的陆文通。

陆文通有很大概率知晓曾扶生的一切秘密，甚至不同程度地参与了曾扶生的犯罪计划。如果事情属实，陆文通不但是知情不报，还会按曾扶生的同犯论处。

可是，卢平安偏偏不出卖陆文通。

为什么？

这只能说明，卢占山和陆文通之间，达成了某种秘密协议。

陆文通出卖曾扶生，对卢占山来说全是好处。可是，陆文通又能从中得到什么好处？难道说，他希望曾扶生被抓，而后趁机接手扶生集团？

他也许有那个能力，可是他既然出卖了曾扶生，曾扶生又怎会保全他，再让他接手扶生集团？

岂有此理！

江海潮早就不耐烦了，他摆摆手，示意秦向阳不要再问，叫人将卢平安带了下去。

对他来说，所有的疑问都已解决。

秦向阳最后的问题，他不是没考虑过。但是卢平安拒绝回答，那就只能看曾扶生了。到时候，如果曾扶生也不把陆文通拖进来，那谁也没有办法！

三天后，市局组织了一场盛大的新闻发布会，由江海潮出面，向全社会做了通报。

那是江海潮一生中最精彩的新闻发布会。

他从404案说起，然后摆出忘川公司和试验场，接着讲述樊琳的秘密和曾扶生的杀人布局，最后来到高潮，端出"复仇者联盟"，极有条理地陈述了卢占山的宏大反布局，最后以专案组缜密调查、跟进，突袭清河城郊砖厂，抓获布局双方所有犯罪嫌疑人收场。仅仅在结尾处，他提到了秦向阳的名字。

他的语术在媒体看来，秦向阳只是专案组的一个前哨，秦向阳提前到达砖厂以及所做出的巨大牺牲，是专案组精心布局的必然结果。

所有媒体欣喜地看到，江海潮作为警界新星，正冉冉升起。

至此，404案、试验场案真相大白，所有参与其中的犯罪嫌疑人，都将受到应有的法律制裁。

樊琳、曾纬、章猛、章烈、宋猜，这些死去的人都有大小不同的罪行。他们已经去了地狱，在那里接受相应的惩罚。

这是一场究极的罪恶连环，更是一场究极的反罪恶连环。

然而，卢占山父子的所谓反罪恶，同样也是一种罪恶。

# |尾声|

曾扶生早被注射了解毒疫苗。他戴着镣铐，却一直借故赖在医院病床上。人大的审批手续还没下来，对他的全面审问尚未开始。

这天傍晚，一个医生悄悄告诉曾扶生一件事。

他说："你女儿曾帆，托我知会一声，她跟陆文通在一起了，已经办了结婚手续，永远不分开！"

就这一句话。

曾扶生听完，气得差点昏死过去。

这几天来，他早就想通了一件事，卢占山何以提前知晓他所有的秘密，从而针对性地展开了一场"局中局"似的报复？

知晓他全部秘密的，总共只有三个人：章猛、章烈、陆文通。

现在章猛、章烈已死，唯一只剩下陆文通。

也就是说，陆文通最少在三年前，也就是卢占山号称治愈了八例癌症之时，便已经出卖了他！

他现在明白了，卢占山根本从未治好过癌症。那只是一场戏，让他进一步坚信，卢占山手里的确有古方奇药！

放过他？呸！怎么可能！曾扶生恨不得一口一口，把陆文通咬死！

曾扶生彻底后悔了，后悔当年不该收养他！

那是个根本性错误！

陆文通不知道自己的父亲是谁。他父亲背叛了他母亲，他母亲又背叛了他，把他丢到曾扶生的小诊所。现在，他又背叛了曾扶生。

这个人身上，流淌着背叛基因。

曾扶生想通了一切！

可是……可是扶生集团不能无人接手！曾纬已死，它只能属于曾帆。

他了解自己的女儿，傲娇得一塌糊涂，又特别冲动，决定的事，九头牛也拉不回来。如果没有一个能力超强的男人在身边照顾，根本不可能扛起扶生集团。本来，孙敬轩的确是最好的人选，那个年轻人既有能力，又有背景，他和曾帆在一起，方方面面再恰当不过。

他妈的！曾扶生怎么也想不明白，曾帆为什么突然跟孙敬轩断了来往，又跟陆文通搞到了一起！还专门派人来告诉他，说什么跟陆文通在一起了，还办了结婚手续，永远不分开！陆文通黑不溜秋，貌不惊人，面冷心狠，不善言辞，怎会博得曾帆的好感？

他实在搞不懂究竟发生了什么！

现在怎么办？马上面临审讯，要不要把陆文通交出去？

不交？不可能！陆文通让他失去了所有的一切！

交？不妥！那样女儿怎么办？扶生集团怎么办？那可是他一辈子的心血！单从经营方面看，陆文通熟悉集团的一切，没人比他更胜任集团的管理职务！

怎么办？

在交与不交之间，曾扶生徘徊不定，气血上涌，一口老血喷出来，浸湿了床单……

三天后，对曾扶生的审讯开始了。

面对一系列证据，尤其是卢永麟在砖厂录下的证据，他爽快地承认了一切罪行。

他只字未提陆文通。

一周后，秦向阳的母亲执意要回乡下老家。

两天后，秦母在老家病逝。

她用自己的命，杀死了癌症。

弥留时，她一直问秦向阳："小李呢？小李哪儿去了？她怎么不来送送我？那是个好姑娘，你要好好对她！"

秦向阳无言以对。

母亲就这样走了，她躺在门板上，额头贴着一张黄表纸，把她的脸全部盖住。那是民间的传统：一来，遮掩遗容；二来，万一死去的人再回了气，呼吸就会吹动额头的黄表纸，那样旁人就知道，亲人又回来了。

面对母亲最后的询问时，秦向阳无言。

面对母亲的尸体时，他同样无声。

这世上，有一种难过叫仰天长啸；还有一种难过，叫无声。

看着母亲，他想起了李文璧。

他想，她们一定在一起。

一个月后，秦向阳向市局徐战海提交了辞职信。

所有领导都认为他在胡闹，坚决不让他辞职。就连他的老领导，省厅的丁奉武也听到了风声，前去劝阻。

然而他去意已决。

他说，他办了太多案子，经历了太多人间惨剧，见识了太多人性善恶。

他说，他不想再在办公室等下去，等待下一场罪恶来敲门。

他想尽己所能去做一些普法工作，他还会开办公众号，把那些有意义的案子写下来，借助网络的力量广为宣传，如果能给大众带来一点警示，那就最好不过。

他说已经给那些故事想好了名字，叫什么呢？

就叫《罪连环》。

又三天后，他给母亲和李文璧上了坟，从那以后，再也没人在滨海见过他。

同一天，江海潮收到一条不具名信息——不调查陆文通，404案、试验场案，就没有结束。没有结束，你的警界生涯，怎会有好的开始？

三天后，苏曼宁也辞职了。

她辞职的原因很简单，基于性格不合的原因，她跟丁诚离婚了。

这样一来，她便无法再留在警局，否则对她，对丁诚，都极不方便。

半年后，苏曼宁去了云南。

她依旧外表冷傲，骨子里却是个分外温暖的小女人。

她的微信头像是一朵灿烂的向日葵，旁边写着一段话——

彷徨十年，回到原点；雨后重生，向阳而开。

全系列完